LITTÉRATURE CONTEMPORAINE
TRENTE-UNIÈME VOLUME

LA

MUSE DE L'HISTOIRE

POÉSIES

PAR

Lise Coquillon — Albert Brouard — Le comte E. de Porry
Louis Martel — Jacques de Halip — Marie Plocq de Bertier
Aimé Reinhard — Emile Maheut — Paul Kerlor — P. F. Miquet
Sophie Leroyer de Chantepie — G. Rebuffat — Joanny-Jacquemier
Henri Cantel — Marie Ferdi. — L. Darricades. — Augustin Salque
Emile Viallet. — Charles Lexpert. — E. Pernin.
Alexandre Schurr. — Cassien Frogier. — Léopold Garraud.
Castelnau. — Hippolyte Topin. — Marie Roger. — Ernest Dupont.
A. Arguillère. — etc., etc.

PUBLIÉES PAR

ÉVARISTE CARRANCE

Officier d'Académie.

Commandeur de l'ordre de Saint-Marin

AGEN

Librairie du Comité Poétique et de la Revue Française
6 - RUE PUITS DU SAUMON - 6.

1884

LA

MUSE DE L'HISTOIRE

AGEN

VIRGILE LENTHÉRIC

Imprimeur des Concours poétiques

LITTÉRATURE CONTEMPORAINE

TRENTE-UNIÈME VOLUME

LA

MUSE DE L'HISTOIRE

POÉSIES

PAR

Lise Coquillon — Albert Brouard — Le comte E. de Porry
Louis Martel — Jacques de Halip — Marie Plocq de Bertier
Aimé Reinhard — Emile Maheut — Paul Kerlor — P. F. Miquet
Sophie Leroyer de Chantepie — G. Rebuffat — Joanny-Jacquemier
Henri Cantel — Marie Ferdi. — L. Darricades. — Augustin Salque
Emile Viallet. — Charles Lexpert. — E. Pernin.
Alexandre Schurr. — Cassien Frogier. — Léopold Garraud.
Castelnau. — Hippolyte Topin. — Marie Roger. — Ernest Dupont.
A. Arguillère. — etc., etc.

PUBLIÉES PAR

ÉVARISTE CARRANCE

Officier d'Académie.

Commandeur de l'ordre de Saint-Marin

AGEN

Hôtel du Comité Poétique et de la Revue Française

6 - RUE PUITS DU SAUMON - 6.

1884

A LÉON GAMBETTA

« Hier, quand de ses jours la source fut tarie
« La France en le voyant sur sa couche étendu
« Implorait un accent de cette voix chérie...
« Hélas ! au cri plaintif jeté par la patrie
« C'est la première fois qu'il n'a pas répondu. »

DELPHINE GAY.

« Cinq mille couronnes envoyées de tous les points du territoire,
« des délégations de tous les départements, soixante chefs-lieux
« de départements, cent cinquante chefs-lieux d'arrondissement,
« trois cents villes, d'innombrables sociétés particulières figurant
« à cette manifestation lui ont donné le caractère d'une solennité
« dans laquelle tout un peuple a exprimé sa douleur. »

(Journal Le Temps du 7 janvier 1883)

A travers la nuit solennelle
Pleine de calme et de repos,
La mort effroyable et cruelle
A touché le front d'un héros !
Dans cette nuit profonde et noire
Elle a frappé sur cette gloire ;
Un cri terrible et frémissant
Formidable coup de tonnerre,
A fait tressaillir notre terre
Devant la mort de ce géant !

O Muse éloquente et sublime
Dont les accents libérateurs
Font surgir du fond de l'abîme
Les courageux et les lutteurs !
O Muse ! Celui qui succombe
Projette du fond de la tombe
Tant de splendeur et de clarté,
Que tu ne saurais méconnaître
Dans le vaillant et jeune maître
Un des fils de la liberté !

Et toi, la sublime patrie
Pour laquelle il donna son cœur ;
O France ! O la grande meurtrie,
Dont il partageait la douleur !
Gambetta, le tribun magique,
L'appui de notre République,
Le soutien de nos jeunes lois,
Celui qui grandit ton histoire
Et voulait t'habiller de gloire,
Ne répondra plus à ta voix !

Il n'est plus l'orateur sonore
Dont les discours étincelants
Prédisaient la nouvelle aurore
A tous les esprits chancelants !
Le lutteur ardent et fidèle
Que l'austère devoir appelle,
Et dont le sang s'agite et bout ;
Le défenseur habile et sage,
Plein de grandeur et de courage
Et que le droit trouvait debout !

Noble fils de la Gaule antique,
A l'heure sombre du danger,

Il vint sauver la République
De la honte et de l'Étranger.
Et sous sa parole inspirée
Des flancs de la Gaule sacrée
Surgirent des soldats nombreux ;
Et l'on vit, ô divine France !
Briller un rayon d'espérance
A travers l'horizon poudreux !

Hélas ! Il n'est plus de ce monde
Ce patriote et ce vengeur,
Mais son âme grande et féconde
Nous guide au chemin de l'honneur !
A son pays qui le contemple,
Il laisse l'immortel exemple
De ses gigantesques travaux ;
Malgré son œuvre inachevée,
L'humanité qu'il a rêvée
Produira des hommes nouveaux !

7 *janvier* 1883   EVARISTE CARRANCE.

LA FRANCE & GAMBETTA

A M. Waldeck-Rousseau , Ministre de l'Intérieur

Oh ! qui pourra jamais chasser de sa mémoire
Cet âpre souvenir , sombre page d'histoire...
Qui l'oubliera jamais, ce jour plein de douleur
Où la rage et l'affront brisèrent notre cœur,
Quand sous le pas brutal du Germain en furie
Trembla le sol sacré de la noble patrie !
Quel long frissonnement d'angoisse et de courroux
Ce désastre sans nom, fit courir parmi nous,

Lorsqu'un tyran parjure, en ses lâches alarmes,
A leurs pieds nous jetant sans défense et sans armes,
Dans les champs de Sedan, au mépris de l'honneur,
Vint mettre son épée en la main du vainqueur;
Quand la grande cité, Paris, la Ville sainte,
Violée, étouffant sous la mortelle étreinte
De sombres légions, put voir de toutes parts
Un cercle infranchissable enserrer ses remparts!...
Mais, bientôt bondissant sous ce dernier outrage,
Dans l'excès de nos maux retrouvant le courage,
L'orgueil national dans notre âme, plus fort,
Nous fit pousser ce cri : «Luttons jusqu'à la mort!»
Alors, au désespoir succéda la colère;
Sous l'effroyable choc, la France tout entière
Frémissante de haine et d'indignation
Put dans chaque hameau compter un bataillon,
Jeunes et fiers soldats, troupe patriotique.
Qui mourra pour la France et pour la République!...
Mais, pour lancer l'éclair dans ces ardents esprits,
Des vainqueurs de Valmy pour rassembler les fils,
Mais, pour électriser cette naissante armée,
Qui sera le héros à la voix enflammée?...
Qui sera l'intrépide et vaillant défenseur;
Du pays outragé, qui sera le vengeur?...

Ouvrons enfin, ouvrons nos cœurs à l'espérance :
O saint patriotisme! O prodige! O science!
O des âmes d'élite immenses dévoûments!...
O moderne progrès, vainqueur des éléments!...
Sous le ciel assombri d'où s'échappe la neige,
Ainsi qu'un astre éteint que le hasard protège,
Au milieu de l'Éther, quel est ce globe obscur,
Qui plane dans la nue et vogue dans l'azur?...
Sur les ailes du vent l'hydrogène l'amène,
Il tournoie et s'arrête au-dessus de la plaine :

C'est un aérostat , guide majestueux
De la frêle nacelle au fardeau précieux ;
Il attérit , bercé par la brise opportune ,
Apportant de Paris , l'espoir et la fortune !
O ! qui que vous soyez, sublimes voyageurs,
Approchez, approchez, généreux défenseurs
Qui, prenant sans faiblesse une route inconnue
Que sillonne l'éclair , que. traverse la nue ,
Avez, — d'un vol hardi, bravant des murs d'airain,—
A travers l'ennemi , su nous tendre la main !
Soyez les bienvenus aux rives de la Loire
Où le combat s'apprête ; et peut-être la gloire !...
Mais... quel est-il, celui qui de l'esquif d'osier,
L'étendard à la main , s'élance le premier?...
Ses traits mâles et fiers, rayonnent de jeunesse ;
Sa parole séduit, son geste a la noblesse...
L'intelligence luit dans son regard profond ,
Le courage et l'audace illuminent son front ;
La voix irrésistible est grave et mesurée ,
Tout en lui , du génie', a la marque sacrée ;
Hardi comme un soldat, sage comme un vieillard ,
Calculateur habile au prompt et sûr regard ,
Commandant le respect et bravant la colère ,
Prudent et généreux , bienveillant et sincère ,
Fougueux comme le vent qui vers nous l'apporta ,
C'est le tribun puissant... l'immortel Gambetta !!
C'est l'illustre orateur, c'est l'athlète héroïque
Dont l'altière éloquence a fait la République
Sous l'œil ensanglanté , sous le regard haineux ,
Sous les coups répétés du despote odieux !...
O viens, jeune héros, illuminer notre âme,
Viens remplir notre cœur de ta sublime flamme ,
Viens nous communiquer ces généreux élans
Que trouvera l'armée aux plaines d'Orléans ,
Ton invincible espoir, ton fier patriotisme ,

Font surgir sous tes pas mille traits d'héroïsme ;
S'il est des trahisons , s'il est des lâchetés ,
Il est de nobles cœurs, d'ardentes volontés !
Tu l'as dit : sur l'autel sacré de la patrie ,
S'il le faut, ô Français , immolons notre vie ,
Bannissons la discorde, et, rivaux généreux,
Rivalisons de zèle en ces jours malheureux,
Où l'ennemi farouche, outrageant notre gloire ,
Promène sa fureur sur notre territoire ;
Qu'importe le péril, qu'importe le danger,
Il faut vaincre ou périr en chassant l'étranger !! »
Ainsi qu'aux plus beaux jours de la Grèce et de Rome,
Le peuple à ces accents, marchant comme un seul homme
S'élancera bientôt, plein d'une sainte ardeur,
Sur ces champs de carnage où l'allemand rêveur
Contemplant un instant la magnanime armée
Que la France aux abois, dans son sein a formée,
Doutera si, malgré ses funestes efforts,
Il doit chanter sa gloire ou pleurer sur ses morts.
L'activité renaît, l'espoir chasse les larmes ;
La défense s'apprête... et nous avons des armes,
Et nous allons combattre... et nous allons enfin
Nous mesurer avec ce terrible germain !...
Abandonnons nos champs, nos campagnes fertiles,
Nos villages si beaux, nos patriotes villes,
Citoyens, rangeons-nous sous ce sacré drapeau,
Qu'il plane au champ d'honneur ou sur notre tombeau !

Mais, hélas ! le destin fut-il toujours propice
A la cause du droit, à la sainte justice ?...
N'a-t-on pas vu souvent l'inflexible équité
Succomber sous les coups de la fatalité ?
Qui sait si la victoire, à nous fuir, obstinée,
N'a pas à l'ennemi, livré la destinée ?...
Metz, la ville encor vierge, où jamais assaillant,

N'osa, sur les remparts, mettre un pied triomphant,
Voit, par la trahison bientôt ouvrir ses portes,
Et passer sous le joug, nos plus fermes cohortes ;
La nature elle-même et l'hiver en courroux
Nous déclarent la guerre et luttent contre nous ;
De ce climat natal, toujours plein de tendresse
La rigueur a déjà grandi notre détresse ;
Et la terre neigeuse en ses replis glacés
Abrite nos soldats par le froid convulsés !...
Et chaque jour les voit, sur un champ de bataille,
Tomber — Moisson en fleur que fauche la mitraille !...
Et le sol bien-aimé qui porta leur berceau,
Abreuvé de leur sang, recouvre leur tombeau !...
Après chaque combat, sonne hélas ! la retraite...
Et le canon du Mans gronde enfin la défaite !!...
Héros de la Défense, ô pardonne à nos pleurs,
Devant la page sombre où vivent nos malheurs !
Et toi, toujours debout, sans trève, sans relâche,
Toujours à la hauteur de ton immense tâche,
Poursuivant ton grnd rêve, ô génie immortel,
Tu refusais de croire à cet arrêt cruel !
Dans ton ardente foi, dans ta juste espérance
Tu ne doutas jamais du salut de la France !
Et ce fut là ta gloire et ce fut ton honneur,
C'est là que commença ta superbe grandeur ;
Ce fut d'avoir gardé l'illusion sublime
Que l'amour du pays donne à ceux qu'il anime ;
Ce fut d'être tombé sous le destin pervers,
En nous faisant grandir, plus grands que nos revers !
Quand tu nous soutenais de ta voix inspirée
Qui versait le dictame en notre âme enfiévrée,
Tu sais si notre ardeur trahissait ton espoir !...
Tu sais si nous avons méconnu le devoir !...
Tenant auprès de toi l'étendard tricolore,
O Gambetta, tu sais si nous luttions encore !...

Nous n'étions pas vaincus, quoiqu'épuisés, meurtris,
Mais la faim — noir vautour — la faim brisait Paris !
O jour trois fois maudit ! jour terrible et jour sombre
Où le droit, ô douleur ! dût plier sous le nombre !
Où ce sinistre mot « Capitulation »
Vint frapper en plein cœur la grande nation !
Achève, achève-toi, destin inexorable,
Ouvre tes forts, Paris, au Teuton implacable ;
Du fer à l'ennemi !... mais au vainqueur, de l'or !...
Apporte, ô ma patrie, apporte ton trésor ;
Qui veut ravir l'honneur peut prendre la richesse ;
Ce que nous pleurerons, nous, c'est cette jeunesse,
Ce sont ces fils sanglants que le funeste sort
A jetés sans pitié dans les bras de la mort !
C'est la vaillante Alsace et la brave Lorraine,
Ces deux sœurs que le Nord retiendra dans sa chaîne,
Et qui, levant vers nous un regard paternel,
Dans un dernier adieu, font un dernier appel !...
Salut, ô Gambetta ! salut à ton courage,
Toi qui voulais — Titan — combattre cet orage,
Devant ce dénouement sombre, horrible et fatal,
Tu sentis dans ton cœur l'orgueil national
Se révolter sans doute, et peut-être des larmes
Obscurcissaient tes yeux quand nous posions les armes...
Du moins ta fière main ne consentit jamais :
A tracer ton grand nom au bas de cette paix,
Acte de désespoir, cri d'angoisse infinie
Que la faim arracha d'un peuple à l'agonie !...
. . . .
Mais tout n'est pas fini, ta noble mission
Ne s'arrêtera pas avec l'invasion :
Quel que soit l'ouragan qui gronde sur nos têtes
Toujours le calme doit succéder aux tempêtes ;
Après les plus ardents, les plus cruels combats,
Si l'on pleure les morts on compte les soldats ;

Tu dois au champ d'honneur, où sanglante et meurtrie
Pour relever son front t'attendra la Patrie,
Tu dois combattre encor ; à nos cœurs abattus
Tu dois rendre l'amour des civiques vertus,
Pour que le culte saint de notre indépendance
Forme nos défenseurs dès la plus tendre enfance ;
C'est toi qui dois pousser le cri de liberté
Compris enfin de tous, par chacun répété ;
Tu fus notre soutien, tu seras notre guide,
Pour vaincre le passé nous prendrons ton égide !
Laisse le froid Tudesque emporter son butin ;
Que son œil assombri regarde encor le Rhin,
Que d'autres ennemis, dans leurs haines perfides
Unissent à ses vœux leurs projets fratricides ;
Qu'ils se liguent entr'eux, étrangers, oppresseurs,
Despotes renversés, sombres envahisseurs ;
Pour superbe défi, pour suprême réplique
Jette-leur ces seuls mots ; Fondons la République !
Et regarde-les fuir, de terreur éperdus,
Devant ces grands réveils, des peuples attendus ;
Car c'est là la Revanche immense et solennelle
Que l'avenir attend, que la justice appelle.
Malgré les factions, malgré leurs partisans,
Malgré la tyrannie et malgré les tyrans,
Montrons la liberté bannissant la licence,
Avec l'ordre, en tous lieux partageant la puissance ;
Montrons qu'un peuple fort et jaloux de ses droits
Place l'Egalité dans ses plus saintes lois;
Montrons enfin, montrons que le divin dictame,
De la Fraternité, pénètre dans notre âme ;
Fiers enfant du progrès, sages dans nos revers,
Relevons-nous plus grands aux yeux de l'univers !
Et cette noble tâche, et cet auguste rôle
Est digne de ton cœur comme de ta parole ;
La France désormais parle et ta grande voix

Porte ses volontés dans les conseils des Rois ;
Telle est la destinée, ô nouveau Démosthènes,
O tribun tout puissant de la moderne Athènes !
Laisse gronder l'envie, et la haine rugir,
La gloire t'appartient, qui t'ouvre l'avenir ;
Qu'importent les erreurs et même les faiblesses,
On doit tout pardonner aux sublimes tendresses
De ton cœur filial, pour la patrie en pleurs...
A ton saint dévoûment au jour de ses malheurs,
A ton sombre courroux quand fuyait la victoire,
Au légitime orgueil que te donna sa gloire,
Quand ton ardent génie, en s'armant du progrès,
Fit, sur le monde entier, briller le nom français !...
Oh ! c'est alors qu'enfin, dans ta pensée altière
Tu pus voir l'avenir rayonnant de lumière !
Mais, le plan grandiose en ton esprit rêvé,
Te sera-t-il donné de le voir achevé ?...
Verras-tu ta patrie heureuse et souveraine
Prêcher aux nations la foi républicaine ?...
Verras-tu la sagesse, en effaçant ses maux,
Des palmes de la paix couronner tes travaux ?...
Hélas ! pourquoi faut-il qu'à son matin, la rose,
Parfois, au gré des vents, s'effeuille à peine éclose ?
Pourquoi, dans sa fureur, l'implacable trépas
Sans pitié détruisant nos espoirs ici-bas,
Où régnaient la beauté, la force et la jeunesse
Comme un linceul de glace, étend-il sa tristesse ?...
O ciel ! pourquoi faut-il qu'en ton printemps, le sort
Te jette palpitant aux gouffres de la mort ?...

Le monde entier s'est tu, l'univers en silence
Se recueille, troublé devant ce deuil immense ;
Dans le ciel du progrès, sous les coups du destin,
On dirait qu'un flambeau rayonnant s'est éteint.
Au bord de ce tombeau qui brave encor l'orage,

Amis comme ennemis vont porter leur hommage
A cet illustre mort, aux talents, aux vertus,
Au courage indompté du héros qui n'est plus.
Telle est donc du génie — immortelle lumière —
La force créatrice et la puissance altière :
Quand ce sceau radieux luit au front d'un mortel,
Il est superbe et fort, c'est un élu du ciel !
Il éclaire, il conduit, il entraîne, il dirige
L'humanité docile à ce divin prestige ;
Tel était, ô tribun, l'effet mystérieux
De ta voix dénonçant les projets ténébreux
Des partis atterrés, quand ta main vigoureuse
Seule, arrêtait les flots de cette mer houleuse.
Hier, — le croirais-tu ? — quand la patrie en deuil,
Des fleurs de l'immortelle entourait ton cercueil,
Déjà les noirs tyrans, dans leur fureur impie
La croyant un instant, de douleur, assoupie,
Avides d'arracher un sublime lambeau,
Avaient dans leurs complots, partagé son manteau ;
Et leur ambition téméraire et stérile,
Sans frémir, appelait la discorde civile !...
Alors, ô Gambetta, dis, où donc étais-tu ?...
Au tombeau tout entier étais-tu descendu ?...
Ta grande ombre, déjà, sur la France éplorée
Ne planait-elle plus, de prestige entourée ?...
Ou bien, ton souvenir, comme un souffle puissant,
Allaît-il ranimer notre indomptable élan,
Ainsi qu'aux jours de lutte où ta voix héroïque
Allumait dans nos cœurs, la foi patriotique ?...
Enfin, c'est le Réveil.., de ta tombe apporté,
L'Echo murmure encor : Patrie et Liberté !...
Oui, tu vis parmi nous ! ta sublime pensée
Règne et commande encor ; dans notre âme passée
Ton ardeur nous anime et tes fiers successeurs
Briseront dans leurs mains, l'arme des oppresseurs...

Tel l'astre radieux, en dispersant la nue,
Laisse entrevoir des cieux la profonde étendue,
Ainsi tu nous montras, dans d'immenses rayons,
Le splendide avenir aux vastes horizons ;
Va, nous saurons marcher à sa noble conquête,
Du moderne progrès la victoire s'apprête,
Et nous saurons combattre et nous saurons lutter,
Sur le sombre passé nous saurons l'emporter !
Tu peux dormir en paix, couché dès ton aurore,
Dans les plis glorieux du drapeau tricolore !
Va, nous le tiendrons haut, ce sublime étendard,
Pourpre démocratique où ton profond regard
Aimait à s'énivrer de la douce promesse
Que tiendra l'avenir à l'austère sagesse !
La gloire qui, vivant t'avait pris dans ses bras,
Te salue, Immortel, au-delà du trépas.
Au soleil bienfaisant de ton œuvre féconde
Dont l'ardente lumière éclairera le monde,
Les peuples apaisés, réunis désormais,
Sous la loi du devoir, sous l'aile de la paix
Au pied du monument qu'aujourd'hui ta patrie
Elève à ta mémoire et consacre à ta vie,
T'apportant le tribut de respect et d'amour
Que les âges futurs t'offriront à leur tour,
S'élançant, pleins d'espoirs, à l'œuvre grandiose
Qui t'ouvrit le chemin de ton apothéose ;
Et d'admiration, ton siècle transporté,
Au livre étincelant de l'immortalité
Inscrivant ton grand nom pour l'inflexible histoire,
N'a qu'à graver ces mots, pour lui léguer ta gloire :
Au patriote illustre, au fier républicain,
Au vaillant défenseur, au noble citoyen
Qui voua son génie avec son existence
Au culte du Progrès, à l'amour de la France !

LISE COQUILLON,
Officier d'Académie, membre de l'Académie des Poètes.

LA MUSE DE L'HISTOIRE

LA MUSE

Quel bruit vient troubler mon sommeil?
Qui donc m'adresse une prière?
Mes yeux sont fermés au soleil,
Mon cœur est froid comme la pierre.
Je dormais... C'était le repos !
C'était l'oubli d'un jour terrible!
Est-il donc un être insensible
Qui songe à réveiller mes maux?

LE POÈTE

Pardonne, ô Muse, à mon audace :
Je voudrais être ton enfant.
J'aspire à voler sur la trace
De ton quadrige éblouissant.
Je voudrais en des vers sublimes,
Eclos sous ton souffle de feu,
Lancer au-delà du ciel bleu
Les héros, la gloire et les crimes.

Les héros des sanglants combats,
Pour rappeler à la Patrie
Ces ambitieux du trépas,
Fiers de leur poitrine meurtrie;
La gloire, aimant mystérieux,
Pour qu'elle attire et qu'on l'honore;
Les crimes, pour qu'on les abhorre
Et qu'on frémisse devant eux.

Je veux, je veux donner des ailes
A tout ce qui fut grand et beau,
Et des annales immortelles
Refaire au vieux monde un berceau.
Je veux..mais dis-moi que tu m'aimes,

Que tu m'adoptes à jamais,
Et que, vibrante désormais,
Ton âme emplira mes poèmes.

LA MUSE

Enfant, enfant, pourquoi troubler
Mon deuil endormi dans la tombe?
Et toi, mon cœur, pourquoi trembler ?
Pourquoi, mon œil, un pleur qui tombe?
Eloigne-toi, jeune imprudent,
Mon rôle est fini sur la terre,
Tout s'éteindra dans le mystère
Comme un fœtus mort en naissant.

LE POÈTE

Quoi! tu renonces à ton rôle !
Tu veux tout plonger dans la nuit ?

LA MUSE

N'as-tu pas vu pleurer un saule
Sur l'Univers presque détruit ?...
Mais dis-moi quelle est ta naissance ?
Quel pays t'a donné le jour?
Quel est ton titre à mon amour?

LE POÈTE

Je suis un enfant de la France.

LA MUSE

Français! toi ! comble de douleur !
Et, c'est toi qui veux par le monde,
Et sans tristesse et sans rancœur
Jeter une strophe inféconde !
Ton droit unique est de gémir.
Mais ta jeunesse est ton excuse,

Et l'ambition qui t'abuse
N'a rien dont tu puisses rougir.

La France était ma bien-aimée...
C'était un astre étincelant,
Une reine toujours armée
D'un glaive rapide et brillant.
Longtemps elle fut invincible,
Son charme égalait sa grandeur ;
Toujours jeune, son vieil honneur
Promenait son drapeau flexible.
C'était le soldat du Très-Haut,
L'appui des peuples dans l'enfance
Qui l'imploraient dans un sanglot :
La gloire était sa récompense.
Son sang coulait à flots pressés,
Mais jamais un trafic infâme
Ne vint prostituer son âme
Et ne marchanda ses blessés.

Pendant des siècles de victoire,
J'ai tressailli rien qu'à sa voix.
Combien au temple de Mémoire
J'ai dit et gravé ses exploits !
Et l'une et l'autre dans le monde
Nous allions main dans la main,
Illuminant notre chemin
D'une clarté vive et féconde.

Hélas ! l'astre s'est obscurci ;
La reine a perdu sa couronne,
Et la France est à la merci
Du sabre Teuton qui résonne.
J'ai pleuré par tout l'univers
Et n'ayant plus rien qui m'inspire,
J'ai brisé la harpe et la lyre

Hélas ! qui disaient ses revers.

Va, jamais larme trop amère
Ne saurait couler de tes yeux,
Car un tel excès de misère
Ne se vit jamais sous les cieux.
Absorbe-toi dans la tristesse ;
Pleure la France et son bonheur,
Le chant n'appartient qu'au vainqueur,
Ainsi qu'aux beaux jours l'allégresse.

LE POÈTE

O Muse, que d'ardents regrets
Eveille ta voix triste et sombre !
Sous le feuillage des cyprès
J'ai, tout enfant, grandi dans l'ombre ;
Et les échos des jours sanglants,
Des jours funestes à la France,
Comme un glas de désespérance
M'arrivent encor frémissants.

Mais tant de gloire accumulée
De Bouvines à Magenta
Est-elle à ce point ébranlée
Que la dire est un attentat ?
Et la honte de la défaite
Doit-elle à ce point nous plier
Qu'il nous faille tout oublier
Et courber à jamais la tête ?

LA MUSE

Que viens-tu parler du passé ?
Qu'est-ce autre chose qu'un fantôme
Silencieux, pâle et chassé
Du temps, ce mobile royaume !

Le passé ! regrets superflus !
Son nom dit qu'il a cessé d'être
L'avenir est à qui doit naître ;
Mais le passé n'existe plus !

LE POÈTE

Oh ! que ta douleur est cruelle,
Et que sauvage est ton amour !
La nuit du silence est mortelle
La France en mourrait sans retour.
Ah ! pour taire ainsi sa mémoire
Et ses grands noms et ses hauts faits,
A-t-elle commis des forfaits ?
A-t-elle succombé sans gloire ?

LA MUSE

O patriotisme aveuglé !
Illusion fausse et funeste !
Quand ton pays est accablé,
Es-tu sûr que l'honneur lui reste ?
Oui, si grand qu'apparut l'effort
Puisque fut trahi son courage,
Le dire est encore un outrage
Car c'est exalter le plus fort !

C'est entourer d'une auréole
Le vainqueur et son front d'airain ;
Proclamer que la lutte est folle
Contre le colosse du Rhin.
Reischoffen à l'écho magique
N'est qu'un épisode brillant
Woerth est un triomphe allemand
Où sombre la lutte héroïque.

LE POÈTE

Notre deuil est donc éternel !

Si la gloire a fui ce transfuge,
Est-ce un jugement sans appel,
Le silence est-il un refuge ?
L'horizon est-il donc si noir ?
Mon cher pays, ma pauvre France ;
N'est-il remède à ta souffrance ?
Et faut-il mourir à l'espoir ?

LA MUSE

Non pas ! ce serait un blasphème !
Mais si, patriote inspiré,
Tu sens bouillonner en toi-même
Un feu poétique et sacré ,
C'est à la Muse vengeresse
Et guerrière qu'il faut aller ;
C'est d'elle qu'il faut implorer
Un accent d'énergique ivresse.

Alors tout bas, mais jour et nuit,
Démon bienfaisant et sauvage
Tu souffleras, fier et sans bruit,
Dans tous les cœurs haine et courage ;
Tu les enivreras d'orgueil
D'espoir, de l'ardeur belliqueuse
Qui ne voit dans la lutte affreuse
Que la victoire ou le cercueil.

Tu flétriras tous ces timides
Chantres de la paix à tout prix,
Français indignes et perfides,
Du repos follement épris ;
Ces faux sages de la cohue,
Ces amants d'un lâche bonheur,
Ces gouvernants du déshonneur
Dont jamais l'âme n'est émue !

Puis quand un baptême de sang
Aura régénéré la France,
Quand elle aura repris son rang,
Immortalisé sa vaillance ;
Lorsque le cadavre ennemi
D'une chair encor déchirée
Enfin bouchera la trouée
Qu'elle avait en son flanc meurtri ;

Lorsque la flamme tricolore
Déployée au plus haut des airs
Aux feux d'une brillante aurore
Illuminera l'Univers ;
Et qu'on la verra sans rivale,
Sereine et puissante à jamais,
Clouer ses ennemis muets
Après sa hampe triomphale ;

Redressant mon front éploré
Et secouant ma chevelure,
Je veux que mon cœur inspiré
Revête son antique armure.
Sous les glorieux étendards
Trouvant le terme à mon martyre,
Je réunirai de ma lyre
Les débris tristement épars.

Et de mes cordes plus vibrantes
Versant l'harmonie à grands flots,
En cantates étincelantes
Je chanterai les jours nouveaux.
Alors, viens à moi, viens sans crainte ;
Mon souffle animera ta voix ;
Tu célébreras les exploits
De la Patrie heureuse et sainte.

ALBERT BROUARD.

LES BARDES RUSSES

A Madame Tola Dorian, née princesse Ouroussof.

Des Arts la splendeur obscurcie
Languissait aux champs du Midi :
Sur ton sol, ô jeune Russie,
Elle a de nouveau resplendi.
Déjà virile en ton enfance,
On vit s'élever ta puissance
Au fracas des bronzes guerriers ;
Et les palmes de la victoire
Présageaient la prochaine gloire
De tes poétiques lauriers.

Lomonossof reçoit la vie :
Fils brillant d'un humble pêcheur,
A l'éternelle Poésie
Il rend le jour et la fraîcheur.
Les cygnes à la voix sonore
Dont l'immense Moscou s'honore,
S'inspireront à ce flambeau ;
Aux bords de la mer glaciale,
Jaillit l'aurore boréale,
Mère d'un Parnasse nouveau !

Comme l'aigle en son vol superbe
Parcourt la profondeur des cieux,
Lomonossof, nouveau Malherbe,
Suit son élan audacieux.
Ozérof, du tendre Racine
Retrouvant la langue divine,
De Melpomène a les faveurs ;
Dans les cœurs que sa muse enchante,

Eveille une pitié touchante,
Et charme en excitant des pleurs.

Derjavine, nouveau Pindare,
De sa lyre noble héritier,
Loin des vulgaires yeux, s'égare
Dans un essor toujours altier.
O temps jaloux, ton ombre noire
N'obscurcira jamais la gloire
De ses accents dignes du ciel ;
Car le chœur des anges répète
Ce chant sublime du poète
Qui loue et bénit l'Éternel !

Kantémir, émule d'Horace
Et du satirique Boileau,
D'un pas ferme poursuit leur trace
Et se maintient à leur niveau.
Il nous peint l'homme qui sans cesse
Vante les fruits de la sagesse,
Par le mal toujours entraîné ;
Et, rude adversaire du vice,
Le bon sens doublé de malice
Plait dans son style suranné.

Batouchkof, ce nouveau Tyrtée,
Porte, suave et vigoureux,
La double palme méritée
Du poète comme du preux.
Honneur à la muse flexible,
Qui tantôt pousse un cri terrible,
Tantôt verse des flots de miel ;
Et, pleine de mélancolie,
Du plus grand cygne d'Italie
Nous peint le retour dans le Ciel !

Pouchkine, harmonieux génie,
Par sa baguette d'enchanteur,
Prête à sa langue rajeunie
Le prestige le plus flatteur.
A toi l'immortelle couronne,
Poête dont la lyre entonne,
Ces chants que ton âme rêva :
Les feux dont l'amour nous embrase,
Les monts orgueilleux du Caucase,
Et les lauriers de Poltava.

Lermontof, ton glorieux élève,
Emule de ton beau talent,
Comme le soleil qui se lève,
Jette un rayon étincelant.
Son style, nourri d'énergie,
Peint la riante Géorgie,
Du cœur les intimes combats.
Mais, ravi soudain à ce monde,
Ce barde à la veine féconde
Sombre dans la nuit du trépas !...

Joukovski, ta muse légère
Semble craindre un sublime essor,
Pourtant, de la lyre étrangère
Tu sais conquérir le trésor.
Comme l'industrieuse abeille
De fleurs butine une corbeille,
Tu moissonnes dans l'univers ;
Et les chanteurs de l'Hellénie,
Les rêveurs de la Germanie,
Deviennent Russes dans tes vers.

Krylof, cet autre Lafontaine,
Peintre habile des animaux,

Leur prête la parole humaine
Pour nous reprocher nos défauts.
Dans ses fables, l'homme bizarre,
L'ignorant, le fourbe, l'avare,
Mirent leurs comiques portraits :
Pensée, invention, image,
Fleurs du plus ravissant langage,
A lui seul il doit ses attraits.

Nékrassof, ta muse chagrine
Ne déplaît pas à mon esprit,
Surtout quand ton ciseau burine
Une image qui m'attendrit.
Ta voix éloquente qui gronde
Et blâme les travers du monde,
Retentit au fond de nos cœurs;
Mais, hélas ! la nature humaine
Toujours s'enlace dans la chaîne
Que tendent les vices vainqueurs.

Les deux Tolstoï, couple admirable
Lancé dans le même chemin,
Dévoilent, d'un style adorable,
Les arcanes du genre humain.
L'un, au génie ardent et vaste,
Dessine le piquant contraste
De la bataille et de la paix ;
L'autre peint un règne coupable
Que du temps le cours impalpable
Couvre déjà d'un voile épais.

Tourghénef, ta sensible muse
Eprise des champs et des bois,
Révèle aux maîtres qu'elle accuse
Les misères des villageois.

Ton cœur qui s'ouvre et se reflète
Dans tes pages de vrai poète
Plein d'un sentiment fraternel , —
Dénonce le poids d'un servage
Dont la fin fut le grand ouvrage
D'un tsar au règne paternel.

Karamzine , autre Tite-Live ,
Annaliste de ton pays ,
La race future, attentive ,
Relira tes savants écrits.
Maître d'une langue épurée ,
Calme comme une onde azurée
Ou lugubre comme l'éclair , —
Tu provoques de douces larmes ,
Et le lecteur s'énivre aux charmes
De ton style suave et clair.

Eblouissante galerie
De bardes aux divins concerts ,
Comme une guirlande fleurie ,
Vous embrasserez l'univers.
Que le Génie ouvre ses ailes ,
Et sur ces étoiles nouvelles
Fixe de vigilants regards ;
Du Beau s'agrandit la carrière ;
Du Nord s'élance la lumière ;
Qui ressuscite les beaux-arts.

Moscou ne porte plus envie
Aux climats chéris du soleil
Où , flambeau des Muses, ta vie
S'engloutit dans un long sommeil ;
Car , vers le pôle ranimée ,
Elle va réveiller l'armée

Des poètes et des penseurs ;
Et l'Europe, enfin réunie
Dans une chaine d'harmonie,
S'éclairera de tes splendeurs.

Comte EUGÈNE DE PORRY.

15 novembre 1884.

DENFERT

Tout s'oublie! heurs, malheurs, deuils, revers, tout s'envole!

Au milieu des vains bruits de la foule frivole
Qui chante et danse et rit dans un gai tourbillon,
(Comme de fleur en fleur voltige un papillon)
Peut-on se souvenir du terrible naufrage
Où sombra notre orgueil, sinon notre courage ?
Peut-on songer parfois aux héros qui sont morts ?
Peut-on se rappeler, sans les plus grands efforts,
Les noms de ces soldats, sans peur et son reproche,
Disciples de Marceau, de Kléber et de Hoche,
Qui firent leur devoir noblement, simplement,
Et surent conserver, dans cet effondrement,
Leur honneur et l'honneur de la France, sans tache ?
L'oubli prend vite, hélas! tout grand nom, s'il se cache!
Etre modeste est bien... mais c'est mieux d'être adroit.
Le plus beau dévouement, le plus sublime exploit,
S'il est humble se perd, s'il est obscur, s'efface !

Ton nom sera de ceux dont on cherche la trace,
Denfert! — Oh ! par ce faible et pieux souvenir,
Puissé-je une minute au moins, le rajeunir,
Ce nom d'un preux loyal, d'un grand français, d'un brave,
Qui pourra nous servir d'exemple à l'heure grave

Et, quelque jour peut-être , ô modeste et grand nom,
Résonner dans nos cœurs comme un coup de canon !

Mâle vertu stoïque , ô saint patriotisme !
Elan par qui notre âme atteint à l'héroïsme ,
Sans connaître l'orgueil des lauriers recueillis ;
Noble abdication de soi pour son pays !
Sentiment de grandeur, sublime grandeur d'âme !
Inspiras-tu jamais d'une plus pure flamme
(Toi qui fais des héros, des cœurs que tu soutiens)!
D'aussi fermes soldats, de plus grands citoyens !
Comme une plage, à l'heure où monte la marée,
Etroitement cernée, investie, enserrée,
Dans un horrible étau, dans un cercle de fer ,
En proie aux lâchetés du siège et de l'hiver :
Depuis trois mois , la ville était dans les ténèbres.

O sombre histoire... ô deuils... ô souvenirs funèbres !

Cinq mille infortunés rayés du genre humain,
Perdant , de jour en jour , l'espoir du lendemain
Et s'armant de sang-froid pour chasser l'épouvante,
Bombardés , mitraillés , criblés , cibles vivantes,
Haletants sous l'étreinte infâme des Badois ,
Traqués , comme le sont les fauves dans les bois,
Vivaient , gisaient , râlaient dans la place...
                                      O supplice!
Ni trêve ni répit , pas le moindre armistice
N'étaient venus pendant ce « siècle » sépulcral
Raffermir leur courage ou bronzer leur moral.
Pas un jour, pas une heure, hélas ! nulle détente
N'avait mis un sourire à cet enfer de Dante.
Et c'était effrayant cela. Le vent de mort
Depuis trois mois déjà s'abattait sur Belfort
Et marquait froidement , lâchement ses victimes.

Dieu lui-même semblait approuver tous ces crimes
Car le droit succombait sous la loi du plus fort :
Les agneaux du Midi contre le loup du Nord
Devaient être mangés d'une seule bouchée !
C'était fatal...
　　　　　Depuis trois mois, dans la tranchée,
Dans la ville, aux remparts, jour et nuit, deuils sur deuils ;
Et des blessés sans soins, et des morts sans cercueils ;
Et des enfants passant du berceau dans la tombe ;
Et des mourants, coupés en deux, par une bombe
Malgré le drapeau blanc flottant sur l'hôpital ;
Dans les maisons, pas d'air ; dehors, un air fatal ;
Partout les habitants s'entassant dans les caves,
Pêle-mêle, au hasard, triste troupeau d'esclaves
Devant, par un calcul cruel de l'Allemand,
Servir à provoquer un plus prompt dénouement ;
Femmes, enfants, vieillards ; lamentable cohue
Perdant le sentiment des choses de la rue ;
Funeste encombrement d'êtres terrifiés
Cherchant à fuir la mort dans ces murs viciés,
Et (conséquence horrible) allant au-devant d'elle !
Et dans la casemate, et dans la citadelle,
Faisant faiblir les cœurs et s'éclaircir les rangs,
L'ennui morne gagnant conscrits et vétérans,
Officiers et soldats, vieille armée et mobile,
Et, sur tous les côtés de la petite ville,
Comme décor funèbre à ce drame émouvant,
Le jour, la nuit, malgré le froid, malgré le vent,
Malgré le temps de neige, et de pluie, et d'orage,
L'éclair vif, le vol prompt, le bruit strident, sauvage
Des obus éclatant au moindre choc du fer,
Et dispersant avec un vacarme d'enfer,
En tous sens, au hasard, leurs éclats en démence !

. . . .

Un sombre abattement, un désespoir immense

Régnaient.. Le stoïcisme allait s'affaiblissant;
On sentait que bientôt on serait impuissant
Et qu'il faudrait mourir ou bien rendre la ville :
Cinq mille hommes, comment lutter contre cent mille !
O rage ! Nul espoir, nulle issue. O fureur !
Et l'angoisse croissait, et la fièvre et l'aigreur,
Et chez les plus meurtris l'anxiété farouche
Faisaient monter du cœur, l'amertume à la bouche.
Les soldats les plus fiers, les chefs les mieux trempés,
De lassitude sourde étaient déjà frappés.
Comme l'acier se brise hélas ! contre l'enclume
Le courage impuissant lentement se consume.
D'un sinistre brouillard l'horizon se voilait ;
Chacun (moralement du moins) capitulait !
Et toujours plus nombreux, pleuvaient les projectiles,
Sombre averse inondant de monstrueux reptiles
Tous les coins et recoins de ces murs assiégés.
Et les plus courageux étaient découragés !....

C'est alors, ô Denfert ! qu'en ton âme obstinée
Dût se livrer la lutte, une lutte acharnée,
Entre la «Pitié» sainte et l'austère «Devoir».
C'est alors que ton cœur dût souvent s'émouvoir
D'entendre (oh? le devoir a des rigueurs amères)!
Les râles des enfants et les sanglots des mères,
Et les sourdes clameurs et les cris déchirants
Des vieillards, des fiévreux, des blessés, des mourants,
S'élever comme un chœur du fond des catacombes
Au milieu du fracas des obus et des bombes !

    Et la Pitié, pâle d'effroi,
    S'écriait dans une prière :
    « Arrête ! Arrête ! Ecoute-moi !
    » Cesse la lutte meurtrière !
    » Vois mes pleurs, sois compatissant !

» Plus de ruines !... plus de sang !
» Plus de criminels projectiles !
» Plus de deuils ! Dieu ! qu'espères-tu ?
» N'as-tu pas assez combattu ?
» Oh ! plus de meurtres inutiles !»

Et le devoir impérieux
Commandait, d'un ton fier et grave :
« Soldat, sois ferme, audacieux ;
» Chasse la Pitié qui t'entrave !
» Poursuis ta tâche sans dégoût,
» Jusqu'au dernier homme debout
» Dans la dernière batterie !
» Quoiqu'il se soit bien défendu,
» Jamais soldat s'il s'est rendu
» N'a mérité de la Patrie ! »

Et la Pitié disait : « Assez !
» Assez d'horreurs ! Assez, par grâce!
» Vois tous ces pauvres cœurs glacés !
» Entends tous ces cris dans l'espace !»
Et le Devoir disait : «Attends !
» Grâce à tes efforts persistants
» Tu sortiras de cet orage
» La tête haute... Attends ! crois-moi !
Et la Pitié disait : «Rends-toi !»
Et le Devoir disait : «Courage ! »

Le devoir l'emporta. Ferme en ta loyauté,
Etouffant dans ton cœur la sensibilité
Qui désarme et réduit le soldat le plus digne,
Tu remplis ton devoir et suivis ta consigne,
Sans avoir d'autre but, sans garder d'autre espoir,
Que suivre ta consigne et remplir ton devoir.
Tenace comme un roc battu par la tempête,

3.

Tu restas impassible, et rien, ni la défaite
De Bourbaki venu pour venger nos chers morts,
Ni la grêle de fer, ni la prise des forts,
Ni le manque absolu des boulets dans la place,
Ni le tir ennemi, tristement efficace,
Eteignant coup sur coup tous les feux des remparts,
Ni le froid, ni la mort fauchant de toutes parts,
Ni l'approche à pas lents, mais sûrs de la famine,
Ni l'appréhension d'attaque clandestine.
De surprise ou d'assaut terrible à repousser,
Ni cet état, que nul ne pût faire cesser,
De vague incertitude et de sombre ignorance
Du sort que Dieu gardait au reste de la France :
Rien enfin, rien, non rien, dans cette adversité,
Ne pût, ô fier soldat, vaincre ta volonté.
Grâce à ton calme et grâce à ta rare énergie,
Pendant huit jours encor, Belfort en léthargie,
Subit le choc sauvage, effroyable, sanglant
Du monstre.
       Oh ! ces huit jours !... Ce fut un feu roulant,
Une avalanche folle ! un déluge ! une trombe !
Bien des êtres frappés grossirent l'hécatombe
Des malheureux dormant déjà du lourd sommeil !
Hélas ! il en coula du sang jeune et vermeil,
Tant les « Krupps » déchaînés firent un rude office !
Bien des soldats encor portent la cicatrice,
Des coups de foudre affreux reçus dans ces huit jours !
Bien des cœurs, bien des cœurs la porteront toujours
Sans doute, et dans vingt ans, dans trente ans, dans cinquante
Se rappelant soudain la « semaine sanglante »
Qui brisa leur espoir et fit leur sombre deuil,
Quelques-uns maudiront, Denfert, ton noble orgueil !
Oh ! la douleur égare et mène à l'injustice.
Tous n'ont pas l'âme haute et prompte au sacrifice.
Les grands cœurs savent seuls souffrir stoïquement :

Qu'importe ! Ton courage est un enseignement.
La France, en écrivant cette page d'histoire,
Mettra ce fier exploit, au rang d'une victoire.
Ton exemple vivra. Dors en paix. L'avenir
Gardant pieusement ton mâle souvenir,
Dira qu'aux jours d'effroi de la France meurtrie :
Tu sauvas, dans Belfort, l'honneur de la Patrie !

(*Rhône*.) L. Martel.

LE RENARD PÉNITENT.

Jadis un vieux Renard, des plus rusés Matois,
    Sentant venir sa fin prochaine,
A son esprit troublé retraçait avec peine
    Ses brigandages d'autrefois.
Hélas ! se disait-il, le remords qui m'accable
De mes crimes nombreux attriste la noirceur.
Que j'en tire du moins une leçon capable
De guider mes enfants au chemin de l'honneur.
Cela dit, il s'en va vers la grotte voisine
Qu'habitait sa famille ; il appelle ses fils :
Remarquant du vieillard l'attitude chagrine,
Mon père, dit l'aîné, quels sont donc vos soucis ?
Lui, prenant à ces mots, plus humble contenance,
L'air d'un moine confit dans les austérités,
Fait un signe à la troupe, impose à tous silence,
    Et dit : mes enfants, écoutez :
Je vais mourir bientôt, mais avant que je meure
Souffrez que je vous dise, avec sincérité,
Les tourments que j'éprouve, à cette dernière heure,
Pour avoir mille fois commis l'iniquité.
Hélas ! que j'en ai vu d'innocentes victimes !
Que leurs cris aujourd'hui font de mal à mon cœur !

Je ne vous dirai point mes cruautés, mes crimes,
  Enfants, vous frémiriez d'horreur !
  Dans les basses-cours du village
M'étant glissé jadis, vers la chute du jour,
Des poussins, des oisons s'offrent sur mon passage,
Et moi, traître, j'en fis un horrible carnage ....
    Comme un affreux vautour !...
  Lors, une mère désolée
Osa dire : pitié, grâce pour mes enfants !
    — Je la saisis, palpitante; troublée,
    Je la déchirai de mes dents.
Plaignez, plaignez, enfants, le sort de votre père.
De remords consumé, voyez, il va mourir...
Ah ! mes pauvres amis, gardez-vous de mal faire,
  Car le remords fait trop souffrir.

Là le Prédicateur se tut, et l'auditoire,
    Edifié de ses leçons
    Veut mener, en toutes saisons
    Une conduite méritoire.
Chacun louant, pronant le sermon paternel,
Se disposait à faire un serment solennel.
Mais un démon de coq — oh ! l'enfer dans sa rage,
L'Enfer l'avait commis pour faire son ouvrage—
Un scélérat de coq se trouva là, par qui
Fut poussé dans les airs un long kikiriki !...
— Que la tentation hélas ! a de puissance
Et triomphe aisément de notre résistance !
A la voix, à l'aspect de ce maudit chanteur,
Tous se sont élancés vers l'objet tentateur.
L'auditoire enflammé n'a plus horreur des crimes.
Le Prédicant lui-même, oubliant ses maximes,
Se traîne comme il peut, sur son maigre jarret,
Et demande, à grands cris, qu'on lui laisse un poulet.

Allez dans les salons, allez dans le saint temple.
Écouter les serments qu'on fait de toutes parts.
On prêche la vertu sans en donner l'exemple.
Le monde est plein de vieux renards.

JACQUES DE HALIP.

A LA MUSE DE L'HISTOIRE

I

O Muse de l'histoire !
Que j'aime à parcourir
Tes fastes, tes grandeurs, ton éclat et ta gloire !
— Ecole d'avenir ! —

Approchons un instant ton temple de mémoire ;
Des siècles éloignés proclamons la victoire !

O Muse des printemps,
Je te vois de tous temps
Ensemencer le doux sentier des roses ;
Pour inspirer l'amour du bien en toutes choses !
Tu veux dans ta sublime ardeur,
Donner à l'homme le bonheur ?
— La semence sera fertile,
La réalité difficile ! —
Mais que ton rôle serait beau,
A la lueur du saint flambeau,
Qui projetterait la lumière,
Dans la nature entière,
Sur un monde nouveau !
Divine instigatrice
De l'austère vertu,
Dans ton âme le vice
Est toujours combattu.

II

Mais, la brute faite homme,
— Qu'on entoure d'arôme —
Unira-t-il jamais : honneur et pauvreté ?
Quand il n'accepte point la médiocrité !
Avancer, avancer, est toute sa prière ;
Sans regarder devant, sans s'arrêter derrière,
   Il marche sans songer
Qu'il est à chaque pas un éminent danger ;
Que l'aberration du luxe et de l'envie
   Fait une criminelle vie !
Et que l'on s'aventure, alors qu'on ne sait pas
Qu'il faut devoir l'honneur au travail, aux combats.

  Enfin, si l'or le favorise,
  L'ambitieux avise.....
   En air de majesté,
   Il reprend sa gaieté,
  Son importance et sa vivacité.
Mais avec la fortune il demande autre chose :
  De paraître ignorant, il n'ose ;
  Il s'adjoint un compère, il cause ;
  Il veut avoir un grand renom,
Un emploi de l'Etat où brillera son nom ;
Il donnera sa voix aux affaires publiques,
Il s'inscrira partout en offrant ses reliques :
  Il s'oubliera jusqu'à faire une loi,
   Qui proscrira le roi,
   Puis ensuite... la Foi ! !
Ce n'est pas tout : dans son air d'importance,
   Il élira de préférence
Un camarade, un intrigant finaud,
Qui fuira son pays, emportant le magot !

O Muse de l'histoire !
Que j'aime à parcourir
Tes fastes, tes grandeurs, ton éclat et ta gloire :
Ecole d'avenir !

III

Mais que vois-je, ô Muse chérie,
En levant mon regard sur toi ?
— Tu me dis : chante la patrie,
Dans ses beautés et dans sa foi !
Laisse la haine à l'aventure
De notre ingrate humanité,
Décris l'éclat de la nature,
Poëme plein de majesté !

Oui, chante à chaque aurore
Avec tes doux oiseaux ;
Le soleil les décore
De plumages nouveaux ;
Par leur instinct unique,
Ils comprennent les sons
D'une voix sympathique,
Unie a leurs chansons.

Tu me dis : chante l'homme sage,
Qui se trouve sur ton chemin,
Et laisse au loin gronder l'orage,
Fuir le soleil à son déclin.
Du barde rappelle la lyre,
Et des poètes les beaux vers,
Si leur voix donne le délire,
C'est qu'ils fêtent tout l'univers !

Ainsi que l'on voyait naguère
Chevaucher le fier paladin,
Portant à son voisin la guerre,

Sachant mourir avec dédain !
Ainsi l'homme de chaque époque,
Pour satisfaire son penchant,
Court au péril, quand il provoque
Un ennemi jaloux, méchant.

Lorsque la Grèce et Rome
Eurent anobli l'homme,
Pour ses faits merveilleux,
Dignes des demi-Dieux !
Il porta son audace
Avec grandeur et dignité !...
Dès lors son pied fraya la trace
Où vint passer la vérité !

Et le soleil de la justice,
Illuminant tout l'Orient,
Repoussa les ombres du vice,
Et brilla sur l'homme priant :
La croix paraissait rayonnante,
Au-dessus des murs de Sion,
Dotant de sa vertu puissante
Notre civilisation.

Poète, apporte ton hommage
A tous les apôtres du bien ;
Au vrai mérite, au grand courage,
Au véritable et bon chrétien !
Respecte le missionnaire,
Toujours humble dans sa vertu,
Se dévouant à la misère,
Pour relever l'homme abattu.

Le marin traverse l'abîme
Où peut-être l'attend la mort...

Qu'importe à sa valeur sublime :
Il priait en quittant le port !
Vois ! le guerrier se sacrifie
Pour son pays tant agité :
Son sang coule... il se déifie,
En défendant la liberté !...

. . . .

Quitte donc ton humeur morose,
Laisse loin de toi les méchants :
Dieu voit faire tout ce qu'on ose,..
Toi, regarde la fleur des champs ;
Abandonne ce qui t'enflamme :
Le bien, c'est la tranquillité,
Le bonheur, c'est la paix de l'âme
Et l'espoir : notre éternité ! !

Veuve M^ie PLOCQ DE BERTIER,
Présidente d'honneur des Concours
poétiques du midi de la France.

Paris, novembre 1883.

A LA MÉMOIRE

de M. le docteur Louis JACOBI

mort le 4 novembre 1883.

Le voilà donc frappé par la mort, la cruelle,
Celui qui si longtemps a combattu la mort,
Celui qui si souvent, dans sa lutte avec elle,
Heureux triomphateur, s'est montré le plus fort !

Oui, pendant quarante ans au labeur sans relâche,
A tous, excepté lui, dévoué nuit et jour,

Il a fidèlement rempli sa sainte tâche
Jusqu'à l'heure où le mal le saisit à son tour.

Pour les infortunés qui souffrent et qui pleurent
Sa vie était un bien qu'il n'a jamais compté ;
Le repos vint pour lui comme pour ceux qui meurent,
Quand enfin il tomba vaincu, mais non dompté.

Homme au cœur généreux, tout fait de sacrifice,
Dont la main bienfaisante a séché tant de pleurs,
Le destin ne t'a point épargné le calice
Où Dieu verse aux humains les terrestres douleurs !

Nous saluons en toi le combattant fidèle
Qu'à la céleste gloire appelle le Seigneur,
Et toujours dans nos cœurs tu vivras en modèle,
Comme un soldat frappé debout au champ d'honneur.

Repose en paix là-haut, âme noble et stoïque !
Les anges ont frémi du bonheur de te voir :
Dieu choisit pour élu l'homme au cœur héroïque
Qui tombe, ainsi que toi, martyr de son devoir !

 Schiltigheim.   AIMÉ REINHARD.

L'HIVER

De noirs débris l'automne a jonché nos parterres ;
Les fauves aquilons succèdent aux autans ;
L'hiver aux doigts glacés nous tenaille en ses serres ;
Ah ! qu'ils sont loin partis nos beaux jours de printemps !

Sous sa robe de givre, ainsi qu'une épousée,
La nature frissonne et se pâme et se tord,

Mais son ardeur s'éteint : elle tombe épuisée
Sous les mortels baisers de l'âpre vent du Nord.

Aux entrailles du sol la sève est descendue,
Inerte et sans vigueur elle attend le printemps
Pour reprendre son œuvre un instant suspendue :
Tout dort dans la nature et tout reste en suspens.

Déjà les moissons d'or ont fait place aux jachères ;
Au sillon est enfoui l'espoir des lendemains ;
On ne rencontre plus les joyeuses vachères
Conduisant leurs troupeaux paître par les chemins.

L'aubépine n'est plus l'ornement de nos haies ;
L'églantine a cessé de craindre nos ciseaux ;
Leurs bouquets parfumés sont devenus des baies
Que viennent à l'envi grappiller les oiseaux.

La jacinthe a vécu ; la rose est effeuillée,
Dans l'éternel néant elle a suivi ses sœurs ;
Le zéphyr n'ira plus sur sa robe émaillée
Déposer ses baisers, ni l'aurore ses pleurs.

En ses greniers remplis, la fourmi dans la joie,
Narguant froid et famine attend le renouveau.
Le papillon se carre en son palais de soie
Laissant venir avril pour renaître plus beau.

Sous un ciel sans soleil, privés de leur campagne,
Seuls à seuls les ramiers roucoulent dans les bois.
Les loups s'en vont hurlant à travers la campagne
Terrifiant les nuits des bergers aux abois.

Les lièvres pour la plaine ont quitté les bruyères ;
Les cigognes ont fui nos climats inconstants.

Un lourd manteau de glace a rendu prisonnières
La grenouille au marais, la carpe en nos étangs.

Mondor en son palais, dont les murs étincèlent,
Au son des harpes d'or danse et se divertit,
Topazes et rubis à flots pressés ruissellent
Dans la coupe où sa lèvre à longs traits s'abrutit.

Lazare, en sa mansarde où son haleine gèle,
Près de l'âtre accroupi, souffle en ses doigts transis,
Mais, l'âtre est veuf de flamme et son souffle flagelle
Ses membres par le froid perclus et raccourcis.

L'hiver aux doigts glacés nous tenaille en ses serres!
Les fauves aquilons succèdent aux autans;
De noirs débris l'automne a jonché nos parterres,
Ah! qu'ils sont loin partis nos beaux jours de printemps!

    Eure.   EMILE MAHEUT.

DERNIERS RAYONS

Le soleil s'abaissait vers la mer empourprée,
Le vent avait cessé de passer sur les eaux
Et les derniers remous de la vague nacrée
Agitaient doucement de lumineux faisceaux.

Quelques nuages noirs entouraient l'auréole
Des rayons d'or rougi que l'astre en se couchant
Projetait dans les airs. Je restais sans parole
Admirant les splendeurs du jour à son penchant.

Mille flèches d'argent se croisaient sur les ondes,
Se brisaient en tous sens, éblouissant mes yeux,
Pas un navire au loin n'ouvrait ses voiles rondes;
La mer se reposait sous un ciel radieux.

Deux passereaux devant ce spectacle sublime
Restaient seuls avec moi, posés près d'un rocher,
Dont un lichen jauni venait couvrir la cîme
Rendant ses tons plus doux sans pouvoir les cacher.

Un peu plus loin le flot se brisait sur la grève
Jetant à mon oreille harmonieux accords,
Pour bercer ma pensée et la conduire au rêve,
Aux doux ressouvenirs qui tous reprenaient corps.

Ah ! je ne croyais plus aux molles rêveries,
Aux conteurs estompés des horizons brumeux,
Et voilà que mon cœur est aux heures chéries
Qui sonnèrent pour moi près des flots écumeux !

Mais pourquoi retourner vers l'époque écoulée
Des songes azurés ? l'horizon s'assombrit,
Le vent souffle glacé, la vague déroulée
Jette sous mon regard un fantôme qui rit.

PAUL KERLOR.

SURSUM CORDA

N'enchaîne pas ton cœur aux choses de la vie,
    Tristes illusions, éphémères plaisirs ;
Sous le joug des humains l'existence asservie
Cherche en vain le bonheur dans ses changeants désirs.
A peine as-tu jeté tes regards sur la terre,
A peine as-tu sondé l'immensité des cieux,
Que déjà le soir vient et la vieillesse austère
Amenant les douleurs, rend ton front soucieux.
Où sont les rires fous de la folle jeunesse,
Ses rêves insensés, sa foi dans l'avenir ?
L'amour a-t-il gardé son entraînante ivresse ?

Tout s'écroule en un jour et ne peut revenir.
Jette donc le mépris aux humaines folies,
Dirige ton regard vers le grand horizon,
Ne va pas au contact des âmes amollies,
Tu pourras t'élever à la haute raison.
L'aigle a besoin du ciel pour étendre son aile,
Il plane et voit à peine en bas le pauvre humain
Chercher la poudre d'or, travailler avec zèle
Pour assurer des jours qui ne sont plus demain !
Élève-toi, mon cœur, vers de plus grandes cîmes,
Laisse aller ta pensée à l'espace infini.
Vers Dieu tu marcheras au-dessus des abîmes,
Sur chaque être le vrai te sera défini.
Car Dieu seul a le mot de toute la science,
De chaque cause il est le principe et la fin,
Pour monter jusqu'à lui soyons sans défaillance,
En atteignant ce but, nous pourrons dire : enfin !

PAUL KERLOR.

ELLE, POÈTE

Non, non, ne chante pas, ne jette pas ton âme
      Aux échos bruyants des railleurs !
Garde bien à mon cœur, garde toute la flamme
      Que tu pourrais brûler ailleurs.
C'est à moi de parler, de raconter au monde
      Les tourments cachés de mon cœur,
C'est à moi de courir sur la terre et sur l'onde
      Pour mériter d'être vainqueur.
La simple fleur des champs s'abrite dans la mousse
      A l'ombre d'un épais buisson,
Odorante et voilée, inconsciente et douce ,
      Elle ne dit pas de chanson.
La colombe s'en va sous l'épaisse feuillée,
      Tresser le nid de l'avenir.
Trop tôt, oui, bien trop tôt, de la rose effeuillée

Il ne reste qu'un souvenir.
Ne révèle qu'à Dieu ta flamme virginale,
        Incline devant lui ton front.
Tu lui diras ton cœur dont l'aube matinale
        Doit échapper à tout affront.
Si tu n'es pas au Christ, dominateur des mondes,
        Amant des divines amours,
Reste vierge à celui dont les ardeurs profondes
        Vers toi s'élèveront toujours.

PAUL KERLOR.

LA MÉPRISE DE L'ABBÉ JOCASSE

La dernière fois que je fis le voyage des Epinettes, un spectacle inusité s'offrit à ma vue. Sur la route, habituellement déserte ou peu fréquentée, une foule endimanchée se pressait : ce n'étaient que blouses neuves et empesées, jaquettes vénérables à bouton d'or sur fond bleu, robes à ramages, bonnets enrubannés, foulards écarlates; une débauche enfin de couleurs voyantes et de tons criards.

Pourtant, le calendrier n'annonçait aucune fête. Il marquait jeudi, tout simplement, un de ces vulgaires jeudis du mois d'août que, d'ordinaire, on ne chôme pas à la campagne. Et sept heures du matin n'avaient pas encore sonné ! — A quoi donc attribuer cette exhibition d'oripeaux et cette procession ? Je m'étais déjà posé et reposé inutilement cette question, chemin faisant, quand j'atteignis le cabaret de la *Croix blanche*.

Au lieu d'imiter les passants, qui semblaient à ce moment-là faire fi de cette auberge et s'en détournaient, j'y entrai.

Pas un chat dans la salle à boire. Une soixantaine de

couverts, alignés parallèlement, s'étalaient sur les tables, rangées pour la circonstance en fer à cheval. — A la cuisine, où j'allais frapper, j'entendis le pétillement d'un feu que la saison ne justifiait pas. De plus en plus intrigué, j'ouvris la porte :

— « Ah ça, père Mouthon, quelles noces préparez-vous, mon brave, et pour qui ce brasier d'enfer ? »

— « Oh ! ce n'est pas de noces qu'il s'agit, Monsieur Florimond, sans quoi vous auriez été prévenu, je pense ; on ne se marie pas sans les amis. Mais c'est tout de même, une rude journée que je vais passer. Songez-donc ! Monseigneur qui arrive à neuf heures pour la confirmation ! Les communiants des paroisses voisines envahiront la salle avant midi, ventre affamé, et rien n'est prêt !... Si encore je n'étais pas seul ! Mais allez compter sur les femmes, en pareille occasion ! Tenez, voilà une éternité qu'elles sont là-haut à s'ajuster, la mère et la fille, et je crois bien que si vous ne montez pas les taquiner un peu elles ne descendront plus. »

Comme j'hésitais à gravir l'escalier, et que je manifestais quelques scrupules : « Y pensez-vous, dit le patron ; si Rose est si tourmentée de paraître belle, à coup sûr ce n'est pas par crainte d'être vue. Au surplus, ajouta-t-il avec un regard malin, vous êtes connaisseur, et les filles de dix-huit ans ne passent pas pour repousser vos galanteries. »

Vraiment, c'eût été dommage de ne pas l'écouter.

« Gare la bombe ! » criai-je d'en bas, d'une voix de stentor qui me devança de quelques secondes seulement, et je me précipitai dans la chambre du premier étage. La mère avait fini depuis longtemps de s'agrémenter. Mais elle attendait Rose, qui piquait d'une dernière épingle un superbe mouchoir où deux tourterelles peintes en vert semblaient se becqueter le long de son corsage.

En me voyant entrer, la poulette devint rouge comme
une cerise. Elle se laissa embrasser, cependant, mais
avec une gêne inaccoutumée, qui me donna à réfléchir
sur les inconvénients des tournées pastorales. Un peu
déconcerté, je serrai la main de la vieille, et j'étais sur
le point de battre en retraite, quand soudain je me
ravisai : « ce mouchoir ne va pas à ma guise », observai-
je, et, sous prétexte de lui donner le coup de grâce, je
me mêlai maladroitement de ce qui ne me regardait
pas. Egarai-je sur certains contours une main téméraire ? Il se peut, car je reçus presque aussitôt de la
patiente un petit soufflet bien appliqué ! — « Vous
empiétez sur les droits de Monseigneur, dis-je en riant;
mais de vous, que n'accepterais-je pas ? » Une moue
presque gracieuse accueillit cette déclaration, et tous
ensemble nous descendîmes.

Au bas de l'escalier, je remarquai *la* Mariette *au*
boulanger, la Fanchette à Petit Pierre et la Toinon de
chez les Roguets, qui venaient d'arriver.

« En toute autre circonstance, insinuai-je, il me
serait agréable de vous accompagner jusqu'à l'église ;
mais, pour le moment, cherchez qui vous mène, mes
chères brebis ! »

Là-dessus, je m'esquivai, pressant le pas de manière
à rattraper le temps perdu. La journée était magnifique,
et le rêveur le plus indifférent se serait extasié à chaque
instant devant les splendeurs de la nature. Mais d'autres
préoccupations m'agitaient. Puisque l'auberge du père
Mouthon, malgré son éloignement, paraissait devoir
être envahie à l'heure du repas, celle du chef-lieu serait,
à plus forte raison, bondée comme un œuf. Car on ne
confirme pas tous les jours, aux Epinettes, et quand, une
année sur dix, l'Evêque se dérange, il convoque dans
ce village le ban et l'arrière-ban de tous les néophytes
circonvoisins : résultat probable, dix fois plus de monde

4.

à héberger que la localité ne comporte. —Où trouverais-je à dîner ?

J'en étais là de mes réflexions, quand mon attention fut attirée par un bruit cadencé de coups de marteaux. Tout près de moi, juste au point où le chemin de la Feuillasse aboutit à la route où j'étais, se dressait une espèce d'arc de triomphe. Contre les piliers de cet arc étaient appuyées deux échelles, et sur ces échelles étaient perchés deux charpentiers qui finissaient d'appliquer un écriteau de grandes dimensions.

Je lus tout haut cette inscription : « *Béni soit celui qui vient au nom du Seigneur.* »

— « Et que les autres se tirent d'embarras comme ils pourront » ! Ajoutai-je encore plus haut.

Ces paroles irrévérencieuses firent sortir du poste où il était embusqué — derrière la charpente —un colosse en soutane qui, après m'avoir toisé de la tête aux pieds, s'approcha de moi, d'un air aussi surpris qu'embarrassé.

— « Tiens, dit-il, c'est ce farceur de Florimond, si je ne m'abuse !... Où donc courez-vous donc ainsi, mon vieux, et quel taon vous a piqué ?

Ce fut mon tour de dévisager le personnage. Et quel ne fut pas mon étonnement, lorsque dans cette robe interminable je reconnus mon ancien condisciple, Athanase Jocasse !

—« Comment, vous ici, Thanase ? Par quel miracle ?»

Il m'apprit que, depuis deux mois, il était vicaire aux Epinettes, qu'en cette qualité c'était à lui d'organiser la réception de l'Evêque, et qu'il était fort contrarié d'avoir affaire en même temps au four et au moulin, son vieux curé ne pouvant s'occuper de rien.

Tandis qu'il parlait, j'étudiais sa physionomie, et j'observais ses gestes. Depuis dix ans que je ne l'avais vu, c'était bien toujours le même laisser-aller, trahissant

la même franchise et, je dois ajouter, la même naïveté.
Il avait grossi, seulement, dans des proportions exagé-
rées. Et cependant, même dans son enfance, en le voyant
épais et lourd, on n'aurait jamais songé, je vous assure,
à faire à sa mère le reproche de l'avoir filé trop fin. Il
méritait encore ce surnom de *Bovet* qu'on lui cornait
aux oreilles à une époque où, se ruant sur nous, pauvres mioches qui l'agacions, il avait juste assez d'esprit
pour ne pas nous assommer avec ses larges poings.
Dans ce temps là, ses vastes pieds, triangulaires au sommet, comme des biscuits de Rumilly, étaient un sujet
inépuisable de mauvaises plaisanteries. Sa soutane, à
présent, les dérobait aux regards des moqueurs. Je ne
retins, de l'ensemble de mon examen, qu'une impression
de bonhomie qui m'engagea à parler à l'abbé sans
détour.

— « Entre nous, lui dis-je, il ne fait pas bon se
trouver sur le passage de vos évêques et de leur suite :
ils accaparent tout, et sont passablement encombrants.
J'en suis à me demander où je pourrai dîner. Avec un
peu de charité, vous me tireriez d'affaire. »

— « Eh ! parbleu, vous dînerez avec nous. »

— « Non pas. Cette charité là ne saurait me convenir.
Celui que vous appelez votre Maître acceptait, il est vrai,
des publicains à sa table, et même des pagers. Mais il
y a beau temps que les princes de l'Eglise ont modifié
le recrutement de leur entourage. Et, même en admettant que, par faveur insigne, on consente à m'accueillir
dans ce milieu, je n'y pourrais faire que la figure de
Samuel au milieu des Amalécites. »

— « Merci du compliment !... Enfin, que désirez-
vous ? »

— « Voici. — Comme on n'a pas encore vu de festins dont il ne soit resté quelques miettes, c'est sur ce
résidu que je compte pour mon repas. Quand tout le

monde sera servi, vous me ferez porter à la mairie un
peu de votre superflu, et, si vous daignez y ajouter une
de ces bouteilles qui réjouissent le cœur, mon bonheur
sera sans pareil, et vous aurez fait une bonne action.»

— « Soit. — Prenez patience, et vous ne serez pas
oublié ! Mais pendant que vous êtes là, ne pourriez-vous
pas à votre tour, me rendre un service ? Il vous serait
si aisé de diriger mes charpentiers, pendant que je
m'occuperais ailleurs. Le temps presse, voyez-vous, et
je ne sais vraiment plus que devenir.»

— « Allez ; mon cher, je me charge de votre arc, et
vous m'en direz des nouvelles ! »

Il partit enchanté, me laissant seul avec les ouvriers.

— « Vous connaissez Monsieur l'abbé », demanda
l'un d'eux.

— « Quelque peu. »

— « Bon garçon, mais qui ne dit pas aujourd'hui la
plus belle de ses chansons..»

— « — Et qui n'est pas, j'en réponds, d'humeur
commode », ajouta l'autre.

— « Il n'a pas la tête à lui, reprit le premier, et
c'était bien le moment que Monsieur nous délivrât,
car, j'étais impatienté... Quel crampon !... Comment
travailler avec un pareil animal à ses trousses ? Exami-
nez-moi, s'il vous plaît, cette besogne, et dites seulement si c'est présentable ? »

Effectivement, l'arc de triomphe avait triste aspect.
Dois-je l'avouer ? Il n'est pas jusqu'à l'écriteau qui ne
donnât prise à raillerie. On l'avait placé à rebours. Au
lieu d'être visible sur la route où je me trouvais, c'est
du côté de la Feuillasse qu'il devait être tourné, puisque
l'Evêque arriverait par là. Personne n'y avait pris garde.
Un mot suffit pour montrer leur bévue aux ouvriers, qui
le décrochèrent aussitôt, pour le mettre à la vraie place.
Occupés à cette besogne, ils étaient perchés deci delà

sur leurs échelles, quand soudain la même exclamation retentit de part et d'autre :

— « Il ne manquait plus que ça !... Le curé qui vient maintenant, nous relancer, à la place de son vicaire ! »

A deux cents mètres de nous, noire sur la route blanche de poussière, pointait la silhouette annoncée. Un myope aurait cru voir un tuyau de poële circulant. Long comme une gaule et sec comme un clou, révérend Gouttasolet s'amenait à petits pas, en homme que rien ne presse et qui ne tient pas à se fatiguer. C'était un de ces bons curés de l'ancienne école, maintenant aussi rares que des merles blancs, qui ne tracassaient personne et prenaient le monde tel qu'il est. Depuis quarante ans qu'il desservait la paroisse des Epinettes, on ne lui connaissait qu'une passion, la pêche, et qu'un défaut, l'avarice.

C'était plus qu'il n'en fallait pour faire le désespoir de ses vicaires, race au suprême degré déplaisante, incapable de comprendre qu'on s'obstine à lui servir des fricassées de goujon sept fois par semaine, toujours prête à crier famine, et croyant faire un cadeau, le dernier jour du mois, quand elle débourse trente francs par tête pour régler sa pension. Je n'ai pas besoin d'ajouter que les curés du voisinage évitaient ce confrère économe, au caveau vide et ne lui faisaient que les visites obligatoires. Mais, tel qu'il était, ses paroissiens l'aimaient, et ne l'auraient pas volontiers changé contre un autre. — Aussitôt qu'il m'aperçut, c'est vers moi qu'il se dirigea.

Je m'approchai, pour lui demander des nouvelles de sa santé.

— « Ce n'est pas ce qui paraît vous préoccuper le plus, dit-il ironiquement, puisque si je n'étais pas venu, vous ne vous seriez pas dérangé pour me voir.

Il faudra, pourtant, que vous passiez au presbytère, car je n'accepte pas vos conventions avec l'abbé. Me prenez-vous pour un marchand de portions ou pour un débitant de vin à emporter ? C'est à ma table que vous dînerez, et, si la compagnie ne vous sourit qu'à moitié, vous ferez pénitence au moins cette fois-là.

J'essayai de me récrier.—« C'est bon, dit-il, en me prenant la main, nous ne sommes pas si horripilants que vous croyez, et j'aurai soin de vous mettre à l'aise. »

— « A côté de l'abbé ? »

— « Quel abbé ? —

— « Le vôtre, naturellement, mon ami Jocasse. »

— « Oh ! pour celui-là, n'y comptez pas : pendant que nous mangerons tranquilles, il aura d'autres chiens à fouetter... Il ne vous a donc pas dit que, dans les embarras d'aujourd'hui, il a pris pour lui le plus difficile, et que le succès du repas dépend exclusivement de son habileté ? »

— « Mais non. Je dois même avouer que je ne comprends pas. »

— « Eh bien, voici. Monseigneur, à raison de son grand âge et du mauvais état de sa santé, ne mange pour ainsi dire pas. Dans certaines cures par où il a passé au début de sa tournée, des confrères trop zélés se sont mis en quatre pour le recevoir, et, jugeant de son appétit d'après celui de son regretté prédécesseur, ont empilé devant lui des montagnes de gourmandises. Ils n'ont abouti qu'à l'indisposer, si bien qu'à sa troisième indigestion il nous a fait adresser une circulaire où, comme point essentiel, il recommande la plus grande simplicité dans le menu : deux plats seulement et la salade. Une note particulière du Grand Vicaire insiste en ces termes : « Les deux plats importent peu, Monseigneur n'y touchant guère, mais la salade offre à l'imagination des connaisseurs toute une gamme de raffinements dans lesquels Sa Grandeur ne manque jamais de voir un indice de la délicatesse de MM. les curés. »

— « Et c'est Jocasse, Athanâse de son petit nom, qui doit répondre aux exigences de cette note ? »

— « Lui-même... Il faut le voir aller, venir, bouleverser tout, de la cave au grenier, depuis quinze jours. La cure n'a pu suffire à ses investigations : elle est si mal pourvue ! Mais le château est bien garni : vite, il a écrit à la comtesse, qui était aux eaux, pour obtenir l'autorisation de le mettre sens dessus dessous. La bonne dame lui a donné carte blanche, et maintenant, dans le vieux manoir, on ne sait plus où rien trouver : la batterie de cuisine a pris le chemin du presbytère et, malgré l'entassement des faïences dans mon logis, il manque toujours à l'abbé quelque chose. Aujourd'hui, des plats, hier des assiettes, et ce matin même il n'avait pas encore mis la main sur un saladier assez grand pour satisfaire aux besoins de la situation. »

— « Je m'explique, à présent, son trouble... On serait inquiet pour moins ; mais il faut espérer qu'il s'en tirera à sa louange. »

— « J'y compte aussi. — Quoi qu'il en soit, nous n'avons pas longtemps à patienter avant d'être édifiés. Et, puisque vous voilà dans le secret, je vous quitte pour retourner à mes ouailles. A midi la suite, et rappelez-vous que l'exactitude est la politesse des invités. »

Le vieillard s'en alla comme il était venu, sans trop se presser ; et, comme pendant notre conversation les charpentiers avaient achevé la besogne dont la surveillance m'incombait, je jugeai bon de quitter la place à mon tour, et je pris le chemin du village, à quelque distance du curé.

* *

Monseigneur ne s'est pas fait attendre.

A neuf heures, sa voiture est arrivée, flanquée de hu^lt cavaliers de la Feuillasse, qui se sont aussitôt retirés devant l'escorte des Epinettes, chargée de les relever.

Les boîtes détonnent tout le long du parcours. Les cloches à grande volée jettent aux quatre vents leurs plus joyeux carillons. La foule s'enlace à la suite du véhicule et, bannières déployées, défile en rangs d'oignons jusqu'à l'église.

Il fait beau voir l'abbé Jocasse, en ce moment. Plus fier qu'un général à la tête d'un corps d'armée, il ne songe qu'à en imposer par sa prestance à la multitude du peuple, et à l'édifier par son recueillement. Faut-il le dire? Un sentiment de vanité, qui ne lui est pas commun, semble régler son maintien. Tous les camarades d'Antan paraîtraient devant lui maintenant, qu'il n'en reconnaîtrait pas un. L' « oint du Seigneur » a passé près de moi, dédaigneux et sans regard.

Eh! que diantre, il n'est pas le seul, Rose a bien failli m'écraser un pied sans me voir. Et _la_ Celine à Mariasson, la rusée, a tout simplement baissé les yeux devant le hussard à Pierrolet, comme une innocente en présence d'un inconnu... Coquine, va!... Mais, que voulez-vous? C'est un mot d'ordre, paraît-il, et le diable est comme le bon Homère : il sommeille quelquefois.

* *

La cérémonie dura, pour mon estomac, plus d'un siècle, et comme je n'y brillai que par mon absence, on m'excusera de n'en pas parler. Je vous laisse à penser seulement si je languissais d'en voir le terme. Midi n'avait pas encore sonné, que depuis longtemps

je faisais sentinelle au bas de l'escalier du presbytère.
Enfin, le curé me rejoignit. Il venait s'assurer par un
dernier coup d'œil, que tout était prêt..

— « Patientez, me dit-il ; encore une minute et nous
sommes à vous. »

Cette fois je n'attendis guère, et presque aussitôt je
vis arriver les convives.

Monseigneur La Quergne est un petit vieillard jaune
et ratatiné, bilieux, à l'œil éteint, au cœur mort. On
s'explique de reste qu'il ait besoin d'une salade épicée
pour se ravigoter.

Quelle différence avec Monsieur Gloria, le grand Vicaire ! une espèce de Sancho, celui-là : trappu, lippu,
figure écarlate et triple menton ; de quoi remplir une
stalle et relever le prestige du haut clergé. Car voilà
comme je comprends les dignitaires de l'Eglise, et soyez
persuadés qu'il les comprend comme moi : son geste
impérieux, son allure un peu rogue, et sa voix brève
annoncent l'habitude et le besoin de gouverner. Même,
c'est par lui que j'aurais dû commencer les présentations,
n'était mon respect scrupuleux de la hiérarchie. Entré le
premier dans la salle, il pérorait, gesticulait, éclipsait
non seulement l'évêque, mais l'entourage entier, sans en
excepter le chanoine Grésillon qui, pourtant, sous des
dehors modestes, cachait l'homme le plus érudit du diocèse. Ce chanoine, disait-on, savait par cœur tout le
Deutéronome et la moitié du Pentateuque.

A côté de ces gros bonnets, le Maire et l'Adjoint de
la paroisse, plus une vingtaine de prêtres des environs:
figures sans expression pour la plupart, sauf l'abbé Clu-
blet, vicaire de Salenjeux, qui mérite un signalement
particulier.

Celui-là tranchait sur l'insignifiance des autres par sa
mise recherchée. Il portait, à ses souliers des boucles
d'argent, et sur le nez des lunettes d'or. Hommage de

la comtesse, ces fameuses lunettes d'or ! Elle les lui
avait données, la charmante veuve, en récompense de
ses bons services quand il était vicaire des Épinettes,
et, quoique des jaloux sans pudeur eussent fait un crime
à l'abbé de les avoir méritées ; quoique même elles
eussent servi de pretexte à la disgrâce qui l'avait éloi-
gné dè la commune, leur coquet propriétaire tressaillait
de plaisir, chaque matin, en les ajustant, comme une
jeune fille, en agrafant son corset.

Des gens mal intentionnés ont bien essayé d'insinuer
que l'abbé possède une excellente paire d'yeux, qu'il
n'est pas obligé de recourir aux opticiens pour s'éclaircir la vue, et que les lunettes en question ne servent
qu'à dissimuler la fausseté de son regard. Je n'en
crois rien, quoique, à parler net, la franchise brille
moins que la passion dans l'œil fuyant du vicaire.

*
* *

Après les compliments d'usage, on s'attabla. L'Evêque eut la place du milieu, sur le côté droit, entre son
grand vicaire et le chanoine Grésillon. En face de lui,
le curé tenait le milieu du côté gauche, entre le Maire
et l'Adjoint. Je venais après ce dernier, et avant l'abbé
Cublet. Les autres invités se partageaient sans distinc-
tion les autres places.

On causa peu, pour commencer. La présence du prélat intimidait les desservants. Quant aux gros bonnets,
l'appétit leur coupait la parole, et ils ne semblaient qu'à
faire honneur au dîner de leur amphytrion. Superbe
repas, d'ailleurs. Il arrive souvent que les avares les
plus incorrigibles prennent à cœur d'afficher devant le
public une prodigalité ruineuse, comme pour défier leur
réputation, sauf à racheter, dans l'intimité, ces moments
d'oubli par des prodiges de ladrerie.

A ce compte-là, Jocasse aurait pu frémir, en pensant aux longs mois de privations qu'il aurait à subir avant que les dépenses de la journée fussent balancées.

Y croyait-il seulement ? Peut-être. En tout cas, il ne profitait guère de la bombance. Il se démenait dans la cuisine, où la haute main lui appartenait, et son couvert était intact.

Je ne pus m'empêcher d'exprimer au curé, combien je regrettais son absence

— « Eh ! je la regrette autant que vous, dit-il ; mais Monsieur Jocasse est trop animé du désir de bien faire pour qu'on s'avise de modérer son dévouement. Il prépare une surprise à Monseigneur, et, pour que cette surprise obtienne le suffrage de Sa Grandeur, on ne saurait trop se mettre en frais. »

— « J'en conviens. »

— « Et quelle est cette surprise ? » demanda Monsieur Gloria, qui jusqu'alors n'avait ouvert la bouche que pour manger et pour répondre invariablement, chaque fois qu'on lui passait un plat : « Monseigneur n'en prendra pas ! »

— « La salade. »

A ce mot, l'Evêque, assoupi jusqu'à lors, s'éveilla à demi, balbutiant comme un malade qui a la fièvre et qui veut boire :

— « La salade ! ».

— « On ne peut que féliciter votre abbé, reprit le Grand Vicaire, et ses bonnes intentions seront appréciées à leur juste valeur. »

Puis, se tournant vers moi :

— « Vous êtes lié avec Monsieur Jocasse ; où l'avez-vous connu ? »

— « Au collége de La Roche, il y a tantôt quinze ans, mais nous nous étions perdus de vue. »

— « Oui, vous vous étiez perdus de vue..... Cela

s'explique.... Y en a-t-il des condisciples, et des meilleurs dont nous n'avons plus eu de nouvelles depuis le Séminaire !... Hélas ! Ainsi le veulent les exigences de la vie.... Et maintenant, où résidez-vous ? »

— « A Saint Lupicin. »

— « Beau pays, air pur, excellente population. »

— « On dit que le prix des pensions y est très-élevé », fit le desservant de La Balme, heureux de placer son mot.

— « Voilà... De soixante-dix à quatre-vingts francs par mois. »

— « Quatre-vingts francs !... Vous entendez, monsieur Bafron, dit-il à son vicaire en appuyant avec intention sur chaque syllabe, quatre-vingts francs ! »

— « Pour juger si c'est cher, il faudrait encore avoir une idée du menu, riposta Bafron, car il est évident que si ces messieurs se régalent d'ortolans, au lieu de prendre patience avec des courges.... »

A ce moment, l'abbé Jocasse apparut, portant triomphalement dans ses bras un vaste récipient de porcelaine où s'entassait la salade annoncée.

Un éclat de rire aussi formidable qu'inconvenant salua son entrée.

« Le bidet de la comtesse ! » exclama l'abbé Cublet, montrant le récipient, dont il connaissait mieux que personne la destination : « le bidet de la comtesse ! » et il se tordait littéralement.

Ce que ce bon Jocasse avait pris pour un bon saladier n'était effectivement qu'un de ces antiques meubles de garde-robe que le dictionnaire définit ainsi : « Sorte de cuvette à double compartiment, sur laquelle on peut se mettre à califourchon. »

Le fou rire envahit les trois quarts des convives.

— « Où avez-vous été chercher cet ustensile, malheureux ? dit le curé d'un ton sévère.

— « Oh ! ce n'est pas sans peine que je l'ai trouvé, marmotta Jocasse en le déposant sur la table. Par la négligence des domestiques il était égaré dans une chambre à coucher du château ; j'en ignorais encore l'existence il y a deux heures... Et cependant, sans lui qu'aurais-je fait ? Aucun autre appareil n'eut été plus commode, et c'est le seul où l'on puisse fatiguer de la salade pour tous. »

— « Monseigneur n'en prendra pas ! » glapit le grand vicaire.

Absolument suffoqué, Jocasse se laissa choir.

— « Monseigneur n'en prendra pas ! »…. C'était pour entendre cet arrêt, qu'il avait tant trimé ! Son état faisait peine à voir. Je me levai pour lui faire respirer du vinaigre, tandis que le chanoine Grésillon, l'homme le plus érudit du diocèse, achevait le patient avec ces deux versets de l'apôtre Saint-Paul :

« Dans une grande maison, il n'y a pas seulement des vaisseaux d'or et d'argent, mais il y en a aussi de bois et de verre : les uns sont pour les usages honorables, et les autres pour les usages vils.

« Or, si quelqu'un se conserve pur à l'égard de ces choses-là, il sera sanctifié propre au service du Seigneur et préparé pour toute sorte de bonnes œuvres. » (Timothée, II, 20 et 21.)

— « Ainsi donc, observai-je, il n'y a rien que de louable à méconnaître l'usage et la destination d'un bidet, et je préfère, en pareil cas, celui qui ignore tout à celui qui en sait trop long. »

Et, comme pour les citations le curé ne voulait pas demeurer en reste avec son chanoine, il ajouta sèchement, en se tournant vers l'abbé Cublet :

« Si quelqu'un a des oreilles pour entendre, qu'il entende ! » (Saint-Marc, VII, 6.)

Alors, je tirai ma révérence, et je déguerpis.

P.-F. MIQUET

MICHEL NOSTREDAME ou *NOSTRADAMUS*

A toutes les époques du monde, à chaque Cycle qui commence et s'achève, on voit paraître quelques hommes d'une intelligence supérieure. Remarquables sous le rapport des sciences , des arts ou de la littérature, ils semblent destinés à doter leur époque de découvertes innatendues et nouvelles. Ces hommes, héritiers de leurs devanciers, transmettent à leurs successeurs quelque chose du génie et de l'intelligence qu'ils ont reçus et c'est ainsi que se constitue la loi du progrès.

Au seizième siècle naquit un homme dont le nom est resté aussi célèbre que populaire. Ce fut Michel de Nostredame. Sa famille était noble et tenait un rang honorable.

Ce fut sous le beau ciel de la provence , si favorable aux inspirations de l'art et de la poésie que naquit Michel de Nostredame le 14 décembre 1503 , dans la ville de St Rémy, à l'heure de midi. Son père s'appelait Jacques et sa mère Renée de St. Rémi. A cette époque Louis XII était roi de France et Jules II pape. Les aïeux de Nostredame avaient été célèbres dans les sciences et surtout dans la médecine ; l'un de ces grands pères et un oncle avaient été attachés comme médecins, l'un à Jean de S^t. Rémy duc de Calabre, l'autre au roi René comte de Provence.

La famille de Nostredame était d'origine juive de la tribu d'Isachar, qui a toujours produit des hommes extraordinaires dans les sciences et les arts. La famille Nostredame avait embrassé le catholicisme et Michel y montra l'ardeur intolérante d'un néophite. Toutefois Nostredame se glorifiait de son origine juive ; il avait dans ses traits beaux et réguliers le style de cette nation , à vingt ans on remarquait sa taille élégante , son front large et ouvert, le nez était droit, égal, ses yeux d'un bleu changeant paraissaient gris sous les impressions qu'il éprouvait, ses cheveux d'un bleu châtain retombaient en boucles sur ses épaules, sa barbe était longue et fourchue. Rien n'égalait l'expression douce et sympathique de son regard ; il était impossible d'échapper à l'attraction extraordinaire qu'il exerçait. A peine sorti de l'enfance, Michel avait témoigné un attrait tout particulier pour les astres, et la vue du ciel et des phénomènes astronomiques, le charmaient davantage que les jeux et les promenades. Un aïeul de Michel Nostredame, célèbre médecin, se chargea de son éducation et cultiva le goût qu'il montrait pour les mathématiques et l'astronomie. A la mort de son aïeul, Michel fut envoyé à Avignon, pour y continuer ses études d'humanité et de rhétorique, il fit de merveilleux progrès. Sa mémoire était telle, qu'il récitait mot à mot, le contenu d'un ouvrage, après l'avoir lu une seule fois. Il étudia la philosophie avec le même succès que l'astronomie, science vers laquelle il se sentait particulièrement en traîné. Après avoir achevé ses études à Avignon, il se rendit à Montpellier, la médecine ayant été la profession de ses aïeux, Michel Nostredame résolut de suivre leurs traces.

Tout en se livrant à l'étude, le jeune Michel voulut mettre en pratique ce qu'il avait appris, en soignant les malades de la peste. Il fut à Toulouse, Narbonne et Bordeaux, employant de préférence les plantes pour la guérison de ses malades. Ce fut ainsi qu'il employa son temps pendant quatre ans, et ne retourna à Montpellier que pour y prendre le titre de docteur ; il excita l'admiration de tous les vieux docteurs et obtint le doctorat aux applaudissements de l'Université. Il professa d'abord à Montpellier, puis il alla à Agen où il se fixa sur les instances de Jules César de l'Escale, philosophe, poète et médecin. Une étroite amitié unit bientôt ces deux hommes si bien faits pour se comprendre. On a prétendu que plus tard Scaliger devint l'ennemi de Nostradamus. Mais ce dernier dans ses ouvrages fait trop l'éloge du premier pour admettre cette supposition.

Cependant, l'amour de la science ne suffisait pas au jeune Michel, il rencontra à Agen une jeune fille d'une honnête et pauvre famille; il l'aima et en fut aimé. Il se maria.. Le bonheur ne laisse d'autres traces que le souvenir et le regret ; il vécut quatre ans heureux près de sa femme qui lui donna deux enfants.. Il perdit ces trois êtres chéris qui renfermaient toute sa vie ; succombant sous l'excès.de sa douleur, Michel quitta la ville où il avait été si heureux, et chercha dans les voyages, sinon l'oubli, du moins un adoucissement à ses regrets.

Après avoir parcouru le Languedoc et la Provence, il fut en Italie. Il visita les savants, les médecins célèbres et profita de leur expérience. Il remarque dans les notes qu'il écrivit alors que les pharmaciens, surtout ceux de Marseille, étaient d'une extrême ignorance. D'un autre côté, il cite parmi les médecins célèbres, Louis Serre, dont les pronostics se réalisaient presque toujours. En pharmacie, il cite René Hépilierverd.à Lyon. Il parle ensuite de Joseph Mercurin, d'Aix et d'Antoine Vigerchi, de Savone.

Il reproche avec raison aux médecins en général de s'attacher aux moyens de s'enrichir plus.qu'à la guérison des malades. Parmi les célébrités de ce temps il nomme Antoine Suporta, le fils ; puis Guillaume Rondelet, Honoré Castelan. Il parle encore de François Valériale, d'Arles. Il fait un magnifique éloge de Jules César de l'Escale (Scaliger), qu'il compare à Galien et à Cicéron en éloquence.

A Lyon il eut une vive discussion avec Saracen, un des médecins les plus employés de la ville de Lyon.

On s'aperçut de bonne heure de la faculté extraordinaire que possédait Michel de connaître dès le premier regard jeté sur un de ses malades la nature et l'issue finale de la maladie.

Dès lors on lui attribua le don de seconde vue. Ce fut surtout en Lorraine qu'on supposa que Nostradamus, quoiqu'habile médecin, ne dédaignait pas d'employer la ruse afin d'en imposer au public.

Le Seigneur de Florinville partageait leur opinion, ce qui ne l'empêcha pas d'appeler à son château, le docteur Nostredame pour y traiter sa femme qui était malade.

Comme le Seigneur de Florinville se promenait avec le docteur il lui demanda quel serait le sort de deux cochons de lait, l'un blanc, l'autre noir. Sans hésiter Nostradamus répondit : que le noir serait mangé par le loup et que le blanc serait servi sur sa table. Le Seigneur qui n'avait fait cette question que pour mettre en défaut la science devinatoire de Michel, ordonna secrètement à son cuisinier de tuer le cochon noir de l'apprêter et de le servir sur sa table.

Le cuisinier obéit, mais lorsqu'il se disposait à le mettre à la broche, un louveteau qu'on nourrissait pour l'apprivoiser, profitant de l'absence du cuisinier entra dans la cuisine et mangea le cochon noir. Effrayé de la responsabilité de ce méfait le cuisinier se hâta de tuer le cochon blanc, le fit rôtir et le servit aux convives du Seigneur.

Ce dernier croyant donner un démenti à Nostredame, dit tout haut qu'on allait manger le cochon noir, aussitôt Nostredame répartit qu'il ne le croyait pas et que c'était le cochon blanc qui était sur la table. Le Seigneur fit venir le cuisinier qui raconta ce qui s'était passé et confirma ainsi le présage de Nostredame.

Son amour de la science donna la passion des voyages, il fut d'abord à Marseille, où dégoûté par la jalousie que lui montraient ses confrères, il ne resta pas. Il retourna à Salon où il se remaria avec Anne Ponsard, veuve Balme, d'une excellente famille. Le contrat fut dressé par Etienne Hozier, notaire, le 11 novembre 1547. Ce fut pour Michel Nostredame un mariage de raison, car il aima et regretta toute sa vie sa première femme.

Quoique fixé à Salon par son mariage, Michel n'en fut pas moins appelé dans toutes les cités voisines : Marseille, Avignon et Arles.

A cette époque la peste désolait la Provence et les bords du Rhône.

Pendant trois ans, la ville d'Aix le retint en lui offrant des appointements considérables, le désir de sauver les malades et les succès qu'il obtint lui paraissaient bien préférables à l'argent. En 1546. il trouva la cité d'Aix désolée par le fléau ; les malades pris de vertige et de frénésie, mouraient subitement et la conviction d'une mort inévitable rendait les malades inguérissables. Nostredame s'attacha à relever le moral de cette population en délire, il inventa une poudre qui chassait le mauvais air, et par ses remèdes donna secours et confiance aux malades; il parvint à en guérir un grand nombre.

Le peuple reconnaissant et les autorités de la ville, le déclarèrent le plus grand médecin du monde.

En 1547, la peste se déclara à Lyon où elle fit de grands ravages ; on eut recours à Nostredame qui se rendit maître du fléau et sauva un grand nombre de malades.

De retour à Salon il espérait y vivre tranquille en se livrant à l'étude des sciences et surtout à l'étude de l'astronomie qui le passionnait, mais la supériorité de son intelligence et de son savoir pour le temps excita l'envie et la haine des ignorants.

Nostradamus avait fait construire sur le toit de sa maison un observatoire avec un cabinet où il se livrait une partie des nuits à suivre le cours des astres, il en tirait des présages relatifs aux événements à venir. Ce cabinet a été longtemps visité par les savants comme un lieu de pèlerinage en souvenir de l'auteur qui le consacra à la science.

Alors comme aujourd'hui les novateurs devaient être persécutés par l'ignorance. Bientôt dans la ville de Salon on accusa Nostredame de suivre de nouvelles opinions contraires aux dogmes de l'église, ses études astronomiques furent traitées d'astrologie diaboliques, on le soupçonnait d'être luthérien en secret, quoiqu'il accomplit tous les devoirs imposés par l'église catholique. L'injustice, les persécutions dont Nostredame était l'objet de la part des habitants de Salon, le dégoûtèrent du séjour de cette ville.

Peu soucieux d'acquérir une grande fortune, son mariage et ses liens de famille le retinrent seuls dans une ville dont une partie des habitants lui étaient antipathique.

La première centurie ou quatrain publiée par Michel Nostredame, fut celle qu'il adressa à Henri II, roi de France.

En 1555, Michel publia sept centuries prédisant d'une manière obscure et mystérieuse les événements à venir, il adressa ses premiers quatrains à son fils César âgé seulement de quelques mois. Il fit publier ses premières centuries à Lyon, chez Pierre Rigaud, libraire ; et changea son nom en celui de Nostradamus, sous lequel il est le plus communément connu.

Son ouvrage lui attira d'abord la persécution, mais bientôt les princes et les grands admirèrent la science profonde de cet homme. On désira le voir à la cour, et Claude de Savoie comte de Tende, gouverneur de la

Provence, lui transmit le désir du roi et de Catherine de Médicis.

Nostradamus partit de Salon le 14 juillet 1556, on voyageait alors aussi lentement que difficilement, en sorte que Nostradamus n'arriva à Paris que le 15 août ; il avait alors 63 ans. Ce fut le jour de la fête de Notre-Dame la Vierge Marie, et ce fut à l'enseigne de Saint-Michel, que Nostredame descendit, ces deux allusions à son nom lui parurent d'un heureux présage pour le succès de son voyage.

Ses espérances ne tardèrent pas à se réaliser, car quoiqu'il eût voyagé comme un simple médecin, aussitôt son arrivée connue, il fut recherché et acclamé par les nobles et les grands.

Le connétable de Montmorency le présenta au roi qui le reçut avec joie, et voulut le loger splendidement chez le cardinal de Bourbon, archevêque de Sens.

A son arrivée il fut saisi pendant douze jours d'un accès de goutte, et accablé de visites qu'il aurait bien voulu éviter.

En cette circonstance le roi et la reine l'assurèrent eux-mêmes de leur royale protection en toute chose et lui donnèrent cent écus d'or. A la demande du roi et de la reine, Nostredame fut à Blois pour y visiter les jeunes princes leurs enfants, et leur dire en secret ce qu'il découvrirait de leur destinée.

Nostredame ne voulut pas alarmer la reine, il connut bien que les enfants seraient malheureux, mais il se contenta de dire que leurs quatre enfants seraient couronnés jusqu'au dernier. Ce fut chargés de présents et d'honneurs que Nostradamus revint à Salon ; il s'occupa dans le calme d'écrire des livres de médecine, mais ce ne fut que vingt ans après qu'on reconnut le mérite de ces ouvrages réimprimés à Lyon par le libraire Benoît Rigaud. Ce fut à un de ses frères Jean Nostredame qu'il dédia sa traduction française de Gallien, en 1557.

Continuellement interrogé par les agriculteurs qui croyaient à sa faculté de prévoir l'influence des astres sur le temps convenable à la culture et à la récolte des moissons, Nostredame se décida, pour échapper à ces importunités, à publier de 1550 à 1567, un almanach. La vente de ces almanachs, fut telle que les imprimeurs en publièrent de faux dont les prévisions erronées furent attribuées à Nostradamus, qui protesta énergiquement contre l'abus qu'on faisait de son nom.

Toutefois, comme l'erreur trouve parmi les ignorants plus de croyance que la vérité, Nostradamus n'en fut pas moins traité d'imposteur. En conséquence, Antoine Couillart, sieur de Pavillon, jaloux des honneurs qu'on rendait à Nostradamus fit imprimer chez le libraire Charles Sanglois, en 1560, un ouvrage traitant d'erreurs les prévisions du temps publiées dans l'almanach de Nostradamus.

Toutefois la haute réputation de savant, justement méritée, de Nostradamus n'en souffrit pas. Le poète Ozier fit son éloge en provençal, un autre poète, Ronsard, le traita de prophète envoyé de Dieu pour prédire l'avenir. Celà n'empêchait pas de traiter de folies les centuries de Nostradamus.

Comme il avait prédit la mort d'Henri II, dans une de ses centuries au 35me quatrain, la réalisation de cette prédiction attira d'un côté une grande gloire à Nostradamus et de l'autre la fausse accusation de magie.

En 1559, le duc de Savoie, Philibert Emmanuel et sa femme, Marguerite de France, qui se rendaient dans leurs Etats après leur mariage firent, le voyage de Salon pour voir le célèbre Nostradamus.

En le voyant aussi honoré des princes et des grands, le peuple toujours dominé par les exemples qui viennent des rois, s'empressa de regarder Nostradamus comme un prophète, et de tous côtés on l'interrogea sur l'avenir.

Le comte de Crossal étant venu en Provence pour faire exécuter l'édit qui accordait aux protestants le libre exercice de leur religion, voulut savoir de Nostradamus quel serait le succès de sa mission en 1561. Ce dernier ne voulant pas s'expliquer davantage, se contenta de répondre que la mission du comte ne s'achèverait pas sans que les arbres fussent chargés de nouveaux fruits.

Cette prédiction se réalisa, car après avoir chassé les catholiques d'Aix et les avoir poursuivis dans Barjols, le comte Crossal en fit pendre un grand nombre aux arbres et n'épargna même pas les habitants de la ville qui eurent le même sort.

Ainsi l'évènement confirma la prédiction de Nostradamus. Peu après un des pages de Charles IX, qui appartenait à la famille de Beauveau, désolé de la perte d'un beau chien qu'il aimait beaucoup, consulta Nostredame sur le moyen de retrouver cet animal.

Touché de la douleur du page, Nostredame lui indiqua le nom du voleur et l'endroit où il retrouverait le chien, ce qui se trouva vrai.

Le comte de Tende, gouverneur de la Provence, voulut consulter Nostradamus sur le succès d'un voyage qu'il se disposait à faire ; le savant lui répondit qu'il boirait trop, prédiction trop justifiée, puique le comte tomba dans le Rhône où il but plus que de raison et faillit se noyer. Peu après Mme de Lesdiguières étant dans un village nommé Bonnet, qui lui appartenait, accoucha tout-à-coup et ayant appris que Nostradamus se trouvait dans une hôtellerie voisine, le fit appeler et lui demanda quel serait le sort de son fils.

Nostradamus assura que ce fils serait un des premiers du royaume, ce qui se réalisa dans la suite, M. de

Lesdiguières ayant été nommé Connétable et maré-chal.

Il en fut de même d'un jeune cordelier, nommé Félix Perretti. Nostredame après l'avoir salué respectueuse-ment lui prédit sa prochaine élévation, ce qui se réalisa, puisque le cordelier fut par la suite le pape Sixte V, né le 11 décembre 1521, d'un père pauvre et d'une mère servante.

Un jour que, seul à sa fenêtre, Nostradamus s'écriait : Ah ! quel beau temps pour semer et récolter des fruits.

Un paysan l'ayant entendu profita de l'avis et sa récolte fut abondante ; reconnaissant, il porta un plein manne-quin de fruits à Nostradamus , qui le refusa et se promit d'être muet à l'avenir lorsqu'il serait à sa fenêtre.

Vers le même temps le duc de Savoie confiant dans l'inspiration divine de Nostredame lui envoya Philibert, Seigneur de Mont-Simon, contrôleur général des guerres, pour l'inviter à venir à Nice où la princesse de Savoie se trouvait sur le point d'accoucher, Interrogé sur le sort de l'enfant qui devait naître, Nostradamus assura que la duchesse aurait un fils qu'on appellerait Charles et qui deviendrait un des plus grands capitaines de son siècle.

Après la naissance de cet enfant arrivée le 12 Janvier 1562, Nostredame consulté de nouveau assura que le jeune Charles dans une année qu'il désigna serait blessé dangereusement, mais qu'il n'en mourrait pas quand un none viendrait devant un septième, ce qui se réalisa. Devenu homme, Charles voulut montrer cette prédic-tion au duc de Carrignan, alors il fit tomber la table qui la renfermait sur sa jambe, il en fut très gravement blessé, ce qui justifia la prédiction.

En 1564, le roi Charles IX vint à Salon uniquement

pour y voir Nostredame. Ce dernier accompagna les magistrats qui furent complimenter le roi, celui-ci en apercevant Nostradamus le fit approcher de lui et le conduisit dans l'appartement qu'on lui avait préparé au château, il le nomma son médecin ordinaire.

Enchanté de l'accueil flatteur du roi et se rappelant toutes les calomnies dont il avait été l'objet de la part de ses concitoyens, Nostradamus ne put s'empêcher de s'écrier : Oh ! ingrate patrie, regrette le mal que tu m'as fait !

Le roi entendant ces paroles, déclara que tous les ennemis de Nostredame seraient les siens. Arrivé dans ses appartements le roi voulut voir tous les enfants de Nostradamus jusqu'au dernier âgé de 2 ans.

Catherine de Médicis témoigna à Nostredame la joie qu'elle éprouvait à le revoir, en même temps elle le consulta sur le sort futur de son bien aimé le duc d'Anjou, Henri III. Pour éviter une réponse trop fâcheuse, Nostredame se contenta de dire qu'Henri succèderait à la couronne.

Nostradamus attiré par la figure remarquable du jeune Henri de Navarre qui était de la suite de la reine, voulut tirer son horoscope et déclara en secret au gouverneur du jeune prince qu'après bien des traverses il serait roi de France. Il arriva que Charles IX, s'étant amusé à jeter la toque du jeune Henri dans l'église, ce dernier fut obligé d'y entrer pour aller la chercher, ce qui fit dire à Nostradamus que le prince de Navarre alors protestant, rentrerait un jour dans le giron de l'église catholique. Après avoir visité la Provence, le roi revint à Salon, le 17 octobre, les habitants en étaient sortis à cause de la peste si fréquente à cette époque dans les provinces du midi ; 500 personnes avaient succombés à Salon et les autres avaient quitté la ville. Le fléau avait été conjuré par Nostredame et la peste avait abandonné la ville.

Le roi donna l'ordre aux habitants de revenir pour préparer les logements destinés aux gens de sa cour. Le roi quitta Salon le 18 , après avoir reçu par la bouche de Nostredame les compliments des habitants de la ville. Le roi lui renouvela ses assurances d'amitié et lui donna le brevet de son médecin et 200 écus d'or, la reine après l'avoir complimenté lui remit pareille somme. En quittant Salon, le roi se rendit à Lambex, tous les enfants de la ville vêtus de blanc allèrent au devant de lui, et le saluèrent du cri de vive le roi et la sainte messe. Le lendemain le roi dîna à St-Jean-de-la Salle, maison de campagne, et de là fut à Aix.

Les honneurs et les richesses étaient venus trouver Nostredame, il avait la célébrité, il s'était lié intimement avec Adam de Craponne, son contemporain qui immortalisa son nom en faisant le canal qui porte son nom, et qui amène les eaux de la Durance.

Salon, s'honore d'avoir été habité par Nostredame ; lorsqu'il vivait, cette ville adossée à une chaîne de montagnes, était entourée de remparts aujourd'hui détruits. Une tour remarquable existe toujours, un château domine la crau. La ville est séparée par deux promenades; un boulevard porte le nom de Nostradamus.

Après le départ du roi Charles IX, la santé de Nostradamus s'altéra, il lutta seize mois contre la goutte et l'hydropisie. Il attendait, l'année climatérique qu'il avait fixée pour date de sa mort. Lorsqu'il la vit s'approcher il écrivit de sa main sur les éphémérides de Jean Stadius : Ici ma mort est proche.

Se trouvant plus mal dix jour après, il fit appeler le père Vidal, se confessa, reçut les sacrements deux jours avant sa mort. Il fit son testament devant le notaire Roche, donna à sa fille Madeleine deux cents écus et à ses autres filles Anne et Diane, pareille somme ; il donna à sa femme Anne Ponsard 400 écus d'or et tous les meubles de sa maison. Il donna tous ses livres à celui qui ferait les meilleures études. Il défendit qu'on fît l'inventaire de ses livres particuliers, lettres et manuscrits, qui devaien rester sous scellés jusqu'au jour où César serait en âge d'en prendre connaissance. Il donna aux pauvres et aux religieux différents dons. Il institua ses trois fils héritiers universels, César, Charles et André, on parle encore d'un jeune Michel. Après cette formalité accomplie, Nostradamus déclara tout ce qui se trouvait chez lui d'argent, de bijoux et médailles.

Tous les amis de Nostradamus ne le quittèrent pas pendant sa maladie. Jean Aimé de Chavigny qu'il aimait le plus, reçut un soir son dernier adieu ; sans ajouter foi à la prédiction de Nostradamus qui l'assurait qu'au lever du soleil il n'existerait plus, cette prédiction s'accomplit, on le trouva au point du jour assis sur un banc, comme endormi, ayant expiré doucement. Il avait longtemps avant prédit toutes les circonstances de sa mort. Il mourut dans une maison au-dessus de laquelle il avait fait élever une tour dans laquelle il passait une partie des nuits à étudier les astres. Cette maison était située dans le quartier de Jarreiroux dans une petite rue qui porte son nom.

Les habitants de Salon d'abord injustes à l'égard de Nostradamus, s'affligèrent de sa mort en se rappelant tout le bien qu'il avait fait à tous comme à chacun. Il en est toujours ainsi ; on n'apprécie les hommes de mérite, on ne leur rend justice que lorsqu'ils ont disparu.

Le 2 juillet 1566, Nostradamus fut enterré à l'église des frères Cordeliers. Son corps fut déposé suivant ses intentions à main gauche de la grande porte, dans un tombeau qu'il s'était préparé dans l'épaisseur du mur, disant que ceux qui l'avaient méprisé et persécuté pendant sa vie, ne lui mettraient jamais les pieds sur la

gorge même après sa mort. Sa veuve fit faire son épita-
phe. Plus tard son fils César fit son portrait et le sien
qu'il avait peint sur métal, d'après un original de 1561.
En 1791, les deux portraits et les restes de Nostradamus,
après la destruction des Cordeliers furent transférés dans
l'église Saint-Laurent ; plus tard on plaça plus haut un
portrait de famille représentant Nostradamus, sa femme
et deux de ses enfants. Les grands et les rois vinrent
visiter son tombeau ; Louis XIII. lui rendit hommage en
1662. Plus tard Louis XIV, voyageant dans le Midi se
détourna de sa route pour venir à Salon prier sur le tombeau de Nostradamus.

Le bruit courut parmi le peuple que Nostradamus pré-
voyant les troubles de la Provence s'était fait enterrer
vivant, et comme on l'avait enterré avec ses livres et
son écritoire, les gens crédules s'imaginèrent qu'il con-
tinuait à travailler dans son tombeau. Ayant dit dans une
de ses prophéties que devenu plus âgé, le fils auquel il
attribuait cette centurie continuerait plus tard ses travaux, on voulut décider l'aîné César à ouvrir le tombeau
de son père, mais il ne voulût jamais y consentir, n'ayant
jamais reçu à cet égard d'ordres de son père. Après la
mort de Nostradamus on recueillit ses manuscrits,
on fit un recueil de centuries, puis la onzième qu'on mit à
la suite d'une nouvelle édition.

Après sa mort comme tous les hommes d'un génie
extraordinaire Nostradamus fut blâmé par les uns, exalté
par les autres ; Florimond de Raymond le traite de
visionnaire ; Sponde en écrivant les annales de l'église,
le croit rêveur et illuminé ; Gassendi dit que Nostredame fut un ignorant, et Ronsard, qui fut son contemporain, le regarde csmme un prophète inspiré et choisi par
la main de Dieu. Le poète Etienne d'Hozier, provençal,
dit que le grand talent de Nostradamus a illustré la ville
de Salon, heureuse de posséder son tombeau.

.Quelques auteurs prétendent que Nostradamus eut
quatre fils, César, Charles, André et Michel ; il est certain que ce dernier a existé quoique le testament de
Nostredame ne parle que de trois fils et trois filles. Ce
Michel dit un auteur très ancien, assure que Michel voulut
se mêler d'astrologie comme son père et qu'ayant prédit
que la ville de Raqun en Vivarais périrait par le feu ; le
Commandant Saint-Luc à la tête de ses troupes royales
apprit après s'être rendu maître de la ville que Michel y
avait mis le feu pour justifier sa prédiction. Saint-Luc le
fit venir et lui demanda s'il prévoyait le malheur qui
devait lui arriver le jour même. Michel répondit que
non, alors Saint-Luc poussa son cheval sur lui et le tua.
Le récit de l'acte coupable de Michel et le meurtre barbare de Saint-Luc exercé sur Michel, sont je crois
légendaires, ils ne sont mentionnés par aucun auteur
sérieux.

L'un des fils de Nostradamus, Charles, fut un poète
provençal ; quant à son frère André, à sa naissance son
père prédit, qu'il porterait quatorze pans de cordes, ce
qui se réalisa, car après avoir été compromis dans un
duel touché par les prédications du célèbre moine Basile,
de Bordeaux, il entra au couvent et se fit cordelier.

Une des filles de Nostredame, Madeleine, épousa le
comte de Barbantane. On ne sait rien des deux autres,
Anne et Diane, sinon que l'une d'elles est entrée dans la
maison de Sevé en Provence.

Le plus remarquable des enfants de Nostradamus, fut
César, né à Salon en 1555. Heureusement doué César fit
de brillantes études, son droit à Avignon et cultiva les
arts avec succès. Il fut historien, poète et peintre. Il
excellait dans les connaissances héraldiques ; il écrivit
une histoire de Provence que l'on consulte encore
aujourd'hui, il l'écrivit à Salon et l'acheva en 1613 à
Avignon, la seconde édition porte 1614.

Cette histoire valut à César les éloges de Louis XIII, qui le nomma genthilhomme de sa chambre. Les Etats de Provence lui offrirent une récompense de trois mille livres, le clergé neuf cents livres, la noblesse douze cents et les corps rassemblés du pays neuf cents. On est loin aujourd'hui de cette générosité envers les auteurs de l'histoire de leur province, qui en sont presque toujours pour leurs frais d'impression et ne recueillent que l'oubli pour prix de leurs travaux, heureux encore s'ils ne sont pas poursuivis par la haine, l'envie et l'injustice.

Ce qui donna à César l'idée d'écrire l'histoire de la Provence, ce fut la découverte de manuscrits composés par son grand oncle Jean de Notredame, magistrat d'Aix. Ces manuscrits longtemps égarés ne furent retrouvés par son arrière-neveu que trente ans après la mort de leur auteur.

César dit, qu'Aix en 1546, fut dépeuplée entièrement par la peste, cette cité devint entièrement déserte. On ne voyait plus que femmes éplorées, enfants éperdus et vieillards consternés. Les plus courageux furent vaincus. Les animaux s'enfuyaient poursuivis, les maisons étaient désertes, le palais de la justice était clos, les magistrats silencieux, Thémis absente, les temples fermés et les prêtres confus, implorant Dieu avec des accents désespérés. L'herbe croissait dans les rues par la désertion des hommes et des bêtes pendant le fléau qui dura deux cent soixante dix jours. Il y eut ensuite des inondations du Rhône qui dévastèrent tout le pays.

Déjà âgé, César épousa Claire de Grignan dont il n'eut pas d'enfants, il mourut de la peste à St. Rémy, près d'Arles à 74 ans. Ainsi s'éteignit la famille de Nostredame. Ce dernier a laissé une partie de son âme dans ces centuries ; parmi les prédictions qu'elles contiennent on cite celle qu'il fit au chevalier de la Ferrières qui en se rendant à Messine pour y exercer la piraterie périt en traversant le cap du pourceau. Il prédit aussi la mort d'Henri II ; une de ses centuries prédit le système de Law, qui eut lieu sous Louis XV, et l'or remplacé par le papier. Il prédit la peste de Marseille, qui tua un million d'hommes tenus captifs sur leurs galères, par des troupes établissant ce qu'on appelle aujourd'hui un cordon sanitaire. Il prédit les grosses mouches de la Camargue et les sauterelles qui étaient en si grande quantités qu'elles détruisaient les racines des blés et des prairies, on ne put s'en défendre pendant deux ans de 1719 à 1720, époque à laquelle la peste désola de nouveau la Provence. Il prédit encore la mort de Charles Ier, roi d'Angleterre.

L'abbé Torné-Chavigny dit que Nostradamus dans sa 10me centurie prédit la fin du monde et la destruction de notre globe en 1999 et sept mois de notre ère chrétienne. Il est certain qu'on trouve dans les centuries la mort récente du Comte de Chambord en 1883, cette prédiction est suivie de celle de la mort d'un prétendant tué aux portes de Paris à la tête de ses partisans.

Quoi qu'on en puisse penser Michel de Nostredame fut un habile médecin, un savant plus éclairé que son siècle, un homme bon, généreux dont l'intelligence supérieure honora son époque et dont la mémoire est restée chère et populaire dans toute la Provence.

27 novembre 1883.

MARIE SOPHIE LE ROYER DE CHANTEPIE.

LA POÉSIE EST PLUS VRAIE QUE L'HISTOIRE

A mon ancien maître et ami M. Alexandre Priad.

« La Poésie est plus vraie que l'Histoire » a dit Aris-

tote. Parole étonnante, incroyable au premier abord..
Comment admettre, en effet, que cet art tout d'imagination puisse être plus vrai que cette exposition sobre
et fidèle qui, sans avoir la certitude d'une démonstra-
tion mathématique, s'appuie sur des documents et
puise à des sources qui en font l'expression de l'extrême
probabilité, disons plus, de la vérité? Sur quels fondements, sur quelles preuves, le grand philosophe, le
profond penseur a-t-il pu asseoir cette opinion erro-
née en apparence et à coup sûr contraire à la croyance
générale? Telle est la question que nous allons exami-
ner et essayer de résoudre.

Si l'on se place au point de vue purement pratique,
si l'on ne considère la vérité que comme ce qui est
l'expression exacte d'un fait, d'un acte, la parole d'Aris-
tote soulève bien des objections. En effet, dira-t-on
qu'est-ce auprès de l'histoire que le récit plus ou moins
exagéré et embelli d'un poète et combien pâlit à côté
du fait historique une narration tronquée par l'exigence
du mètre ou de la rime! Et ces documents précieux
qui sont les pièces justificatives de l'historien, ces récits
immortels, fruits de tant de veilles, de travaux, de
recherches scrupuleuses, ces monuments impérissables
du passé, rappelant et conservant avec une stricte
sincérité '' ce que le temps détruit '', peut-on sage-
ment les comparer à cet art qui consiste, pour le poète,
à tout montrer sous un certain jour, à ne présenter
qu'un seul côté d'un homme ou d'une époque, à ne
rapporter enfin que ce qui aura le plus dominé ses
sens, touché son cœur, frappé et séduit son imagination.

Mais il en est tout autrement si l'on se place au point
de vue psychologique. L'Histoire, en effet, ne relate
que des événements sans les expliquer, sans montrer
les diverses particularités qui ont pu modifier les dis-

positions intellectuelles ou morales d'un personnage, sans tenir compte des influences multiples qu'exercent sur la destinée humaine le tempérament et le caractère. Son rôle se borne au récit fidèle, froid, sec, incolore, partant incomplet du passé. La poésie, au contraire, soit qu'elle peigne une vie, soit qu'elle chante une guerre ou une expédition, décrit les différentes circonstances qui ont eu une action quelconque sur le héros ou sur l'événement. Elle n'expose pas seulement, elle recherche les causes, les motifs déterminants de tels ou tels actes, de telle ou telle décision, elle nous fait assister à la vie de son personnage, entrer pour ainsi dire dans son âme ; elle nous initie à toutes ses pensées, à toutes ses passions, à tous ses combats et nous fait comprendre ainsi comment se produisent les actes que l'Histoire se contente de rapporter; elle déduit, d'une manière logique, le fait du moral du héros. Celui qui ne lira la guerre de Troie que dans l'Histoire, s'expliquera difficilement les transformations, les changements; les retours soudains qui s'opèrent dans l'âme d'Achille. Il en verra les seules conséquences. Il apprendra sa vie, mais il ne concevra pas tous les sentiments qui l'agitent. Homère, au contraire, qui était pour les Grecs un historien tout autant qu'un poète, nous dépeint le bouillant fils de Pélée dévoré de colère, d'amour, de jalousie, il nous rend le témoin ému de ces déchirements terribles qui bouleversent tout son être, et, nous faisant assister aux moindres péripéties de la lutte que se livrent en lui mille sentiments opposés, il nous conduit d'une manière insensible jusqu'au moment où la soif de venger Patrocle l'emportant sur son ressentiment contre Agamemnon, Achilles'élance à de nouveaux combats.

Le récit de l'Historien ne nous avait appris que le fait dans toute son impassibilité, celui du poète nous a décrit les circonstances qui l'ont occasionné, de quelle combinaison, de quel travail intellectuel, de quel mouvement de l'âme il est résulté. Le premier, en dépit de sa sincérité, a pu nous paraître invraisemblable, étonnant, et ne pas nous convaincre ; l'autre, en nous présentant des sentiments pareils à nos sentiments, en décrivant ces mêmes passions que nous avons senti bouillonner en nous, toutes ces joies, ces douleurs et ces colères que nous avons éprouvées, en un mot en s'adressant à notre âme, nous a persuadés, parce qu'il nous a paru absolument naturel, absolument humain. L'amour seul de la vérité, de l'exactitude ne suffit pas pour peindre une époque et les événements qui l'ont illustrée, il faut encore dessiner les physionomies des personnages, les mettre en mouvement, développer leurs âmes, les faire revivre en leur rendant leurs passions et leurs costumes : tel est le rôle de la Poésie. L'Histoire donne des faits, la Poésie les explique. L'une est le récit, l'autre l'étude; l'une est la lettre, l'autre l'esprit ; l'une enfin est le squelette de la vérité, l'autre est la vérité vivante, qu'on nous passe l'expression : la vérité en chair et en os.

Au surplus, la poésie en nous peignant un héros ne nous le montre pas seul : elle nous fait voir en lui l'humanité tout entière ; ce n'est pas un homme, c'est l'homme qu'elle nous révèle. Elle nous fait descendre jusque dans les plus intimes replis du cœur humain, elle nous en découvre toutes les formes, tous les côtés, tous les détours. Et quelle différence entre les exposés dénués de chaleur que fournit l'Histoire et ces prescriptions enthousiastes du poète qui nous transporte avec lui dans les régions sublimes où l'élève son génie ! Comme cet enthousiasme, quelque exagéré qu'il puisse paraître, est plus vrai que cette narration insensible et sans couleur de l'histoire ! Comme elle est plus vivante

6.

cette peinture du cœur humain et de ses combats, comme elle nous fait mieux comprendre l'humanité en nous disant non-seulement ses actes, mais ses tendances, ses efforts, ses progrès!

Enfin ce n'est pas la seule humanité qui nous fait connaître la poésie, c'est aussi le siècle dans lequel vivent ses héros. Peut-on comprendre une époque sans en avoir lu les poètes ? Le récit de l'Histoire suffit-il pour nous initier au développement d'un peuple ? Concevons-nous l'histoire d'une nation si nous ne connaissons son génie ? Et ce génie c'est là Poésie et la Poésie seule qui nous le dévoile : c'est elle qui nous prodigue les plus précieux documents de l'histoire des hommes en nous manifestant le progrès des intelligences. C'est elle qui nous laisse ces monuments à jamais mémorables de l'activité humaine au moyen desquels nous pouvons rappeler et faire revivre une époque. Il faut lire Homère, Hésiode, Sophocle, Euripide pour comprendre toute la puissance, toute la grâce de l'esprit grec, pour avoir une idée juste des grandes révolutions intellectuelles de ce peuple.

Dans le domaine de la psychologie la Poésie est donc le plus précieux auxiliaire de l'Histoire ou plutôt qu'elle est la vraie et vivante Histoire. Tant que l'historien se renfermera dans les limites étroites de la critique, tant qu'il n'empruntera pas à la Poésie ses formes vives et animées, qu'il bornera son rôle à la simple juxtaposition des faits, à des recherches, à des compilations de matériaux, tant qu'il sera comme l'historien de Lucien " un étranger sans patrie et sans autels ", qu'il n'éprouvera pas quelque chose de l'émotion ressentie par les personnages qu'il met en scène, tant qu'il ne traduira pas leurs sentiments dans ses écrits, le Poète sera plus vrai, plus grand que lui!

Et c'est pourquoi la parole du maître de la philosophie n'a plus rien maintenant qui nous étonne. Nous pouvons désormais dire avec lui que la Poésie est plus vraie que l'Histoire, car elle nous fait connaître l'homme, sa nature, ses passions, son génie et son époque.

GEORGES REBUFFAT.

ESQUISSES

LE PREMIER JALON

I

Chaque jour amène sa peine. — Chaque année ses efforts. — Chaque âge ses illusions.

Les siècles passent et l'homme reste toujours assujetti aux mêmes idées barbares.

La guerre lève sans cesse son tribut chez tous les peuples : Français ou Chinois, Russes ou Patagons, de quelque côté où les yeux se tournent, les massacres humains s'accomplissent périodiquement, malgré l'instruction et le progrès qui se développent et se propagent rapidement de nos jours.

L'homme devrait faire acte de virilité en cherchant à se soustraire à ses penchants guerriers, qui, jusqu'à présent, ont paru innés chez lui. Il dédaigne tourner ses efforts du côté des idées pacifiques, tant la tâche à accomplir lui paraît insurmontable. Il croit sa nature rebelle à plier aux sages lois de la raison. Et cependant, à quoi serviraient toutes les découvertes scientifiques qu'il a faites et les difficultés qu'il a vaincues, s'il bornait indéfiniment, comme par le passé, son horizon, sans chercher à accroître les sources du bien-être de son existence.

Depuis l'adolescence jusqu'à la vieillesse, l'homme se voit constamment aux prises avec son semblable.

Bourreau ou victime. Tel est son rôle.

Il ne peut même, s'il a la chance d'échapper aux exigences de la guerre, se voir à l'abri de la misère dans sa vieillesse. Car maintenant toutes les ressources d'une nation convergent à l'entretien d'une armée permanente, à la construction de forteresses, à l'achat d'équipement, etc... et il voit engloutir, avec le plus pur de son sang, l'épargne de plusieurs générations !

Donc l'homme n'a pas de plus pire ennemi que lui-même, puisqu'il n'a pas encore pu dompter ses penchants sanguinaires et substituer les douces lois de la raison, à l'esprit de conquêtes et de domination qui a toujours régné jusqu'à présent.

C'est au renversement de toutes ces idées de gloire éphémère qu'il doit· faire tendre ses efforts, et il ne sera véritablement civilisé que quand·il aura cessé d'avoir recours au sort des armes, pour trancher les querelles internationales, et lorsqu'il assurera avec moitié moins de dépenses, qu'en faisant la guerre, l'existence aux vieillards.

Mais pour atteindre ce but, il lui faut une ferme volonté d'y arriver rapidement ; qu'il éteigne tous les ressentiments de haine ou autres qui existent au plus profond de son être, et qu'une mutualité générale s'établisse chez tous les peuples qui basent leur morale sur l'amour de leurs semblables.

Ce qui paraît impossible à réaliser aujourd'hui, peut le devenir demain... ou dans plusieurs siècles d'ici. Cela serait seulement tout-à-fait impossible, qu'à la condition de ne jamais y penser et de repousser perpétuellement toutes les idées philantropiques qui peuvent surgir à l'occasion.

Il suffit d'y songer et d'en parler souvent pour en hâter la réalisation.

II

Ce petit ouvrage est donc un appel à la concorde et à la sagesse.

Il s'adresse à tous, à tous les partis, à toutes les religions, à toutes les sectes et à toutes les races. Il n'y a pas d'exclusion.

Il convie tout le monde à la contribution du bien-être général, en admettant :

Que chacun y apporte son tribut, sa part de volonté et son énergie.

Travaillons tous à l'amélioration de l'humanité, et les générations futures ne liront plus que dans l'histoire, le récit des batailles fratricides.

La lutte gigantesque qui se poursuit, depuis l'origine des peuples, entre la force brutale et la raison, se finira par une entente générale du genre humain, quand celui-ci posera les bases d'un accord résolu et déterminé et se terminera enfin par une paix définie et acceptée unanimement !

Mais le champ est vaste à parcourir et l'imagination la plus fertile ne pourrait en mesurer l'étendue.

Il suffit d'en poser le premier jalon.

Deux écueils formidables doivent être évités pour arriver à cet état de choses, s'abstenir d'antagonisme politique et de doctrines religieuses.

De la morale pure et simple basée sur la raison, voilà le refuge. Le reste n'est que convention et change trop souvent.

La raison seule est immuable. Une de ses lueurs suffit pour nous faire entrevoir tout le mal qu'on aurait pu éviter et tout le bien qu'il nous reste à faire.

Puisse la question sociale, si souvent agitée de nos jours, être ébauchée en ce sens.

Améliorer d'abord, avant de résoudre ; telle est la devise à suivre.

LE MONDE ACTUEL

I

La vieillesse arrive promptement et de l'expérience acquise naît souvent le dégoût de la vie. Quelquefois le désespoir.

Quelle que soit l'existence d'un homme, humble ou digne, adulé ou méprisé, pauvre ou fortuné, peut-il se dire capable de se soustraire aux rigueurs du sort ? Non.

Doit-il essayer d'éyiter une vieillesse misérable ; chercher à se mettre à l'abri des déceptions de tous genres ; à s'endormir paisiblement à la fin de ses jours, sans se donner le souci d'une position meilleure ou d'une fortune plus belle ; en un mot, d'arrêter le travail intellectuel, lorsque ses forces s'épuisent ? Oui.

C'est donc à cela qu'il faut aspirer et la meilleure méthode pour y arriver, c'est de :

Garantir la vieillesse et la pauvreté.

II

Actuellement chacun croit préférable sa manière de vivre.

L'égoïsme est un culte. Arriver rapidement à la fortune, voilà la maxime actuelle.

Tous les moyens sont bons pour paraître.

« La richesse » tel est le mot magique qui inspire et dirige les actions de ceux qui veulent l'atteindre.

Soyez riches et vous serez enviés. Peu importe la source de votre richesse ; on vous attribuera, quand même, toutes sortes de bonnes qualités.

Etes-vous pauvres, chacun vous tournera le dos et vous trouvera des défauts. Même pas un de ceux que vous aurez pu enrichir, si vous vous trouvez momentanément dans le besoin, ne voudra vous reconnaître.

Si la richesse est tant recherchée, c'est que. lorsque on la désire, on ne voit que les satisfactions qu'elle peut nous procurer, sans songer qu'elle peut être pour nous, plutôt pernicieuse qu'utile, si nous ne savons contenir suffisamment nos passions.

La richesse peut-elle donner le bonheur? Pourquoi pas. Jamais elle ne peut l'assurer.

Petits et grands, pauvres ou riches, sont en butte aux misères humaines, aux maladies, aux chagrins domestiques, aux ennuis intimes et aux pertes d'êtres aimés. Donc la richesse ne garantit pas l'homme fortuné des revers de tous genres, de la mauvaise santé et du ramollissement des facultés ; mais elle satisfait beaucoup de passions, qui, toutes deviennent funestes avec l'âge.

Aux uns comme aux autres; il manque le plus souvent la sagesse de savoir borner leur ambition. De vouloir sortir trop vivement de la condition où ils se trouvent, si humble soit-elle. Car si l'ambition immortalise un homme ce n'est qu'en lui broyant le cœur et en le rendant cruel vis-à-vis de ses semblables.

Périsse le genre humain pourvu que l'on parvienne. Triste morale.

III

Le calme de l'existence honnête et tranquille consiste à se tenir l'esprit en repos ; éviter les mauvaises actions, rester dans les limites du bien et faire son devoir envers tous.

Avec cela il convient non seulement d'avoir reçu une instruction sérieuse, mais il faut encore être initié de bonne heure aux choses ordinaires de la vie et aux tribulations de l'existence. — Puis trouver un guide qui soit un ami que l'on puisse consulter dans les moments de déception, afin qu'il nous fortifie contre le danger ;

nous raffermisse dans le malheur ; nous retrempe d'une nouvelle vigueur aux instants de découragement ; nous apprenne que l'expérience ne doit pas s'acquérir seulement avec l'âge, mais que c'est une connaissance qui s'approfondit beaucoup par la réflexion, et que, pour la posséder plus promptement, l'on doit s'efforcer d'être sage et prudent en toutes circonstances, afin de pouvoir mieux échapper aux conséquences du désespoir qui, de nos jours, fait tant de victimes de tous genres.

Il est donc nécessaire d'indiquer la route à suivre, ne serait-ce que pour réchauffer le courage de ceux qui travaillent toute leur vie sans espoir de richesse et sans envie de popularité ; qui accomplissent leur devoir selon leurs moyens et leurs forces ; qui aimeraient la fortune pour pouvoir faire des heureux ; qui envient le sort des riches, non pour éclabousser et dominer, mais pour pouvoir encourager ceux qu'un moment de détresse suffit pour faire tomber dans l'ornière.

Ceux-là ne disent pas que la loyauté disparaît ; que l'ouvrier s'encanaille ; qu'il n'y a de beau que ce qui brille.

On les voit, ceux-là, se dévouer noblement et simplement à une autre infortune sans désirer une récompense quelconque. — Ils ne recherchent que la satisfaction du devoir accompli, ainsi que celle de leur conscience.

Le roman actuel ne peut mordre à leur honnêteté. — Ils vivent dans la souffrance et l'humilité, parce qu'ils n'acceptent ni ne reçoivent rien de personne. On ne les voit pas se mettre inconsidérément à la remorque d'un homme influent ou d'une idée nouvelle. Ils ne connaissent que le travail et qu'un chemin : la ligne droite.

Et, quoi qu'on en dise, ceux-là sont encore nombreux, qui sont et resteront honnêtes toute leur vie ;

mais on n'a aucun intérêt matériel à les remarquer, c'est pourquoi ils passent presque inaperçus en ce monde.

L'AMOUR MATERNEL ET L'AMOUR CHARNEL

I

La mère et l'épouse.

Tels sont les deux instruments dont se sert le destin pour pétrir le caractère d'un homme.

La mère pendant la croissance et l'épouse pour la virilité.

Celui qui se soustrait volontairement à l'influence de l'une ou de l'autre est obligé d'avoir recours à d'autres influences moins dignes et moins nobles et généralement pernicieuses. Il n'atteint que l'ombre de la réalité.

Sa vie est nulle à l'humanité et sans aucun but social. Car il ne peut jamais comprendre tous les trésors de tendresse et d'affection que possède le cœur d'une femme ainsi que les vertus qu'elle nous inspire.

Aussi son cœur est-il toujours sec aux douces joies de la famille.

C'est par la mère et l'épouse que les belles inspirations naissent, grandissent et s'affermissent dans le cœur de l'homme.

Nous devons donc tous un tribut de reconnaissance éternelle, à celle qui prend soin de notre enfance, et un sentiment plus doux et plus intime à celle qui doit être notre compagne.

La source de la saine morale se trouve : dans le respect de la femme !

II

Quoi qu'on en dise, l'homme dans son enfance, possède deux bons sentiments :

La droiture du langage et la bonté du cœur.

Mais, par malheur, ces sentiments s'éteignent et disparaissent généralement en grandissant.

Quand, par hasard, nous pensons aux souvenirs de notre enfance, une douce joie se répand dans notre être, comme un baume bienfaisant, qui calme nos chagrins et réjouit notre cœur.

D'où vient que l'on aime, après les grandes émotions, à se retremper dans le passé et surtout dans les souvenirs de jeunesse ?

C'est que le chemin parcouru a été pénible, tandis que le point de départ était plein d'illusions et de tendresses. Que les obstacles, vaincus ou écartés, ont épuisé nos forces, excité nos passions et endurci notre caractère.

Quelle différence étonnante, apparaît aussitôt, entre l'homme actuel et l'enfant d'autrefois.

Qu'est donc devenue cette insouciance juvénile qui était comme la clé de voûte de notre caractère ?

C'est qu'hélas, le plus grand et le plus noble amour terrestre a presque disparu !! « *L'amour maternel* »... Le premier amour... qui prend notre être, le pétrit, le forme, le garantit des périls, quelquefois même, par sa tendresse extrême, amoindrit nos forces à la lutte.

L'amour maternel est la base du monde et le point d'appui de la civilisation !!

Il ébranlera, dans le cœur de chaque mortel, les sentiments cruels de conquêtes sanguinaires et de domination guerrière, qui ont agité le cerveau des grands capitaines des temps passés et qui seront toujours l'apanage de tous ceux qui règnent par la force ou par hérédité.

Il sera le vainqueur futur du barbarisme.

Par lui naîtra le revendicateur des douleurs ignorées et de toutes les larmes qui ont coulé depuis le commencement des hécatombes humaines !

III

L'amour maternel est si vivace, si profond, si pénétrant, qu'il se sent capable d'aplanir toutes les difficultés de l'existence.

Il nous enveloppe déjà avant notre naissance ; nous suit et nous environne constamment.

Il espère même vivre toujours avec son cher trésor et s'ensevelir plus tard avec lui.

Mais le destin en a décidé autrement. Les lois naturelles se développent avec l'âge ; elles grandissent et s'affermissent, puis elles exigent ensuite une nouvelle source d'appétit chez l'adolescent.

Inconnus d'abord, puis vagues, ensuite déterminés, de nouveaux sentiments apparaissent sur le front de l'enfant devenu jeune homme et ils sont si visibles pour la mère, qu'elle y lit sa sentence. Alors elle redouble de zèle, de tendresse et de bons soins.

Peine inutile !

Tour-à-tour gai, triste , mécontent, enthousiaste ; il pense, il réfléchit, s'absorbe des journées entières, se trouble brusquement en présence d'une parente ou d'une inconnue de son âge ; se trouve ridicule, devient taciturne, entrepris ; puis subitement volontaire et enfin résolu.

Mais ô surprise, tout à coup s'apaise cette hardiesse calculée. L'idéal a paru. Plus de contenance. Rien que de l'effroi.

Qu'est-ce donc que ce trouble passager ? D'où vient-il ?

Il l'ignore. Il le comprend sans le définir. Sa mère aussi a compris. Elle l'attire de nouveau à son cœur, le comble de nouvelles caresses et d'exhortations à la confidence. Efforts stériles.

Chez l'être, habitué à trouver tous ses désirs exécutés, a succédé un nouveau sentiment dominateur s'imposant par les sens.

La vue et le désir sont imprégnés de l'image aimée et le sang se réchauffe instantanément rien qu'à la pensée de son idole.

Ce sentiment nouveau qui va remplir toute son existence, l'envelopper peut-être éternellement ; pour qui, il donnera : sa vie, sa position, sa carrière et son honneur : c'est l'amour ! !

Non point l'amour maternel (pauvre mère) mais l'amour indomptable, l'amour charnel et farouche qui surmonte tous les obstacles, qui fait des tyrans ou des héros, des monstres ou des heureux !

IV

L'amour maternel prévient le danger.

L'amour charnel impose le dévouement. Il exige d'abord, charme ensuite, aiguise la volonté, puis domine ou se soumet.

C'est donc à cette période capitale de l'existence, à cette transformation sublime de l'individu, que le jeune homme se fortifie ou s'amoindrit, devient un homme viril ou esclave.

Heureux encore s'il est l'un ou l'autre.

Car il peut être encore moins digne qu'un esclave et devenir tout à fait abject, quand il aura foulé sciemment tout ce que la femme peut nous donner de bon, comme mère ou comme épouse, et quand il trouvera trop fade ces deux sources de bonheur en s'entourant seulement de toutes les joies bruyantes et immorales des plaisirs faciles.

LARMES AMÈRES

I

Le sacrifice est consommé.

La mère a trouvé, dans les replis de son amour, une part d'abnégation qu'elle ignorait jusqu'alors.

Son fils sera heureux avec celle qu'il a choisie.

La vie ne se montre-t-elle pas belle aux deux nouveaux époux ?

Que manque-t-il pour leur bonheur ? Rien.

N'ont-ils pas la force unie à la grâce, la santé à la gaîté, le courage à l'insouciance.

Toutes les illusions de l'existence se résument dans ces deux êtres. Il n'y aura qu'un ciel bleu à cet horizon. Point de nuages. Ils s'entendent à merveille. Leurs désirs sont les mêmes. Leurs joies sont pareilles. Ils se complètent si bien l'un par l'autre, qu'ils se comprennent sans exprimer leurs idées, ils se devinent au regard !

Lorsqu'ils sont endormis l'on croirait entendre le souffle d'une seule poitrine !

Que craignent-ils ! On ne meurt pas à leur âge...

.   .   .   .

Les heures d'amour passent vite. La vie réelle reprend ses droits. Le mari court à son travail plein d'ardeur et de courage.

Il revient à la maison plus vite encore.

.   .   .   .

Ce jour-là trois couverts sont mis sur la table. La mère est venue les voir.

Lui entre. Il pense tellement à sa femme qu'il l'embrasse avant d'avoir aperçu sa mère, reconnaît celle-ci, s'excuse gaîment et embrasse sur les deux joues celle qui l'a tant chéri. Une larme amère est venue subitement agiter la paupière de celle à qui il doit le jour, mais elle l'a aussitôt refoulée, car elle a trop peur d'attrister son fils.

II

Cependant à grands pas le danger s'avance..

Eux n'y songent guère.

La mère seule a de noirs pressentiments...

. . . .

Qu'y a-t-il ?

Quels sont ces éclairs de tempête?

Hélas, comme un coup de tonnerre, un cri de guerre a répandu des bruits sinistres et des grondements de haine.

L'air que l'on respire sent la poudre.

La voix du monstre d'airain va parler. !

Deux peuples vont s'entr'égorger...

Pour qui ? pour quoi ?

Il faut venger l'honneur de la patrie en jeu.

L'histoire , peut-être, en expliquera la cause — Jamais elle ne la justifiera.

Des milliers d'êtres humains vont s'entr'égorger, la rage dans le cœur et le désespoir dans l'âme — Ils vont massacrer leurs semblables, laissant, se tordant dans les larmes, qui : une mère, une sœur, un père infirme, qui : une femme et des enfants ! !

Larmes amères vous pouvez couler...

Pour la gloire il faut un piédestal de cadavres...

III

Un mois après les deux femmes, en quête de nouvelles, rentraient défaillantes au logis , cherchant dans leur amour, devenu commun, un motif de consolation réciproque, — s'affirmant l'une à l'autre qu'il reviendrait — s'efforçant d'écarter les idées tristes qui surgissaient obstinément à leur pensée — n'osant aborder résolument ce sujet pénible — s'éloignant et s'isolant l'une de l'autre pour pouvoir pleurer à leur aise.

Larmes amères et cruelles vous pouvez couler........

La gloire aime à flotter sur un torrent de larmes....

. . . .

Que de mères et d'épouses en ont versées depuis le commencement du monde ! Ce flot de larmes ne finira-t-il donc pas par submerger entièrement toutes les haines et toutes les rancunes terrestres ?

Le progrès peut-il réellement exister tant qu'il y aura des guerres ?

La civilisation n'arrivera-t-elle donc pas à ouvrir les yeux des générations futures en leur faisant entrevoir la douceur d'une vie calme, sans danger des boucheries humaines, qui amènent avec elles : les épidémies, les pertes de récoltes, le pillage et l'appauvrissement d'une contrée, et cela, sans bénéfice réel pour le vainqueur ; car, aujourd'hui, les ressources d'un pays convergent, presque toutes, à l'entretien de troupes d'un effectif élevé, de constructions d'engins destructeurs, de fournitures pour l'équipement, etc... etc....

L'instruction en se développant et la volonté tenace de tous ceux qui sont raisonnables, viendront peut-être à bout, avec de la patience, à inculquer à leurs descendants des sentiments généreux de concorde et de paix.

L'âge de raison remplacera-t-il bientôt l'âge barbare des luttes sanglantes causées par la convoitise d'un conquérant ou d'un dominateur ?

Espérons-le.

Mais, dès à présent, il s'agit de faire le vide autour des hommes pouvant disposer à leur gré de la volonté d'un peuple, des hommes se disant providentiels et indispensables au bien-être et au bonheur d'une nation.

Ils n'ont apporté, ceux-là, avec leur toute puissance et leur munificence passagères, que la ruine et la désolation.

Le genre humain doit, par un effort prodigieux de son intelligence et de sa volonté, briser tout ce qui le rattache à l'ancien monde et aux coutumes barbares.

Il doit marquer d'un pas de géant une nouvelle ère

de bonheur et de prospérité comme jamais n'ont pu en rêver Alexandre, César, Auguste, Mahomet et Napoléon.

IV

Maudite soit la guerre qui arrache des millions d'hommes, par siècle, aux douceurs de la famille, qui entretient la discorde et l'esprit de revanche parmi les peuples!

Il ne devrait pas y avoir de peuples ennemis sur terre.

Puisque nos affections sont les mêmes, nos idées devraient être communes, nos relations amicales et les différends qui pourraient surgir, être débattus parlementairement chez toutes les nations qui se disent civilisées.

Quand l'homme cessera-t-il d'être barbare ?

L'avenir répondra.

Le MONDE FUTUR

I

Plus d'un siècle s'est écoulé depuis l'époque où le percement de l'isthme de Panama a été résolu.

Les continents sont reliés entr'eux par des routes nouvelles et rapides.

La civilisation a porté ses fruits jusque dans les pays les plus reculés.

Six générations ont succédé aux fondateurs de la République Française !

Tous les peuples aspirent à récolter la moisson semée par le Progrès !

Une entente tacite semble fondre les Etats Européens en une seule confédération poursuivant les mêmes idées d'ordre et de justice.

Sur tous les points du globe règne un calme

bienfaisant qui semble réunir en un seul faisceau toutes les races et toutes les religions au souffle vivifiant de la Paix !

L'homme civilisé a enfin compris qu'il était, par ses actes, la cause principale de tous ses malheurs. Que tout le mal qu'il faisait à son semblable lui en suscitait pour l'avenir. Qu'il ne pouvait trouver de stabilité que dans la paix la plus profonde et que la fraternité devait remplacer pour toujours ses idées sanglantes et barbares de domination et de conquêtes meurtrières.

La terre a été assez gorgée du sang de l'homme. Il ne fera plus de guerres.

L'heure de la pacification universelle est arrivée ! !

II

Mais il doit tous ses bienfaits à l'instruction nouvelle, qui, basée sur une saine morale, remplace salutairement toutes les coutumes superstitieuses d'un autre âge.

Elle tend à former l'homme selon les besoins et les devoirs de l'existence. A en faire un bon fils et un bon chef de famille et non un héros ou un tyran. A lui faire reconquérir les mœurs patriarcales si longtemps délaissées pour l'amour des combats et de la victoire.

Aussi l'homme goûte-t-il avec calme les douces joies d'une vie paisible et tranquille.

Il est dans toute le plénitude de ses facultés morales.

Sa pensée peut s'envoler librement au-delà du monde terrestre et monter vers l'Infini, en franchissant toutes les lois religieuses qui pouvaient borner son horizon idéal.

III

Son ambition n'a plus qu'un but et pour l'atteindre

il n'a qu'une route à suivre : *Vivre dans le bien et la sagesse !*

Pour en arriver là, il a fait abandon d'antagonisme de tous genres, et, pour lui, il n'existe plus de préjugés contre les races et les religions.

Il voit, dans son semblable, un homme ayant les mêmes besoins et les mêmes affections que lui.

Toutes les sciences sont appliquées au régime du progrès et du bien-être.

Les immenses capitaux qu'il consacrait aux frais de guerre ont trouvé une meilleure destination en les employant à assurer l'existence de tous les vieillards sans exception. Ceux-ci, lorsqu'ils sont suffisamment fortunés, font, avec abnégation, abandon d'une partie de leur superflu à leurs héritiers légitimes.

L'homme, grâce à la raison, connaissant avec ses devoirs à accomplir, le sort qui lui est réservé en ce monde, peut donc, pauvre ou riche, borner son ambition à vivre tranquillement, tout en s'entourant de l'affection de ses semblables, et en mettant à contribution son intelligence au profit de l'humanité !

Aussi la source des crimes se trouve-t-elle considérablement amoindrie,

Ce qui disparaît aussi, c'est le nombre des pauvres et des déshérités qui, assoiffés de bien-être, devenaient, par la misère et le travail forcé : libertins, hypocondriaques, voleurs ou fous ; car ils peuvent enfin supporter plus facilement leur misère passagère, sachant, qu'avec l'âge et la patience, ils pourront goûter plus tard, comme leurs pareils, l'aisance et le repos dans leur vieillesse.

Les suicides sont aussi, de moins en moins fréquents.

L'homme, guidé par la sagesse et la raison, sait la mission qu'il a à remplir sur terre, le chemin qu'il doit parcourir et le but à atteindre.

«Vivre en paix en respectant son semblable, quelle que soit son opinion et sa religion » voilà ce que le bon sens accomplira quand tous les cœurs battront à l'unisson de :

Humanité. — Fraternité. — Morale.

Sera-ce bien le monde futur ?
L'avenir répondra.

JOANNY JACQUEMIER.

LA FÊTE D'EL ACHOURAH

Une cérémonie barbare à laquelle il m'a été donné d'assister au Caire est celle dite : la fête d'*El Achourah*. Cette fête, dont le nom vient du mot arabe *achara*, qui signifie dix, se célèbre tous les ans dans cette ville le 10 Moharrem du calendrier musulman, ce qui correspond à peu près au mois de novembre. Cette année, c'est précisément le 10 novembre qu'a eu lieu au Caire, dans la nuit, avec tout le cérémonial en usage, la fête d'*El Achourah*, plus généralement connue sous le nom de fête des Persans, car elle est due à une secte religieuse composée en majeure partie de Persans.

J'avais été invité à y assister par l'un des principaux Persans résidant au Caire. On ne peut s'imaginer en Europe ce que le fanatisme est capable d'inspirer ; la fête, ou plutôt le spectacle écœurant que j'ai eu sous les yeux m'en a donné une idée. Ce n'est pas d'ailleurs la seule cérémonie de ce genre usitée en Orient. Je me bornerai pour cette fois à décrire la fête d'*El Achourah*, en donnant au préalable certains renseignements historiques qui en expliquent l'origine.

Aux premiers temps de la création de l'Islam, alors qu'Osman, qui avait succédé à Omar, venait de mourir

laissant vacante la succession au Khalifat, trois compétiteurs se présentèrent : Aly, qui avait épousé la fille
du Prophète Mahomet, Fathma, de qui il avait eu deux
fils, Hussan et Hussein, dont le dernier seul survivait ;
Mohauriah, vicaire du Prophète, d'Abou-Bekr et
d'Omar, et Amrou, qui a laissé un des plus beaux noms
dans l'histoire de la fondation de l'Islam.

Ces trois compétiteurs, ne voulant point se céder
mutuellement la place, en vinrent aux mains ; la victoire
resta longtemps indécise, jusqu'au jour où ses propres
partisans, fatigués d'une lutte qui menaçait de s'éter-
niser, résolurent d'y mettre un terme en assassinant
leurs trois chefs. Mohauriah, prévenu à temps, put
s'enfuir ; Amrou échappa également, non sans avoir
reçu de nombreuses blessures qui le contraignirent à
finir ses jours loin des intrigues du palais. Aly, seul,
fut tué.

Mohauriah, se trouvant de la sorte débarrassé de ses
concurrents, revint et se fit proclamer Khalife. Il con-
serva le Khalifat durant dix-neuf années. A sa mort,
mêmes compétitions entre son fils Yésid et le fils d'Aly,
Hussein. Les partisans de ce dernier le considéraient
comme l'héritier légitime de Mahomet ; pour eux,
Mohauriah n'avait donc été qu'un usurpateur, sous le
Khalifat duquel ils s'étaient réfugiés en grande partie en
Perse, où ils avaient formé une secte dite des *chütes*.
Les chütes d'aujourd'hui affirment même qu'Aly était
seul le vrai prophète, ce titre n'ayant été donné à Mahomet que par une méprise de l'ange Gabriel.

A la mort de Mohauriah, la lutte s'éleva donc entre
Hussein et Yésid. Celui-ci fort d'un parti qui lui était
tout dévoué, s'arrogea le titre de Khalife. Hussein, confiant en son bon droit, entreprit la guerre contre Yésid,
mais il fut vaincu, malgré les prodiges de valeur accomplis par ses troupes ; pris entre deux feux près de

Bagdad, il fut tué par son ennemi le 10 moharrem de l'an 680 de notre ère, après avoir enduré tous les tourments de la faim et de la soif, et la chaleur tropicale du désert.

Telle est la légende historique qui a donné naissance à la cérémonie célébrée chaque année, le 10 moharrem de l'Hégire, par les Persans chütes, en commémoration de la mort d'Hussein.

Au Caire, pendant les dix jours qui précèdent la fête d'*El Achourah*, les musulmans appartenant à la secte des chütes, composée pour la plupart de Persans, font, en signe de deuil, des prières et des sacrifices en l'honneur de leur regretté Hussein. Le 10 moharrem a lieu la cérémonie proprement dite. Elle se passe généralement dans une maison qui appartient à un des riches Persans du Caire et qui est située au fond d'une rue appelée « le Mouski », dans un quartier du nom de « Khan Khalil », l'un des plus pittoresques de la capitale de l'Egypte.

Je vais essayer de décrire le plus fidèlement possible ce dont j'ai été témoin :

Introduit dans la cour intérieure de la maison en question, je vis un grand nombre d'individus, indigènes pour la plupart, assis sur des bancs faisant le tour de l'enceinte. Au fond, était placée une estrade élevée où figurait une sorte de trône revêtu d'un tapis de couleur foncée. Les murs étaient de même tendus de noir. Des lanternes, lampes, cierges, bougies à profusion éclairaient la scène, lui prêtant un aspect vraiment étrange et saisissant. Partout du monde assis ou plutôt accroupi selon l'habitude du pays ; seul, un emplacement était resté libre au-devant de l'estrade.

A mon arrivée. je fus ébloui par la clarté de ces mille lumières faisant ressortir la teinte sombre des tapisseries recouvrant les murs. Je fus invité à monter

dans des appartements réservés, dont les fenêtres don-
naient sur la cour. C'est de là que j'assistai au spectacle
le plus répugnant qu'on puisse voir. Après une heure
environ d'attente, je vis arriver le cortége qui venait de
la mosquée de Sidna-el-Hussein. Imaginez-vous un
défilé composé d'une cinquantaine d'individus vêtus de
grandes robes blanches leur descendant du cou jusqu'au
pieds, et précédés d'un enfant à cheval, vêtu de la
même façon. Tous, tête rasée, étaient porteurs de larges
sabres dont ils se frappaient le crâne, en cadence et
suivant un rhythme marqué. Le sang leur ruisselait de
tous côtés et se répandait sur leur vêtement, ce qui
produisait un effet des plus saisissants. Arrivés dans
la cour, ces individus, groupés en cercle devant l'estrade, vociféraient en se frappant en mesure ; des flots
de sang jaillissaient de la blessure à chaque coup. Du
haut de l'estrade, un des *cheicks* (*chefs*) persans en-
tonna des psaumes, dans lesquels revenait à chaque
instant le nom d'Hussein, dont ces litanies racontaient
les souffrances. Ces chants paraissaient redoubler la
furie de ces forcenés, qui se meurtrissaient de plus
belle. Cette scène de carnage ne prit fin que par l'in-
tervention des fidèles chargés spécialement de parer
les coups un peu trop violents que se portaient ces
fanatiques, et à qui incombait le soin de mettre un
terme, à un moment donné, à cette boucherie.

Tout n'était pas fini cependant. A ces individus couverts de sang en succédèrent d'autres dont quelques-
uns, nus jusqu'à la ceinture, étaient porteurs de lourdes
chaînes.

Le champ des psaumes reprit encore et cette fois les
nouveaux venus se mirent tous ensemble à se frapper la
poitrine en s'appliquant de vigoureux coups de paume
de la main. Ils s'arrêtaient par intervalles et ceux qui
étaient munis de chaînes s'en frappaient le dos et les

épaules à tour de bras en hurlant, de concert avec les autres, le nom d'Hussein.

Enfin, ces vociférations cessèrent aves le chant des psaumes et l'on fit rentrer dans l'intérieur de la maison tous les acteurs de cette scène sauvage.

Alors, le principal des cheicks chiites prit place sur le trône dressé dans la cour. La cérémonie perdait son côté lugubre, mais n'en restait pas moins caractéristique.

Le silence se fit aussitôt et le cheick commença un sermon, en arabe cette fois et non plus en persan, langue dans laquelle avaient été chantés les psaumes. Après une invocation à Allah, il entama le récit des souffrances endurées par Hussein. C'est alors que tous les assistants se mirent à sangloter, progressivement, en augmentant leurs lamentations qui ne cessèrent qu'avec les dernières paroles du prédicateur.

Avant que le cheick ne fût descendu de son estrade, le Consul général de Perse lui fit remettre, selon l'usage, un riche cachemire. Ce fut la fin de la cérémonie.

Les personnes présentes comme moi à cette fête se retirèrent alors, sous l'impression pénible du spectacle auquel elles venaient d'assister.

Pour ma part, je fus honoré d'une invitation à un repas servi à la persane, composé en grande partie de riz accommodé à la mode du pays. Après les émotions par lesquelles je venais de passer, il me fut difficile d'y faire honneur et je jurai, en sortant, bien que satisfait d'avoir assisté à un spectacle aussi curieux et aussi tragique, qu'on ne me reverrait plus, les années suivantes, à la fête d'*El Achourah*.

Le Caire , novembre 1883.

HENRI CANTEL.

LA FEMME

Un grand nombre d'écrivains ont tâché de définir le caractère de la femme, ses qualités comme ses défauts. Certes, des hommes d'un grand mérite littéraire ont écrit sur ce sujet. Mais pour approfondir le véritable motif de la versatilité de la femme, il faut le chercher dans son tempérament. Elle-même souvent ne se comprend pas, trouvant étrange que ses idées ne soient pas les mêmes que la veille.

Hier, son cœur s'ouvrait à tous les bons sentiments, aujourd'hui une réticence, un caprice involontaire s'empare de son esprit et le mal s'oppose au bien de la veille. Bonne ou méchante selon sa nature, elle varie à l'infini dans ces deux hypothèses. Il est même rare que la meilleure comme la plus perverse, n'ait pas par moments, des étincelles de bonté ou d'animosité, pour ses semblables..

Notre organisation toute spéciale est la cause du désordre moral que nous éprouvons par période. Michelet a raison de nous appeler une malade. Voilà le mot vrai de notre situation. Oui malade dans la santé d'un étrange malaise, qui exalte notre imagination, excite nos nerfs, assombrit nos pensées et les rend injustes.

Nous marchons aveuglée par un voile menteur qui nous cache la vérité. Jusqu'au moment où nous revenons dans un état normal, qui nous permet de ressaisir l'équilibre de notre esprit.

On se plaint du peu d'égalité d'humeur chez la femme. Mais si l'on comprenait toutes les infirmités de sa nature, on serait plus indulgent pour ses travers. La femme est en butte à une foule d'ennuis, de souffrances physiques, qui réagissent sur son tempérament. Déjà prédisposé, par sa faiblesse, à ressentir plus fortement que l'homme les mille douleurs de la vie. La mater-

nité quoique étant une de ses grandes joies la prédis-
pose à des variations infinies de caractère.

On prétend qu'étant habituée à souffrir, la femme
supporte plus patiemment les peines de la vie. C'est
vrai, mais l'humeur chagrine y fait de grands progrès,
du moins généralement. Je sais qu'il existe de douces
créatures qui endurent stoïquement les soucis de l'existence, sans manifester jamais leurs ennuis. Mais ici je
parle de la généralité et je dis que la femme est essentiellement variable, nerveuse, exaltée et par conséquent
inférieure à l'homme sous le rapport du froid raisonne-
ment.

Faites une assemblée de femmes, c'est le chaos. On
dit que certains hommes sont des brouillons en politique. Que ferions-nous si on permettait de nous en
mêler, sous quelle anarchie vivrions-nous?

Cependant quelques esprits ne connaissant pas l'élément du sexe féminin, voudraient l'associer à émettre
son opinion dans des séances publiques.

Laissez-nous dans nos maisons pour élever nos enfants avec des sentiments d'honneur et de devoir envers
la Société. Ne nous entraînez pas dans des carrières où
nous n'aurions ni la fermeté d'un homme, ni la modestie de la femme.

Vous voulez faire de nous des êtres remplis de sciences. Vous en ferez des pédantes, des orgueilleuses, qui
oublieront les leçons de latin, d'algèbre et de chimie ;
dès que leurs cœurs auront parlé, qui rêveront à un idéal
plutôt qu'à des travaux intellectuels.

La femme en amour est extrême, ce sentiment l'absorbe toute entière. Tandis que l'homme mène de front
son travail et sa passion. Les exceptions dans le cas
contraire sont rares.

Pour une personne à demi-savante, pleine de
fatuité, par les éloges que les hommes croiront
devoir lui faire, surtout, si elle est jolie, vous

en aurez une foule qui ne seront ni suffisamment
instruites, ni assez modestes , pour le comprendre,
et qui dans cet essai d'émancipation perdront toutes les
qualités de leur sexe. Un docteur féminin n'inspira
jamais une grande confiance, ce sera toujours une demi-
science que peu de personnes accepteront. Quelle autre
carrière voulez-vous que nous entreprenions, à moins
que ce ne soit celle d'avocat ! Aussi je déplore pour mon
sexe, que la mode soit venue, de faire donner à la
femme une instruction différente à celle que comporte
notre complexion.

Certes je suis loin de blâmer une connaissance des
plus étendues, car l'étude en ouvrant notre esprit sur
de larges horizons élargira nos pensées et nous mettra à
même de pouvoir élever nos enfants dans de grandes
idées. C'est là le grand but utile de notre savoir.

Une femme instruite et modeste cachant son érudi-
tion sous le voile de l'obscurité, garde son prestige
qui, semblable à la violette, doit dissimuler son parfum.

La femme est un être d'intérieur, son irritabilité est
trop grande, son imagination est trop susceptible
d'exaltation, pour se trouver en contact avec les péripéties publiques et les situations dans lesquelles il faut
déployer du sang froid. J'excepte les femmes réellement fortes, dont le caractère viril ressemble à celui
de l'homme. Mais en général ni l'instruction, ni l'éducation ne peuvent modifier notre constitution qui sera
toujours très impressionnable.

Le triomphe de la femme c'est l'intérieur et la famille,
à chacun son rôle sur la terre. Autant l'homme devient
ridicule et s'amoindrit dans de petits détails qui rendent ses idées mesquines, autant la femme sait ennoblir
les mille riens de la vie, en leur donnant un parfum
délicat, un doux coloris que la rudesse de l'homme ne
peut imiter.

La femme est sublime de tendresses, de dévouements constants et de sacrifices généreux. Chaque jour elle accomplit des actes héroïques, sans se douter de son mérite, sans regrets pour les peines, les ennuis que sa bonté lui suscite. Le travail, les veilles, les privations rien ne rebute cette nature aimante, sensible et dévouée à l'excès pour ceux qu'elle aime ou que sa charité veut soulager.

Epouse, mère, sœur ou amie, voilà le rôle que Dieu assigne sur la terre à la femme. Sortez-la de ses affections, vous la déclassez, vous en faites une belle statue, qui prendra tous les défauts de l'homme sans avoir jamais ses qualités.

Gardez pour vous le bruit de la vie du dehors, pleine d'émotions trop fortes pour nous. Puis revenez à votre foyer demander ces sages conseils, qu'une femme sait toujours donner quand elle puise dans le silence la sagesse de la réflexion. Elle a souvent des idées plus saines, plus positives que celles de l'homme qui s'enivre de nouvelles et d'opinions diverses.

La femme a le don d'intuition, sa perspicacité est plus grande que la vôtre Messieurs. Elle pense davantage que vous, si vous la laissez dans son milieu. La solitude en fait une grande rêveuse, qui repasse dans son esprit le fort et le faible d'une situation, et finit par en dénouer le nœud gordien. L'homme est parfois étonné de trouver chez lui la fin d'une solution qu'il avait cherchée en vain, étourdi qu'il était par le tourbillon de ses nombreuses occupations.

Autant une femme est fausse, dissimulée pour une personne de son sexe, qu'elle appellera son amie, et dont elle jalousera la beauté, la richesse et l'amabilité, autant elle est dévouée pour un homme qui lui témoigne de l'affection, excluant toute idée d'amour. Elle sera pour lui une sœur dévouée à laquelle il pourra se fier, assurée qu'elle prendra ses intérêts comme les siens propres. Elle l'aidera de ses conseils et compatira à ses peines, ayant pour lui le dévouement qu'elle aurait pour un frère.

C'est encore une bizarrerie de notre nature, nous n'aimons pas nos semblables. L'espèce de rivalité mesquine qui s'élève entre nous, rompt l'harmonie qui devrait règner parmi notre sexe. Nous ne pouvons supporter ni la comparaison, ni la supériorité chez autrui. Cependant tous les individus ne peuvent avoir le même visage ni les mêmes aptitudes. Mais une jalousie atroce dévore certaines femmes. De là, vient des haines, des calomnies, de sourdes machinations qui déparent beaucoup nos qualités morales.

Que serait-ce si nous allions vivre au grand jour de l'existence des hommes. Mais vous feriez de nous des hallucinées, qui ne pouvant endurer le succès de telle ou telle compagne emploieraient pour lui nuire les moyens les plus excentriques.

Un vieux dicton prétend que nous sommes extrêmes dans le bien comme dans le mal. La preuve de cet axiome se trouve dans les saturnales des guerres civiles. Voyez si les femmes une fois grisées par l'orgie et le sang ne sont pas plus cruelles que les hommes. Elles n'ont plus dans ces moments-là le libre arbitre du sentiment. C'est la folie qui s'empare de leurs cerveaux surexcités par la boisson et l'ivresse du carnage.

Il faut à la femme du calme, un entourage de tendresse et d'amour. La religion sans fanatisme et surtout pas de lectures dangereuses. Elles jettent dans l'ombre de profondes racines malsaines, des aspirations qui souvent corrompent la bonne éducation qu'elles ont reçues.

Que l'homme laisse s'il le peut la compagne de sa vie dans l'ombre, dans la paix de l'intérieur de sa

maison. Qu'il tâche de paralyser cetle mode d'indépendance qui nous gagne et n'aboutira qu'à nous rendre
détestables de vanité, ne soyons pas des révoltées du
joug masculin, mais un bon génie, pour celui que Dieu
nous donna pour soutien. Soyons son égale par les
attributs qu'il ne peut posséder.

Laissons à l'homme les soucis de la vie publique et
gardons pour nous tout ce qui peut maintenir l'ordre par
de bons conseils, la concorde par l'union, et le devoir
par l'exemple du bien. Que la famille grandisse autour
de nous sans haine pour la société, respectant toutes
les convictions. Que l'instruction éclaire l'intelligence de
nos enfants, qu'ils ne doutent ni de Dieu, ni de l'avenir,
que le travail saura embellir et qu'enfin l'homme trouvant son foyer joyeux n'aille au loin chercher des dis-
tractions mondaines.

Voilà la douce existence qu'il nous faut à tous. Malheur à l'homme s'il ne sait contenir la jeune génération
dans ces limites. Il deviendra un gêneur, un être qui ne
nous sera nullement supérieur, dont on discutera le
savoir, persuadées que son instruction est inférieure à
la nôtre, et que nous sommes aptes à remplir les emplois
les plus difficiles.

Il perdra le respect de ses enfants, qui ne verront
en lui qu'un second chef sans autorité.

Ce sera l'anarchie dans la famille bien autrement terrible que celle d'un pays, car dans ce cas elle sera
partout, et dans chaque maison règnera la discorde aux
doigts crochus.

J'ai l'espoir que ce cataclysme conjugal n'arrivera
jamais. Que la totalité des femmes françaises compren-
dront leurs devoirs et que nous resterons comme par le
passé, sauf les défauts inhérents à notre nature, le
symbole de paix et d'amour et que nous ne démérite-

rons pas notre surnom, de la plus aimable comme de la plus belle moitié du genre humain.

MARIE FERDI.

HENRI IV

Au commencement de ce siêcle, la ville de Pau fut conviée à une de ces fêtes, dont le souvenir ne s'efface pas. On érigeait une statue à Henri-le-Grand, près du palais qui fut son berceau. M. Diodière chanta, en présence d'une foule émue, qùelques strophes qu'il avait composées :

« Henri, reconnais-tu, ta cité souveraine,
Les pics, et les remparts de ton château natal ;
Et ce gâve azuré, qui sillonnant la plaine,
Baigne, en passant, ton pas royal.
Le temps peut imprimer sa trace irréparable
Sur les granits des monts, comme au fond des palais ;
Mais, ce qui reste inaltérable.
C'est le cœur de tes Béarnais, etc.. ».

Ces vers disent combien la mémoire de Henri IV était chère aux Béarnais. — Henri IV était fils de Antoine de Bourbon et de Jeanne d'Albret. Il était neveu du prince de Condé, qui fut assassiné à Jarnac par Montesquiou.

Le 13 décembre 1553, la reine de Navarre fit appeler son père, Henri d'Albret. En entrant, le roi entendit sa fille qui chantait. Il paraît, dit-il, que je vais être grand-père, Jeanne d'Albret n'interrompit sa chanson gasconne, qu'après la naissance de l'enfant, qui vint au monde en riant. Le roi donna, à sa fille, son testament, dans une boîte d'or, en lui disant : le testament est à vous ; et, l'enfant est à moi. — Il emporta son petit-

fils, dans son appartement, lui frotta les lèvres avec de
l'ail ; et lui fit boire un dé de vin de Jurançon.

L'enfant royal était né avec quatre incisives, deux
en haut, deux en bas. On le mit dans un berceau fait
d'écaille de tortue ; et, décoré d'ornements d'argent.
Ce berceau est encore au château de Pau. Henri IV
n'avait que 17 mois, lorsque son grand-père mourut.
Jeanne d'Albret avait une grande élévation d'âme et
beaucoup d'esprit. Le courage ne lui faisait pas défaut.
A quelques kilomètres de Salies de Béarn, on peut voir
l'ouverture d'un souterrain d'une immense étendue,
par lequel la reine de Navarre se rendit secrètement à
Pau. Elle se conforma, pour l'éducation du prince, aux
instructions que lui avait données son père. Henri courait par les rochers nu-tête et nu-pieds, sa nourriture
était grossière, ses vêtements simples. Elle laissait
développer ses forces physiques, tandis qu'elle formait
avec soin, son caractère et son cœur. Jeanne d'Albret
conduisit son fils à la cour, elle le mit sous la direction
d'un savant, nommé la Gaucherie. Celui-ci ne négli-
geait rien pour donner, à son élève, les notions du
juste et de l'injuste. Un jour, il raconta à l'enfant, la
trahison du Connétable de Bourbon. Henri, indigné,
alla effacer ce nom de l'arbre généalogique de la
famille, il mit à sa place, le nom de Bayard, le Chevalier sans peur et sans reproche, pour lequel il était
plein d'admiration. A douze ans, le prince fut formé
au métier de soldat, par un officier nommé de Coste ;
ses progrès furent si rapides qu'il fut fait lieutenant, à
l'âge de treize ans.

Il n'avait pas 14 ans, lorsque son précepteur, la
Gaucherie mourut.

Jeanne d'Albret retira alors son fils de la cour ; elle
alla le chercher elle-même. Henri avait la taille majestueuse et légère ; il joignait la force à l'agilité. Ses

traits étaient réguliers ; sa physionomie portait l'empreinte de son caractère et de son âme ; quand on l'avait vu, on ne l'oubliait jamais. Son retour, dans le Béarn, fut une fête pour tous. Il lui arriva des députations de tous les pays, des orateurs de tous les patois ; il reçut une ambassade de paysans, ayant à leur tête le père nourricier du prince, chargé de prononcer un discours ; il portait un fromage. Quand il vit le prince, il le regarda avec amour. « Henricou, dit-il, ce sont nos fromages qui t'ont fait si beau ; et il l'embrassa. » Henri dit que le discours était très-bien, et qu'il n'y fallait rien ajouter. Les autres paysans disaient : « Ah ! le beau garçon, quel compère ! » — La guerre fut bientôt déclarée entre les catholiques et les protestants ; le jeune prince fit ses premières armes sous les ordres du prince de Condé. Il assista à l'escarmouche de Roche-la-Belle ; il se plaça au poste le plus périlleux. — La politique de Catherine de Médicis fit conclure le mariage de sa fille, avec Henri de Navarre. Marguerite de Valois était jolie et spirituelle ; on la disait la plus belle Marguerite, parmi les Marguerites de France. — La perte des Huguenots fut résolue. Catherine de Médicis commença par empoisonner Jeanne d'Albret, au moyen d'une paire de gants parfumés, dont elle lui avait fait cadeau. Henri IV adorait sa mère ; sa mort lui causa un profond chagrin.

Le jour de St-Barthélemy, il y eut un massacre général des protestants. Marguerite de Valois sauva la vie à son époux, qui était désigné au fer des assassins. Henri III mourut peu de temps après, dévoré de remords.

Ses victimes lui apparaissaient, pendant son sommeil, et le menaçaient de leur vengeance. Il était devenu sombre et ne goûtait plus de repos ; son règne avait duré quinze ans. La couronne de France revenait au roi de Navarre. La plupart des provinces avaient pour gouverneurs des nobles du parti de la ligue. Leur chef était Mayenne, frère du duc de Guise. Le roi de Navarre avait chargé d'Aubigné d'une mission en Gascogne. D'Aubigné avait beaucoup dépensé, il s'attendait à une récompense ; le roi lui donna son portrait. D'Aubigné, au bas du portrait, écrivit ce quatrain :

« Ce prince est d'étrange nature ;
Je ne sais qui diable l'a fait.
Mais il récompense en peinture
Ceux qui le servent en effet. »

Henri IV était à Dieppe avec trois mille hommes seulement. Mayenne alla l'attaquer avec trente mille hommes. Le combat fut terrible, mais la victoire resta au Béarnais. Le soir, il écrivit à Crillon : « Pends-toi, brave Crillon, nous avons vaincu à Arques, et tu n'y étais pas. » (1589) Mayenne et d'Egmond rejoignirent le roi, dans les plaines d'Ivry (1599). Avant de charger, Henri IV s'adressa à ses soldats : « Enfants, leur dit-il, si vous perdez vos enseignes, ralliez-vous à mon panache blanc, vous le trouverez toujours sur le chemin de l'honneur et de la gloire. » Il embrassa Schomberg, qu'il avait offensé la veille : Mayenne fut de nouveau mis en fuite. La lutte continua néanmoins jusqu'en 1594.

Henri IV se fit catholique, et tous les français le reconnurent pour leur roi. Il fit son entrée dans Paris. Le comte de Brissac alla au-devant de lui ; et lui présenta une écharpe d'or. Le roi la reçut, et lui donna le bâton de maréchal. Henri IV se rendit à l'église Notre-Dame. Il fut si ému des acclamations du peuple qu'il versa des larmes en disant : « Je vois combien ce pauvre peuple a été tyrannisé. » Il pardonna à Mayenne ; et à tous ses ennemis, sans exception. Henri IV aimait les paysans et les ouvriers ; il aurait voulu que chaque

8.

famille pût mettre la poule au pot tous les dimanches.
Il avait pour principal ministre et pour ami, Sully qui
avait été son compagnon d'armes, depuis son enfance.
Sully mit ordre aux finances, encouragea l'agriculture,
créa des fabriques. Henriette d'Entragues avait obtenu
une 'promesse de mariage écrite d'Henri IV. Avant de
la lui donner, le roi la montra à Sully qui la déchira.
« Êtes-vous fou, Sully, lui dit le roi. — Plût à Dieu,
sire, répondit-il, que je fusse le seul fou de France. »
Le ministre s'attendait à une disgrâce ; il reçut une
nouvelle dignité. Alors, il voulut se jeter aux pieds de
son maître ; mais le roi l'en empêcha. « Relevez-vous.
Sully, lui dit-il, ceux qui nous observent croiraient que
je vous pardonne. » Le roi se sépara de Marguerite de
Valois ; il épousa Marie de Médicis. Elle eut plusieurs
enfants ; l'aîné a régné sous le nom de Louis XIII.

En 1611, Henri IV fut tué par Ravaillac, à coups de
poignard, Il était dans son carrosse, et il parlait à
d'Epernon. Tout-à-coup, il s'écria « Je suis blessé ! »
Il poussa un soupir, et le sang jaillit de sa bouche. —
Sire, lui dit d'Epernon, pensez à Dieu. Henri IV
joignit les mains, leva les yeux au ciel ! et expira. Sa
tête s'affaissa, sans vie, sur l'épaule du duc. Il fut
pleuré de ses sujets, ce fut le meilleur des rois de la
famille des Bourbons.

M. L. DARRICADES.

L'HOSPITALITÉ CHEZ LES ARABES

L'hospitalité est la vertu des temps antiques. Elle
nous rappelle les mœurs patriarcales d'autrefois. On est
heureux de la retrouver encore chez les arabes de nos

jours, qui passent pour les descendants d'Ismaël, fils d'Abraham.

Voici à l'appui de ma proposition un fait qui date de l'époque où Constantine tomba au pouvoir des français. (1837). Ces derniers étaient sur le point d'assiéger cette place forte, dont la prise devait déterminer, en Afrique, l'établissement de cette splendide colonie que tous les peuples de l'Europe nous envient avec tant de raison.

A une assez grande distance, les arabes faisaient leurs préparatifs pour repousser l'agression des français et maintenir leur indépendance. C'est dans ces circonstances qu'un officier français s'égara, pendant la nuit, en se dirigeant vers le camp français. Il eut le malheur de rencontrer sur sa route une tribu ennemie, occupée à se placer en face de la ville de Constantine, tandis que les français disposaient tout pour un assaut où le colonel Combe et l'élite de nos officiers devaient s'immortaliser par une mort héroïque. Il serait difficile de peindre la frayeur dont il fut saisi, lorsqu'il se vit au milieu même des ennemis contre lesquels l'armée française s'avançait alors.

L'infortuné officier ne savait trop quel parti prendre ; il ne pouvait ni aller plus loin ni reculer. Sa présence d'esprit fut, en pareille occurrence, la cause de son salut. Se rappelant avec bonheur qu'il connaissait passablement la langue arabe dont il avait étudié les premiers éléments au lycée d'Alger, il n'hésita pas à aller trouver le cheick de la tribu pour lui demander l'hospitalité.

« Vous êtes en présence, lui dit-il, d'un officier
« français, qui a fait fausse route, en se rendant dans
« le camp français. Le Coran vous fait un devoir de
« respecter même un ennemi qui vient vous demander
« l'hospitalité. J'ai donc pleine confiance en vous, et je
« suis heureux de me placer sous votre protection.

« gionnaires. Il pourrait y avoir une nouvelle protesta-
« tion contre l'hospitalité que je vous offre. Hâtez-vous
« donc de prendre un peu de nourriture et de repos,
« pour réparer vos forces. Demain, avant le lever du
« soleil, je vous accompagnerai hors de ma tente.
« Nous prendrons ensemble un sentier qui m'est connu,
« pour échapper aux investigations dont vous êtes
« l'objet, et vous pourrez, j'aime à l'espérer, rega-
« gner, en toute sécurité, le camp français. » — Le généreux cheick, dont les bons procédés sont propres à
exciter au plus haut point notre admiration, fut fidèle à
sa promesse. — Avant le lever du soleil, il accompagne
l'officier français et ne le quitte que lorsqu'il est tout-à-
fait hors de danger. Après lui avoir montré, dans le
lointain, une éminence sur laquelle campent les français, il lui serre cordialement la main en lui disant : officier français, vous voilà sauvé ! Tout péril, je m'en félicite, a disparu pour vous.

Qu'Allah et Mahomet facilitent maintenant votre
retour !

(*Haute-Loire*), AUGUSTIN SALQUE.

NOTES DE VOYAGE

I

Vous souvenez-vous bien de ce jour enchanteur ?
Le ciel ensoleillé prodiguait à la terre
Les rayons tamisés d'une douce chaleur
Et les ruissellements d'une pure lumière !
Pour la terre du Cid nous partions tous les deux
Emportant notre amour pour éclairer la route ;

Libres comme à vingt ans, transportés, radieux,
Sans l'ombre d'un regret, sans la frayeur d'un doute !

O le pays charmant qu'on allait parcourir !
Evoquant les héros des ballades antiques
On allait naviguer sur le Guadalquivir,
On allait réveiller les vieilles basiliques !

II

Dans la salle d'attente où trente voyageurs
Devisaient à leur gré de leurs courses rapides
Apparut, accablé sous le poids des douleurs,
Un malheureux couvert de frémissantes rides !
Le nouveau voyageur s'avançait lentement,
Portant entre ses bras — O le sombre poème
Dont nul ne saisira l'affreux déchirement,
Une femme au visage épouvantable et blême !
L'homme alla vers un coin déposer son fardeau ;
Puis il se redressa pour rajuster à l'aise
Son habit ne formant qu'un horrible lambeau..
Cela fait, à son tour, il choisit une chaise
Et s'y laissa tomber, haletant, oppressé,
Cachant de ses deux mains son regard effroyable.
Un chien qui le suivait, morne, tremblant, lassé,
Vint s'étendre à ses pieds comme un chien misérable !

Le couple était affreux à voir.... l'ignoble égout
Avait laissé sur lui sa marque indélébile
Et chacun reculait sa chaise avec dégoût
Tandis qu'il demeurait toujours plus immobile.
On ne se parlait plus ; à tous les mots joyeux
Succédait brusquement le plus profond silence,
On sentait reposer sur ces trois malheureux
L'épouvantable poids d'une douleur immense !

Tout-à-coup au milieu de ce calme étonnant
L'homme se redressa frémissant et livide,
Et d'une voix éteinte, au timbre déchirant,
Sortant avec effort de sa lèvre rigide :
« Messieurs, depuis trois jours nous n'avons pas mangé,
« La femme est dans le coin sans doute à moitié morte ;
« Depuis bientôt trois mois je me vois obligé
« D'aller chercher du pain ainsi de porte en porte !
« L'ouvrage a fait défaut, nous retournons chez nous,
« Mais nous allons mourir de honte et de misère !
« O Messieurs ! laissez-moi me mettre à vos genoux
« Pour mieux vous adresser mon ardente prière ! »

Et tandis qu'il pleurait en prononçant ces mots,
Chacun de nous versait une modeste obole
Et quelques voyageurs retenaient leurs sanglots !

L'homme n'ajouta plus une seule parole.
Haletant, convulsif, il prit fièvreusement
Tous les sous réunis au milieu de la salle ;
Il regarda sa femme et son chien, fixement,
De longs pleurs sillonnaient son visage plus pâle.
Vers l'élégant buffet il s'élança soudain,
Heurtant les voyageurs à travers son passage,
Un seul mot s'échappait de sa bouche : du pain,
Beaucoup, beaucoup de pain !
                            O quelle affreuse page
De ton histoire sombre, ô lourde humanité !
Et combien le penseur sur le seuil de la vie,
Contemple avec dégoût ton immoralité !

III

L'affreux groupe broyait le pain à faire envie,
Lorsqu'un sifflet aigu retentit sur le rail :

«Messieurs les voyageurs pour l'Espagne, en voiture»
Devant nous se dressait la machine en travail!
L'homme, une fois de plus, courba son encolure
Reprit entre ses bras le squelette effrayant
Et s'avança, craintif, suivi du chien bizarre ,
Sur le rail ou grinçait le monstre rugissant !

Tous trois dans un wagon, cria le chef de gare !

Et puis tout disparut comme un songe facheux,
Notre train emporté par sa folle vitesse,
Cacha dans ses replis ce groupe malheureux
Qui changeait notre joie en amère tristesse !

(*Saint-Sébastien*, août 1879)   Evariste Carrance.

UNE 1ᵉʳᵉ EXCURSION DANS LES ALPES
Souvenirs d'adolescence
Récit familier

I

Les Alpes ! tant de fois nous avions projeté
De les gravir un jour «par un soleil d'été » !
A l'heure où du couchant le reflet d'or s'efface,
Quand l'ombre envahissait leurs flancs et que la glace
Des hauts sommets brillait de magiques lueurs,
Comme un feu dévorant, s'allumait dans nos cœurs
Le désir d'aborder les vierges solitudes
Qu'en leur sein récélaient ces monts aux sentiers rudes,
Et d'égarer nos pas où souvent nos pensers
En un rêve idéal les avaient devancés.

Résolus de gravir la cîme de *Chanrousse*.
Nous devons, en suivant la pente la plus douce,

Atteindre des forêts de *Prémol* la hauteur,
Afin de visiter ce désert enchanteur
Où les débris épars d'un ancien monastère
Eveillent en votre âme une pensée austère.
A l'ombre de ces murs et des bois de sapins,
Mon frère enrichira son album de dessins
Dont il aime à garnir plus d'une page blanche
Quand nous goûtons aux champs les loisirs du dimanche.
Un beau soir du mois d'août on reçoit nos adieux
Comme si nous allions vivre sous d'autres cieux,
Puis munis des bâtons, des sacs et de la gourde,
Portant joyeusement une charge assez lourde,
Nous faisons sous nos pas résonner le pavé,
Enivrés du bonheur que nous avions rêvé.

Qui connut cette joie ardente, ce délire,
Ne peut les oublier, et je voudrais les dire.
Mais le puis-je ? — Quitter la ville où les maisons
Nous dérobent le ciel et les grands horizons,
Comme l'oiseau captif, s'enfuyant de sa cage
Pour voler dans l'azur plus haut que le nuage,
Errer seul, à son gré, comme le roi des airs
Loin de tous les regards, planant dans ses déserts,
Les yeux fixés au ciel, où son désir le pousse,
N'est-ce pas savourer l'ivresse la plus douce !
Nous étions au soleil couchant heureux de voir
Les Alpes resplendir ainsi que chaque soir,
Et nos cœurs, transportés à cet aspect sublime,
S'élevaient au-dessus de leur plus haute cîme,
Et nous montrant ces bois, ces neiges de la main,
Nous pouvions ce jour-là nous écrier : Demain !...
Demain, ô pur bonheur, libre d'inquiétudes,
Notre âme chantera l'hymne des solitudes
Avec la grande voix des torrents. Sous nos pieds
Demain se courbera l'un de ces monts altiers !

II

Bientôt à nos regards s'offre un riant village
Entouré de villas que la colline ombrage.
De légers cris d'oiseau s'entendaient près des nids,
Les rustiques labeurs du jour étaient finis
Et les bœufs au pas lourd rentraient dans leur étable.
On goûtait d'un beau soir cette paix ineffable
Dont l'air est imprégné, que respirent les champs
Où de vagues rumeurs bercent comme des chants,
Quand sonne l'Angélus et que la cloche antique,
Joignant à ce concert sa voix mélancolique
A l'heure où le jour tombe et s'éteint lentement,
Vibre comme un écho du ciel, triste et charmant.

Mais la scène a changé : plus d'agreste village ;
La gorge du *Sonnant* soudain s'ouvre sauvage,
Et la voix d'un torrent fait taire ces doux bruits
Qui préludent le soir au silence des nuits.
La lune s'est levée en ce lieu solitaire,
Et sa clarté sereine argente avec mystère
Les coteaux élevés, les bois de châtaigniers,
Les eaux et dans le fond la cîme des glaciers.
Brillant de feux plus doux que les feux de l'aurore,
Ce soir-là ces glaciers étaient plus beaux encore.
Ah ! quel est l'être humain que n'eussent transporté
Les charmes enivrants de cette nuit d'été,
Qui trahissait de Dieu la splendeur ineffable
Et dont l'impression était inexprimable !
Oui qui vous traduirait, ô saint ravissement
Où nous plonge la nuit l'aspect du firmament,
Quand l'infini du ciel à la terre s'allie
Dans de vagues lointains pleins de mélancolie,
Que plane un grand silence ou qu'un chant pur d'oiseau
Dans l'éther frémissant s'unit au bruit de l'eau !

De notre cœur trop plein débordant comme un vase
Célestes mouvements, transports, sublime extase,
Puis rêverie intime et calme aussi profond
Que celui d'une mer limpide jusqu'au fond,
Qui, fidèle miroir, réfléchit la lumière !
En nous une foi vive appelle la prière
Quand s'est calmée ainsi l'ardente émotion
Et que de l'invisible ayant l'intuition,
Notre âme, en remontant au principe des choses,
Trouve — pour l'adorer — Dieu, la cause des causes !

Pourquoi n'étions-nous pas hélas ! uniquement
De purs esprits vivant d'un céleste aliment ?
Nous sentions les besoins d'une double nature
Et nos corps demandaient une autre nourriture.
Un tronc d'arbre couché sur le bord du chemin
Devint pour un moment la table d'un festin
Empruntant le plus beau des lustres à la lune
Et dont un gobelet fut la coupe commune.
Rien n'y manqua, pas même un agreste concert :
Un rossignol chanta la chanson du dessert.

. . . . . . , ...
Mais la forêt tardait de projeter son ombre
Et quand elle parut je la trouvai bien sombre.
Enfant, j'avais connu le désert de Prémol ;
Ses bois étaient plus clairs, et moins pierreux, le sol,
Au pied de chaque tronc, s'y recouvrait de mousse.
Par un autre chemin allions-nous à Chanrousse ?...
Non : la plainte du vent s'apaisant dans le bois,
Le bruit vague d'une eau vient jusqu'à nous parfois,
Et nous devons passer devant une cascade !
C'est elle qu'on entend, tout me le persuade ;
Nous montons en pressant le pas, puis en courant
Le bruit s'approche... hélas ! c'est celui d'un torrent
Qui roule avec fracas dans une gorge étroite :

Nous avions, c'était sûr, laissé Prémol à droite.
Eclairé par la lune au fond d'un entonnoir,
Ce torrent bondissait à travers le bois noir,
Et jetant aux échos leur plainte la plus grave
Ses eaux étincelaient, pareils aux flots de lave
Qui, pressés dans les flancs vastes des hauts fourneaux,
Se répandent la nuit en magiques ruisseaux,
Quand dans son moule étroit soudain la fonte coule
Comme un serpent de feu dont le corps se déroule.

Nous atteignons plus tard un immense plateau,
Où resplendit un calme et merveilleux tableau
Dont rien n'exprimerait la poésie intime ;
La lune des sapins semblait toucher la cîme,
Et ses pâles rayons, glissant mystérieux,
Argentaient à nos pieds l'herbe d'un pré soyeux ;
L'air était imprégné de senteurs, l'atmosphère
Si pure qu'on eût dit celle d'une autre sphère.
La nature montrait, faisant taire ses voix,
La double majesté de la nuit et des bois,
Et l'on voyait s'étendre au loin des pâturages
Jusqu'au sommet du mont perdu dans les nuages.
Au pied d'un grand sapin nous voulûmes coucher,
Egarés dans ces bois, las de toujours marcher,
Une heure après minuit, avec la certitude
D'errer encor longtemps dans cette solitude.

III

L'aube nous souriait quand légers et dispos
Nous partîmes, après un bienfaisant repos.
Tour à tour s'allumait chacun des sommets vierges
Comme l'un après l'autre à nos autels des cierges ;
Les oiseaux, gazouillant, reprenaient leurs ébats
Et des perles brillaient dans l'herbe sous nos pas.
La veille à nos regards le vallon d'*Uriage*

N'avait pas étalé son'riant paysage.
Le voile de la nuit tombé, nous admirons
St-Niziers, *Villeneuve*, et leurs frais environs
Sur les bords d'un berceau charmant, que la nature,
Tendre mère, entoura de rideaux de verdure.

Mais de la Liberté saluons le réveil
Avec celui du jour !... saluons le soleil !
Majestueux, pourtant bien plus grand dans l'histoire,
Et comme illuminé des rayons de la gloire,
Se dresse à l'horizon cet illustre château
Qui de quatre-vingt-neuf fut lui seul le berceau (*)
Souvenir immortel d'une époque féconde
Que suivit la *Terreur* mais qui changea le monde !

Et nous montons toujours et l'horizon grandit,
Le soleil monte aussi, l'eau du Drac resplendit.
Avec bonheur j'entends, je revois la cascade
Dont, enfant, égaré dans une promenade
Et rêvant déjà seul le long de ce chemin,
J'avais recueilli l'eau dans le creux de la main.
Emus, nous arrivons au terme de la route
Que marquaient des maisons où s'ouvrait une voûte.
Une arcade et des murs épargnés par le vent,
Seuls débris conservés debout du vieux couvent
S'élevaient à côté, cachés dans la verdure
Et vous faisaient songer comme une sépulture
Jusque dans ce désert, la Révolution
A porté ses fureurs et la destruction,
Et rien ne restera bientôt du monastère.
« Ses vierges, pensions-nous, ont foulé cette terre,
« Qui prend à nos regards un triste et saint aspect
« Et que nos pas aussi foulent... non sans respect.

_____

(*) Le château de Vizille,

« Ne nous dit-elle pas : cherchez le bien céleste,
« L'œuvre des hommes passe et celle de Dieu reste. »
Vous qui n'avez vécu que pour l'éternité
Et qui la connaissiez cette fragilité,
Vous deviez en avoir la plus cruelle preuve !...
Au sein de la nature il n'est rien qui m'émeuve
Comme de contempler en esprit ses splendeurs,
Sa jeunesse immortelle aux fécondes ardeurs,
Et regarder nos jours de douleur sur la terre,
Nos agitations, puis la mort. O mystère,
Pourquoi donc notre vie a-t-elle un seul printemps
Quand l'âme en son essor ne connait pas le temps ?
Libres penseurs, niez la chute originelle ;
Mais alors renoncez à comprendre sans elle
L'homme, ce monstruex mélange de grandeur
Et de misères dont le germe est dans son cœur.

IV

Mon frère était dans l'âme un véritable artiste,
Et moi, je puis le dire un sincère touriste.
Pendant qu'il dessinait l'arcade de Prémol,
Je m'assis près de lui mon rêve prit son vol
De ces vastes forêts vers les sommets de neige.
« Aigles, fiers habitants des hauts lieux, m'écriai-je,
« Libres enfants de l'air, que vous êtes heureux
« De planer tous les jours, au gré de vos seuls vœux,
« Sur le lac, le glacier et le sommet alpestre ?...
Il fallut satisfaire un besoin plus terrestre ;
Il est bon de rêver, meilleur de dessiner ;
Mais il n'est pas mauvais non plus de déjeuner
Quand à l'air du matin l'appétit se ranime ;
Si l'on est partisan de la sage maxime
Qu'à l'égard des repas professait Harpagon,
Le mets le plus frugal à la montagne est bon.

Le corps fortifié, nous montons à Chanrousse
Par un chemin fleuri dont la pente est plus douce
Que celle du sentier suivi par nous la nuit.
Superbes sont les bois et le soleil y luit
Comme brille en nos cœurs la divine espérance
Qui ranime et qui fait bénir la Providence.
Souriez. Nous étions un dimanche en chemin
A l'heure où l'on assiste à l'office divin ;
Mais vivant de la foi d'une sainte jeunesse,
Nous nous étions munis de nos livres de messe.
Mon frère fut le prêtre et moi l'humble servant,
Et je crois que jamais je ne fus si fervent :
N'étions-nous pas aussi dans un vrai sanctuaire
Dont l'arbre est la colonne et qu'un grand lustre éclaire ?
Les fleurs s'y balançaient comme des encensoirs
Ou semblaient, s'étageant, orner des reposoirs.
Le ciel bleu rayonnait, le ciel où l'on contemple
Le cintre éblouissant de cet auguste temple !
Orgue aux mille tuyaux frémissant, la forêt,
Sous un souffle d'en haut, grondait ou soupirait.
La prière, mêlée à ce divin murmure,
A cet hymne confus que chante la nature,
De là montait vers Dieu pour la première fois.
Que dis-je ? N'ont-ils pu les échos de ces bois
Des vierges de Prémol répéter les cantiques ?
Invisibles pour nous, des âmes séraphiques,
A notre voix peut-être avaient quitté les cieux ;
Formant à nos côtés un chœur harmonieux,
Non loin du lieu d'exil qui les vit saintes femmes,
Peut-être avec nous deux avaient prié ces âmes,

. . . .

Le soleil devenait très ardent, sa chaleur,
Alourdissant nos pas, modéra notre ardeur,
Et bientôt altérés, sans avoir la ressource
De trouver dans ces bois la plus modeste source,

Nous prenions la rosée, au brin d'herbe, où l'oiseau,
Pour étancher sa soif, trouve une goutte d'eau.
Nos yeux n'apercevaient que des forêts immenses
Où se dressaient partout de hautes éminences
Et nous devions gravir ces nombreux mamelons
Aux sauvages versants, aussi raides que longs.
Après l'un venait l'autre. A chaque monticule
Il nous semble vraiment que le terme recule,
Et nous ne suivions plus la trace d'un chemin.
Mon frère fatigué, s'assit sur un sapin
Qui gisait mutilé par la cruelle hâche. -
Depuis longtemps déjà, nous marchions sans relâche
Et ses forces étaient à bout : « De l'eau, de l'eau ! »
Criai-je tout joyeux, lui montrant un ruisseau
Dans la direction de la croix de Chanrousse.
Cette eau vive courait au milieu de la mousse
Comme un feston d'argent, le long du dernier bois.
Sur deux cimes, degrés d'un piédestal, la croix,
Qui s'élève superbe au-dessus des nuages
Dont vont s'envelopper de vastes pâturages,
Nous apparaît touchant le ciel, un ciel d'azur,
Dans une région où tout est calme et pur !
Quelques moments après, émus nous la baisâmes,
Tant son aspect subit électrisa nos âmes.
C'est alors qu'à nos yeux émerveillés, de là
Un sublime horizon soudain se déroula.
La plaine de Lyon, immense, vaporeuse,
Fuyait au loin... Les pics de la Grande Chartreuse
Aux fronts chauves, aux flancs recouverts de forêts
Déployaient aux regards de sauvages attraits
Que par moments voilait un rapide nuage.
Grenoble avait l'aspect d'un ravissant village
Et le *Graisivaudan* du plus beau des jardins
Arrosé par l'Isère aux reflets argentins.
On voyait se dresser le vaste amphithéâtre

Des chaînes de l'Ardèche à la cime bleuâtre,
S'étageant au delà des sommets du *Vercors*,
Etranges, crénelés comme les murs des forts,
L'*Obiou*, d'où la mer apparaît comme en rêve,
Et, plus proches de nous, les montagnes de *Triève*,
Puis celles de l'*Oisans*, tableau si merveilleux
Que nous ne pouvions plus en détacher nos yeux.
Quand la première fois de Chanrousse on admire
Ces grands monts, ces glaciers où le soleil se mire
Des pics de la *Meïje* à ceux du *Grand-Pelvoux*,
Oh ! comme on est tenté de tomber à genoux
Devant mille splendeurs que l'œil ravi contemple !
Comme on se dit : Voilà pour tout homme le temple
Immense, ouvert toujours, et parlant à son cœur,
La Nature !... Et c'est Dieu qui seul en est l'auteur !

. . . .

Vives impressions de mon adolescence
Dans les Alpes où Dieu nous montre sa puissance
Autant que sa grandeur sur les rives des mers,
Où sa voix parle mieux au sein de leurs déserts,
Où tout ravit les sens, où tout élève l'âme,
Il faudrait vous traduire en paroles de flamme,
Et je n'ai pas su même ici vous retracer....
Mais rien, rien dans mon cœur ne peut vous effacer.

EMILE VIALLET.

LE MAUVAIS LABOUREUR

Pour lancer une motte à l'oiseau qui butine
Dans le sol pantelant, par le coutre blessé,
Le mauvais laboureur, pris de rage enfantine,
Abandonne un instant le sillon commencé.

Le cheval, tout fumant, pour brouter l'aubépine
Se détourne joyeux, à son désir laissé ;

9.

Le travail va souffrir, si le maître s'obstine,
Car l'instrument d'espoir s'est aussi déplacé. —

— Homme, si ton enfant moins attentif t'écoute,
Pour cueillir quelques fleurs sur le bord de la route,
Laisse... de ces écarts le temps sera vainqueur,

Et, gardant l'œil fixé sur le but salutaire
A sa fraîche moisson aide comme un bon père,
Mais trace toujours droit le sillon dans son cœur.

CHARLES LEXPERT.

FÊTE COMMUNALE DE CAMBRAI

15 août 18..

A Monsieur Bouly, poète, organisateur de la Fête.

Cambrai, réjouis-toi ! ta splendide bannière
Vient de se déployer en gerbe printanière,
Pour montrer à la fois ta noble antiquité
Et des siècles passés la digne majesté !

Qu'il est doux de jeter un regard en arrière,
Et chevaucher ainsi qu'une horde guerrière,
A travers les sentiers frayés par nos aïeux,
Que l'abîme des temps rendaient silencieux !
Qu'il est doux de puiser saintement dans l'histoire
Pour chanter son pays et propager sa gloire !
Et d'avoir en son cœur la pure ambition
De respecter encor toute tradition.

Cambrai, réjouis-toi ! car dans ton sein tu gardes
Au milieu de tes fils, un descendant des bardes ;

Un poète qui t'aime et qui sur son chemin
Découvre chaque jour un nouveau parchemin,
Pour illustrer encor d'une nouvelle page
Tes exploits si fameux honorés d'âge en âge !
Et bénis l'écrivain qui par l'amour du beau,
Rappelle en grandissant le mort de son tombeau.

> Voici venir la noble marche,
> De l'histoire la nouvelle arche,
> Montrant à nos regards surpris,
> Cambrai, tes fils les plus chéris !
> Chaque char présente une époque
> Que le savant poète évoque,
> Et qui nous crie au fond du cœur :
> A tout ce que tu vois : honneur !

1er CHAR

Ils viennent de passer imposants et superbes
Ces Gaulois primitifs parés de fleurs et d'herbes ;
Un barde est à leurs pieds, il chante les exploits
De ces sombres guerriers et les Dieux d'autrefois.

2e CHAR

Sur champ d'azur on lit : Cambrai cité Romaine.
César est triomphant et ce grand Capitaine
Dans son char éclatant, entouré de laurier
Paraît moins en vainqueur qu'en bienveillant guerrier !

3e CHAR

Voici l'Ère nouvelle où le Christianisme,
Pour éclairer nos cœurs brise le paganisme !
Une vierge est debout près de la sainte Croix,
Et le peuple l'entoure en disant : Dieu ! je crois !

4ᵉ CHAR

Le moyen-âge vient et les lois communales
Brillent avec éclat au sommet des annales :
Cambrai, libre cité par l'affranchissement
Se montre ainsi qu'un disque en son rayonnement.

5ᵉ CHAR

Le duché de Cambrai porte avec élégance
Le premier de ses chefs dans sa magnificence :
D'Alençon, duc d'Anjou, plein de zèle et d'ardeur,
A délivré Cambrai par sa noble valeur !

6ᵉ CHAR

Voici la grande époque où la vaillante Espagne
Fit de ce beau Comté sa superbe compagne !...
Depuis ce temps heureux Cambrai garde toujours
L'empreinte de ses mœurs, sa joie et ses amours !

7ᵉ CHAR

Louis XIV enfin, dans toute sa puissance,
Joignit cette contrée à sa royale France :
Son étendard vainqueur majestueusement,
Semble se réunir au bleu du firmament.

8ᵉ CHAR

Napoléon le grand et sa gloire immortelle
Forment les beaux faisceaux de la France nouvelle !
Là, tout est réussi : Courage, humanité,
Regrets, espoir, amour, grandeur et liberté !

Veuve Mⁱᵉ PLOCQ DE BERTIER.

JOSEPH BARRA

L'enfant était parti, le front haut, l'âme forte,
Le cœur plein de courage, et sa mère, à la porte,

En le suivant des yeux, disait : « Adieu petit !
Va mon homme ! Est-il beau ! Mon Dieu, c'est qu'il sourit
Toujours, quand il m'embrasse, et je l'aime, cet ange !
Mon pauvre cher oiseau, ton nid, on te le change ! »
...L'enfant, tout fier d'être homme en se voyant soldat
Disait : « Nous les battrons quand viendra le combat ;
Je suis fort et je veux être un bon militaire,
Je puis déjà gagner de l'argent pour la mère ! »
Et chaque mois « la mère » eut ce morceau de pain
Gagné par son enfant, ce sou du lendemain
Qui n'est pas mendié, ce doux moment de vie
Qui laisse un peu penser à ceux que l'on oublie.

. . . .

Le régiment partit... On entendait frémir
Au loin ce peuple fort qui ne sait plus gémir ;
Superbe, il secouait l'ignorance qui pèse
Et rejetait le frein. — C'était quatre-vingt-treize.
... On se bat, on se tue et l'on meurt en chantant :
On est pieds nus, qu'importe ? on sera triomphant,
Et l'on va plein de rage, on tombe, on frappe, on marche,
Général de vingt ans et soldat patriarche,
Tous, sans souliers sans pain, n'ayant rien que leur cœur ;
On dit : « Ils ont eu faim ! » jamais qu'ils eurent peur.
... Barra, lui, tout petit, au milieu de ces braves,
Etait heureux. L'enfant ne connaît pas d'entraves.
A Chollet, il se jette, en avant, le premier
Et l'ennemi, pourtant, a dit : « Pas de quartier »
Il s'avance enivré de cette Marseillaise
Qu'il chante avec délire et son âme française,
Forte de liberté, l'entraîne, il frappe encor,
Il s'avance ; il est pris ; on le cerne. Il est mort
S'il ne veut pas crier : Vive le roi. Sa lèvre
Alors tremble, et son front, où se porte la fièvre
S'empourpre, son cœur bat ; il lève avec fierté
Son œil mâle ; il sourit. Il t'aime ; ô liberté !
... Soudain, terrible, il dit : « Vive la République ! »

... O vaillant petit homme ! O sublime réplique !
Cent hurlements de rage éclatent à la fois ;
Vingt coups de baïonnette étouffent cette voix.
L'enfant regarde ; il tombe, et plein d'amour encore,
Ses deux petites mains, sur un nœud tricolore,
Pressent ces trois couleurs qu'il aime, et, de son cœur,
Le dernier battement, sans plainte, sans douleur,
S'éteint tranquille et fier au bruit de la bataille !...
...Et les lâches n'ont vu qu'un corps dans la broussaille
C'est qu'ils ne savaient pas ce qu'est la liberté ;
Ce qu'est à la patrie un brave ensanglanté ;
Que Dieu garde là-haut un écho qui répète
Même ce cri d'enfant, ces coups de baïonnette.

(*Allier* 25 *Novembre* 1883)   E PERNIN.

L'OMBRE

Nos aïeux de l'âge naïf
Entourés de mystères sombres
Eprouvaient un respect craintif
Devant les phénomènes d'ombres.

Pour eux ce noir lambeau de nuit
Qui près de chaque objet se pose
Qui dans nos mouvements nous suit
Etait l'âme de toute chose.

L'être ténébreux, tout-puissant,
A la prière sourd, inique,
Qu'en sa terreur l'homme pressent
Sous la nature tyrannique.

A l'horizon monte et grandit
L'ardent soleil de la science;
Le spectre se fait plus petit
Et disparaît en apparence.

Mais, quelle que soit la clarté
Dont la matière s'illumine,
Toujours, sous la réalité,
Un reste d'ombre se confine.

Et, lorsque nous jetons les yeux
Sur cette tâche ineffaçable,
Nous frémissons tout anxieux
De l'effroi du gouffre insondable.

La cause en cause se résout,
En vain l'esprit humain s'escrime
A dérouler la chaîne. Un bout
Plongera toujours dans l'abîme.

ALEXANDRE SCHÜRR.

YVONNE

Souvenir Breton

In God is all.

Là-bas ! bien loin, bien loin, aux bords où l'Armorique,
Comme un bras de la France étendu sur la mer,
Contient, dans ses assauts, le bouillant Atlantique,
Se passa cette histoire, ancienne et véridique...
L'héroïne est Yvonne, une enfant de Scaër *.

Jamais plus gente fille, au plus charmant visage,
N'avait traîné ses pas, nonchalents et rêveurs,
Sur le gazon fleuri, sous le sombre feuillage;
De la vierge jamais une plus belle image
Ne promena son ombre en nos sentiers en fleurs.

* Scaër, bourg du Finistère.

Le paysan taisait sa chanson monotone,
Lorsque, dans le chemin, il la voyait venir,
Pour admirer, tout bas, en son âme bretonne,
Les grâces, les attraits de la pimpante Yvonne...
Et cela, vraiment oui, lui faisait grand plaisir.

Elle était fille d'Eve et, de plus, la pauvrette,
Chaque matin, tressait longtemps ses blonds cheveux,
S'ajustait maintes fois, devenant inquiète
Lorsqu'une boucle d'or, sortant de sa cornette,
Rebelle, s'échappait sur son front gracieux.

Son petit pied, tout nu, se cachait, à grand'peine,
Dans un mignon sabot, taillé dans du bois blanc,
Son rouge cotillon, de la plus douce laine,
Se retroussait, gaiment, lorsque de la fontaine
Elle s'en revenait, la cruche sur le flanc.

Quand le printemps nouveau faisait, sur la colline,
Retentir la musette au soleil des beaux jours,
Jamais fillette vive, agaçante et mutine,
Sous le tendre lilas, sous la blanche aubépine,
Ne dansa la gavotte avec plus frais atours.

Lorsqu'elle s'en allait, là-bas, dans la campagne,
Rieuse, conduisant son troupeau de brebis,
Les pâtres se cachaient aux buissons de montagne...
Ils s'y cachaient, rêveurs, les pâtres de Bretagne
Et mangeaient, tristement, leur morceau de pain bis.

D'un coup d'œil amical, glissant de sa paupière,
Jamais la belle enfant n'avait payé l'un d'eux ;
Comme une reine antique, elle était bien trop fière,
Dédaignant d'effleurer, d'un regard, la poussière
Où se cachaient, tremblants, ses tristes amoureux....

Yvonne, folle enfant, pourquoi fus-tu coquette ?...
Un matin, dans Scaër, s'en vint gentil seigneur,
Il te vit...: depuis lors, ta voix se dit muette,
Ton sourire pâlit... perdais-tu donc la tête ?...
Le pâtre de Bretagne avait pourtant un cœur.

Il t'aimait, celui-là... de sa roche moussue,
Il cherchait, bien souvent, au loin, sur les chemins,
A deviner ton pas, ta robe si connue
Et ta cornette blanche et tes airs d'ingénue...
Car le fuseau tournait alors entre tes mains...

Maintenant tout pensif, revenant au village,
Il pousse devant lui, son troupeau bondissant
Et, parfois, lorsque gronde un furieux orage,
On voit couler des pleurs sur son pâle visage
Et de ses yeux rougis, il fixe l'occident...

L'Occident !... et pourquoi ?... c'est que l'ivresse folle
Comme un astre brillant, se ternit au matin,
C'est que la fleur périt quand tombe sa corolle,
C'est que de la vertu qui brise le symbole
Ne le retrouve pas dans un joyeux festin...

Un jour... près de Peumarch*, emportés par la lame,
Un pêcheur rencontra des membres tout meurtris,
Le costume était riche et c'était une femme
Qui, sans doute, voulut par sa mort, la pauvre âme,
Sauver son corps du vice et son nom du mépris.

Elle voulut... qui sait ? qu'une vague bretonne
Etouffât dans sa masse un remords dévorant,
Et plaçant son espoir en ce Dieu qui pardonne...

---

* Peumarch, cap du Finistère.

Je devais vous parler, medites-vous, d'Yvonne ?
Le pâtre, à cause d'elle, a fixé l'occident !...

Si jamais les grands mots, la basse flatterie,
O filles de Bretagne ! avaient tenté vos cœurs,
N'écoutez pas les voix de la coquetterie ;
Il vaut mieux, croyez-moi, sauter dans la prairie,
Que régner, sous le gaz, avec de fausses fleurs.

N'aimez que le hautbois, la musette celtique,
Les chants de nos vallons, les grands bruits de la mer ;
Et si vous rencontrez un regard ironique,
Songez aux noirs rochers, au cap de l'Armorique,...
Puis à la pauvre Yvonne, un enfant de Scaër.

novembre 1883   CASSIEN FROGIER.

LA MORT

Non, non, pour moi la mort n'est pas un froid squelette,
C'est un ange qui vient nous immortaliser,
Qui, sous le poids des ans lorsque l'homme végéte,
D'un pur souffle effleurant sa bouche violette,
       Le rajeunit par son baiser :

C'est l'archange, divin, le grand dépositaire
Du céleste secret de notre éternité,
Et lorsqu'un beau génie, incompris du vulgaire,
Se flétrit, la mort vient, et fait de son suaire
       Un manteau d'immortalité !

            LÉOPOLD GARRAUD.

LE CHATEAU DE BRISSAC

Quel est cet étroit pont par les siècles noirci,
Qui fait ombre au soleil en se tenant ainsi
Disjoint et crevassé, par le cran qui le ronge
Portant son parapet troué comme une éponge,
Et d'où l'on voit surgir des reptiles hideux
Rampant paisiblement à la face des cieux ?
C'était, je crois, jadis le pont des châtelaines ;
Là, passaient seulement les princes et les reines
Qu'attendait noblement dans son royal château
Le seigneur de Brissac. Quant aux manants, plus haut,
L'été comme l'hiver, ils gagnaient la rivière
Pour apporter la dîme en bons écus d'argent,
Sur la vente du foin, de l'huile ou du froment.
Hélas ! pour cela faire, ils gravissaient la pente
Des sentiers rocailleux dont la cime épouvante
Le piéton téméraire, et la mule au pied sûr.
Là, tout se confondait dans le céleste azur ;
Le granit ciselé des murs rectangulaires,
Et la base rustique en sauvages calcaires,
Le beffroi, d'où la cloche est prête à s'envoler
Et ces tours, où l'aiglon semble avoir peur d'aller
Blottir son nid désert ; où son vol téméraire
L'approchant du zénith, le dérobe à la terre.
Tel fut Brissac jadis, tel n'est plus maintenant.
Les créneaux et les tours ont perdu leur ciment,
L'escalier, par degrés, de ça, de là s'écroule.
Sur les murs lézardés la ronce se déroule.
La mousse, à l'oratoire et dans les grands salons,
Cache la mosaïque et ronge les blasons.
Les lambris effondrés gisent dans les décombres,
Les riches bas-reliefs, sont là comme des ombres
Pêle mêle entassés, mutilés ou détruits ;
Des fragments de peinture, avec le reste enfouis,

Dévorés par les vers ou par la moisissure
Meurent dans l'abandon. Pas une seule armure
Ne survit à la rouille et ne rappelle encor,
Ou la dague d'acier, ou le casque au lis d'or
Que le fier châtelain portait dans les batailles.
Las! plus rien des Brissac, que ses vieilles murailles,
Et ce nom glorieux fait en vain retentir
Sur l'airain de l'histoire à peine un souvenir.

H. J. CASTELNAU.

LES FICTIONS POÉTIQUES

SONNET

(Métastase.)

Sur des sujets rêvés ou feints, je me consume
Quand pour les embellir je fatigue ma plume,
C'est avec tels efforts, pour tendre à bonnes fins,
Que si j'ai rêvé mal, j'entre en de noirs chagrins.

Mais quand l'art me sourit, l'art où tout se résume,
Suis-je plus sage alors? et selon ma coutume
Plus calme peut-être; ou de plus hautes mains
Jetteraient dans mon cœur l'amour et les dédains :

Mes écrits et ces chants que ma muse murmure,
Mes craintes, mes désirs qui vont se succédant,
Mensonges, fictions! je vis en délirant;

La vie est un sommeil, tant qu'on respire il dure :
Fais, ô Seigneur, qu'un jour quand je m'éveillerai
Je trouve le repos dans le giron du vrai.

HIPPOLYTE TOPIN.

SALUT A GAMBETTA

Salut à Gambetta ! le tribun populaire !
Acclamé par le peuple, écouté par les rois :
Salut à Gambetta, le grand parlementaire,
Conquérant les esprits, et défendant nos droits.
Ne mérite-t-il pas notre reconnaissance
Puisqu'il a consolé notre civisme en deuil,
Lorsque bravant l'Empire avant sa déchéance ;
De l'immortel Baudin, il vengeait le cercueil !
Un trône allait sombrer sous le poids de ses crimes ;
Les farouches germains s'avançaient en vainqueurs
La trahison faisait d'innombrables victimes ;
A la France on jetait des sarcasmes moqueurs ?
Gambetta pour sauver la Patrie expirante,
Au vaisseau de l'Etat, saisit le gouvernail ;
Nous écoutions alors sa parole entraînante
Et nous avons aidé son glorieux travail,
La paix nous fut rendue avec la République.
Qu'elle fasse grandir dans nos riches guérêts
Le grain de Sénevé, le germe symbolique
De cet arbre infini ! que nous nommons progrès !
Que les législateurs rêvent sous son ombrage
Puisqu'il doit abriter la grande humanité
Et lui donner enfin ces fruits, que d'âge en âge,
Les peuples ont aimés ! ! Justice ! ! et liberté ! !

HÉLÈNE MARIE ROGER.

SONNET A MADAME

Réponse à l'envoi de son portrait.

Quel ravissant portrait ! quel éclat enchanteur !
Quel regard fier et doux, quelle désinvolture ;

Il n'a pas eu besoin d'une riche parure
Pour briller à mes yeux et pour toucher mon cœur !

J'éprouve en le voyant des frissons de bonheur,
De tendresse, de joie et d'affection sûre.
On peut dire de lui qu'il est d'après nature
Sans être, assurément, un vulgaire flatteur.

Oh ! non, car je connais la beauté de votre âme ;
De votre cœur si bon l'ardente et vive flamme,
Ces précieux trésors qu'un portrait ne dit pas,

Qui vous font, à mes yeux, et plus grande et plus belle,
Et vous font vivre, en moi, d'une vie immortelle !..
Oh ! pourquoi faut-il donc vous le dire... tout bas !...

ERNEST DUPONT.

GAMBETTA

Quelle identique ardeur, ou plutôt, quel génie
Pourra te remplacer... auprès de la Patrie !
Oui ! quelle fibre immense, ou quel cœur, ô tribun,
Pourra réaliser... ce qu'en toi ne fit qu'un !
Toi ! dont la vie, hélas ! était tout pour la France,
Devais en succombant, voiler son espérance !
Et l'univers entier, surpris par ton cercueil,
Ne pouvait que gémir... devant son plus grand deuil !
Ah ! quelle nuit funèbre, ou triste fin d'année,
Que celle qui nous prit ta puissante pensée !
Dont l'écho si vibrant, mais aujourd'hui sans voix,
Devait aussi s'éteindre... avant quatre-vingt-trois !
Oui ! quel glas plus affreux, ou plus tard, plus horrible,
Pourra bien retentir... plus lugubre ou terrible ?

Que celui qui sonna, tour à tour, au beffroi
De toutes nos cités, en les glaçant d'effroi !
Hélas ! tu n'étais plus qu'un cadavre livide,
Avec ton froid linceul... dessus ta place vide !
Et du Nord au Midi, de l'Est jusqu'au couchant,
L'on ne voyait alors... que des yeux te pleurant !
Que des fronts abattus ! — dont la douleur profonde,
Allait... disant tout bas : Il n'est plus de ce monde !
Et ceux ! dont la fureur te poursuivait le plus,
Pour la faire oublier célébraient tes vertus !

. . . .

C'est qu'aucun être humain ! devront-ils toujours dire,
Ne pouvait t'égaler même dans ton délire !
Dont le souffle suprême, hélas ! — en expirant,
Fit tressaillir la terre , ô sublime géant !
Parce que ton nom seul ! après tant de services,
Remplissait son espace... admirant tes prémices !
Grâce à ta triomphale éloquence surtout,
Orateur sans rival... acclamé de partout !
Orateur immortel ! dont le libéralisme,
Avait sa foi pour base — unie à son civisme !
Et dont le cri superbe en sa moindre action,
Avait pour base aussi : Tout pour la nation !
Ce tout dont tu fus l'âme, et dont l'esprit pratique
A créé pour jamais, ici la République !
Grâce à ton mâle exemple, ou grâce à ta valeur,
Et dont tu resteras... l'éternel fondateur !...

(Roanne 1883.)   AUGUSTE ARGUILLÈRE.

SURSUM CORDA.

à M. le baron Joseph de Verna.

Enfants, quand la tristesse à votre front s'attache,
Ou qu'un secret ennui lentement vous arrache
    Un soupir de douleur,

Concentrant dans votre âme un effort de courage,
D'un élan généreux, au-dessus du nuage
      Elevez votre cœur.

Vieillards, quand le destin, d'un œil sinistre et louche,
Vous fixe, et que sa main, qu'arme un sceptre farouche,
      Vous ravit au bonheur ;
Quand votre âme se serre au souffle de l'angoisse,
Au-dessus du malheur, qui froidement la froisse
      Elevez votre cœur.

Lutteurs, quand l'insuccès vous arrache des larmes,
Ou que vos doigts crispés sentent frémir vos armes
      D'une impuissante ardeur,
Grands et fiers dans la lutte où votre effort s'abîme,
Au-dessus du revers, d'un élan magnanime,
      Elevez votre cœur.

Enfin, quand des douleurs déborde le grand fleuve,
Quand a sonné pour vous le moment de l'épreuve
      Ou celui du malheur,
Sous la verge du sort ne courbez point vos têtes,
Et vers le grand esprit qui commande aux tempêtes
      Elevez votre cœur.

Quand au souffle puissant de l'autan qui s'élève,
Les flots de l'Océan jaillissent sur la grève
      Frémissante d'horreur,
Laissez la grande mer battre son grand rivage,
Et vers le dieu puissant qui domine l'orage
      Elevez votre cœur.

Quand du sommet des monts la tempête s'élance,
Et que sa grande voix glace la plaine immense
      De crainte et de terreur,

Laissant les monts s'effondre et se réduire en poudre,
Vers le Dieu qui s'annonce aux éclats de la foudre
    Elevez votre cœur.

D'une importune voix ne venez plus nous dire :
Jouet de tous les maux, la douleur me déchire, ·
    Ayez pitié de moi !
Des caprices du sort nous sommes les esclaves ; ·
A chacun ses ennuis, à chacun ses entraves
    C'est la commune loi.

Amis, ne venez plus d'une plainte éternelle
Nous redire cent fois : ma peine est trop cruelle,
    Trop lourd est mon fardeau :
Dieu selon votre force a mesuré la peine.
Allez donc, haut le cœur, la démarche hautaine,
    C'est plus noble et plus beau.

Non, non, que la douleur ou l'amère torture
A votre sein gonflé n'arrache ni murmure,
    Ni sanglot, ni soupir :
Quand de sa main de fer l'infortune vous frappe,
Si votre âme se plaint un grand droit vous échappe,
    Celui de nous ravir.

Ah! je sais, nos instants, le triste ennui les nombre ;
Je sais qu'au plus beau jour succède la nuit sombre,
    Nuit d'angoisse et de mort ;
Mais l'homme vraiment grand, quand rugit la tempête
Et quand siffle l'autan, ne courbe point la tête
    Sous la griffe du sort.

Ah ! l'angoisse, je sais, toujours sur notre trace,
Comme un hideux serpent, de ses plis nous enlace
    Et nous ronge le sein,

10

Mais, au jour de l'épreuve, un homme vraiment sage
Se rit de l'infortune et lève sur l'orage
      Un front calme et serein.

Nouveaux Guatimozins, si de ses mains impures
Le destin vous étend sur un lit de tortures,
      Riez de la douleur ;
Et, fiers comme un Gaulois, ou grand comme un Socrate,
Sur le sort inclément, quand la tourmente éclate,
      Elevez votre cœur.

(*Isère 15 octobre* 1883.)   Aug. Déchenaux

LES ADIEUX DE LA FRANCE

à Léon Gambetta

Près d'un lit funèbre, au Palais-Bourbon,
Sur l'un de ses fils, la France sanglote ;
Et dans l'air grondant, la voix du canon
Porte nos adieux au grand patriote.

Tous nos monuments sont tendus de noir ;
Bien des nations suivent le cortége ;
De celui qui fut l'honneur et l'espoir !
Quand Paris était en état de siége.

Hélas ! pour toujours, il a disparu
Ce fils tant aimé de la République,
De son beau génie à peine apparu
Nous ne suivrons plus la marche héroïque ;

Nous n'entendrons plus, parmi les humains,
L'illustre orateur, plein de véhémence !

Qui sut entraîner ses plus incertains
Sur les flots pressés de son éloquence.

L'histoire ici-bas mêlera son nom
Aux noms glorieux, chers à la patrie ;
Trop jeune il s'en va dans l'azur profond,
Chercher le secret d'immortelle vie ?

De nos yeux voilés s'échappent des pleurs ;
Le pays ressent une angoisse amère !
Toi qui dors en paix, sous les trois couleurs,
Accepte du moins notre deuil austère ;

Si dans un cercueil on peut t'enfermer,
Nous viendrons pleurer sur ta sépulture,
Aimer sans souffrir, ce n'est pas aimer,
Tu vois de nos cœurs la large blessure.

Notre souvenir gardera longtemps
Les traits réguliers de ton beau visage ;
Devant ton portrait, hivers et printemps,
Nous mettrons des fleurs comme un tendre hommage.

Et si l'étranger venait quelques jours
Profaner le sol de ta chère France
Ton ombre sur nous planera toujours,
Pour donner à tous courage et vaillance !

HÉLÈNE-MARIE ROGER.

APRÈS

Pour moi la vie a pris un aspect tout nouveau ;
A mes yeux éblouis sa splendeur se révèle ;

L'amour vient m'éclairer ; son radieux flambeau
Me fait voir les trésors, qu'avare, elle récolte.

Chaque jour, vide et froid, me semblait un fardeau ;
J'échappe à ce passé d'un immense coup d'aile ;
De ses langes mon cœur déchire le réseau ;
A mon sang, qu'il embrasse, un autre sang se mêle.

De mes tourments, plus rien ! pas même un souvenir ;
Comme l'aube riante aux noires nuits succède,
Je vois le bonheur vrai sur ma route venir ;

Mon esprit, transformé, bondit vers l'avenir,
Elan passionné devant lequel tout cède :
Un homme m'appartient ! Un homme me possède !

CHARLES LEXPERT.

JOCELYN

Permets, ô Lamartine, à mon âme qui t'aime,
De chanter humblement Jocelyn, ton poëme !
A ta grande ombre, ô maître, à ta célébrité,
Je demande pardon de ma témérité.
O Poëte divin ! dont les beaux jours de gloire
Sont à jamais gravés dans notre grande histoire,
Puisse ma Muse, hélas ! en ses frêles accents,
Sur ton illustre nom répandre un peu d'encens.

*
* *

Jocelyn ! Jocelyn !... Epopée angélique,
Où plane en sa grandeur la beauté pathétique !
Douce idylle d'amour et de suavité,
Que parfument la grâce et la simplicité ;
Où viennent se mêler, à sa tendre éloquence,

La candeur, l'abandon de la sainte innocence ;
Image merveilleuse ! et dont chaque couleur
En captivant l'esprit vient s'imprégner au cœur ;
Où l'âme vierge et pure éprouve la surprise
De se sentir émue et chastement éprise ;
Où l'homme malgré soi poétique et rêveur
Médite longuement ; médite avec ferveur,
S'enivrant tour à tour du grand et du sublime,
Qu'il trouve à chaque pas dans ce poëme intime.
Jamais accents humains, en cantiques éclos,
N'eurent, sous notre ciel, de plus touchants échos !
Jamais Poëte aimé ne sut, par plus de charmes,
Faire couler du cœur de plus sincères larmes !
A ces chants de transports, divins et douloureux,
Faits pour être adorés et bénis dans les cieux ;
On sent que leur auteur, avant de les écrire,
A son ange gardien remit sa sainte lyre ;
Et pendant que chantait ce pur esprit du ciel,
Lamartine écrivait sous l'œil de l'Eternel !

11 novembre 1883.

V. Le Bouché.

L'HIRONDELLE

A Mademoiselle Marie H., de Rosheim (Alsace),

*pour son mariage, le 7 août 1883, avec
Monsieur Ambroise B., de Nuits (Côte-d'Or).*

Une aimable et jeune hirondelle,
Chaque année, au premier beau jour,
Venait, messagère fidèle,
Du printemps, chanter le retour.

Quand je la voyais apparaître,
Le ciel bleu me semblait plus beau ;
Mon cœur charmé sentait renaître
L'aurore de son renouveau.

Quand elle prenait sa volée
Pour retourner au nid lointain,
Je songeais, l'âme consolée :
Elle reviendra l'an prochain !

Mais l'an dernier dans son voyage,
Elle a trouvé pour compagnon
Quelqu'un qui l'a prise au passage,
Et va la garder pour de bon.

C'est un oiseau beau de plumage,
Habile dans l'art enchanteur
De subjuguer, par son ramage,
Une hirondelle au tendre cœur.

Les voilà liés pour la vie !
Ils vont partir sous l'œil de Dieu ;
Car la fête où l'on nous convie
Est, hélas ! notre jour d'adieu.

Pars donc, ma gentille hirondelle !
Un heureux nid t'est préparé ;
Au pays où ton cœur t'appelle
Tu vivras sur un sol sacré.

Va, sois là-bas la messagère
Des amis que tu vas quitter !
Dis à tous combien nous est chère
La terre ou tu dois habiter !

Sûre de retrouver la place
Que te garde ici notre amour,

Sois-y des vaillants cœurs d'Alsace
L'image jusqu'à l'heureux jour.

Où tu nous reviendras de France,
Portant le message du ciel
Qu'attend toujours notre espérance,
Comme le printemps éternel !

6 *août* 1883. Aimé Reinhard

A MA FILLE

Si tu savais, enfant qui commence la vie,
Par quels rudes sentiers il te faudra passer !
A combien de buissons ta main sera meurtrie !
Que de pleurs il faudra verser !

Si tu savais, enfant, tout ce qu'un cœur de femme
Peut ressentir d'angoisse en disant un adieu ;
Tu fermerais tes yeux pour préserver ton âme,
Et tu l'élèverais vers Dieu.

Si tu savais aussi combien de nuits terribles,
Combien de songes noirs t'attendent au chevet ;
Tu voudrais prolonger tes rêves si paisibles
Avec ton sommeil si discret.

Si tu savais surtout combien de mains fidèles
Abandonnent la nôtre au milieu du chemin !
Comme l'oiseau blessé qui referme ses ailes,
Toi, tu refermerais ta main.

Ah ! garde ta gaîté, ta belle insouciance,
Et tes illusions, et tes soucis d'un jour.

Il sonnera trop tôt le glas de la souffrance,
    En attendant, ris, mon amour.

Ne grandis pas encor ; reste longtemps petite,
Ton cœur sera plus pur et ton œil plus serein ;
Ton bon ange est jaloux quand ton âme s'agite,
    N'abandonne jamais sa main.

Ne grandis pas encor. Dans le saint Evangile
Notre bon maître a dit : à moi laissez venir
Tous les petits enfants. J'aime leur cœur docile,
    Et mes deux mains vont les bénir !

Mais Dieu le veut ainsi. De ton charmant visage
La joie disparaîtra comme le clair rayon.
Les soucis sur ton front, ainsi qu'au front du sage
    Traceront hélas ! un sillon.

Si tu trouvais un jour ta coupe trop amère,
Et si ton cœur souffrait d'un muet désespoir,
Viens pleurer, mon enfant, sur le cœur de ta mère,
    A son foyer reviens t'asseoir.

Ainsi le jeune oiseau gazouille dès l'aurore ;
Mais il revient le soir au nid qu'il a quitté
Ecouter si l'écho de sa plainte sonore
    Répond avec fidélité.

J'aurai pour ta douleur une larme sincère,
Pour ta blessure un baume et des soins si touchants
Que tu diras le soir en fermant ta paupière :
    Suis-je donc encor au printemps ?

Marseille 20 octobre 1883.

CAROLINE BOURGOINT-LAGRANGE.

CHARLOTTE CORDAY

Même lorsqu'il peut tout, c'est au crime à trembler.
LEMIERRE.

I

Accoudée au balcon du manoir paternel,
Et tes beaux yeux rivés aux étoiles du ciel,
A quoi penses-tu donc, rêveuse jeune fille ?
Te laisses-tu bercer par des songes d'amour ?
Dévoilant l'avenir, entrevois-tu qu'un jour
Tu seras reine, au sein d'une jeune famille ?

Immobile, écoutant la brise qui frémit,
Dans quels pays charmants erre donc ton esprit ?
T'enfuis-tu, sur les flots du superbe Atlantique,
Vers des bords inconnus, des rivages lointains ?
Et, bien loin des sentiers foulés par les humains,
D'un palais merveilleux franchis-tu le portique ?

Vois-tu, dans les jardins du riant Alhambra,
Que plus d'un grand poète en ses chants célébra,
Vois-tu ces jeunes rois aux façons élégantes,
Au costume éclatant, à la mâle beauté,
Joignant la courtoisie à l'intrépidité,
Passer parmi les fleurs aux senteurs enivrantes ?

Ou bien, prêtant l'oreille aux bruits mystérieux
Des nuits d'été, concerts divins, harmonieux,
Qui disent : « Créateur des soleils et des mondes,
Gloire à toi !.... » Penses-tu qu'ici-bas, en tous lieux,
Dieu prodigua ses dons, pour faire l'homme heureux ;
Et que l'homme est ingrat, dans ses erreurs profondes,

Ou bien encor, suivant les bonds tumultueux
De la vague, qui court refléter d'autres cieux,
Penses-tu que, là-bas, bien loin de ta patrie,

Des rivages bénis, paisibles, fortunés,
Jouissent de ces biens que Dieu leur a donnés ,
Et que ta France aimée est sanglante et meurtrie ?

Charlotte !.... oui, c'est là ce qui brise ton cœur !
Oui ! ce pli soucieux à ton beau front rêveur,
Dit que ce ne sont pas des songes d'allégresse
Qui captivent ton âme... Oh ! non... c'est le dégoût
De tout le sang versé... c'est de voir à l'égoût
Cette France, autrefois de l'honneur vengeresse !

Tu gémis, noble fille !... et ton cœur révolté
Se soulève d'horreur.... En criant : » Liberté !.... »
La France, ce pays à l'âme magnanime,
Oubliant sa grandeur, verse le sang à flots,
Immole ses enfants, se rit de leurs sanglots,
Et proscrit la vertu pour exalter le crime !...

II

Liberté ?.... quand un mot, une larme, un soupir,
Un regard de pitié suffisent pour mourir?...
Quand le fils éploré, dans les bras de son père,
Qui va marcher, stoïque, à l'instrument de mort,
En vain demande grâce à la rigueur du sort,
Et qu'un cruel sourire accueille sa prière ?

Liberté ?... quand le temple, aux prières fermé,
Par des chants scandaleux maintenant animé,
Du meurtre et du pillage est devenu l'asile ?...
Quand les ministres saints, avec fureur traqués,
Par de vils assassins chez les carmes bloqués,
Présentent aux bourreaux un front fier et tranquille ?

Liberté ?... Les vaillants, les nobles Girondins,
Et même le fougueux Camille Desmoulins
N'en poursuivaient-ils pas les sublimes conquêtes ?

Mais de lâches tyrans, maudissant leurs efforts,
Les ont voués, — hélas ! ils étaient les plus forts ! —
Au sanglant échafaud qui fit tomber leurs têtes !

Oui, les Fouquier-Tinville et les Collot d'Herbois
A la France imposaient leurs odieuses lois.
Sur l'ordre de Carrier, on lançait sur la Loire
De sinistres pontons regorgeant de martyrs ;
Et pères, mères, enfants, confondaient leurs soupirs,
Tandis que le tyran savourait sa victoire !

Et la hache frappait.... ses coups démolisseurs !
Entr'ouvraient le sapin... la jeune fille en pleurs
Disparaissait, aux bras de sa mère enlacée,..
Et le fleuve profond éteignait dans ses flots
Les cris de désespoir, les adieux, les sanglots...
Et la foule hurlait, aux bords de l'eau massée !...

C'en était trop, Charlotte ; et, dans ton cœur viril,
Tu juras de frapper des tyrans le plus vil,
Marat, monstre hideux, à l'âme sanguinaire,
De l'horrible échafaud, féroce pourvoyeur.
Une juste colère arma ton bras vengeur ;
Et tu conçus un plan sublime et téméraire.

III

Le monstre dont le cœur n'avait plus rien d'humain,
Malade, reposait ses membres dans le bain.
Il avait près de lui les fatales tablettes
Sur lesquelles sa main, par le droit du plus fort,
Désignait des Français, qui, voués à la mort,
Devaient remplir demain les funèbres charrettes.

Soudain, un bruit de voix au timbre féminin
Parvient jusqu'au tyran... Son sinistre destin
Va bientôt s'accomplir... La femme qui le veille

Veut défendre l'accès du repaire odieux
Où sont élaborés tant de plans monstrueux;
Où le tigre rugit, mange, boit et sommeille !...

Mais une jeune fille au front noble, à l'œil fier
Franchit le seuil impur... Bien loin encor hier,
Elle était dans la belle et riche Normandie,
Sous le toit respecté du manoir paternel,
Mais la France agonise... Un vampire cruel
A son cœur acharné, boit son sang et sa vie !

Alors, la noble enfant, digne de Régulus,
Héroïque à l'instar de Sand et de Brutus,
Saisit l'arme mortelle en sa main vengeresse ;
Et, stoïque, elle part, méprisant le trépas,
Et se disant que rien n'arrêterait ses pas,
Puisqu'elle voit la mort sans crainte et sans faiblesse.

Cette fille sublime, ô Charlotte ! c'est toi !...
Marat, ce contempteur de la divine loi
Qui fait l'homme, ici-bas, frère de son semblable,
Va périr, pour venger la sainte Liberté !
L'œil du monstre s'allume, en voyant ta beauté....
Toi, tu tiens sur ton sein le poignard redoutable.

« Citoyen, » lui dis-tu, « j'ai désiré te voir,
« Pour te faire connaître et mettre en ton pouvoir,
« Plusieurs réfugiés, patriotes rebelles,
« Qui se sont retirés dans le pays Normand.
« Je vais te les citer : ton zèle vigilant
« Sous peu fera tomber leurs têtes criminelles.

— « Citoyenne ! leurs noms !... et bientôt, dans Paris,
Seront guillotinés ces coupables proscrits !
Tous !... Il n'achève pas sa phrase menaçante...

Tu plonges le poignard dans son cœur inhumain !
Un courroux magnanime a dirigé ta main....
Le monstre crie... appelle... et meurt dans l'eau sanglante!

IV

O fille des Corday ! Le Dieu juste et vengeur
Qui punit l'injustice et maudit l'oppresseur,
Le Dieu qui, par Judith, délivra Béthulie,
D'un œil de père a vu ton sublime attentat.
Le ciel a pardonné le meurtre de Marat ;
Et ton nom immortel honore la Patrie !

MATHILDE DULATIER.

(Indre), le 20 septembre 1883.

RÉPONSE A M. EVARISTE CARRANCE

RONDEAU

Regrettes-tu les jours où ta chaste jeunesse
Imposait à ton cœur ses ravissantes lois?
Après l'été brûlant, ô mon enchanteresse,
C'est l'automne qui vient.

(EVARISTE CARRANCE)

Que peut-on regretter ?— La saison est charmante,
Le soleil est plus beau quand l'hiver va venir ;
Si le cœur a pris froid, il étreint sous sa mante
D'un passé rayonnant le plus doux souvenir.
— Car Dieu fit pour la femme une âme bien vaillante.

Elle sait que la vague est toujours écumante,
Qu'au sommet du bonheur, on ne peut parvenir ;
Que la vie est aride et se passe en tourmente.
Que peut-on regretter ?

Sous la neige parfois, il est rose odorante
Avec si doux parfum ! — Oh ! rien ne peut ternir
La fleur qui, des frimas reste aussi consolante.
On fait plus que l'aimer on voudrait la bénir !
— C'est au déclin du jour que l'étoile est brillante
        Que peut-on regretter ?

30 *octobre* 1883,   Mᵐᵉ CARUEL,
                          lauréat du dernier Concours,

SOUBENI DEU BILATGE

A Monsieur B. Cassaignau, poète gascon
Officier d'Académie,
Lauréat des concours poétiques du Midi de la France

Quoand lou printems floureix nosté ballou d'Arete,
        Quoand jou bey aquet pic d'Arlas,
En sinne de salut, quitta sa cape rete
        E soun beret gibrat de glas ;

Penden que lou soureil scaïhe ere paloumere,
        E que Seguite s'en arrit ;
Aü moumen oùn houleye aquere haroulere,
        En sercan soun mascle esbarrit ;

Qu'aymi d'ana, tout soul, de cap à la campagne,
        Espica de Diü las grandous,
En escoutan aquets ers plentiüs de mountagne,
        Mey bieilhs que lous nostes paybous ;

Quin plazé qu'ey tabé d'aüdi las esquiretes
        D'û troupel escarabeillat,
Lou gay chant deü pinsaà, lous crits d'eres roungletes,
        Lou Rey-petit tàn desbeillat !...

Mes la heste deü mé bilatge
James nou la-m desbrombarey,
Coum t'aymabi jou, tout maynatge ;
O St- Pierre ! jou t'aymarey ...

Lou soubeni dè toun bet die
Qu'ey taü mé coo lou baüme dous,
Qui-m goarira la malaüdie
Qui persegueix lous aymadous...

Oùn soun lous ers dere chiülete ,
Deü brigoulou, d'eü tambouri !...
Oey n'aben que la clarinete
Ta bouta noste place en.tri ;

Oùn soun aquets flocs de gouyates,
Dap lurs fayssous y l'œil tàn gay,
Fresques toutù coum las rousates
Deü plus beroy matiaü de may !...

Oh ! b'éren dounc eres hurouses
De tourneya per aquet bal !
Oùn boulaben las joenes blouses,
Sus las ales de cade chal...

Qu'aben, moun Diü ! tàn de paroence
Que ni per Paü ni per Paris,
N'aüren heit nade differénce
Dap las hillotes deüs marquis ;

Goayre nou s'y-a bist allegrie,
Coum en aquet die gaüyous :
Cade toupi üe guarie,
Cade gouyate ù amourous !...

Tems bénédit de moun énfance !
Jàmes plus bous nou tournérat !...

O gran'die de rejouissance,
Aü mé coô tu qu'es enterrat...

Bère heste deü mé bilatge,
James jou nou't desbroumbarey...
Coum t'aymabi jou tout maynatge,
O St-Pierre ! jou t'aymarey...

HENRIC de GANOSSE.

(*Basses-Pyrénées*) 1883

EN ADMIRANT LE LAC DE COME

DES JARDINS SERBELLONI

Sonnets dédiés à Madame L. du P.

I

O grands sommets neigeux, célestes citadelles,
Monts qui vous abaissez par gigantesques sauts
Livrant vos flancs féconds aux pins comme aux roseaux,
A l'olive, à la vigne, aux humbles asphodèles,

Amphithéâtre immense et vives cascatelles
Encadrant largement ce lac aux vertes eaux,
Par quels accents émus, avec quels mots nouveaux
Pourrais-je célébrer vos beautés immortelles ?

— O spectacle magique, éden trop enchanteur,
L'enthousiasme saint que vous mettez au cœur
Paralyse soudain les cordes de ma lyre.

Et je sens, après vous que chacun aime et 'sait,
Léopardi, Byron, Lamartine, Musset,
Que je dois admirer, me taire et vous relire.

II

Je ne veux pas savoir la secrète influence
Des grands astres errants sur nos courtes saisons,
Pourquoi la sève anime arbres, fleurs et gazons,
Ni comment dans les airs l'arc-en-ciel se nuance.

Je ne veux pas savoir tes calculs, ô science,·
Ni connaître du sol les transformations,
Je ferme mon esprit aux explications
Pour mieux garder au cœur ma chère insouciance.

Je veux jouir en paix, tout virginalement,
De cet intraduisible et pur enchantement
De forme et de couleur que tu donnes, nature,

A mon être rêveur. Il me suffit à moi
D'admirer sans comprendre et mon âme murmure
Au divin créateur un long hymne de foi...

Bellagio, 1883. RI-LOG.

LE PRISONNIER

Dans le calme du soir sommeillait la nature.
La brise était sans bruit, le vallon sans murmure,
Les étoiles, suivant leur cours silencieux,
Semaient des rêves d'or dans le cœur des heureux.
J'avais mon rêve aussi, dans mon âme charmée,
Resplendissant et beau.... lorsqu'une horde armée,
Des barbares soldats m'ont saisi, garotté,
Puis dans un noir cachot, ces maudits m'ont jeté.

Savoir que ces rayons : pensée, amour, jeunesse,
N'auront vu qu'avorter leur riante promesse !

Tous ces biens qui frappaient mon regard ébloui,
Je m'en vois dépouillé sans en avoir joui.
O cruels ! vous avez arrêté dans leur sève,
D'un avenir en fleur, l'espérance et le rêve,
Je dois à l'éternel rendre, à mon dernier jour,
Et mes bras sans labeur et mon cœur sans amour.

Qui saura mes douleurs ? la prison est muette.
Comme au seuil des tombeaux, ici, l'espoir s'arrête.
Je n'entends d'autre bruit que le pas régulier
Du sbire qui me garde et du cruel geôlier.
Dans ce lieu sépulcral, une lueur blafarde,
Après mes longues nuits, à regret se hasarde,
Et lorsque le printemps a chassé les frimas,
Sans le chant des oiseaux je ne le saurais pas.

Oiseaux, qu'un tendre amour à votre nid ramène,
Chantez, chantez encore autour de ce vieux chêne.
Nul rayon ne descend dans la froide prison :
Au prisonnier donnez au moins votre chanson.
Amis compatissants, confidents de ma plainte,
Vos accents percent seuls les murs de cette enceinte.
Des hommes je subis la haine et le courroux :
La bonté, la pitié ne viennent que de vous.

Peut-être avez-vous vu ma lointaine patrie ?
Le ciel qui la bénit la veut toujours fleurie.
Mes amis savent-ils quel est mon triste sort ?
Dites-leur que l'exil est frère de la mort.
Ma mère ! Oh ! cachez-lui mon destin misérable :
La vieillesse qui pleure est deux fois vénérable.
Calmez son désespoir par un récit trompeur :
Il est si doux de croire au retour du bonheur.

Gais enfants de l'azur, pour vous les fleurs sont belles,
L'horizon est immense, et vous avez des ailes !

L'aile permet de fuir le vautour redouté :
A ce tyran des airs l'espace est disputé.
Je pleure en regardant votre plume légère :
Cette plume c'est l'air ! la vie ! et la lumière !
Pourquoi ne l'ai-je pas ? je pourrais fuir aussi,
Loin des bourreaux qui m'ont, vivant, enseveli.

Si, dans un lourd sommeil, l'accablement me plonge,
L'ange des malheureux m'apparaît dans un songe.
Ses mains brisent mes fers ; il m'ouvre la prison...
Salut belle clarté ! ciel bleu ! vaste horizon !
Je suis libre ! ma mère est là ! saintes ivresses !
Nos cœurs sont à jamais soudés par nos caresses.
La joie, hélas ! m'éveille, et par ce coup cruel,
Ma raison redescend dans l'horreur du réel.

Pour reposer mon front, qu'on me donne une pierre !
Que le bandeau des nuits pèse sur ma paupière !
Que la chaîne soit lourde et meurtrisse mes chairs !
Mais laissez-moi revoir tous ceux qui me sont chers !
Comme un bourgeon saisi par la bise glacée,
Mon cœur jeune se meurt. O terrible pensée !
S'éteindre loin des siens et voir la mort venir
Sans les bras d'un ami qui nous aide à mourir.

Lorsque le glas plaintif, voix grave et sanglotante,
Vous portera l'adieu d'une vie expirante,
Aux funèbres accents du cantique sacré
Dites : c'est le captif ! Le ciel l'a délivré !

. . . .

Vers le soir les oiseaux pleurant à sa fenêtre,
Inquiets, l'appelaient sans le voir reparaître ;
Mais quand tout fut obscur, ils virent le banni
Qui, sur un rayon d'or, fuyait vers l'Infini.

Russie.   J. KAPRY.

ETOILE

A mon ami Albert Nicol.

Le ciel est orageux et la brise plus fraîche,
Et le char de la nuit apparaît au levant.
Dans un nuage noir se dessine une brèche.
Au fond de l'éclaircie, une étoile d'argent...
... Et le char de la nuit vole comme le vent...

Et plus l'ombre s'accroît, plus l'étoile scintille ;
Plus ses rayons divins m'inondent d'infini ;
Plus le nuage noir, gigantesque bastille,
Semble se dissiper sous un souffle béni.
... Et les rayons divins ont un charme infini...

Plus bas, une autre étoile occupait ma pensée,
Et seule jusqu'ici sut plaire à mon regard.
Hélas ! et maintenant sa lumière éclipsée
Vient à peine à mon âme, à travers un brouillard...
... Et son plus pur rayon est un rayon blafard...

L'étoile à l'horizon a-t-elle moins de charmes.
Et qu'importe ou plus bas ou plus haut dans les cieux !
Du zénith au nadir, et du sourire aux larmes,
La distance est toujours celle de l'âme aux yeux.
... Mais si l'aimant divin attire au haut des cieux !...

Novembre 1882.   Simon Beaudour.

VILLANELLE

Si vous croyez à l'amour
Moi, je plains votre délire
Qui ne doit durer qu'un jour.

*
* *

Le monde est un laid séjour
Qui grimace un faux sourire
Si vous croyez à l'amour.

*
* *

Vous verrez fuir sans détour
L'espérance et son empire,
Qui ne doit durer qu'un jour.

*
* *

Vous pourrez, à votre tour,
Connaître le vrai martyre
Si vous croyez à l'amour.

*
* *

Et vous n'aurez en retour
Qu'un bonheur qui se déchire,
Qui ne doit durer qu'un jour.

*
* *

Il faut, pauvre troubadour,
Mettre un crêpe à votre lyre
Si vous croyez à l'amour,
Qui ne doit durer qu'un jour !

Novembre 1883.

EVARISTE CARRANCE.

DE LA COMPOSITION DE L'HOMME

UN 'MOT DE SON AME ET DE SES DESTINÉES

S'il se connaît vraiment, s'il connaît vraiment Dieu,
L'homme sait rester homme; il aime son milieu.

Au moyen d'un principe divin, l'homme se compose
d'une âme et d'un corps.

L'âme est une unité d'essence divine, qui ne peut ni se soustraire à la vie, ni se diviser, ni se composer. Elle est, ayant en la divinité, sa cause et sa raison d'être ; elle sera, comme attachée à la vie entière, c'est-à-dire au grand arbre de vie éternellement mû par le Créateur ; et cela pour son bonheur ou son malheur éternels, selon qu'elle saura se déterminer vis-à-vis de la justice ou de la malice, dit l'écriture, et l'écriture, définissant toujours ce qu'elle enseigne, ne se trompe point.

Mais il est dans la nature de l'homme trois parties distinctes, qui, après avoir été unies durant sa vie se séparent au moment de sa mort sans pouvoir s'anéantir. Ces trois puissances sont : la puissance organisatrice, attribut du Créateur, l'âme définie ci-dessus, et enfin la matière servant à l'organisation. Au principe organisateur, à ce centre naturel, sensible et propre à l'impression de notre image, s'adaptent l'âme déliée et la matière déliée, en y posant la base du moral et du physique, qui se développent et s'achèvent au moyen de l'éducation. Ainsi se constitue l'homme par la volonté et la puissance divines.

Quand le vulgaire se complaît à sa réplique monotone où il voit un argument digne de prévaloir et dont voici les propres termes : « Quand on est mort on est bien mort puisqu'on ne revient point », nous soutiendrons, nous, que les âmes vivront éternellement avec leurs corps reformés. D'abord la résurrection de tous les hommes, annoncée par le fils de Dieu, qui lui-même est ressuscité, et confirmée par les docteurs de son église dans des documents des plus authentiques, nous oblige à reconnaître que rien de nous ne peut être anéanti ; que seulement tout est assujetti au trépas, lequel nous soumet à changer de lieu et de vie. Comment donc pourrions-nous revoir, en cette vie, ces

morts qui déjà vivent d'un autre monde ? Nous ne pourrons avant comme après la mort revoir que des vivants :
c'est le naturel, le possible, et par cela même, la volonté
de Dieu ; ce qui devrait bien nous suffire.

1883.   T. LAMY.

DU NÉANT

Qu'est-ce que le néant ?... On sait que Dieu est partout, par conséquent en tout ; il est manifeste que de là
tout est en lui. Dieu étant tout est ; or point de p'ace
pour néant, et néant sans place, néant chimère, ou néant
néant. Un second mot dans un second tour n'est pas toujours inutile : Puisqu'en sa qualité d'*infini*, Dieu est en
tout, comme étant partout, on ne peut douter qu'en tout
comme partout il n'y ait Dieu, Dieu remplissant tout,
Dieu contenant tout, ayant partout en présence de lui le
bien à sa droite, le mal à sa gauche ; donc par lui, pas
de places pour néant sans confusion. Et quelle avance à
vouloir brouiller la vérité avec l'erreur ? Quant à cela,
disons qu'on ne peut que s'engager dans un avenir
malheureux, et d'autant pire pour nous qu'à notre responsabilité il suit les générations et franchit avec elles
les limites de cette vie.

On dit néanmoins que, dans la création tout a été
tiré du néant ; attendu qu'au commencement Dieu était
en lui-même, sons-entendons que, pour son principe,
sa volonté et sa Toute-Puissance, tout est sorti de lui-
même, en qui tout subsistera éternellement (partant
tout notre être) au moyen de la réformation, sans que
ni les dire du matérialiste ni rien y soit d'aucun obstacle. (*Voir onzième article du symbole.*)

1883.   T. LAMY.

LA MUSE DE L'HISTOIRE

Elle éclaire, elle charme.

O toi ! qu'on surnomma la Muse de l'histoire ;
Vénérable Clio, daigne inspirer mes vers :
Pour chanter dignement ces héros, dont la gloire
Tour à tour a brillé chez les peuples divers.

Le premier qui domine au temps les plus antiques,
N'est-ce pas ce Moïse, heureux législateur,
Bravant sans défaillir, les menaces iniques
D'un tyran, qu'il immole à son peuple vainqueur.

Qui n'admire les lois de ce puissant génie ;
Que vénère au milieu des persécutions,
Sur tous les points du globe une race bannie ;
Dont le·savoir et l'or servent les nations.

Sous un autre climat surgit un autre empire :
Qui deviendra plus tard maître de l'Univers ;
Numa, roi philosophe, et qu'Egérie inspire ;
Par de sages décrets préviendra ses revers

Pour fonder sa grandeur à peine à son aurore,
Quels intrépides cœurs dédaignent le danger !
Scévola tend son bras au feu qui le dévore ;
On brise Régulus, sans le décourager.

Cicéron, pour dompter l'anarchie en délire,
Par des discours brûlants enflamme les soldats.
Pour fuir un fier tyran, le grand Caton expire :
Dans le sein de César Brutus plonge son bras.

Aux bords de l'Illyssus, dans une humble peuplade,
Solon a promulgué de bienfaisantes lois :

Elles ont enfanté la fière myriade
Des héros, qu'attendait la patrie aux abois.

Bravant le fier Persan armé pour sa ruine ;
Miltiade l'écrase aux chants de Marathon.
Thémistocle, Aristide, aux flots de Salamine,
Par un brillant trophée éternisent leur nom.

Puis surgit ce grand homme, illustre capitaine,
Orateur politique et protecteur de l'art,
Périclès, de chefs-d'œuvre il embellit Athène ;
Et meurt, sans qu'un seul pleur teignit son étendard,

De son grand ennemi quand la force s'énerve ;
Après tous ses succès, quel spectacle plus beau,
Va nous offrir soudain la cité de Minerve ?
Fière de s'illustrer dans un ordre nouveau.

Après les grands efforts d'un courage intrépide ;
Philosophes, savants, artistes, vont briller :
Socrate démontrant sa morale rigide,
Par sa sublime mort sait la fortifier.

Phydias exposant sa sublime statue,
Voit de ses spectateurs le regard hésitant ;
Il s'écrie aussitôt, poussez-la vers la nue !
Et la foule applaudit son Jupiter tonnant.

Zeuxis a dessiné sa grappe purpurine,
Que de leur bec novice attaquent les oiseaux ;
Vrai triomphe de l'art, cette page divine
De la postérité souleva les bravos.

Mais détournons nos yeux des bornes de l'Attique ;
Où bien d'autres sujets s'offrent à nos regards ;
Entrons dans cette simple et fière république,
Dont Lycurgue créa les lois et les remparts.

L'art n'y dominait point : la vertu, le courage,
Le mépris des plaisirs, de la douleur, de l'or,
Les jeux fortifiants formaient seuls l'apanage
Des petits et des grands, tous égaux par le sort.

Quand Lycurgue eut fondé cette démocratie ;
Pour qu'on ne pût le voir faiblir dans ses vieux ans ;
Il se porta bien loin dans une autre patrie,
Dédaignant les honneurs pour ses derniers instants.

Mais nul si bien que toi, n'a su remplir sa tâche,
Grand homme, jusqu'au bout l'on a pu t'honorer :
Tu sus diviniser le courage ; et le lâche,
Crainte des horions, n'osa te décrier.

Quand la mère aux combats lançait son fils unique ;
Elle disait : reviens victorieux ou meurs.
Quoi donc eût dans son cœur pu jeter la panique !
La victoire ou la mort est-il un sort meilleur !

Après avoir vaincu les Perses dans l'Asie,
Et disputé la palme à ses voisins puissants ;
Le duel se ranimant avec plus de furie,
La ville de Solon subit trente tyrans.

Sparte avait donc vaincu ; mais la superbe Athène
A maintenu l'honneur des lettres et des arts.
Nos orateurs sont fiers d'imiter Démosthène ;
Contre Philippe il fut le plus fort des remparts.

Le sublime Pindare et le tendre Euripide
Ont inspiré longtemps nos plus brillants auteurs.
Sophocle au ton plus mâle, et le bon Thucydide,
Platon même, sont fiers de leurs imitateurs.

Les brillants héritiers de ces hommes si rares
S'enfuirent de Byzance en nos climats heureux,

Pour se soustraire au joug, que de nouveaux barbares
Fanatisés, sans frein, faisaient peser sur eux.

Le midi de l'Europe étale les vestiges
Des ravissants tableaux, des vastes monuments,
Qui malgré nos progrès sont encor des prodiges,
Qu'on a su préserver des ravages du temps.

Léonard de Vinci, Raphaël et Corrège,
Michel Ange, Titien, leurs fiers imitateurs,
Conserveront longtemps le noble privilège
D'élever nos esprits et d'émouvoir nos cœurs.

Mais à côté de l'art a surgi la science :
En portant ses regards vers la voûte des cieux ;
L'homme se croyait roi de cet empire immense ;
N'adressant qu'au soleil son hommage orgueilleux.

Pourtant lorsque le soir ramenait la nuit sombre,
Où scintillait au ciel tant d'astres radieux :
Vainement son regard eût calculé leur nombre ;
Il ne pouvait saisir tous ces corps merveilleux.

Et lorsque sa pensée ardente, audacieuse,
S'efforçait d'éclaircir l'énigme de son sort ;
D'un fanatisme froid, la puissance ombrageuse,
Imposait sans pitié son système, ou la mort.

Qui l'eût cru ! le génie a-t-il donc des limites,
Quelques fragments de verre avec art rapprochés,
Attirant nos regards loin des bornes prescrites,
Montrèrent des soleils jusqu'à ce jour cachés.

O merveille, effaçant les plus brillants miracles !
Mais le génie humain alors emmailloté,
Devait se prosterner devant certains oracles ;
S'affublant du grand mot : divine autorité :

Le Christ de l'esclavage émancipant nos pères,
Méritait la couronne ; il meurt sur une croix ;
Son fier représentant, au siècle des lumières,
De l'erreur prétendue a repoussé les droits.

Qui donc alors était l'inspiré, l'infaillible,
Sinon toi, Galilée, éclaireur des humains !
Quand des cieux ton génie interprétait la bible ;
Comment un fier despote enchaînait-il tes mains !

Après toi, l'on a vu s'élever ce grand homme,
Newton, réunissant tous les talents divers :
Son génie en voyant la chute d'une pomme,
A découvert la loi qui régit l'univers.

Chaque jour voit surgir de nouvelles merveilles,
Depuis l'élan donné par ces magiques noms :
Les frélons impuissants ont fait place aux abeilles.
Les privilégiés rejettent leurs blasons.

Pour soutenir l'élan de la jeune Amérique,
Rochambeau, Lafayette, ont traversé les mers ;
Très fiers de secourir sa noble république,
Que défendaient Franklin, Washington, et leurs pairs.

Franklin, que dans Paris bénit notre Voltaire,
Son propre instituteur en ses plus jeunes ans,
Dans Richard le bonhomme a peint son caractère,
Repoussant à la fois la foudre et les tyrans.

Dignement vénéré pour ses brillants services,
Après avoir instruit ses chers concitoyens ;
Il laissa la fortune à son pays propice ;
Et mourut sans éclat comme un homme de bien.

Notre France a porté le deuil de ce vrai sage ;
Elle a glorifié ses bons imitateurs,

Malesherbes, Bailly, Turgot, et dans notre âge,
Cuvier, Chaptal, Laplace, autres grands précurseurs.

Au-dessous de ces noms que la gloire illumine,
Deux plus obscurs sont chers à nos concitoyens :
Parmentier de nos champs a banni la famine ;
Jacquart a du travail adouci les liens.

Notre France en dressant leur modeste statue,
A compris la valeur de leur conception :
Mieux que d'un potentat le peuple la salue ;
En y gravant ce mot : Emancipation.

Les grands jours sont venus pour les nouveaux oracles,
L'utile avec le beau peuvent s'épanouir.
Qui voudrait pressentir les étonnants miracles,
Que notre siècle ardent couve pour l'avènir.

Colomb et Magellan après mille traverses,
Trouvent un continent, quel fut leur triste sort !
Combien de nos chercheurs les chances sont diverses
Couper une Amérique est à peine un effort.

Sur un modeste fil notre pensée y vole ;
Un navire de fer, qu'une simple vapeur
Entraîne, le franchit, et vogue jusqu'au pôle,
Sans craindre la banquise, et les vents en fureur.

Vous arrêterez-vous sous l'étoile polaire,
Hardis navigateurs, qu'attirent ses rayons !
La dynamite en main, votre pied téméraire
Osera-t-il franchir des masses de glaçons !

Je vous vois sans trembler, reprendre votre tâche
Allemands et Français, Anglais, Américains ;
Où d'autres ont sombré, plus votre ardeur s'attache
A suivre vos aînés vers ces climats lointains.

A votre aise ! mais quoi! le Niagara terrible,
A converti sa chute en utile moteur,
Où s'éclipsait le Rhône, on l'a rendu visible :
La mécanique a fait un puissant producteur.

Vos verres merveilleux, pénétrant dans l'espace,
Détrônent le soleil de son char radieux :
De globes inconnus l'incomparable masse
Le distance bien loin dans la route des cieux.

Mais qu'apprend-je, au moment où j'aligne ces rimes !
Les habitants d'Auteuil voient s'élever dans l'air,
Franchissant de leurs toits, de leurs coteaux les cimes,
Un immense poisson, sans arêtes, ni chair.

Serait-ce donc qu'enfin, plus habile qu'Icare,
Un autre aéronaute ait su monter aux cieux !
De l'électricité merveille la plus rare,
Ce poisson peut planer, et descendre en tous lieux.

Le fluide électrique agite son hélice,
Les frères Tissandier, hardis navigateurs,
Le poussent en tout sens au gré de leur caprice ;
Ou pour céder aux vœux de leurs admirateurs.

Des montagnes, des mers, tel point impénétrable !
Des plus audacieux déjouait les efforts :
Mais le globe en tous lieux devenant abordable,
A notre avidité livre tous ses trésors.

Pour ces inventions dont le siècle s'honore,
Quels noms vont dominer l'équitable avenir !
Le peuple émancipé sera leur juge encore ;
Gratifié par eux, il saura les bénir.

    Drôme.   GUSTAVE ROUSSET.

IMPRESSION DE NUIT

PAYSAGE

Frangé de pourpre et d'or et noyé dans l'azur,
Le soleil se couchait.... une craintive étoile,
Ainsi qu'un diamant perdu dans un ciel pur,
Du crépuscule à peine avait percé le voile.

La lune à l'orient, dans les vapeurs du soir,
S'élevait lentement pâle et silencieuse....
Et ses rayons tremblaient comme dans un miroir,
Sur le lac obscurci par l'ombre de l'yeuse.

Au-delà s'élevait comme un rempart obscur,
La forêt que le lac immobile reflète ;
Et plus loin,.. se perdait au fond d'un ciel d'azur
Des monts Pyrénéens l'immense silhouette.

Un bouleau solitaire, au feuillage encor vert,
Dressait au premier plan sa tige crevassée ;
Et ses branches, dans l'attitude du désert,
Semblaient céder au poids d'une triste pensée...

Tout à coup le bouleau s'agite frémissant....
La brise se levait... et sa tremblante haleine.
Dans la forêt de pins qu'elle effleure en passant
Vibre comme un accord de harpe éolienne.

Le lac aussi frémit... Et la lune plongeant
Ses obliques rayons dans l'onde qui se ride,
Semble étendre sur elle une nappe d'argent
Dont chaque fil reflette une lueur splendide.

Puis, la brise retint son souffle harmonieux,
Le bouleau reprit son attitude pensive....

Le grand bois fut muet, le lac silencieux
Et sa dernière vague expira sur la rive....

Le calme et le silence étaient partout.. nul bruit
Ne troublait les échos de cette solitude ;
Seul, parfois et de loin un oiseau dans la nuit
Jettait, comme un soupir, son sinistre prélude.

L'heure était solennelle !... Assis près du bouleau,
Sur les rochers déserts qui dominent la grève,
Je contemplai longtemps cet imposant tableau
Fasciné, comme dans l'illusion d'un rêve.

Evoquant le passé... de souvenirs aimés
Je peuplais les déserts de cette solitude ;
Mais ce mirage, hélas ! pour mes regards charmés,
Du désenchantement n'était que le prélude.

La lune finissait.... la première lueur
De l'aube à l'orient se montrait indécise...
Le charme était rompu... le tableau sans couleur
S'effaça lentement sous une teinte grise !...

Et moi, quand les dernières ombres de la nuit
Des grands bois et des monts eurent quitté la cime,
Je m'éloignai.... rêvant au mirage détruit,
Et plein du souvenir de cette nuit sublime....

A. DE PALEVILLE.

EN EGYPTE

HONNEUR AU COURAGE MODESTE

> D'autres plus capables chanteront comme ils
> le méritent ces modestes braves, mais je désire
> moi aussi leur jeter quelques notes.

Savez-vous que c'est beau. — Que font-ils ? Ils vont quatre
Etudier là-bas, au bord du Nil combattre
   Un des plus terribles fléaux,

Demander à la mort la clef de ses mystères,
Lui dire : ô mort pourquoi semer tant de misères,
      Et multiplier les tombeaux.

O mort nous sonderons le lit de tes abîmes ;
Explique-nous pourquoi tu fais tant de victimes.
      Et frappes si soudainement.
Pourquoi ta dent méchante aime à briser, à mordre,
Oblige le malade à crier, à se tordre
      Sur son lit douloureusement.

O mort épouvantable ! affreusement sinistre !
Pourquoi nous amener ton sauvage ministre
      Le cruel choléra-morbus.
Pourquoi, nous le voulons savoir quoi que tu fasses,
Nous ouvrirons les corps, nous verrons sur les faces
      Le sens de l'horrible rébus.

Et tous quatre s'en vont... c'est simple, mais sublime,
Chercher parmi les morts ceux que le mal décime
      La cause, le sombre pourquoi,
Ils vont toucher des corps décomposés, fétides,
S'exposer à mourir vite... oh ! les intrépides,
      Ils partent calmes, sans effroi.

Oh ! les braves !... quand tonne au milieu des batailles,
Le choc tumultueux des balles, des mitrailles,
      Qui volent sur les bataillons ;
Le tapage, la poudre, électrisent les âmes,
Et de tous les regards sortent comme des flammes,
      Chaque homme crie : En marche, allons ?

Mais là pas de tumulte et de cris, pas de rage,
Pas de tambour battant la charge... Le courage
      Est seul en face de la mort ;

Il n'a pas l'aiguillon du canon qui résonne,
Le galop des chevaux, la trompette qui sonne
　　　Il est seul et triplement fort.

Oh ! les braves ! qu'ils sont braves ces nobles hommes !
Et pour qui vont-ils là ? Pour tous, tant que nous sommes,
　　　Pour le riche et le malheureux.
La science n'a pas de basse préférence,
Ils vont au nom de tous, petits et grands de France,
　　　Oh ! cœurs vaillants et généreux !

Honneur à vous, messieurs, nobles docteurs vous êtes
Des chercheurs bien osés, l'illustre Desgenettes
　　　Aux mêmes lieux vous précéda.
Vous aurez comme lui votre pays de gloire,
Ecrite sur le marbre et l'airain de l'histoire
　　　A côté du nom de *Jaffa*.

Août 1883.

Un seul tombe, mais tous pouvaient tomber de même
Respirer au chevet du pestiféré blème,
　　　Un souffle impur, empoisonneur.
Il tombe, et quoique jeune il laisse un nom célèbre
Car le monde sur lui jeta ce cri funèbre :
　　　Mort bravement au champ d'honneur.

D'autres vers plus puissants, une plus forte lyre
Vous chanteront docteurs, mais laissez-moi vous dire
　　　Devant ce glorieux tombeau :
Quel noble dévouement cette tombe révèle !
Se jouer de la mort, courir au-devant d'elle,
　　　C'est bien, c'est simple mais c'est beau.

(*Maine-et-Loire*) *Septembre* 1883.　　　F. POTEL.

Docteur Thuillier un des quatre, mort à Alexandrie, le 18 Septembre 1883, à peine âgé de 30 ans.

A MADEMOISELLE LÉA

C'est aujourd'hui le jour
Qu'au lis la belle rose
  A peine éclose
Déclare son amour.

Que montrant sa tendresse
Et sans aucun détour
  Par un bonjour
La fleur le lui confesse.

Puis elle dit encor
« O lis charmant, je t'aime,
  Fais-moi de même
J'ai gardé mon trésor »

« Son bonheur, car il t'aime
Dit le lis souriant
  Pour ton amant
Alors sera suprême.

Oh ! mon cœur est si bon
Charmante et fraîche rose
  Viens que je pose
Un baiser sur ton front.

  . . . .

De vous aimer, moi j'ose,
Vierge, je vous chéris
  Comme le lis
Faites comme la rose.

      MURATEL HONORÉ.

SUPPLIQUE

Non ! ne frappez pas à ma porte ;
Vous savez qu'elle s'ouvrirait,
Oui ; mais par là s'échapperait
La Poésie et son escorte.

L'avare rarement m'apporte
Une fleur livrée à regret ;
Pour cueillir je suis toujours prêt....
Hélas ! souvent la plante est morte.

Mes bons amis, laissez-moi seul ;
Solitude n'est pas linceul
Mais floraison de la pensée ;

Si vous tourmentez l'églantier,
Vous pouvez voir dans le sentier
S'enfuir l'abeille courroucée.

                          CHARLES LEXPERT.

A MA NIÈCE

La Muse est toujours très frileuse,
Et sommeille, la paresseuse,
De l'hiver pendant les frimas,
Elle est inquiète et morose
Et ne vous dit plus nulle chose
Si le soleil ne brille pas.

Mais quand l'astre qui nous éclaire,
Répand sa puissante lumière,
Elle écoute, alors, la prière
De tous ceux qui lui font la cour ;

Parmi ses sujets se promène
Et, gracieuse souveraine
Elle ouvre sa main toute pleine,
Leur donne la joie et l'amour ;

L'amour divin de la justice,
Du vrai, du beau, du sacrifice,
De l'admirable charité !
Des sentiments pleins de noblesse,
De la vertu, de la tendresse,
Enfin de la fraternité !

Parfois simple, mais toujours bonne,
Son luth dans notre âme résonne
Et n'offense jamais personne ;
Les Césars seuls craignent sa voix,
Elle est l'appui de tous les braves,
Ne redoute pas les entraves,
Et, dans les temps sombres et graves,
Du péuple elle défend les droits.

Elle est au sein de la bataille,
Bravant les boulets, la mitraille,
Comme aux bords des limpides eaux ;
Elle s'élève aux monts sublimes
Et parfois descend aux abîmes,
Ou visite nos frais coteaux.

Elle est jeune, aimable et candide,
A la fois légère et splendide,
Audacieuse ou bien timide,
Et neuf fois peut se transformer ;
Elle provoque notre rire,
Fait quelquefois notre martyre,
Et pourtant, il faut bien le dire,
Elle se fait toujours aimer.

Elle s'appelle Calliope
Lorsqu'elle chante Pénélope
Et les malheurs de son époux,
Euterpe quand, de la musique
Avec une note magique,
Elle produit un chant si doux.

Elle s'appelle Melpomène
Lorsque, terrible, elle promène,
De nos jours encor, sur la scène
Quelque poignard ensanglanté ;
Prend le joli nom de Thalie,
Si, délaissant la tragédie,
Elle vient à la Comédie
Apporter un peu de gaîté.

Quand elle préside à l'histoire
C'est la Muse de la mémoire,
La sévère et chaste Clio ;
Mais si dans un léger langage
Elle provoque au badinage,
Alors elle a nom Erato.

La Muse favorise encore,
Sous le doux nom de Terpsichore,
Toute danseuse qui l'implore
Dans les palais ou dans les bois ;
Uranie est la muse austère
Dont le savant, grave et sévère,
Les yeux sur la céleste sphère,
Reconnaît les sublimes lois.

La dernière enfin, Polymnie,
Est reine de la poésie
Dans la joie ou dans la douleur,
Son allure est désordonnée,

Au naturel abandonnée
Elle est dans toute sa splendeur.

Voilà les nymphes admirables,
Les chanteuses incomparables
Que des rivales misérables,
Les filles du Mont Piérus,
Egales en nombre comme elles,
Mais ignorantes et moins belles,
Audacieuses et rebelles,
Comme celles d'Achéloüs,
Frappèrent (ô les malheureuses !)
Mais les Muses victorieuses,
Grâce à la faveur d'Apollon,
Se vengèrent de leurs rivales,
Prirent leurs plumes triomphales,
Et depuis s'en couvrent le front !

ERNEST DUPONT.

A MON AMI E... ROUARD

Le peuple est le Dieu fort qui tient sur ses épaules
Le monde en équilibre au milieu des deux pôles.
TOUSSAINT FUNET.

Liberté ! Egalité ! Fraternité !

Quand l'homme a dans son cœur le sentiment du juste,
Quand partout et toujours il dit la vérité ;
Comme un chêne géant qui se dresse robuste
Et tient tête au courroux du *Notus* irrité.

Il résiste aux méchants, à l'envie, à la haine,
A ces hôtes pervers du pauvre cœur humain,
Et, le regard fixé sur la cime hautaine,
De l'idéalité, marche grave et serein.

Parfois l'arbre s'incline au milieu de l'orage
Sous les coups répétés du souffle des autans ;
Mais c'est pour secouer l'onde de son feuillage,
La rejeter, superbe, à l'onde des torrents !

L'homme juste ne cherche, ici-bas, sur la terre,
Qu'à remplir ses devoirs dans le calme et la paix ;
Mais quand vient un Judas lui déclarer la guerre,
Lorsque parle l'honneur il ne cède jamais !

Il va droit à son but dédaignant le mensonge,
Aide à la vérité pour remonter du puits
Où l'effort des méchants, à chaque instant la plonge,
En des jours éclatants il transforme les nuits.

La *Liberté* pour guide il combat l'arbitraire,
Fait courber les puissants devant l'*Egalité*,
Et, grâce à la raison que le savoir éclaire,
Il montre le bonheur dans la *Fraternité*.

C'est en vain, qu'après lui, quelque intrigant s'agite,
Que l'on voit s'étaler quelque sot orgueilleux,
Ou que dans l'ombre vient ramper un noir jésuite
Semant autour de lui ces bruits calomnieux.

Ainsi que le soleil sous sa clarté féconde
Dissipe les brouillards répandus dans les airs,
Et, jetant son éclat sur la terre et sur l'onde,
Vend l'amour et le vice à ce vaste univers.

Toujours la probité triomphe de l'entrave
Qu'on lui jette parfois au milieu du chemin,
Et du haut des sommets de l'honneur, calme et grave,
Rayonne jusqu'au fond du plus sombre ravin.

Croyons en l'avenir de ce divin symbole
Qui résume en trois mots toute l'humanité !
Qu'à jamais le progrès demeure notre idole
Car il est, comme Dieu, de toute éternité !...

ERNEST DUPONT.

LE SOLDAT

C'est l'homme qui retient le barbare ennemi,
C'est lui qui nous protège au fort de sa colère,
C'est le soldat qui fut notre plus grand ami,
Bien plus, pour tout Français, le soldat !.. c'est un frère !
Il quitte sa famille au vingtième printemps,
Il consacre sa vie au salut de la France,
Aussi, croyons-nous tous, a-t-on cru de tout temps,
Que le soldat était notre unique espérance.
Sort beau, sublime, grand, bras de la nation !
Le soldat nous apprend par toute sa conduite
A respecter les lois : telle est sa mission !
« Il le faut, nous dit-il, à l'abîme réduite
« La France se mourrait, si tous les citoyens
« Ne savaient obéir », et lui de son exemple,
Nous encourage tous, par mille et un moyens
A suivre les vertus que dans lui l'on contemple,
A corriger nos torts.... Pour préserver nos biens.
Sur les champs de bataille il défend la patrie,
Il affronte le feu, il soutient le combat ;
Il nous apprend à tous, ou plutôt il nous crie,
« Pour le peuple français, souffrons jusqu'au trépas » !
Et si, parfois, pour prix d'un noble sacrifice,
Le canon en grondant a blessé le soldat,
Il restera quand même au milieu de la lice
« Pour ma mère, dit-il, je ne me rendrai pas ».

Son cœur rempli d'amour pour notre belle France,
Ne peut laisser passer le fer de l'étranger
Sur le sol national ; il combat à outrance,
Prenant à peine une heure, un repos très léger.
Respectons le soldat, c'est notre Providence,
Il est notre soutien et notre défenseur,
C'est en lui qu'il faut mettre avec que confiance,
Le soin de nous venger d'un ennemi vainqueur.
   Le 26 septembre 1883.

CHARLES CARDOSI.

LE MINOTAURE

Tu vas donc épouser, Grégoire,
La jeune Héloïse à l'œil noir.
Tu dis : elle fera la gloire
Et le charme de mon manoir.

Pour cette petite ingénue,
Qui menace ta liberté,
Ton avarice bien connue
Se change en prodigalité !

On voit briller par sa toilette
L'or de tes adorations
Et tu voudrais être poète
Pour chanter ses perfections.

Son nom est dans toutes tes phrases
Les malins racontent déjà
Tes naïvetés, tes extases,
Et tu n'en resteras pas là.

Ah ! Grégoire, pour toi je tremble....
Bien qu'elle t'ait promis sa main,
Tu n'es pas au bout, il me semble,
De ton bonhomme de chemin.

Sur l'Océan du mariage
Peut-on s'embarquer sans effroi ?
Avant de quitter le rivage
Ami Grégoire, écoute-moi :

Dans le public il se murmure,
Ceci n'est pas une chanson,
Qu'un oiseau de sinistre augure
Voltige autour de ta maison.

Ne chante pas victoire encore,
Chante : *domine salvum fac.*
Et gare-toi du Minotaure,
Un monstre décrit par Balzac...

Partant où souffle son haleine
Le mariage a des revers.
Et la borne de son domaine
Est la borne de l'univers.

Dans la nuit il maudit ses trames.
Il est la terreur des maris.
Il a pour complices les femmes,
Et la nuit, tous les chats sont gris.

Oui, toujours femme le seconde
Où subit son attraction ;
Prude et coquette, brune où blonde
Sont de la conspiration.

Il les tient comme dans un rêve.
Il a de si charmants discours !
C'est le serpent qui perdit Ève...
Mais Ève l'écoute toujours.

C'est en vain qu'au nom de Dieu même
Les législateurs l'ont proscrit ;
En vain qu'il reçut l'anathème
De Moïse et de Jésus-Christ ;

Dans les palais, dans les chaumières,
A la barbe de leurs époux,
On voit princesses et bergères
Au monstre faire les yeux doux.

Tu dis : c'est impossible à croire,
Le mariage a d'autres lois.
Et cette impertinente histoire
Met le croissant au front des rois !

Ami, que veux-tu que j'y fasse ?
Le front d'un monarque, en effet,
Est sujet à cette disgrâce
Comme le front d'un Sous-Préfet.

Vrai représentant sur la terre
Du principe d'égalité,
Le Minotaure tient l'équerre
Qui nivelle l'humanité !

Sa griffe atteint le rang suprême,
Petits et grands, fous et sensés...
Et tous les *minotaurisés*
Portent le même diadème !

JACQUES DE HALIP.

LES ECHELLES DE SENNEVILLE

O voyageur sensé qu'un charmant site attire,
O touriste rêveur que la nature inspire,
Si quelquefois vos pas vous mènent du côté
Où le rivage anglais devant vous est placé,
Si vous allez un jour en douce Normandie
Voir les flots de la Manche ou la côte fleurie,
Arrêtez un instant à ce port idéal :
C'est Fécamp avec sa falaise et son fanal.
Si de là, l'on se met à suivre sur la côte
La longue route et qui de cent mètres est haute,
On arrive bientôt par un sentier gracieux
Dans un bourg pittoresque et fort harmonieux
Quoiqu'étant tout petit, son nom est Senneville,
Mais jusques à la mer assez loin est la ville.
Descendez à pas lents le rapide chemin
Qui bientôt dégénère en tortueux ravin.
Là pas un être humain, mais aussi quelle vue,
Quel ensemble imposant, quelle immense étendue !
Au loin, l'on voit le cap de Fécamp qui s'avance,
Semblable à l'éperon d'un grand vaisseau de France.
La falaise escarpée, au nid d'autour léger,
Est là derrière vous, prête à vous protéger :
Les flots toujours jaloux et les lames avides
Vont grimper à l'assaut de ces roches rigides.
A l'horizon soudain, une voile apparaît :
C'est un pêcheur, c'est une goëlette, c'est
Un grand trois-mâts enfin, les ailes déployées,
Qui se dirige au port pour petites bordées.

. . . .

Légendaire falaise, océan azuré,
Et vous traitres écueils et toi soleil doré,
Votre ensemble idéal dans cette solitude
Me charme et me ravit ; j'aime ce terrain rude.
Mais qu'entends-je à présent, pourquoi ce bruit subit ?

Pourquoi la mer est-elle agitée en son lit ?
C'est qu'elle veut ravoir sa conquête éternelle,
A moins que la falaise, elle aussi; la rappelle
Pour assouvir la soif de ses rochers épars,
Et les flots me chassant : adieu, grèves, je pars.

JEAN BARRACHIN.

PREMIÈRES AMOURS

Ce dont je me souviens, c'est qu'elle avait seize ans,
Que, moi, j'en avais vingt, que nous étions enfants ;
Son front était marqué du sceau de l'innocence,
Et ses yeux de celui de la triste inconstance.

Nous courions folâtrer, l'été, parmi les fleurs,
Les foins, les gerbes d'or, les joncs ensorceleurs,
Où joignant ses concerts à nos jeux pleins d'ivresse,
L'oiseau dans les buissons chantait notre jeunesse.

Puis, lorsque le soleil s'inclinait tout en feu
Du côté du couchant, et brûlait le ciel bleu,
Nous allions nous asseoir au bord de l'onde pure
Pour contempler ensemble et muets la nature.

Et je croyais tenir le bonheur dans mes mains,
Et je me figurais même les chérubins,
Dans leur palais d'azur aux colonnes de marbre,
Jaloux de mon bonheur sous les branches de l'arbre.

Le ruisseau murmurait de si belles chansons,
Des feuilles qui tombaient on sentait les frissons
Si faibles et si doux que la nuit étoilée
Nous a souvent surpris, seuls loin de la vallée.

Car nos cœurs palpitaient, et nous étions heureux ;
Car le vent gémissait sous les rocs ténébreux ;
Car un oiseau de nuit, l'orfraie ou la chouette,
Passant dans l'air, faisait frissonner la fillette.

Puis, tout redevenait immobile à l'entour.
C'est alors que, muets, nous parlions d'amour,
Car nos yeux et nos fronts et nos lèvres brûlantes
Se disaient des secrets, des choses enivrantes.

Les arbres étendant leurs branches bénissaient
Deux amants qui, cachés à leur ombre, goûtaient
La douceur de l'amour, au bruit léger des feuilles,
Des noisetiers, des joncs, des fleurs des chèvrefeuilles

Plus tard, elle partit, elle ne revint pas.
Pourtant, un soir d'hiver, ses angéliques bras
M'avaient serré bien fort, et ses lèvres pourprées
Avaient, en me baisant, dit nos amours sacrées.

Quel crime ai-je donc fait qu'il me faille expier ?
Amour, enfant gâté, scélérat, meurtrier,
Tu nous avais promis une heureuse jeunesse !
Oh ! pourquoi sèmes-tu la mienne de tristessse ?

Amour, amour ! pourquoi me brises-tu le cœur ?
Tu ris ! Je me désole, et ton regard moqueur
Me terrifie, hélas ! et me déchire l'âme...
Et c'est là le salaire et le prix de ma flamme !

(*Suisse*)   EDOUARD STEINER.

LES FLEURS

La fleur est un mystère,
Un livre gracieux ;

Ornement de la terre,
C'est un reflet des cieux.

Voyez cette rose fleurie
Qui possède la royauté,
Ephemère comme la vie
C'est l'image de la beauté ;
Car si la beauté passe vite
La rose aussi vit peu d'instants
A l'admirer je vous invite,
Ce soir, il ne sera plus temps.

Plus modeste, la violette
Se cache sous l'épais gazon
A côté de la paquerette,
Enfant de la même saison.
Humble fleur et fleur printanière,
L'une ramène les beaux jours,
Et l'autre se dit, toute fière.
La confidente des amours.

Sur le bord du ruisseau limpide
Qui coule en clapotant tout bas,
Une petite fleur timide
Murmure : « ne m'oubliez pas ».
Fleur d'azur et fleur d'espérance ;
Charmant myosotis des bois,
Il n'y aurait plus d'inconstance
Si chacun écoutait ta voix.

Suivons l'abeille qui butine,
Arrêtons nos yeux au buisson,
Où fleurit la blanche aubépine,
Où l'agneau laisse sa toison ;
Dans ces corolles embaumées
Que de cire et de doux miel !

C'est dans ces coupes parfumées
Que boivent les oiseaux du ciel.

Au sein des moissons abondantes
Pavôt, ton calice vermeil
Contient les vapeurs enivrantes
Et le doux nectar du sommeil.
Tu n'as pas à craindre la bise,
Toi qui nais loin de l'aquilon,
Sous les caresses de la brise.
Et les baisers du papillon.

Sur cette tombe solitaire,
Où le gazon croît librement,
Quelle est cette plante sévère,
Quel est ce lugubre ornement ?
C'est toi, sérieuse immortelle,
Fleur de deuil et fleur des regrets ;
De la mort compagne fidèle
Viens-tu dévoiler les secrets ?

Le blanc lys à la tige altière,
Plein de grâce et de majesté.
Porte, dans sa corolle fière.
Le secret de sa dignité.
Ainsi le calme et l'innocence
Possèdent ce noble maintien
Et dans l'épreuve et la souffrance
N'ont jamais besoin de soutien.

Ah ! je voudrais vous nommer toutes
Et vous réunir en bouquet,
Fleurs qui croissez le long des routes,
Dans la serre, ou dans le bosquet.
Je voudrais dépeindre les charmes
Du bouton d'or et du jasmin,

Dussé-je déposer les armes
Devant l'églantier du chemin.

Mais non, la fleur est un poême
Que l'on ne peut rendre aisément,
Et chez elle le moindre emblème
Sait mieux dépeindre un sentiment.
Fleurs, pour vous rendre nos hommages,
Une chose manque à nos cœurs,
C'est le plus touchant des langages .
Car c'est le langage des fleurs.

Georgina Honoré

AUX SOLDATS DE LA CONVENTION

Apollon, vas-tu faire encor la sourde oreille,
Ou bien à mon appel, enfin, répondras-tu ?
Il est temps que ma Muse aujourd'hui se réveille
Car je veux qu'elle chante avec moi la vertu !
Oui, je veux en mes vers faire l'apologie
Des héros d'autrefois, à qui nous devons tout :
Honneur et liberté, gloire de la patrie ;
Je veux les honorer, allons, Clio, debout !
Debout, inspire-moi, Muse de notre histoire,
Et cherchons nos héros parmi les plus fameux :
Chantons ceux qui, jadis, se couvrirent de gloire,
En faisant reculer l'Europe devant eux !
Que d'autres de nos rois célèbrent les conquêtes,
Ou des preux chevaliers racontent les exploits ;
J'abandonne ce soin à de meilleurs poètes ;
Rimeur, je chante ceux qui vainquirent les rois !

Est-il rien de plus beau que la lutte héroïque
Soutenue autrefois par la Convention,

Lorsqu'elle terrassa la ligue monarchique,
En faisant triompher la Révolution ?...
Non, jamais l'on ne vit guerre plus gigantesque :
D'un côté tous les rois, la haine dans le cœur ;
Tous les peuples debout, Slave, Teuton, Tudesque ;
Combinant leurs efforts ; tous, agissant en chœur....
Et, de l'autre côté, notre France épuisée,
Harcelée au dehors, déchirée au-dedans,
Et n'ayant qu'une armée à peine improvisée :
Soldats non exercés, généraux de vingt ans...
Mais un souffle brûlant a passé dans leur âme,
Et ces jeunes guerriers deviennent des Titans ;
L'amour le plus sacré les guide et les enflamme :
Il faut vaincre ou tomber sous le joug des tyrans !
Il faut vaincre ou subir un nouvel esclavage,
Perdre la liberté qui coûta tant de sang !..
Cette seule pensée a triplé leur courage
Et contre la valeur le nombre est impuissant.

Tels on voit des lions, secouant leur crinière,
S'élancer au combat, superbes, frémissants ;
Tels on vit nos héros voler à la frontière,
Défier l'étranger, altiers et menaçants.
Et bientôt la victoire, au courage fidèle,
De ses nobles faveurs couronner leur effort :
La Révolution vit s'enfuir devant elle
Ceux qui s'étaient juré de lui donner la mort !

Est-il en notre histoire une page plus belle
Que celle consacrée aux Kléber, aux Marceau,
Héroïques enfants de la France nouvelle,
Fils de la liberté, triomphante au berceau ;
Peut-on sans frissonner relire cette page,
Et ne point admirer la Révolution ?

Aux hommes de ce temps j'ai voulu rendre hommage;
J'exprime en cet écrit mon admiration.
Salut, hommes obscurs, vainqueurs du despotisme,
Salut, humbles héros de mes modestes vers !
Votre noblesse, à vous, fut le patriotisme...
Vous êtes nos aïeux, de vous nous sommes fiers !
Vos sublimes exploits, consignés dans l'histoire,
Vous grandissent aux yeux de la postérité...
Toujours nous garderons votre illustre mémoire,
Victorieux champions de notre liberté !

(Août) 1883.)   HENRI SOUGEY.

AMOUR TIMIDE

L'amour profond, timide et pur
Souvent se cache au fond de l'âme ;
Quand d'être aimé l'on n'est pas sûr,
On n'ose dévoiler sa flamme.
Serais-je payé de retour
Si je te disais que je t'aime ?
Répondrais-tu par de l'amour,
Louise, à mon amour extrême ?

Je n'ose l'espérer, hélas !
Dans tes yeux, pourtant, j'ai cru lire
Que tu ne me haïssais pas ;
Ah ! si tu me le pouvais dire !
D'un seul mot j'attends mon bonheur,
Ce doux mot que je sollicite,
Ce mot qui charmerait mon cœur,
Ah ! Louise, dis-le bien vite !

Mais, pour obtenir cet aveu,
Pour qu'il s'échappe de ta lèvre,

Je devrais de mon âme en feu
Te confesser l'ardente fièvre ;
Je devrais, animé soudain,
D'une audace inaccoutumée,
T'ouvrir mon cœur, te dire enfin
Mon secret, ô, ma bien-aimée !

Ah ! que ne suis-je un don Juan,
Entreprenant, hardi, volage,
Changeant d'amour dix fois par an,
Et toujours aimé davantage !
Que n'ai-je cet aplomb vainqueur
Que le succès souvent couronne !
J'emporterais d'assaut ton cœur ;
A l'audace l'amour pardonne.

Mais non, qu'ai-je dit, non, jamais !
Loin de moi ce souhait infâme...
Non, je ne veùx plus désormais
Qu'un tel désir souille mon âme !
J'aime mieux t'adorer toujours,
Sans que rien te le manifeste ;
S'il est un dieu pour les amours,
Eh bien, ce Dieu fera le reste !

(Août 1883.)   Henri Sougey.

L'AVANT-GARDE DU PROGRÈS

Propagateurs de la science,
Pilotes de l'humanité,
Guidés par votre prescience
Vous luttez pour la vérité.
Heureux favoris de la gloire,

Après le combat la victoire
Couronnera votre valeur ;
La France toujours la première
Du progrès porte la bannière,
C'est à vous qu'en revient l'honneur.

Victor Hugo, puissant poète,
Dont le génie est tout amour,
Quand tu parles, nouveau prophète,
Tu fais trembler les rois du jour.
Sans pitié pour le despotisme,
Tant est grand ton patriotisme,
Tu l'écrases sous ton talon ;
Tout heureux de pouvoir soustraire
Au bon plaisir, à l'arbitraire,
Le peuple au cœur vaillant et bon.

De Thiers honorons la mémoire,
Qui plus que lui fut vraiment grand !
C'est en lettres d'or que l'histoire
Doit graver son nom éclatant :
Dans tes revers, France chérie,
C'est alors que, l'âme attendrie,
Il te servit avec ardeur ;
Il ne connut repos, ni trêve
Qu'il n'eût réalisé son rêve
D'être enfin ton libérateur.

Gambetta, sous le sombre empire
Tu surgis fier comme un lion,
Pour arracher à ce vampire
Tes frères soumis au bâillon.
Patriote ardent et sincère,
Bismark redoute ta colère
Et te surveille avec dépit ;
Hélas ! tes rêves de revanche

Sommeillent sous la pierre blanche ;
Tu meurs, mais ton œuvre survit.

Déroulède, j'aime ta lyre
Aux patriotiques accents ;
Tu transportes jusqu'au délire,
Poète aux virils sentiments.
De l'Alsace et de la Lorraine,
Ta muse ranime la haine
Contre leur brutal ravisseur ;
Les soutenant dans l'espérance
Qu'un jour la drapeau de la France
Sur leurs murs flottera vainqueur !

Loin du bruit de la politique,
De Lesseps, l'illustre français,
Poursuit son œuvre pacifique
Avec honneur, avec succès.
Malgré les Anglais et leur quinte,
Panama, Suez et Corinthe
Vous raprochez les nations ;
C'est la vie avec la richesse
Que vous leur apportez sans cesse
Sous d'innombrables pavillons.

Flammarion, l'astronomie
Grâce à toi n'a plus de secrets ;
Mieux que la docte Académie,
Tu la pares de mille attraits.
Savant, généreux et modeste,
Tu parcours la sphère céleste
Et nous en ouvre les chemins ;
Chassant les ténèbres profondes,
Tu nous fais visiter des mondes
Jadis inconnus des humains.

De Braza, bien loin de la France
Tu portes l'olivier de paix,
Confiant et plein d'espérance
D'en obtenir de grands bienfaits.
Dangers et périls sur ta route
Seront nombreux, sans aucun doute ;
Ta prudence en triomphera ;
Et de ta conquête héroïque,
Due à ton courage stoïque ;
Ta patrie enfin jouira.

Dans la science médicale,
Pasteur, que sont beaux tes travaux !
Ton autorité sans égale
N'a pas à craindre de rivaux.
Par tes récentes découvertes
Tu confonds et tu déconcertes
La vieille école et ses savants ;
Mais ton savoir vaste domaine,
Enrichit l'existence humaine
D'une mine de diamants.

Noble Bonjan, de l'infortune
Tu te fais le ferme soutien ;
Ton cœur, qui n'a pas de rancune,
Pour le mal reçu rend le bien.
Tu tends une main secourable
Au délaissé comme au coupable
Dans tes charitables élans ;
Ainsi, par dévoûment sublime,
Tu sauves du vice et du crime
Des milliers de pauvres enfants.

Apôtre de la bienfaisance,
Ton cœur renferme des trésors ,

Et si grande en est l'abondance
Qu'on les moissonne sans efforts.
De Malarce, le monde admire
La puissance de ton empire
Sur tous les sages travailleurs ;
Tes instituts de prévoyance,
Vrais chefs-d'œuvres de clairvoyance,
Leur assurent des jours meilleurs.

Salut ! phalange glorieuse,
Portez bien haut votre étendard ;
Sa puissance victorieuse
A l'erreur oppose un rempart.
Poursuivez votre œuvre féconde
Et sur les ruines du vieux monde
Etablissez votre pouvoir ;
Que votre ardeur, votre sagesse
Servent d'exemple à la jeunesse,
Lui tracent toujours son devoir !

(*Nord*) 15 *Novembre*. 1883.

A. REY.

INVOCATION A DIEU

Pour qu'il secoure Vienne assiégée par les Turcs

(A. MARCHETTI.)

SONNET

L'univers dès longtemps de ta toute puissance,
Roi terrible des cieux, a senti l'influence :
Maintes et maintes fois, d'un regard foudroyant,
Tu refoulas l'impie aux gouffres du néant.

De ton peuple fidèle, amour de préférence,
Vois leurs maux, calme-les d'un regard de clémence ;
Vois de l'Autriche en feu le vaste embrasement ;
Des temples, des palais, partout l'écroulement.

Des Thraces conjurés, la milice exondée,
Dans des remparts de fer presse Vienne affamée
Et ses murs ébréchés vont tomber démolis.

Roi terrible des cieux, pourquoi tarder encore ?
Saisis tes feux, foudroie un guerrier qui t'abhorre :
Délivre tes enfants de leurs fiers ennemis.

Hippolyte Topin.

LE DIVORCE

Pièce poétique et sociale dédiée à M. Alfred Naquet,
Senateur de Vaucluse.

Le Divorce, Messieurs, est un bienfait sublime ;
C'est le premier des droits, dans un cas légitime.
Evoquons aujourd'hui du Sénat cette loi,
Qu'a proposé Naquet athlète plein de foi.
Croyez bien ses effets, chaque jour plus utiles,
Mettront bientôt un frein aux insensés habiles,
Qui sèment dans l'hymen, toujours l'inimitié,
Plongeant dans le malheur l'époux sacrifié ;
Oui quelque passion les rend bien méprisables ;
L'adultère en un mot, les rend insupportables ;
Les liens de famille à l'instant sont brisés
Et l'on trouve partout d'êtres martyrisés.
Que devient donc l'hymen quand tout est tyrannie ?
Il croule tout à coup, frappé par l'infamie

Et dans la famille où naît la division,
La haine vient aussi détruire l'union.
Quel est donc ce tyran ? Ici c'est une femme ;
Ce sexe en général a le cœur plus infâme,
Du reste plus despote et bien moins amoureux
Et quoique le plus faible est le plus dangereux ;
Mais là c'est un mari manquant à son ouvrage ;
Il dissipe l'argent nécessaire au ménage :
Très grand coupable aussi, je le dis sur ma foi ;
Car de la famille il foule à ses pieds la loi.
Quoi peut nous délivrer si ce n'est le divorce ?
Qu'appliqua le Génie enfanté par la Corse ;
C'est la loi du devoir, du droit, des libertés,
Invoquons-la pour ceux qui sont déconcertés ;
Le divorce en un mot, peut conjurer la haine.
Nous le proclamerons pour rompre notre chaîne ;
Nous le proclamerons au nom de notre honneur,
Et bientôt nos efforts conduiront au bonheur.
Cette loi qu'on attend agrandira nos âmes,
Elle ranimera le foyer de nos flammes.

28 *novembre* 1883.   ADRIEN BLANDIGNÈRE.

A DELILLE

Vainement les bergers changent de pâturage
L'art vaincu cède au mal, ou redouble sa rage.
Virgile. (Les Georgiques.)

POÈME

I

Que fais-tu, cher poète, en ta gloire endormi ?
De toute la nature, ô toi le grand ami.
Toi son fidèle écho répétant son langage
Ce que dit le vallon, ce que dit le bocage.

Du chantre de Mantoue osât suivre les pas !
Le souffle de Virgile est jeté pour appas
Au monde subjugué, qui ne pouvait pas croire,
Que, depuis ce *Romain* de sublime mémoire,
Un astre se levât si brillant au matin
Qu'un immense rayon vint dorer son destin..

C'était toi, cher Delille, avec la renommée
Traversant dans son char ta gloire couronnée,
Toi, le poète aimé qui charme tant le cœur,
Quand ta plume à longs traits, nous peint le laboureur,
Réformant un sillon dans la terre docile.
Ce sage, de nos jours, est bien le plus utile
Et le plus grand aussi !
　　　　　　　　　De la terre il est roi !
Ses blés comme sujets vont courbant sous sa loi.

N'est-ce pas ici-bas, la plus heureuse vie ?
De rester ignoré sans exciter l'envie,
De l'aurore à la nuit, chaque jour, en tout temps,
Assister le premier au reveil du printemps,
Laissant couler ses jours comme un ruisseau murmure,
Comme un oiseau qui chante à toute la nature.

II

Ne crois pas, ô savant, que je veuille imiter,
Ce que toi, grand esprit, tu savais bien chanter.
Tu tressailles je crois — Ne crains rien, mais écoute:
Si, reprenant ta lyre immobile en sa route,
Et, n'y trouvant soudain, plus de son, plus de voix,
Il faudrait la *briser*, et, pleurer bien des fois.
Qu'elle amère douleur ! de ne pouvoir sourire
A ce monde égaré, tu pourrais le maudire.

Toi, paisible au tombeau, tu crois ton laboureur
Bien tranquille en ses champs comprenant son bonheur

Ne t'éveilles jamais !... Il n'est plus au village ;
S'il fallait le chercher, tu n'aurais le courage.

Voici qu'il jette au loin son pays et ses dieux!

« Ici rien n'est brillant, on ne voit que les *Cieux*;
« On me dit qu'à la ville on fait vite fortune
« Sans travailler beaucoup, et, que rien n'importune.
« On acquiert de l'esprit, m'a dit un beau passant,
« A poursuivre la gloire elle monte en croissant.
« Adieu donc au labour, adieu donc au village,
« Le sol est bien trop dur, moi j'aime le tapage.
« Des amis de là-bas. — Il en est, me dit-on,
« M'attendant à Paris pour me donner le ton. »

Et le voilà parti sans boussole et sans phare.

Malheureux ! où cours-tu ? quel démon te sépare
De tes parents émus, qui, bien longtemps des yeux
Suivent un fils ingrat, et font, hélas ! des vœux
Pour le voir revenir en leur cabane austère,
Passer des jours heureux, paisibles sur la terre.

III

A l'ombre du clocher il n'est pas revenu,
Car son cœur inconstant voguait vers l'inconnu.
Faut-il donc que ma plume en traçant cette histoire
D'un sinistre langage alarme ta mémoire.
Suivons par les chemins ce nouveau débarqué,
Par ses *nouveaux* amis, le voilà remarqué :
Vite ! vite ! le club ! oh ! vite il faut savoir
Comme avec de l'audace on arrive au pouvoir,
Comme avec de grands mots sonores à la foule
De la révolte enfin, l'étendard se déroule :

« Le siècle est un progrès s'écrie un orateur,
« Nous serons les élus du peuple dictateur,

« Nous voulons que des biens on fasse le partage,
« Autant qu'à vous tyrans ! On doit nous faire hommage
« Sortez de vos palais ! le jour est arrivé,
« Nous sommes las enfin d'un lit sur le pavé,
« Laissez donc vos grandeurs ô riches sans entrailles,
« Sonnez le glas des morts
                  Ce sont vos funérailles ! »
L'enfant de tes sillons s'abreuvait de ce feu ;
Tandis qu'à de longs traits il buvait du vin bleu.
De ses yeux somnolents, il voyait un mirage
Il étendait la main, il avait l'apanage
De ces palais dorés !
              Et l'immense horizon
Lui cachait à regret, sa rustique maison.

IV

Et ce fut pour longtemps, de longs mois, des années ;
Toujours de nouveaux clubs et des voix avinées
Au sommet du pouvoir passaient en souvenir
Pour de nouveaux élus il fallait les bannir.

Pour le pauvre insensé, ce n'était que tristesse :
Allons donc, les amis ! Que devient la promesse ;
Un seul mensonge hélas ! Et moi je suis un sot,
De toutes vos erreurs j'ai payé mon écot.
Non ! non ! je ne veux plus du métier de cigale
« Chanter pour vous la gloire et pour moi la fringale
« Il me faut mon pain noir ! —
              Oh ! le plus dur labeur
« Sur le sol regretté ferait mon seul bonheur.
« Rendez-moi mes moissons ! Rendez-moi mes abeilles ;
« Rendez-moi ces splendeurs :... Il me faut ces merveilles
« Rendez-moi, je le veux, mon pays fortuné,
« Mes ormeaux ! mes vallons :... *C'est là que je suis né.*

« Oh ! que je plains donc ceux qui loin de la patrie
« S'endorment chaque soir. Oh ! leur vie est flétrie !
« Aux bords que j'ai laissés, moi je veux revenir,
« Je vois le jour qui baisse il me faut parvenir,
« Eviter les récifs pour rejoindre à la nage,
« Car la barque en détresse est bien loin du rivage.

« A quoi bon m'épuiser en regrets superflus ?
« Mes vieux parents sont morts, ma vie est sans reflus,
« Mieux vaudrait le néant que ce tourment sans trève,
« Que ces cruels remords me suivant dans un rêve.
« Oh! pitié, mes amis ! Oh ! de grâce un seul don
« A ces morts tant aimés demandez mon pardon ! »

. . . .

Aux tristesses du cœur les amis ne comprennent
Qu'un désespoir étrange et de nouveau l'entraînent
Hélas ! brisé, vaincu, par le sort plus fatal
Il fut mourir un soir... sur un lit d'hôpital.

V

Delille ouvre les yeux ! — Vois ta gloire obscurcie
Quitte le noir tombeau renfermant ton génie
Lève ton bras vengeur, revendique tes droits.
Parle donc, ô Poète ! — Ils entendront ta voix ;
Viens de grâce ! implorer la horde qui t'assiège,
Qui te flétrit le cœur de son vent sacrilège,
Ton chef-d'œuvre à leurs pieds n'est que fiction,
S'ils font d'un laboureur : la révolution !

Tu pleures, cher poète, et ton regard en vain (*)
Ne peut lancer un pleur effarant ton chagrin.
Je pleure donc pour toi la France divisée,
A de terribles chocs se trouvant exposée,

(*) On sait que le grand poète était devenu aveugle en ses dernières années.

Je pleure encore pour toi nombre de ses enfants
Dont l'erreur et le mal sont parfois triomphants.
Je pleure ton héros se jetant dans l'abîme
Quand, pour lui, le bonheur rayonnait à la cîme.

   Juillet 1883.   Mme CARUEL.
                        Lauréat du dernier concours.

UN BOUQUET DES CHAMPS

A *Mademoiselle Marie Beautour.*

Quand je vois le roseau se courbant sous la brise
      Il me semble te voir ,
Aussi la fleur du jour en sa grâce indécise
      Je crois t'apercevoir.

Du fier coquelicot, la belliqueuse image
      Illustre comme un roi,
Le plus beau de nos champs veut régner sans partage
      Sur les fleurs et sur toi.

Le bleuet radieux sous sa tendre corolle
      Réflétant son azur,
Fait briller sur ton front la divine auréole
      Du saphir le plus pur.

La blanche Marguerite aimable en son emblème,
      Sous son col de satin,
Murmure en s'effeuillant : Sais-tu bien que l'on t'aime
      C'est l'arrêt du destin.

ENVOI

Que ce bouquet mignon te donne ô ma charmante
      Avenir de bonheur,
Ton nom brille ô Marie et qu'une étoile aimante
      Se reflète en ton cœur.

   1er septembre 1883.   Mme CARUEL.

LE JEUNE CAPTIF

Laissez-moi fuir !.. Sous ces voûtes funèbres,
Il n'est qu'affreux silence, il n'est qu'ennuis, ténèbres;
Ce lugubre séjour me fait frémir d'effroi.
    Nul chant ne réjouit ma lyre,
Mon génie est glacé, ma vie est un martyre ;
    Cet air est trop pesant pour moi.

Un rayon de soleil, insultante ironie,
Fait luire la paroi de longs sillons verdie.
    Me raille à travers les barreaux.
Je vois rouges de sang, tous ces noms de victimes,
Sans doute, comme moi, sans remords et sans crimes,
Cadavres entassés au charnier des bourreaux.

Laissez-moi fuir ! J'aime, ainsi que l'abeille,
A voir l'été montrer sa brillante corbeille,
A voir des blonds guérets onduler les trésors,
Enivré des senteurs qu'exhale la campagne,
    Je veux errer du bois à la montagne,
Je veux chanter ! Ma lyre à de touchants accords.

    Oh ! j'ai l'âme crédule et tendre.
    A mon cœur tout se fait entendre.
Un visage de femme, un mot de mes amis,
Mon âge, sur mon front, tel qu'un ciel pur rayonne,
Un parfum de bonheur sans cesse m'environne...
    Non, non ! maintenant je gémis.

    Pourquoi vouloir que mes années
Soient, comme l'amandier, en leur éclat fanées,
Et qu'avant leur hiver blanchissent mes cheveux !
D'un froid mortel, mon corps entier frissonne,
    Tout, même l'espoir, m'abandonne..
    Pourquoi m'empêcher d'être heureux !

O charmants souvenirs, comme rit la nature !
Le ruisseau vagabond, au sein de la verdure,
Se promène à pas lents, joyeux de serpenter ;
L'insecte ailé, brillant de teintes assorties,
Prend son léger essor au-dessus des prairies,
Et courtise les fleurs, sans longtemps s'arrêter.

Ruisseau, que se plait à te dire
La longue demoiselle, aérien navire,
Le nuage flottant de ta face emporté ?
Que dit la brise, en son essor volage,
    Au rameau vêtu de feuillage ?
Nuage, insecte, vent, tout redit : liberté !

Moi, je ne verrai plus la rive enchanteresse
Où le printemps sourit, éternelle jeunesse,
Où la rose et zéphir se font de doux aveux,
Où le rossignol parle, en strophes amoureuses,
    A ces yeux d'or, prunelles lumineuses,
Sur le monde endormi veillant du haut des cieux.

    Cessons, cessons, ô pensée inquiète,
D'explorer ces coteaux, ces champs que je regrette !
    J'ai perdu tout ce que j'aimais,
L'espace et le soleil, et la verdure et l'onde ;
Des merveilleux présents de la terre féconde
    Plus rien n'est à moi désormais.

    A vous, beaux jours, à vous, belle nature,
    Monts buissonneux, flots au léger murmure,
Et mes derniers baisers et mon dernier soupir.
    Adieu monde, aux célestes charmes ;
    Ah ! reçois ces dernières larmes,
Je le pressens, je vais bientôt mourir.

Mourir ! Pourtant riante était ma vie.
Nourri de ton miel pur, divine poésie,

Je rêvais le bonheur, je rêvais gloire, amour !
Mais la prison, tombeau qui vivants nous enferme,
Est une nuit sans fin, un sol où rien ne germe,
Et c'est pour l'échafaud que l'on revoit le jour.

A. DUBORD.

RINGOIS LE BOURGEOIS D'ABBEVILLE

A Monsieur et Madame de Mons de Hédicourt

Fidélis * .

Pauvre oublié de l'histoire,
Ma muse veut te chanter,
Rends féconde ma mémoire,
Et des cieux viens m'inspirer **

« C'était, ô mes amis, en ces jours si funestes
Où le roi Jean le Bon pleurait sa liberté,
Noble et trop doux captif dont la voix et les gestes
Avaient troublé l'Anglais en son cœur irrité.

« De Brétigny *** fatal nous subissions l'injure :
L'étendard étranger aux longs plis orgueilleux
Flottait sur notre ville, où son ombre parjure
Glaçait mon cœur d'effroi, me rendait soucieux.

---

* Nous devons mentionner que cette noble devise donnée par le roi Charles V à la ville d'Abbeville n'est due qu'à la fidélité et à la reconnaissance de nos concitoyens à la mémoire de notre illustre compatriote Ringois, dont la mort tragique souleva la population à secouer le joug anglais en faveur de la France, ce qui ne fut peut être pas arrivé sans cet événement,
** Nous laissons ici à Ringois le soin de raconter son existence, selon ce qui nous a été inspiré en lisant quelques notes sur notre illustre concitoyen.
*** Traité fameux par lequel le roi Jean, prisonnier des Anglais, abandonne avec trois millions d'écus d'or pour sa rançon, ses droits sur l'Aquitaine, les comtés d'Angoulême, de Ponthieu, Calais, etc., (1360).

« J'aimais le roi de France en mon âme sincère,
Et j'avais écouté le soir quand tout s'endort
Ce sourd gémissement qui semble une prière
A l'oreille fidèle éprise de la mort.

« Je me plaignais tout bas du sénéchal servile
Qui venait d'annoncer que Jean le prisonnier
Mourait loin du pays dans un vulgaire asile,
Victime d'un serment qu'il ne put oublier.

« Je cherchais en mon cœur une cause secrète
Pour secouer ce joug qu'il me fallait subir,
Et je n'osais me dire en mon âme inquiète
Que le malheur des miens réclamait un martyr.

« Pourtant, je le savais, l'histoire à chaque page
Nous retrace les noms de ces cœurs généreux
Qui laissent noblement la consolante image
D'avoir bravé la mort en guerriers glorieux.

« Bientôt je m'en souviens, arrachant nos franchises
L'Anglais nous méprisa, je voulus me montrer.
Le premier sur la brèche et foulant les assises
Qui cachaient l'ennemi, je me mis à frapper.

« Spectacle affreux encore à mon âme indignée
Je vois ces fiers Bretons lâchement éperdus
Se jeter à mes pieds ; mais leur vie épargnée
Je n'étais point vainqueur, mes jours étaient perdus.

« Pâle et silencieux, je quittais cette enceinte
Où l'on m'avait promis, à regret, il est vrai,
De respecter nos droits ; ce n'était qu'une feinte,
Je courais à la mort, j'allais être livré.

« Entouré de la foule, acclamé de l'enfance,
Je disais à chacun : « Frères, protégeons-nous,
Car voici le moment, l'heure de la défense,
Il faut mourir ou vaincre et redoubler nos coups.

« Le combat recommence en cette sombre rue
Du parloir aux bourgeois * , violent et sanglant ;
L'Anglais reste le maître et la foule éperdue,
Me voit tomber, hélas ! sous la main du tyran.

« A cet instant suprême, un cri part de la foule.
On veut me délivrer par un nouveau combat ;
Mais, vains efforts, il faut, sous le flot qui me roule
Pour la gloire d'Edouard, un sinistre attentat.

« De mes concitoyens, l'objet de la tendresse,
On exige de moi, de mon autorité,
Pour un prince fameux un acte de faiblesse ;
Je refuse aussitôt toute fidélité.

«Aux pieds traînant ma chaîne, un soir, quittant la ville,
Je fus, par des archers, conduit loin du pays,
A Douvres prisonnier, pauvre enfant d'Abbeville,
Sous un triste donjon, je cachais mes soucis.

« Accablé du mépris des valets de roture
Je gémissais, grand Dieu ! sous le poids de mes fers,
Songeant aux lieux bénis qu'une ombre trop obscure
Dérobait à mes yeux voilés de pleurs amers.

« Oui, je pleurais souvent, car vers vous ma pensée
S'élançait chaque jour du fond de mon cachot,

---

*Au moyen-âge, le parloir aux bourgeois n'était autre
que ce que nous appelons aujourd'hui hôtel-de-ville ou maison
commune.

Et là, je vous voyais, en mon âme oppressée,
Souffrir un long tourment dont me parlait le flot.

« Oui, le flot m'apportait un soupir d'espérance,
Un murmure bien doux à mon cœur attristé
De vous savoir anglais, vous, les enfants de France,
Vous, dont le cœur souffrait de ma captivité.

« Vexé de ma constance, irrité d'un courage
Qui le bravait toujours, je riais de ses cris,
On me traîna joyeux et d'un mâle visage
Devant le gouverneur aux yeux non aguerris.

« Son visage était blême et sa voix saccadée,
Il ne pouvait parler et devant moi tremblait
Qui, l'œil ardent et fier et l'âme transportée
Attendait en silence un solennel arrêt.

« Soldats qui m'entourez, obéissez au maître,
A notre prince Edouard que cet homme rêveur
Dans un jour de folie a qualifié de traître,
Qu'il a voulu salir comme un lâche imposteur.

« Saisissez-vous de lui, suivez-moi tous, mes braves,
Que le soleil éclaire un cruel châtiment ;
Il faut qu'il se soumette en digne enfant d'esclaves,
Au prince il va jurer un fidèle serment.

On me pousse aussitôt vers la tour la plus haute
De ce triste château, battu par l'Océan
Où je devais, dit-on, expier une faute,
Un crime irrémissible, un propos insultant.

« Placé sur un créneau qui regardait la France,
Je priais le Seigneur de lui rester soumis,
De mourir dignement, saluant la vengeance
Qui chasserait l'Anglais du foyer des amis.

« Le ciel de ma patrie avait un beau sourire,
Il m'invitait gaîment à mépriser la mort ;
Et mon cœur respirant le parfum du zéphire
Aspirait ce trépas ; oui, j'enviais ce šort.

« Reconnaissez, manant, pour votre auguste maître
« Edouard que nous aimons, qui vous dicte ses lois.
« Edouard n'est qu'un perfide et je le tiens pour traître,
« Non, je ne reconnais, seul, que Jean de Valois.

« A ces mots, rugissant, le gouverneur ordonne
Que mon corps dans les flots soit jeté dès l'instant.
Il dit. Je tombe, enfin, et cueille une couronne,
Je mourais pour la France et restais son enfant. »

Ce trépas glorieux qui te coûta la vie,
Enfanta des héros, dont les fils aujourd'hui
Admirent ton courage, excitent leur envie,
Car pour toi, désormais, le jour de gloire a lui.

Bientôt, aux yeux de tous, ton image fidèle
Nous dira qu'en ces lieux un illustre français
Précédant une sainte * en sa gloire immortelle,
Nous ouvrit le chemin qui conduit aux Anglais.

Martyr de la patrie, ô règne sur nos âmes,
Embrase nos esprits de ce doux sentiment
Qui jaillissait, jadis en d'éternelles flammes
De ton cœur consumé par l'amour tout-puissant.

L'amour de la patrie, à ce mot tout s'incline ;
Le cœur frémit joyeux, mais plein d'un triste orgueil
Songeant à ces doux champs ** où le tyran domine.
Chacun se dit tout bas : « Nos frères sont en deuil.»

---

* Jeanne d'Arc.
** Les champs de l'Alsace et de la Lorraine dont la perte
est si douloureuse à tout cœur français.

Quand sonnera pour nous l'heure de la revanche,
A l'ombre du drapeau, devenu glorieux,
A toi nous penserons, et tout cœur qui s'épanche
A ton nom vénéré regardera les cieux.

EUGÈNE LEFRANC.

L'IDÉE DE DIEU

Dieu ! voilà ce grand nom que la nature entière
Dans ces riches présents nous fait glorifier :
Dieu ! c'est l'être infini qui forma de poussière
Le corps de ces mortels dont la pensée altière,
     Va jusqu'à le nier.

C'est celui qui, d'un mot, fit jaillir la lumière,
Débrouilla d'un regard le chaos indompté,
Et d'un divin baiser animant la matière
Lui donna la pensée et la fit héritière
     De l'immortalité.

Mais le dieu que j'adore, est un Dieu de clémence,
Un dieu qui dans les cœurs ne veut que de l'amour,
Qui, lorsque, ses enfants blasphèment sa puissance,
Laisse tomber sur eux un regard d'indulgence
     De son divin séjour.

Non, Dieu ne trône pas sur la nuée en flamme,
Ce n'est pas son regard qui lance les éclairs,
C'est un dieu de bonté qui, consolant notre âme.
Verse sur nos douleurs un céleste dictame ;
     Qui, dans tout l'univers

Fait retentir la voix de sa miséricorde,
Et dans le cœur de l'homme a mis le mot : *pardon* !

Oh ! comment exprimer à ce dieu de concorde,
Cet ineffable amour qui de mon cœur déborde,
        Quand j'admire ce don !

                        LÉOPOLD GARRAUD.

LA BRANCHE DE GENET

Aux senteurs parfumant l'espace,
Petite branche de genêt,
Qui t'inclines lorsque je passe,
Sans te voir l'on te reconnaît.

Le zéphyr a sur ta corolle
Déposé son plus frais baiser,
Et l'insecte, en sa course folle,
Sur ta feuille vient se poser.

Le soleil a sur tes clochettes
Versé ses rayons les plus doux,
Et du ton d'or de tes fleurettes
L'or lui-même devient jaloux.

Dans ton calice va l'abeille
D'une autre fleur fuyant le fiel,
Comme en une pleine corbeille,
Puiser le plus pur de son miel.

A te cueillir si tout m'invite
Quoique heureuse d'un tel festin,
Ma main se retire bien vite
Devant l'abeille et son butin.

Malgré les baisers de la brise,
Malgré les rayons du soleil

Ici-bas tout passe et se brise,
Tout s'endort du dernier sommeil.

Comme le lis, comme la rose
Tu pourras te dire en partant :
« — Je fus utile à quelque chose ».
Combien n'en peuvent dire autant !

(*Eure*)   EMILE MAHEUT.

A UN AMANDIER

Le triste hiver durait encore,
A peine un timide zéphyr
Des beaux jours si lents à venir
Nous annonçait de loin l'aurore ;

Quand je t'ai vu, pâle amandier,
Déployant ta douce verdure,
Solliciter de la nature
L'honneur de fleurir le premier.

Tu fleuris : rien n'osait éclore ;
Levant seul un front couronné,
Tu te crus le plus fortuné
Des fils de Pomone et de Flore.

Pauvre amandier, ta vaine erreur
Ne fut pas de longue durée :
Hélas ! un souffle de Borée,
Emporta tes fruits à ta fleur.

Comme toi, ma folle imprudence
A trahi mes plus tendres vœux :
Trop tôt je voulus être heureux,
Et perdis pour toujours Hortense.

                    POSIÈRE CHARLES.

DIALOGUE

LE VISITEUR ET LA REINE

LA REINE

Dans mon pays, crois-moi, la femme laide ou belle
Se repose à toute heure et sans cesse est fidèle,
Le bruit de vos canons ne l'éveillerait pas,
Elle dort insensible aux querelles guerrières
Elle entend cependant les brunes bayadères,
      Et se lève aux bruits de leurs pas.

LE VISITEUR

Dormir est tout son bien et c'est tout ce qu'elle aime,
Et ne bougerait pas pour un roi de Bohême,
Qui viendrait se coucher à ses splendides flancs,
Mais si Bayard le grand était encore en vie,
La voyant si dormeuse et pourtant si jolie,
      Que lui dirait ce preux des Francs?

LA REINE

Les soupirs de son âme et sa brûlante haleine,
Et son corps palpitant, soit d'amour ou de haine,
Aurait beau frissonner à ses tendres côtés,
Elle serait de marbre ainsi que son épée
Quand un jour il défit une vaillante armée
      Et prit d'assaut treize cités.

LE VISITEUR

Mais la croix qu'il portait tu ne m'en parles guère,
La croix qui tant de fois a subjugué ta mère,
Joyau de grand éclat, emblème de nos preux,
Ta mère l'a porté, fière comme une reine
Et malgré ce bijou se trouvait sur l'arène,
      Et de son dard frappait ses dieux.

LA REINE

Ces dieux les ai-je vus mais quelle hardiesse,
Me traiter d'idolâtre et de fausse prêtresse,
Je n'admets pas cela, mais ma fidélité,
Et si jamais un Franc heurtait ma libre couche,
Ces mots beaucoup trop doux sortiraient de ma bouche :
　　　J'ai frappé pour ma liberté.

LE VISITEUR

Je ne suis pas venu visiter tes rivages,
Pour violer tes droits et ruiner tes plages,
D'un joug trop lourd pour toi je veux te décharger,
Et lié par l'amour avant de te connaître,
Un ami comme moi ne change pas en maître,
　　　Et n'est jamais un étranger.

LA REINE

Si ton amour est vrai bientôt la brune femme,
Te donnera le sien et sa vie et son âme ;
Ainsi que le soleil est l'ami du printemps
Dis-moi le connais-tu ce vrai Dieu de la terre,
Et si tout comme lui tu brises le tonnerre,
　　　Sans la foudre des conquérants.

LE VISITEUR

Va ! ne te gêne pas, sois libre en ton langage,
La liberté des Francs est partout en usage,
Et l'amour, je le sens, a pris place en ton cœur,
Aime-le, brune femme, il a pour lui la force,
Des traits comme les miens et sa brûlante amorce
　　　Fait de moi ton libérateur.

LA REINE

Libre, et de mon pays je suis seule la reine,
Ici l'homme jamais ne combat sur l'arène,
« Et toi que me veux-tu ? Toi qui sur l'univers

Passes sans cesse, passe aux lueurs de la poudre
Tu voudrais aujourd'hui. que je veuille t'absoudre,
    En te voyant forger mes fers.

LE VISITEUR

Tu te trompes, enfant, ce nom je puis le dire,
Tu portes la couronne, un sceptre, et ton empire
Est loin du ciel fameux dont tu vantes les rois,
Aborde sans danger notre géographie
Elle te montrera l'éternelle patrie,
    Où le soleil ne ment jamais.

LA REINE

Le nôtre le vois-tu toujours prêt à bien faire ?
Qui ne brille jamais sur le champ de la guerre,
Vois-tu pas qu'il s'arrête, il écoute, il entend,
Adoucis ton langage et surtout sois moins sombre,
Car bientôt pauvre humain dans le styx où tout sombre,
    Tu ne passeras pas vivant.

LE VISITEUR

Mensongère est ta foi, ton culte est effroyable,
L'amour qui me conduit n'est jamais implacable,
Il rit dans ses efforts et dans sa liberté,
Et la loi du soleil que ton ardeur réclame,
Eclaire mon pays et réjouit notre âme,
    En nous montrant la vérité.

Tu ne te plaindras plus, ah ! du moins je l'espère,
Moi qui depuis dix ans veux combler le cratère,
Où tu tombes par pouce au fond de cet oubli,
Je viens pour te porter à la hauteur du sage,
Te montrer un sol libre et non un sol sauvage,
    Voilà pourquoi je suis ici.

Vois ! les flots sont des flots et la lame plus douce,
D'un bond connu des mers s'arrête sans secousse,
Maîtresse de ses lois que rien ne peut changer,
Mais la terre où tu vis, où la mine est ta mère,
Renferme des rubis, de l'or, à les extraire,
       Avec toi puis-je m'engager !

Laisse-moi te parler et veuille bien m'entendre,
L'école que j'enseigne est facile à comprendre,
C'est le livre du sage et celui du progrès,
Lis-le, lis-le souvent et son juste langage,
En montre les bienfaits, et le nom d'âge en âge
       Portera celui d'un Français.

LA REINE

Je ne sais plus que dire, eh ! dis-moi fils de France,
De t'aimer tendrement quelle est la récompense ?
Quelle sera ma gloire et ma vie et mon nom ?
Est-ce un temple d'amour offert à ma tendresse
Par l'heureux inconnu, mais dis-moi ton adresse
       Es-tu le fils du Parthénon ?

LE VISITEUR

Mon nom je dois le dire à celle que j'adore,
A celle à qui je montre une nouvelle aurore,
A qui je viens offrir le doux nom de Brazza,
En retour pour ce nom mon immortelle amie,
Unira son pays à la grande patrie
       Qui ne connaît pas d'errata.

              EMMANUEL DELBAUVE, père.

LES DEUX CHEVAUX DE PEINE

Chargés dès le matin, d'énormes blocs de pierre
Ils traînent le chariot, butant sur les cailloux,

Tremblant sur leurs jarrets, soulevant la poussière
Epaisse de la route autour de leurs genoux.

L'un est vieux, l'autre est jeune. Or quand de sa lanière
Le charretier bourru frappe le vieux de coups,
Le jeune tend la tête, hérisse la crinière,
Hennit et ses yeux noirs s'enflamment de courroux ;

Et si son compagnon est plus que de coutume
Eatigué, si son mors est tout neigeux d'écume,
Il donne un coup d'épaule encor plus vigoureux.

Puis le soir, ramenés enfin à l'écurie,
Sur la couche de paille en maints endroits pourrie,
Toujours l'un près de l'autre ils s'étendent tous deux.

LÉON DE LA MORINERIE,

L'ÉCHO DU REPENTIR

A ..... pour .....

Si ce n'était la foi qui palpite en mon âme,
Si ce n'était l'espoir, qui sèche tout de pleurs,
Ecrasé par le poids des terribles douleurs
Mes yeux n'auraient jamais revu la sainte flamme
Qui sauve, en s'attachant comme un lierre aux malheurs.

Ton soleil radieux, Seigneur, dans un nuage
Avait dissimulé ses rayons bienfaisants,
La voix des transgressions, celle des médisants
Etouffait ma prière et le vent de l'orage
Semblait répercuter tes dix commandements.

Sombres nuits! Tristes jours! Heures inénarrables!
Qui comptiez mes sanglots au cadran des soupirs,
Vous, qui cueillez la fleur céleste des martyrs,
Arrosez de mes pleurs féconds, inaltérables,
Sur l'arbuste effeuillé, la fleur des repentirs.

Qu'importe de souffrir quand par la sainte crainte
On peut encor du ciel attendre le pardon ;
Si les pleurs sont amers dans l'abime profond,
Quand l'ange de son aile en efface l'empreinte,
Les larmes ont un baume au repentir fécond.

Qui reprendra ma foi, qui me fera parjure?
N'ai-je pas retrouvé ce que j'avais perdu ?
J'avais vendu mon âme... et Dieu, m'a répondu :
« Je te donne mon cœur, mets-le sur ta blessure »
Désormais qu'ai-je à craindre? En lui tout m'est rendu.

Ouvrez-vous, cieux d'azur, et toi montagne sainte
Sur tes flancs escarpés, fais que ma lourde croix
Puisse trouver Jésus, qui m'appelle, je crois,
Au sommet du Thabor, où sans la moindre plàinte
Comme le bon larron je puis ouïr sa voix.

Oh! Souvenirs pieux des jours de mon enfance
Revenus dans mon cœur! Demeurez-y toujours.
Comme à cet heureux temps soyez mes seuls amours
Pour qu'au flambeau sacré, jadis plein d'innocence
Se purifie hélas! l'automne de mes jours .

Mes Chéris ! ... disparus de ce monde éphémère,
Si vous vous souvenez des maux qu'on peut souffrir
Comme il doit vous tarder, de voir le ciel s'ouvrir
A l'ange des douleurs qui dans la coupe amère
Offre encor l'espérance à mon dernier soupir:

Puisse à l'écho du soir, mon ardente prière
S'unissant aux sanglots du dernier angélus,
Redire avec espoir : « Méâ-culpa Jésus ! »
Et me faire entr'ouvrir à mon heure dernière,
L'arche des rachetés par le Dieu des élus.

J. H. CASTELNAU

LA REINE DES GUEUX

Vous êtes laide à faire peur,
Je vous le dis avec courage ;
Et vous allez penser, je gage,
Que mon esprit est dans l'erreur.

Le vôtre est celui d'une bête
Qui veut toujours avoir raison.
Oh ! vous allez dire que non,
Et vouloir faire à votre tête.

Vous ne portez que des haillons,
Votre mine est toujours baissée,
Vous êtes seule et délaissée
Comme les pauvres Cendrillons.

Vous n'avez rien pour vous, ma chère,
Votre regard est douloureux,
Vous êtes la reine des gueux,
On vous appelle la misère !

EVARISTE CARRANCE.

15

LE COQ ET LA POULE

Que de gens sont peu discrets !
Et combien aussi gardent leurs secrets ?
Le chiffre en est petit, surtout dans notre monde
Où l'amitié n'a pas une place profonde.
Je n'en veux pour preuve à l'appui,
Que la fable qui suit : —
Une jeune poulette, accorte et sémillante,
Vivait seule au milieu d'une troupe brillante
De frères et de sœurs. Son plus grand désespoir
Etait de voir toujours, du matin jusqu'au soir,
Sans pudeur, sans pitié, méchantes et cruelles,
Ses sœurs se quereller, se becqueter entr'elles,
Se créant à l'envi d'innombrables tourments,
Que chacune prenait pour des amusements. —
Les coqs, de leur côté, orgueilleux, téméraires,
Redressant leurs ergots en fougueux adversaires,
Dénonçaient leur conquête, augmentaient leurs plaisirs
Qui n'était trop souvent que leurs plus grands désirs.
Ce déplaisant tableau la rendait soucieuse,
Aussi l'appelait-on : *La Belle Précieuse !* —
Un coq bien emplumé, jeune encor, mais songeur,
Résolut de toucher et de gagner son cœur.
Il va se pavanant, le regard plein d'ivresse,
S'approche doucement et, comme une caresse
Qui vient languissamment réchauffer tous les sens,
Flatter tous les désirs, en de tendres accents
Lui peint sa passion, le trouble de son âme,
Et, tout finalement, la demande pour femme. —
Si je cède à tes feux,
Dit la poule en baissant modestement les yeux,
Ton chant annoncera par tout notre village,
Que je ne suis pas sage. —
Le coq protesta, jura ses grands dieux,

Qu'il ne chanterait plus ici ni autres lieux.
Il fit tant et si bien, que la poule conquise
Abjura la vertu dont elle était éprise.
Ils fêtèrent sans bruit ce doux rapprochement
Et tous les deux heureux, s'aimèrent follement....
Il tint bien le serment qu'il fit en Coq fidèle,
Point ne chanta, c'est vrai ; — mais il battit de l'aile. —

A. BOUVET.

MARIE MADELEINE

Madeleine était pécheresse,
Et le démon la possédait ;
Ainsi que le serpent se dresse
Près d'elle un monstre se trouvait.
Elle souffrait de cette étreinte,
En gémissant incessamment,
Car son âme était déjà sainte
Et dominait son cœur aimant !

En errant, la pauvre alarmée,
Un jour rencontra le Seigneur ;
A sa vue elle fut charmée...
Et tombant aux pieds du Sauveur :
— Pitié ! pitié ! s'écria-t-elle,
Chassez loin de moi le démon !
Jésus ! Soyez ma foi nouvelle
Je veux adorer votre nom. —

Son repentir était sincère,
Elle se baignait dans les pleurs !
Jésus dit : « Au nom de mon père,
J'efface à jamais vos douleurs ! »

Depuis ce jour de délivrance,
Madeleine entrevit le ciel,
Jésus-Christ fut son espérance
Et son avenir éternel !

On la vit à la Croix divine
Pleurant le juste amèrement ;
Le lendemain son cœur devine
Qu'il ressuscite saintement ;
Elle quitte la Vierge mère
Et se précipite au tombeau :
Jésus ! dit-elle, oh ! peine amère !
Où donc est mon Jésus si beau ?

— « Ressuscité ! — répond un ange,
« En Galilée on le verra :
« Allez chanter grâce, louange !.. » —
Et Madeleine s'en alla.
— Où pourrai-je le reconnaître ?... —
Soudain elle entendit sa voix :
— Marie ! — O Jésus ! ô mon maître,
Je vous adore et je vous vois ! !

Vᵉ Mⁱᵉ PLOCQ DE BERTIER.

SONNET

D'un Dieu, maître de tout, j'adore la puissance
Et quand la foudre gronde, et peut anéantir
Rêves, gloires, fortune, en nous faisant sentir
Sa bonté, sa grandeur et sa magnificence.

Ne craignons pas la mort, partons l'âme joyeuse
A des feux éternels, on n'est pas condamné ;

Ici-bas, seul il est, ce démon incarné,
Qui souvent vient à nous, avec sa face hideuse.

Exempt de préjugés, de superstitions
Mon esprit fort léger, rit des préventions
Je suis heureux ainsi, certes plus d'un m'envie :

Aux amis malheureux, en leur disant adieu
Je prierai que bientôt, comme à moi, le bon Dieu
Délivre un passe-port, gaiement pour l'autre vie.

   Indre-et-Loire 1883.   Mlle VALENTINE SAGET.

LA MENDIANTE

A M. L. Hierle.

Sur une borne du chemin,
Les pieds nus, la robe en guenille,
Est assise une pauvre fille
A l'aumône tendant la main.

C'est une enfant : son regard doux
Exprime une telle détresse,
Que dans la main de la pauvresse
Tombent les pièces et les sous.

Elle s'en va, quand vient la nuit,
A certaine femme-vampire
Qui de coups souvent la déchire
De l'aumône porter le fruit.

On lui jette un morceau de pain
Si la recette est fructueuse,
Autrement sur la malheureuse
Injures et coups vont leur train.

Des doux yeux de la triste enfant
Une larme alors glisse, amère,
Elle songe à sa pauvre mère,
Comme on songe à qui nous défend.

Cette gueuse qui vous la bat
Avec une rage opiniâtre,
Cette sorcière est sa marâtre,
La femelle d'un scélérat.

Un jour, de son pire destin
La mendiante étant trop lasse,
A sa vie affreuse mit fin.

. . . .

Une autre, hélas ! a pris sa place.

GEORGES REBUFFAT.

JULITTE A TARSE

A Mademoiselle MM. des Etangs

Sur les bords dévastés de l'antique Cydnus,
Debout, se dresse encor celle qui fut Tarsus.
Là, jadis florissaient les écoles romaines.
Mais — ô gloire oubliée ! ô vanités humaines ! —
Tarse, où sont tes savants ? et ta vieille splendeur ?
Et ces fiers conquérants qui firent ta grandeur
En te faisant esclave ?... Ah ! plus haut est la gloire
Du conquérant des cœurs : plus pure est la mémoire
De ton illustre apôtre ! et si mon humble voix
N'ose point retracer ces sublimes exploits :
— O Dieu qu'annonçait Paul à la brillante Athènes,
Et qu'à Rome étonné il prêchait dans les chaînes !
Dans une faible femme et dans un frêle enfant

Tu n'apparais pas moins à mes yeux triomphant !

— Julitte, pour quel crime — ô toi l'illustre fille
Des vieux rois de l'Asie ! ô toi dont la famille
Règna sur ce pays ! — dis-moi pour quel forfait,
Devant ce tribunal t'amène ce préfet ?...
— Rappelant aux Romains les antiques guerrières,
Voudrais-tu ressaisir le sceptre de tes pères ?
Et, contre les Césars, aurais-tu conspiré ?...
— Non, puisque te parant d'un seul titre sacré,
Ta gloire et ton délit, tu dis : « Je suis chrétienne ! »
— Mais, bravant des faux dieux une impuissante haine,
As-tu brisé l'autel d'un peuple conquérant ?
— Non, non, Julitte est mère... et, deux fois s'exilant,
Jusqu'à Tarse elle a fui le cruel Alexandre.
Mais à trahir sa foi saurait-elle descendre ?...

— Pourquoi donc essayer, tyran, de l'attendrir
Sur sa propre infortune ? elle saura mourir !
Oubliant sa beauté, son rang et ses richesses,
Méprisant ta fureur et les vaines promesses :
Elle sourit au ciel au milieu des tourments !

— Mais, monstre, que fais-tu ? D'un enfant de trois ans
Ne peux-tu respecter les larmes innocentes ?
Tu tortures la mère... Ah ! de tes mains sanglantes,
Oses-tu caresser, souiller son fils chéri ?...
De la nature entends l'irrésistible cri :
Cyr te repousse... il lutte, et, bravant toute crainte,
Il dit : « Je suis chrétien ! » s'arrache à ton étreinte !..

O Dieu ! d'un saint orgueil, Julitte a tressailli !
Comme un tigre blessé, le barbare a rugi !
Il saisit cet enfant, et, d'un geste fébrile,
Il le brise à ses pieds comme un vase fragile !...

Un cri s'est échappé, profond et douloureux,
Des livres de la mère... elle a fermé les yeux...

— Non, ce n'est pas la mort qui te ravit ta proie :
Bourreau ! vois sur ses traits ce doux rayon de joie !
Oui, Julitte survit... Un songe radieux
Lui montre son enfant couronné dans les cieux !
— « Ah ! tes coups sont trop lents, barbare, te dit-elle,
— « Laisse-moi m'envoler vers mon fils qui m'appelle !
— « Dieu ! qui voulus cueillir une si tendre fleur,
« Et par un saint transport, consoler ma douleur,
« Réunis dans ton ciel, et place avec tes anges,
« Et la mère et le fils pour chanter tes louanges. »

Ainsi priait Julitte... et ce calme divin
Exaspérait encor le féroce tribun :
Instrument d'un triomphe auquel il ne peut croire,
En lui donnant la mort il double sa victoire !

AGNÈS CORNU.

ANTONIO ET ROGER

COURAGE ET AMITIÉ

Dans les temps malheureux, où la plage d'Afrique
Des prisonniers chrétiens voyait couler les pleurs,
Et pourtant refusait d'alléger leur douleur.
(Tant la soif d'un or vil rend l'âme tyrannique),
Deux matelots captifs gémissaient dans Alger,
L'un, enfant de l'Espagne et l'autre de la France ;
Nommer Antonio, son compagnon Roger,
C'est désigner ces cœurs unis par la souffrance....
Partageant en commun les plus rudes travaux,
Sans cesse ils rappelaient leurs parents, leur patrie,

Et dans ces doux objets de leur idolâtrie
Ils semblaient oublier la grandeur de leurs maux.
Ils n'osaient espérer de voir tomber leurs chaînes,
Mais puisant dans la Foi les nobles sentiments,
Ils se montraient souvent, comme terme à leurs peines,
Le séjour où la paix charme tous les moments.
Quel bonheur toutefois, si contre l'apparence
Ils devaient retrouver ce qui leur était cher !..
Et leurs larmes alors coulaient en abondance ;
Quand donc finirait-il cet esclavage amer ?

Au sein d'une montagne ils creusaient une route
Qui parait aux défauts d'un sinueux chemin.
Un jour, où méditant de changer son destin,
L'Espagnol confondu s'abandonnait au doute,
Tout à coup un éclair traversant son esprit,
Sur les flots de la mer il arrêta sa vue :
Roger, veux-tu revoir la liberté perdue,
Laissant bien loin de toi ce rivage proscrit
Seul, de cet Océan, invoque l'assistance.
Les lâches ne sauraient espérer son secours :
Avons-nous bien à cœur, d'obtenir son concours ?
Jetons-nous dans son sein avec pleine assurance.
Ah nos vœux sont trop purs, pour n'être pas comblés !
Cruelle illusion ! mes sens sont accablés !
Et pourtant, de Cadix jusque sur cette terre,
J'entends des cris perçants et mon cœur se resserre
Ne pouvant se résoudre à ma captivité,
Ma femme et mes enfants implorent l'héroïsme ;
Ou peut-être, lassés d'un aussi long mutisme,
Me jugent disparu dans mon adversité. »
L'Espagnol subissait cette image pénible
Chaque fois dans ce lieu qu'il était reconduit,
Et ne pouvant heurter un obstacle invincible,
A ronger sa douleur se regardait réduit.

Un jour avec transport pressant son camarade,
« Plongé dans l'horizon et bien loin de la rade,
Un vaisseau, lui dit-il, se découvre à mes yeux :
Ne crois pas qu'il aborde en ces funestes lieux :
Mais peut-il négliger de les bien reconnaître ».
Ne sois donc étonné, si tu le vois paraître,
Demain   près ces coteaux, au lever du soleil,
Explorant ce rivage et sans donner l'éveil.
Alors de ces hauteurs nous lançant dans l'abime,
Résolus de l'atteindre ou périr dans les flots ,
Ou, nous serons sauvés par un effort sublime,
Ou l'onde nous couvrant finira nos sanglots.
Tu m'approuves Roger ?»— « Fuis loin de ces parages,
Je porterai les fers avec moins de douleur ;
L'absence ne saurait t'effacer de mon cœur :
L'amitié faiblit-elle au milieu des orages...
Voudrais-tu toutefois me payer de retour ?
Délivré des liens, va trouver mon vieux père :
Si les traits du chagrin portent l'empreinte amère,
S'il gémissait songeant à cet affreux séjour,
S'il souffrait les rigueurs de la triste indigence,
Ah ton cœur me comprnd !» — « Te laisser dans ces lieux !
Y penses-tu, Royer? Sous le plus beau des cieux,
Quelle joie éprouver, privé de ta présence. »
« Mais qu'espérer de moi ? je ne connais point l'eau ? »
« Ne sais-je pas t'aimer ? l'amour rend tout possible ;
Ma ceinture soutient le plus pesant fardeau ;
Ah , pour toi seulement , serait-elle flexible ? »
« Abandonne de grâce un funeste dessein
A courir au trépas ne sois point trop enclin,
Si je m'attache à toi, je t'entraîne dans l'onde,
Ou bien, en t'épuisant , rends ta peine inféconde »
La délivrance approche et je pourrais faiblir ?
Quand tout semble sourire, ah n'excite mes plaintes,
Ne livre ton esprit à d'excessives craintes ;

Le calme de la nuit saura le rétablir.
Mais cessons de parler ; déjà l'on nous surveille ;
Que de lâches captifs n'entrevoient notre plan.
Augurons grand effet d'un généreux élan ;
Que chacun prêt à tout dès l'aube se réveille...

Le jour ne se leva sous un heureux aspect ;
On ne vint les chercher à l'heure présumée ;
Antonio craignait s'être rendu suspect ;
Le charme pour Roger s'en allait en fumée.
Il gardait son ami, mais navré de douleur,
Que devait-il penser d'une telle aventure ?
Son cœur lui répondit, cœur noble et sans mesure,
Et il s'apitoya sur ce nouveau malheur.
On ne vint que fort tard à leurs travaux les rendre,
Mais suivis de leur Maître il est aisé d'entendre ;
Qu'au lieu dans ce moment d'éprouver du plaisir
Seul l'éloquent regard exprimât leur désir.
Il s'éloigne le soir ; voici l'heure propice,
S'écrie Antonio, dont il faut profiter.
Le doute est-il permis sous un si bel auspice ?
Sur un retour pareil pourrions-nous recompter ?
Je crois déjà revivre au sein de ma patrie
En voyant le vaisseau plus rapproché qu'hier ;
J'abandonne mon cœur à la voix qui me crie :
Franchis, franchis ces eaux pour finir ton enfer !
Roger toujours résiste et les yeux pleins de larmes,
Aux pieds d'Antonio, tombe, éclate en sanglots,
Sur son plan malheureux exprime ses alarmes,
Et verse avec les pleurs de son amour les flots.
« Quoi pleurer, ô Roger, quand il faut du courage !
Quoi tu pourrais faiblir? Vois ce rocher profond,
Contre lui je me brise. Ah pèse l'avantage
De conserver tes jours en gardant un affront.
Il relève Roger, avec chaleur l'embrasse,

Et dans son âme imprime une nouvelle ardeur,
Le Français trouve beau que l'amour le surpasse ;
Il se sent subjugué par autant de grandeur.
L'Espagnol prend sa main, monte jusqu'au rocher,
Et s'élance avec lui dans la mer rugissante.
Ils tombent tous les deux fendant l'onde écumante
Dans le gouffre si craint de l'habile nocher.

Ils vont d'abord au fond, puis revoient la lumière.
Retenant le Français rebelle à ses efforts,
L'Espagnol résolu s'engage en la carrière
Et du vaisseau l'aspect anime ses transports.
L'intendant du navire observait un spectacle
Qui laissait les marins plongés dans la stupeur.
Un énorme poisson se dressant comme obstacle
Contre eux leur paraissait diriger sa fureur.
Bientôt un autre objet à ses yeux se présente ;
Il voit une chaloupe abandonner le port
Et poursuivre sans frein ce que dans son attente
Pour un monstre marin il avait pris d'abord,
Roger la voit venir et pour son ami tremble :
Il perdait sa vigueur. Aussitôt le laissant,
« Nous sommes poursuivis, pour ne périr ensemble.
Ah sauve-toi tout seul par un effort puissant ! »
A peine a-t-il parlé ! qu'il s'enfonce en l'abîme.
Au feu d'un beau transport, l'Espagnol se ranime,
Et plongeant au plus bas vers Roger en péril
L'atteint et disparaît dans un détour subtil...
L'esquif s'est arrêté, car ce fait le déroute,
Mais déjà du navire un canot détaché,
Pour sonder cet énigme, accélérait sa route.
Tandis qu'il poursuivait en vain le but cherché,
Une seconde fois la vague se remue,
Et laisse apercevoir deux hommes épuisés
Dont l'un soutenait l'autre et les membres brisés

Vers le canot qui vient à nager s'évertue.
Ils ont été compris ; on va les secourir ;
Dans leur accablement qu'ils ne perdent courage,
Et si prompt que l'éclair, se hâtant d'accourir,
De ses puissants ressorts tirant tout l'avantage,
L'esquif enfin les joint. D'une tremblante main
Antonio saisit un des bords de la barque :
Aussitôt retenu : « Je suis à mon déclin ;
Ayez soin de Roger ! » et il donne la marque
De l'homme que l'on voit privé de sentiment.
Roger s'évanouit, puis bientôt il respire
Mais pour lui quel réveil ; oh ! quel affreux moment,
Voyant qu'Antonio pas même ne soupire
Eprouvant dans son cœur le désespoir affreux
Sur le corps de l'ami notre Français se jette.
« Pouvait-il m'arriver un coup plus désastreux ?
Survivre à mon ami, non, non je ne l'accepte ! !
Quoi le récompenser en lui donnant la mort !
Pour se punir lui-même, il saisit une épée
Et veut en s'en perçant finir son triste sort.
Les marins l'arrêtant sur son âme agitée
Epuisent les moyens pour lui rendre l'espoir :
Ils prodiguent les soins ; mais malgré leur constance,
Ne voyant le succès couronner leur vouloir
« Ah laissez-moi mourir, pour moi plus d'espérance ! »

Non, tu ne mourras point ! déplorons les moments
Où l'esprit désolé ne voit pas la lumière :
Il peut alors tomber dans les égarements,
Mais le calme le rend à sa vertu première.
Devant un corps sans vie, ah faut-il s'étonner,
Que la douleur exhale une telle amertume,
Si Roger dans l'épreuve a pu s'abandonner,
Que de sa force, ô Dieu, nul homme ne présume.
Que peut l'homme en effet, privé de votre appui ?

Ne cessez un instant de jeter l'œil sur lui !
Et quand tout est perdu, réduit à l'impuissance,.
Daignez plutôt, Seigneur montrer votre clémence !..

En face d'un trépas qui leur paraît certain,
Fondant leur seul espoir en la bonté divine,
Les marins à genoux se prosternent soudain,
Roger voit leur ferveur, et plus calme il s'incline,
Son âme vers le Christ prend un sublime essor :
Pleurant d'avoir manqué de cette confiance
Que dans les noirs instants conserve l'assurance,
Elle exhale l'amour pour sauver son trésor.
O merveilleux effet de là pure prière ! !
Roger sent aussitôt son cœur tout plein d'espoir
Et soudain un soupir après la crise amère
Lui fit du fils de Dieu sentir tout le pouvoir...
L'Espagnol ouvre l'œil, sortant d'un autre monde.
Cet œil trop faible encor pour supporter le jour,
Plus fort sensiblement par l'élan de l'amour,
Tombe sur le français dans sa flamme profonde.
Roger à ce regard sent palpiter son cœur ;
Dans le sein de l'ami déverse sa tendresse :
Celui-ci le serrant dans la vive allégresse
« Je t'ai sauvé Roger, prends part à mon bonheur ! »

    19 *Octobre* 1883.   EDMOND BESSE.

Cette histoire est tirée d'un ouvrage intitulé : La *Morale en
action*, qui se vend encore chez les bouquinistes, lequel ouvrage
la donne pour vraie.

PRÉFACE

Pour commencer un livre il faut une préface
Indiquant le chemin que son auteur se trace ;

Pour ce charmant recueil me chargeant de ce soin ;
Deux vers me suffiront, sans les chercher bien loin :

Poëte ou prosateur, que chacun ici mette
Ce qui peut à l'instant ..... lui passer par la tête !

HENRI CANTEL

Le Caire, Novembre 1883,

LA CHARITÉ

A Monsieur et Madame Vivier

Je me souviens qu'enfant, ma bonne mère,
Sur ses genoux me faisait prier Dieu ;
Et pure alors s'élevait ma prière
Comme l'encens monté dans le saint lieu ;
Elle disait : mon petit enfant, prie
Pour l'indigent, qui souvent meurt de faim,
Pour l'exilé, qui pleure sa patrie,
Pour le captif et le pauvre orphelin.
Et je priai plein d'une foi sincère,
Car je croyais en un Dieu bienfaisant.
Mais grandissant, j'ai vu que la misère
Etait le sort de l'homme indépendant ;
Aussi pour moi, n'est plus de providence,
Le hasard seul est le maître ici-bas.
Et bien souvent la moindre circonstance,
Vers le bonheur ou le malheur, mon pas
Peut diriger ; donc maintenant je donne
Au malheureux sans asile et sans pain,
A l'orphelin que chacun abandonne,
Au prisonnier qui gémit sous l'airain ;

La charité vaut mieux que la prière,
Car seule au monde elle sèche les pleurs ;
Frères, donnons, pour qu'elle soit sur terre,
Le doux lien qui cimente les cœurs !

Donnez aussi, riches, un jour peut-être
Le mendiant las d'attendre sa part,
De tous vos liens pourrait se rendre maître,
Et comme aux rois, vous dire : il est trop tard !

Léopold Doliget.

MON ÉPITAPHE

Ici gît Doliget, deux parts fit de sa vie,
Dont l'une à dessiner, l'autre à faire des vers...
Dans la première, artiste il fut, et sans envie
Aurait passé ses jours, s'il n'eût eu pour travers
D'aimer dans la seconde à cultiver les Muses.
Par l'une il fut heureux, par l'autre malheureux,
Et lorsque vint la mort, sans feintises, ni ruses,
Lecteur il la reçut comme un bienfait des cieux.

Léopold Doliget.

LE MARCHÉ D'ARRAS ET LES PIGEONS DE LA PLACE

Arras, sur ton marché, sur ta place splendide,

Arras, dans le Pas-de-Calais, a un commerce très-important de grains, grand nombre de personnes y ont un emploi honorable et lucratif.

C'est un tableau charmant de voir parmi tout ce monde uné foule de pigeons familiers, venir becqueter les grains répandus sur la place, et ensuite, retourner à leurs nids.

Ton commerce sagace, intelligent préside ,
Quel spectacle enchanteur a ton activité !
Nous admirons toujours de quelle agilité
Du portefaix le pas ; même quand le jour baisse,
Fend la foule en courant ; il passe avec adresse
Entre les rangs pressés des bons cultivateurs,
De nos riches marchands, de nos loyaux bouteurs ,
On le croirait appris au vrai pas gymnastique ,
Cet art qui nous rend fort par sa sage pratique ;
Quelle ardeur, quel entrain, quelle franche gaîté
Parmi les travailleurs de ma chère cité.

On dirait une ruche où d'actives abeilles
S'agitent bourdonnant sans trève à nos oreilles,
C'est une mine d'or, où tous les Artésiens
Peuvent de leur fortune accroître encore les biens.
L'étranger spectateur de ces marchés rapides,
Vante nos ouvriers, déchargeurs intrépides
Qui, dans une minute ont si vite élevé
Ces piles de lourds sacs encombrant le pavé.
Quand les épis dorés promettent l'abondance ,
Le cœur des grainetiers est rempli d'espérance,
La moisson ! ... n'est-ce pas leur légitime gain,
La moisson !.. n'est-ce pas pour leurs enfants du pain !
C'est le rayon qui brille aux yeux des balayeuses
Que le soir trouve encor toujours laborieuses.

II
LES BEAUX PIGEONS DE LA PLACE

Nos pigeons ont leur part après le laboureur,
Ils viennent tous glaner auprès du mesureur,
Puis, on les voit partir dans la riche campagne,
Au-delà des remparts, fiers de leur liberté,
Traversant l'infini selon leur volonté.
« Admirons un pigeon et sa belle compagne,

16

Près d'un arbre touffu, comme deux amoureux,
L'un à côté de l'autre ils demeurent tous deux,
Ils semblent radieux, ils regardent sans cesse,
Attentifs à tout bruit, veillant avec tendresse
Deux charmants pigeonnaux espiègles, vrais lutins,
Voletant follement au-dessus des jardins,
Comme les papillons, comme la fraîche brise,
Aussi capricieux ils viennent à leur guise
Rider le clair ruisseau qui fuit paisiblement,
Frôler le liseron qui s'ouvre doucement,
Se percher sur le toit d'une pauvre chaumière,
Ou bien, du grand chemin picorer la poussière,
Ecoutant des oiseaux les joyeux gazouillis,
Ils vont ainsi partout sans effroi, sans soucis,
Ne possèdent-ils pas l'affection sincère,
Veillant toujours sur eux, d'un père et d'une mère !
Quand sur tout l'horizon s'étend un voile noir,
Quand le soleil nous quitte à l'approche du soir,
Délaissant les buissons, le grand air, la verdure,
Les blés jaunis, les bois, le ruisseau qui murmure,
Les suaves concerts des merles, des oiseaux ;
En troupe s'unissant, pigeons et pigeonnaux
Retournent à leurs nids, contents de leur voyage ;
Je les vois tous passer, plus vite qu'un nuage,
Qu'ils sont gentils ! bleus, gris, ou d'un ton irisé,
Les autres bruns et blancs avec le bec rosé,
Ils ne s'occupent pas des arbres qui frissonnent,
Des zéphires bavards, des mouches qui bourdonnent,
Des regards curieux que lèvent les enfants
Qui, pour les suivre au vol ouvrent les yeux bien grands,
Rien ne peut les distraire, ils planent dans l'espace,
Les pigeons sont pressés de revoir la grand'place
Avec ses blancs pignons et ses vastes toits gris,
Cette place d'Arras toujours hospitalière,
Qui garde leurs doux nids, qui leur est familière,
Qu'ils ne peuvent quitter, car, c'est leur vrai pays.

III

MORALITÉ

Ainsi nous sommes tous, aimant notre patrie !
Notre toit paternel, ou calme, est notre vie. ...
Ce noble sentiment nous dicte un grand devoir,
De servir le pays ! C'est en notre pouvoir,
L'un par son industrie augmente sa richesse,
Un autre par les arts fait rayonner sans cesse
De la France le nom estimé, respecté !
Nos valeureux soldats gardent sa loyauté !

A la voix du devoir levons-nous tous en France !
Ecoutons, palpitants, ce long cri d'espérance
Qui semble nous venir comme un souffle gaulois,
Du nord et du midi, de partout à la fois !
Nous pouvons coucourir à ce qui fait sa gloire,
La paix n'a-t-elle pas ses doux jours de victoire ?
Pour l'honneur du pays, amis, tous désormais,
De tout cœur travaillons sans nous lasser jamais !

27 Novembre 1883   JEANNE HENRY

ULTIMA SPES

Vers quels horizons purs monterait ma pensée ?
La foule, poursuivant la ronde des sabbats,
Murmure à mes côtés dans sa fougue insensée
    Des mots que je ne comprends pas.

Où tournerai-je encor mes regards d'espérance ?
De ses baisers de glace en ternissant mes jours
La Mort a sur mon front posé de la souffrance
    Le sceau livide pour toujours.

Et j'allais dire adieu, dans ma douleur stérile,
Aux biens qu'à la vertu le bonheur vient offrir
Lorsque dans ton amour comme un dernier asile
    J'ai trouvé la vie à chérir.

J'avais bien autrefois eu des songes de gloire ;
Mais cet éclat vanté sur un nom radieux
Comme un prestige vain, un hochet illusoire
    Aujourd'hui se montre à mes yeux.

La gloire sur nos fronts répandrait la tristesse ;
Quel génie en son vol porté vers l'Idéal,
Après avoir vidé la coupe enchanteresse,
    Au fond n'a pas trouvé le grain de fiel fatal ?

D'ailleurs, suivant de l'œil l'aigle que la tempête
Fait tournoyer dans l'air, brise sur un granit,
Dans le buisson caché la rustique fauvette
    Tranquille chante dans son nid.

Nous chanterons aussi dans notre solitude
Ayant pour seul asile un vert abri d'osier
Et pour thème éternel de notre ardente étude
    La traduction d'un baiser ;

Et pour nous accueillir dans ce charmant ouvrage
Un rayon indiscret du soleil tout en feu,
Qui semble nous jeter à travers le feuillage
    Un tendre sourire de Dieu.

ARTHUR ALBRE.

BOULE (ANDRÉ)

SONNET

A Monsieur Léon Dupré

Boule, singulier nom pour celui qui n'estime
Que le sonore en tout et le veut dans la rime ;

Mais pour moi qui prétends que l'art ennoblit l'or,
Je chante Boule ici car Boule vit encor.

Véritable Gaulois, simple enfant de ses œuvres,
N'ayant que le compas et rabot pour manœuvres,
Boule se fit un nom sans parchemins de rois,
Et sut être célèbre en travaillant le bois.

Louis XV disait : « Après moi le déluge, »
Lorsqu'il traitait le peuple en mouton de Panurge,
Louis estimait Boule et l'admirait souvent.

La fière Pompadour se gardait d'en médire,
Pas plus que Du Barry, car toutes deux sans rire,
Avaient dans leur boudoir Boule pour confident. *

    (*Algérie.*)   ADÈLE HAROT.

AJACCIO

Coquettement assise au bord du golfe aimé,
Ajaccio la belle, à la blanche toilette,
Sous l'oranger fleuri, sous le myrthe embaumé,
De verdure et de fleurs va couronner sa tête.

S'enivrant de parfums qui semblent l'encenser,
Joyeuse, elle s'étend au pied de la colline,
A l'ombre de bosquets où chaque oiseau léger
Vient égrener au vent sa romance divine:

Bien enchâssée au fond de son site adoré,
Cette perle des mers, émeraude gentille,

---

* Les secrétaires et commodes Boule, meubles de grand prix
laissés par ces dames, existent encore ; mais la Révolution Française a dispersé le tout un peu partout.

Aux chauds rayons du jour, sous un ciel azuré,
Jette au loin tout l'éclat qui sur elle scintille.

Pour jouir du tableau serpentez le chemin
Qui conduit au sommet de la verte colline :
— La ville est à vos pieds ; à l'horizon sans fin
Les flots vont se mêler à la voûte argentine.

— En face, devant vous, couverts de majesté
Nos monts poudrés de neige, à la tête blanchie,
Disent à l'étranger, avide de santé,
Les frimats qu'il a fuis, ses amours, sa patrie.

— Et sur l'onde mouvante, au sein du large port,
La mouette au repos se balance et se mire.
Tout est joie et parfums, harmonie et transport !
Adorable nature est-ce toi qui m'inspire ?....

Martin Canale.

ACTUALITÉ

Prodigue envers les uns, pour les autres, avare,
La nature en ses dons est quelquefois bizarre.
Qui croirait qu'au cerveau d'un simple cantonnier,
L'esprit le plus subtil va se réfugier ?
Le fait n'est pas nouveau : place de la Concorde,
C'en est un qui cria : « que l'on mouille la corde ! »
Et par ce procédé, l'obélisque orgueilleux,
A vu son front géant s'élever vers les cieux !
Mon héros d'aujourd'hui, pour un racleur de boue,
N'était pas sot non plus ; il faudra qu'on l'avoue,
Quand on verra plus loin avec quel à propos,
Il paya l'importun qui troublait son repos.

Le curé de B..., plus tôt qu'à l'ordinaire,
Quittait sa duègne, Reine, et son beau presbytère ;
Bravant sous son manteau les brouillards du matin,
A la gare prochaine allant prendre le train.
Il partait pour huit jours, flairer la capitale !
Croyant n'être point vu dès l'aube matinale,
Lorsqu'il fit la rencontre, au détour du chemin,
Du cantonnier Caillet : un vieux républicain !
En affectant un air de grande courtoisie,
Il lui dit, sur un ton frisant l'hypocrisie :
« J'espère avant la nuit que Paris me verra.
Avez-vous quelque chose à dire à Gambetta ? »
Pour répondre à ces mots qui sont à son adresse,
Courbé sur son outil, l'ouvrier se redresse !
« Oui, Monsieur ; vous direz à ce grand magistrat,
Qu'il sépare, au plus tôt, l'Eglise de l'Etat ! !
Honteux et tout penaud, notre homme à robe noire,
A pas précipités s'est enfui vers la gare,
En jurant sur la croix de son grand chapelet,
Désormais de ne plus chercher noise à Caillet !

EUGÈNE VALDAN.

RONDEAU REDOUBLÉ

A M. Ménage qui m'avait prêté le 1ᵉʳ volume des
œuvres de Scarron.

Papa Scarron, que vous m'avez fait lire,
Tout en parlant beaucoup de ses malheurs,
— Mais peu souvent sans évoquer le rire —
Est un de nos plus aimables rimeurs.

Si Rabelais brille dans la Satire,
— Oui puisqu'il est le premier des moqueurs —

Je mets au rang de ses imitateurs
Papa Scarron que vous m'avez fait lire.

S'il s'est moqué chastement des frondeurs,
Quand il tenait haute Dame ou Messire,
Différemment il savait se produire
Tout en parlant beaucoup de ses malheurs.

La d'Hautefort en a bien su quoi dire :
Scarron étant de ses admirateurs...
Il l'aceable de mille vers flatteurs...
Mais peu souvent sans évoquer le rire.

Hélas ! ainsi que tous les persifleurs,
S'il a chanté lestement sur sa lyre,
On le lui passe avant que d'en médire
Il est de nos plus aimables rimeurs.

D'autres ont-ils mieux fait dans l'art d'écrire ?
Je ne sais pas. — Mais des joyeux auteurs,
Combien ont ri de leurs propres douleurs
Comme riait de son affreux martyre
　　　　　　Papa Scarron ?
　　　　　　　　　　LOUIS LECACHEUR.

L'HIVER

Quand le grand vent des rivages glacés
Dans la forêt gémit dans la ramure,
Quand l'Aquilon dans la plaine murmure,
Petits oiseaux vos beaux jours sont passés. . . . .
Ils sont muets les échos de la plaine,
Qni m'apportaient vos joyeux chants d'amour;
Ils sont déserts les coteaux d'alentour
Où je rêvais à l'ombre d'un grand chène.

Le rossignol de ses plus doux accords
Ne charme plus les amoureux timides;
Le froid Borée en accourant du Nord
Glace d'effroi les fontaines limpides !
Adieu plaisir! adieu rêve enchanteur!
L'hiver jaloux vient en tarir la source.
Le blond Phébus trop rapide en sa course
A d'autres cieux va porter le bonheur. . . . . .
Petits enfants, entrez dans la chaumière,
Voyez la-bas la neige dans les bois,
De son linceul elle couvre la terre,
En se jouant elle blanchit les toits.
Rentrez, rentrez déjà la blanche neige
Sur le chemin cache vos petits pas;
Du froid hiver c'est le triste cortège,
Des malheureux souvent c'est le trépas !
Heureux du jour ! pitié pour les souffrances
Du pauvre enfant ralant sur un grabat, ·
La charité, s'il vous plait, pour l'enfance!
Pitié pour ceux que le malheur abat!

(Commercy) L. Lepage.

A LA STATUE DE M. THIERS A NANCY
Scène didactique inédit

(Non inultus premor)

I

Puisqu'aucun des mortels n'a fêté sa mémoire,
Ma Muse de vingt ans va chanter à sa gloire.
O toi, dont le granit et le bronze dorés
Par le soleil couchant, et de fleurs colorés,
Brillent comme un flambeau sur la place publique !

L'avenir quel qu'il soit : Empire ou République;
Ne profanera point ce monument royal ;
Toujours des Nancéiens le souvenir loyal
A jamais germera ; toujours comme cet ange   *
Sous sa grandeur courbés, ils diront la louange :
« O cher libérateur ! ô grand historien !
Orateur distingué : notre noble soutien
A l'heure très fatale, où d'une voix amie
Tu nous a su ravir à la serre ennemie !
Oh ! que jamais l'oubli, ce fils des ans vainqueurs
Dans un sombre avenir ne domine nos cœurs !

II

Il te manque pourtant, ô statue élevée,
Une beauté de plus que mon âme rêvée :
A ton front bien des ans, bien des siècles couchés,
A ton pied triomphant bien des lierres penchés.
Tu seras belle alors, quand, toujours calme et forte,
Tu pourras résister auprès de Nancy morte ;
Quand ces mauvais destins, jaloux de son haut rang,
N'auront pu te couvrir de noirceur ou de sang !

III

Oh ! Nancy, c'est la cité vierge ;
Nancy, c'est l'écho de Paris,
Où les arts comme auprès d'un cierge
Brillent tout frais, jamais taris.
Nancy, de l'humble foi l'empreinte :
Celle qui brisa son enceinte
Pour bâtir mainte église sainte.
Jadis guerrière, et maintenant
Ville ouvrière, où, sur sa lèvre,
Jamais la ferveur ne se sèvre ;
Qui court aux accents de Saint-Epvre,
Comme au tambour un régiment.

(*) Ange de bronze de la statue.

Ville assise sur la frontière
Dont on a dérobé la sœur *
Pour devenir une étrangère
Qui semble sourde à sa clameur.
Nancy, des bienfaits protectrice :
L'orphelin trouve une tutrice,
Et le savant trouve une lice
Jamais gens n'y sont superflus.
En joie, en deuil, même en souffrance,
Elle a toujours de l'espérance :
Quelle beauté perdrait la France
Lorsque Nancy ne serait plus !

Elle mourra pourtant, comme ici-bas les choses :
Tôt ! tard ! — comme il plaît au Seigneur ;
Dans la loi du très-haut ce ne sont que les roses
Qui font l'amour du moissonneur !

IV

Quand les ponts crouleront, que la Meurthe orpheline,
Pleurant comme une veuve au bas de la colline,
Partage avec sa sœur * ce qu'elle a dans son sein
De lugubre et d'amer, et que, comme un essaim,
Les roseaux flotteront par-dessus mille pierres ;
Alors les flots du temps de leurs mains familières
Asserreront cet ange à ton pied de granit,
Pour dévoiler le lierre en y posant un nid.
Il faut que dans les plis de ton manteau; la mousse
Abonde comme au chêne, et que l'herbe s'émousse
Aux pans de ce vieux bronze en tous temps vénéré :
Alors le voyageur en ces lieux attiré
Contemplera ton front serein et sans nuage ;
Dans tes œuvres, ô Thiers, qui n'auront changé d'âge,
Il lira, tout pensif, les exploits des aïeux,

(*) Metz.
(*) La Moselle.

Tandis que tout autour sera silencieux.
— Alors au pied poudreux de ces maisons superbes
Les troupeaux du pasteur bondiront dans les herbes,
Et tous ses sifflements feront sortir des murs
Les obliques hiboux aux cris aigus et durs,
Et son regard rêveur n'apercevra dans l'ombre
Que trois clochers plaintifs à l'aspect morne et sombre,
A travers quelques pans, comme entre des créneaux,
Que les ronces des bois, les herbes et les eaux ;
Tristes restes, hélas ! des races disparues,
Qui peupleront alors les pavés et les rues !
Mais comme monuments : Thiers, Stanislas, Drouot,
Dombasle, René deux et le graveur Callot.
—Soudain, comme en un rêve, il vous verra descendre,
Cheminer d'un pas lourd, fouler poussière et cendre,
Vous rassembler tous six sous quelques vieux remparts.
Fidèles au passé, vous parlerez des arts,
Des empires tombés après tant de victoires :
Tous dicteront à Thiers leurs exploits, leurs mémoires.
« Oh ! direz-vous, voyez ce que font les humains :
Tombeaux, chers souvenirs, chefs-d'œuvres de leurs mains
Monuments, d'où, la nuit, l'on entend un murmure,
Il n'a fallu pourtant aux sculpteurs Temps, Nature,
Pour les défigurer qu'environ deux mille ans :
La ruine aux tombeaux, le lierre aux monuments.
— Ah ! que tout serait beau, qu'on se l'idéalise,
Si le temps n'avait point frappé statue, église ;
Si l'on pouvait revoir, où dorment des oiseaux,
La pierre à jour sculptée, et si tous ces monceaux
Repoussaient ronce et lierre en formant un portique ;
Si la ville aux vingt tours, en vierge magnifique
Recultivait ses arts de l'Europe enviés !
Mais tous ces vieux débris, l'orgueil des temps passés,
Attestent que les ans, à la gloire insensibles,
Déchirent, sans pâlir, de leurs mains invincibles

Les monuments sacrés, les livres les plus beaux
Et ne laissent de tout que de tristes lambeaux ! »

V

D'abord tout est couvert de gloire
De tout ce que les peuples font.
Le monument perd sa mémoire,
Quand, dans un avenir profond,
L'esprit aperçoit qu'à sa base
Un filet de sang s'extravase,
Que la noirceur couvre son front.

Les peuples (c'est leur loi naive)
D'ériger sont trop empressés.
La révolution arrive,
Détruit ce qui, les temps passés,
Semblait d'une gloire éternelle :
Ils ont changé d'idée en elle ;
Maints monuments sont renversés.

Ah ! c'est que rien ne reste stable
Si ce n'est le cœur qui le fait :
L'opinion n'est point durable ;
Les préjugés ne sont qu'un fait *
Rapide comme un beau nuage ;
Ensuite arrive un grand orage
Qui rend ce peuple stupéfait !

Mais toi, tu rasteras pure de toute honte,
Sans crainte qu'un vieux crime un jour à toi ne monte.

VI

Quand de caducité de ton bronze l'aspect
Arrêtera soudain les vieillards par respect ;
Alors tu seras grande, achevée et sublime ;

(*) Evénement.

Quand autour de ton front, comme autour d'une cime,
Voleront des oiseaux en cercle grandissant
Et qu'à ton pied moussu s'assoira le passant !
Quelle sera ta gloire après deux mille années,
Quand calme sous le ciel, malgré les destinées,
Tu garderas, statue, encor cette candeur !
Quand au soir, dans les champs, les enfants du pasteur,
Te montrant de leur doigt, reluisante à la brune,
Diront d'un ton naïf : « voyez comme la lune
Dore cette colonne au milieu des débris.»
Le père répondra, plein d'accents attendris :
« C'est ainsi, mes enfants, que brille sur la terre
Tout ce qui reste pur et qui peut laisser faire
Les peuples, les destins, avec sécurité
Pour lui, le temps ajoute à la célébrité ! »

VII

Mon cœur, l'écho du peuple, entre en mon âme éclose
De voir dans l'avenir les couronnes qu'on pose
      Sur ton pied de granit.
Ce pied pur et sacré, dont je baise la marche ;
Où j'ai tout mon amour, comme à l'angle d'une arche
      L'hirondelle a son nid.

VIII

Quel que soit le trépas, ni ville, ni colonne
N'auront à l'avenir le sort de Babylone.
Tout passera, c'est vrai : tout nous cache un tombeau ;
Mais toujours le serpent, l'autour et le corbeau
Fuiront de ce qui dort dans la paix éternelle.
Nancy, vierge, jamais n'a vu commettre en elle
Les crimes des cités, villes aux carrefours,
Dont les pavés souillés frémissent des tambours.

Demeurez donc en paix, ô vous, ville et statue :
Elle, d'un grand renom, toi, d'honneur revêtue.

Attends les flots du temps avec sérénité ;
Ils n'attaqueront point la grande vérité.
Les ans n'ôteront point ta majesté pudique ;
Toujours à l'avenir le peuple véridique
Accourra tête-nue à ton bronze sacré.

— C'est ainsi que ma muse, en ton nom vénéré,
Chante un hymne en ce jour. Cependant quand mon âme,
Comme un encensoir d'or, laisse échapper sa flamme,
Je me souviens, hélas ! que je suis orphelin,
Redoutant l'avenir, pour moi, sombre lointain ;
Mais comme un fils pieux à son devoir fidèle,
Je me courbe, ô statue, à ta base éternelle !

(*Juin-juillet* 1883.)   A.-M.-Emile Heim,

professeur, (Meuse.)

LA MORT D'UN ENFANT

A Monsieur Chardon-Valada.

> Pauvre mère, ton fils est mort!
> Jean Reboul.

Déjà la sombre nuit atteignait à sa fin ;
Les premières clartés si faibles du matin
        Allaient luire par la fenêtre ;
Dans un berceau couché, sous un pâle flambeau,
Les mains et le visage aussi froids qu'un tombeau,
        Agonisait un petit être.

La pauvre mère en pleurs se tenait à genoux
Auprès de son enfant, dont l'œil tranquille et doux
        S'étonnait des pleurs de sa mère :
Il ne comprenait pas, naïf et tendre enfant,
De celle qui l'aimait le chagrin étouffant,
        La douleur, hélas ! trop amère !

On voyait dans la chambre et suspendue au mur,
Au milieu d'un nuage et d'argent et d'azur,
          Une figure de la Vierge ;
Et près de ce portrait, au-dessus du mourant,
Pour la Mère de Dieu, dont le pouvoir est grand,
          Se consumait un pieux cierge.

Et la mère priait toujours avec ardeur,
Constatant par moment la mortelle froideur
          De son enfant à l'agonie,
Regardant tristement son visage serein :
On eût dit que déjà ses yeux de chérubin
          Voyait la céleste patrie.

Se levant tout-à-coup pour embrasser son fils,
La mère au désespoir saisit un crucifix,
          Saint emblême de la souffrance !
Le plaça sur le cœur du jeune agonisant,
Le pressa sur la bouche et le front, en pensant
          Que cela rendrait l'espérance.

Puis elle s'écria dans un sombre transport :
« Mon Dieu ! vous infligez les rigueurs de la mort
          « A cette pauvre et jeune vie !
« Ayez pitié de moi ! Seigneur ! ayez pitié !...
« Il était de mes jours la plus douce moitié !....
          « Hélas ! me la voilà ravie !

« Ses jours se sont enfuis comme un jour de bonheur :
« Voilà deux ans à peine où l'amour du Seigneur
          « Donnait ce fils à ma tendresse !
« C'était mon premier né ; voilà que je le perds !
« C'était mon seul trésor ! c'était mon univers !
          « Et Dieu m'enlève cette ivresse !... »

Pendant qu'elle parlait la nuit noire avait fui ;
Au loin, à l'horizon, des lueurs avaient lui,
  Pâles, blanches, puis vives ;
L'aurore était venue avec sa teinte d'or,
Et déjà le soleil... ; mais l'enfant était mort,
  Au milieu de larmes plaintives.

EMILE THÉRON.

LE RENDEZ-VOUS

Sous le feuillage sombre
  Où l'ombre
Me couvre, bien longtemps
  J'attends.

J'attends... et le jour tombe !
  La tombe
Est notre rendez-vous
  A nous.

Doucement elle arrive ;
  La rive
Frissonne sous ses pas
  Là-bas.

L'astre d'or devant elle.
  Si belle,
Pâlit, et dans la nuit
  S'enfuit.

Son regard, qui m'inspire,
  Se mire
Dans l'Océan d'azur
  Si pur.

D'elle aussi, la brise
   Eprise,
Souffle en ses longs cheveux
   Soyeux.

La vierge sur ma tombe
   Succombe....
Je vois parmi les fleurs
   Ses pleurs.

Elle, entr'ouvrant ma bière
   De pierre,
Franchit de mon cercueil
   Le seuil ;

Et l'ange sur ma couche
   Se couche.
Que nous sommes heureux
   Tous deux !

     GEORGES MAILLON

Octobre 1883

VOYAGE

Dédié à Madame Marie G.

Oh ! l'admirable et beau voyage
Que nous pourrions faire tous deux !
— Partons, partons si tu le veux
Et traçons un joyeux sillage

Sur le *Fleuve Inclination.*
Nous sommes au *Pays de Tendre*
Et c'est là qu'il est doux d'entendre
Des propos d'adoration —

Nous ferons d'abord deux charmantes
Et courtes haltes aux endroits
Nommés encor, comme autrefois,
Jolis Vers, *Epîtres galantes*. —

Puis, sur l'autre rive, bientôt,
Nous trouverons d'heureux villages
Peu fréquentés par les volages :
C'est *Complaisance*, dont le mot

Plait et plaira toujours aux femmes,
Assiduités et *petits soins*,
Deux coquets et merveilleux coins
Propices aux épithalames.

Passons avec rapidité
Devant les hameaux misérables
Dont les noms maudits, exécrables
Sont l'*oubli*, la *Légèreté*.

Laissons le lac d'*Indifférence*
Qui montre au loin ses tristes eaux.
Où l'amoureux chant des oiseaux
Ne rompt jamais un lourd silence.

Fuyons le district d'*Abandon*,
Fuyons celui de *Perfidie*,
Soufflant à l'âme peu hardie
De vils conseils en faux-bourdon.

Mais laissons-nous en paix descendre
Le fleuve aimable dont le cours
Conduit aux fidèles amours,
Aux riantes cités de *Tendre* :

Tendre — *sur* — *Inclination*
D'abord, puis *Tendre-sur-Estime*,

Nous livreront, ô joie intime,
La céleste possession

Du réel bonheur de la vie.
Là, plus d'ennui, plus de chagrin,
Félicité complète enfin
Pour l'âme à jamais assouvie.

Oh ! viens, partons, si tu le veux,
Vers cet heureux et gai rivage :
Quel enivrant et beau voyage
Nous allons faire tous les deux !

                              Ri-Log.

LA FRANCE NE MEURT PAS

AIR DU DIEU DES BONNES GENS

Le nom de France a frappé mon oreille
Très jeune encor pour la première fois :
Un vieux soldat racontait à merveille
Des demi-dieux les valeureux exploits.
« La vieille garde, invincible à la guerre,
« Périt, dit-il, « sous de rudes climats !
« Que fera-t-on de la France, sa mère ?
        La France ne meurt pas.

L'aigle français, en déployant ses ailes,
Guidait les pas d'intrépides guerriers.
En le suivant, les légions fidèles
Au pas de course amassaient des lauriers.
Mais au sortir de la sanglante scène,
L'aigle, vainqueur des plus grands potentats,
Alla mourir au roc de Sainte-Hélène.
        La France ne meurt pas.

Pour compléter son œuvre si féconde,
Dieu décréta pour tous l'égalité.
Que de héros ont, pour sauver le monde,
En s'immolant, fondé la liberté.
Quatre-vingt-neuf a vu l'Europe entière
Mettre Paris à deux doigts du trépas.
La France encor est grande et noble et fière :
    La France ne meurt pas.

Tout pays a, suivant la loi commune,
Ses jours de gloire et ses jours de revers.
Quand Mirabeau montait à la tribune,
Sa voix puissante étonnait l'univers.
De Gambetta l'énergique éloquence
Faisait trembler de belliqueux états.
Gambetta mort, que deviendra la France ?
    La France ne meurt pas.

Peuples germains, champions des lumières,
Vers le progrès marchez avec succès,
De la science arborez les bannières :
Sur ce terrain, luttez, réussissez.
Abandonnez vos rêves de conquête,
Pour vous trop lourde est la charge d'Atlas.
Qu'un fol orgueil ne vous trouble la tête !
    La France ne meurt pas.

                    JEAN-JACQUES MENARD.

LES SOUHAITS

SONNET

Oh ! depuis que l'amour m'a blessé de ses traits,
Dès que je pense à toi mon tendre cœur soupire :
Je voudrais te revoir, ton image m'attire,
Et je cherche en mon sein, le plus beau des portraits

Je le mets sous mes yeux : contemplant tes attraits,
Je vois ton doux regard, ton séduisant sourire,
Tes beaux cheveux châtains, ton front que l'on admire,
Ta lèvre de corail et tes longs cils de jais !

Nous sommes séparés, que l'absence est cruelle,
Et dure trop. O temps ! agite donc ton aile :
Que mon cœur et le sien puissent se réunir !

Mes souhaits aujourd'hui sont des souhaits de flamme!
Maria ! sois heureuse et garde-moi ton âme,
Ton âme, ce trésor, qui doit m'appartenir.

   (16 *août* 1883.)   Zaïre Quillard.

PATRIA !

à M. *Evariste Carrance.*

Tout pour la patrie ! est un mot sublime
Qui fait vibrer l'âme et battre le cœur...
Il vous fait revivre et seul, il ranime
Celui qui croyait n'avoir plus d'ardeur.
Avec lui, sans peur, on franchit l'abîme...

Le vieillard qui voit, pour venger le crime,
Ses fils marcher droit contre l'oppresseur,
Se console et dit, calme et magnanime :
      Tout pour la patrie !...

Tant que tu vivras, ô noble maxime,
Notre beau drapeau flottera vainqueur...
Le soldat français veut gravir la cime
Et meurt s'il le faut, sans effroi ni peur.
Le drapeau lui dit ce mot bien intime :
      Tout pour la patrie ! ! ..

                   Julien Renard.

SI J'ÉTAIS POÈTE

Si j'avais le travers d'aimer la poésie,
De caresser souvent cette aimable folie,
D'écrire quelques vers sans nul rhythme boiteux,
Sans une folle rime, ou des hiatus honteux ;
Si j'avais d'un poète et le savoir et l'âme
Son tendre sentiment, et sa divine flamme
Je voudrais que l'on sût deviner sur mes traits
Le rayon de l'esprit, sous mes faibles attraits.

Il ne faut pas avoir le ton d'une sybille.
Un teint jaune, blafard, et tout rempli de bile ;
Toujours la mine sombre, avec deux grands yeux noirs,
Posant pour le tragique et les grands désespoirs,
Ni l'œil d'un bleu d'azur, empli d'un ennui vague
Qui, cherchant l'idéal, tout alangui divague,
Ni superbe Junon, aux épais cheveux roux,
Déclamant dans ses vers, sa force et son courroux.
Ne jamais posséder les affreuses lunettes
Ornant un nez couvert de teintes violettes.
Ni connaître la mode en aucune façon
Se souciant fort peu d'un vrai point d'Alençon.
Porter de vieux chapeaux, et des robes fripées,
Alliant les couleurs plus ou moins démodées.
Et n'avoir en un mot, ni grâce, ni beauté,
Ni le sourire empreint d'une grande bonté.
Non, si le ciel clément m'avait fait naître muse,
J'en aurais fais, je crois, une triste recluse.
J'aurais brûlé mes vers, sur l'autel de l'oubli
Plutôt que de subir un hommage poli.
Saluant le talent, mais riant de la femme.
Cachant sous sa laideur, un noble cœur de flamme.
Etre moins que jolie, adorer l'idéal,
Et n'avoir sur son front qu'un masque glacial,

Ce serait, je présume, une horrible souffrance
Sans jamais se bercer d'une douce espérance !

Le ciel devrait donner un visage charmant,
A la femme qui sait du cœur peindre un tourment ;
Redire de l'amour l'idéal et l'ivresse
Et chanter la douceur d'une vive tendresse,
On lui pardonnerait le défaut de ses vers,
Sa grâce, sa beauté, cacheraient ses travers.

Si jamais je ressens le besoin dans mon âme,
D'exhaler le trop plein d'une divine flamme !
J'irai à mon miroir regarder si mes yeux
N'ont pas un regard louche, et des cils chassieux ;
Si mon teint est trop pâle, et mon sourire triste,
Si l'on pourrait aimer, et la femme et l'artiste.
Mais si je suis aimée avec un saint amour,
Je chanterai sans crainte, un sonnet chaque jour ,
Car mes traits n'auront pas la laideur repoussante
Mais le charme infini, dévoilant l'âme aimante.

(*Bordeaux* 25 *novembre* 1883.)   Marie Ferdi.

HÉROIQUE FAIT D'ARMES D'UN CHASSEUR AU 12ᵉ LÉGER AU SIÈGE DE DANZIG (1807).

Dédié à **M.** *Edouard Wyts , capitaine de vaisseau*

On aime à rappeler un exploit héroïque
De quelque chef d'armée, ou bien la mort tragique
D'un prince vénéré portant un nom fameux.
Mais si c'est un troupier obscur, un pauvre gueux,
Simple fils de vilain, simple chair à mitraille,
Qui meurt avec éclat sur le champ de bataille,
Il passe inaperçu. Le pauvre caporal

A beau se distinguer plus que son général,
Enlever des canons et mourir à la peine,
Jeter sous les boulets, cent Prussiens à la Seine,
Se battre comme un vrai Coclès Horatius,
Prouver son dévoûment comme Décius Mus,
Sous les murs d'une Troie affronter un Achille,
Son nom reste caché ; sa valeur inutile.
Hélas ! La messagère insolente des dieux
Ne répandra jamais les faits d'armes d'un gueux.
Aujourd'hui cependant, en parcourant l'histoire,
Je vis avec plaisir qu'on y chantait la gloire
D'un bien simple soldat qui vous est étranger,
François Vallé, chasseur au 12ᵉ léger.

En mai 1807, nos troupes rassemblées
Sous Dantzig, de boulets par l'ennemi criblées,
Demandaient à grands cris un assaut furieux.
Des immenses talus se dressaient à leurs yeux,
Surmontés de pieux rangés en palissade.
Des câbles retenaient ces pieux menaçants
Qui devaient s'effondrer sur les assiégeants,
Dès que ces imprudents tenteraient l'escalade.
Nos soldats étaient près de se décourager
Quand vint François Vallé, du 12ᵉ léger.

Les canons vomissaient des feux épouvantables.
A travers les boulets, Vallé gagna le haut
Des funestes talus pour y couper les cables
Et jeter sur le sol les poutres redoutables,
Poignards de Damoclès, avant qu'on fît l'assaut.
Nos soldats purent voir l'horrible palissade,
S'abattre avec fracas sans causer de danger,
Sous les coups répétés d'un vaillant camarade,
François Vallé, chasseur au 12ᵉ léger.

Il avait accompli cet exploit magnifique
Quand un coup de fusil l'atteignit gravement ;

Mais Dieu qui rend justice au courage héroïque
Ne voulut pas qu'il fût blessé mortellement.
Oh ! vous tous, jeunes gens, notre chère espérance,
Vous serez appelés à défendre la France ;
Si vous perdez courage un jour, veuillez songer
A Vallé, le chasseur du 12ᵉ léger.

Imitons sans trembler ces fidèles esclaves
De notre vieux Drapeau que nous chérissons tant
Et que chacun de vous, Français, peuple de braves,
Sache affronter la mort, tomber en combattant.
Ce cher Drapeau vola de victoire en victoire,
Oh ! nous le défendrons à l'heure du danger,
L'œil fier et le front haut, nous rappelant la gloire
De Vallé, le chasseur au 12ᵉ léger !

    5 *octobre* 1883.   CHARLES RIBEYRE,
                                     Etudiant en droit

FIORELLINA D'ITALIA

J'aime l'Italienne au front pur et pensif,
Sa bouche de corail, son regard expressif.
Son front pâle encadré par des cheveux d'ébène,
Fait dire en la voyant : c'est la Bohémienne !

Ses cheveux sont tenus par un mouchoir grenat,
Qui seul donne à sa joue un reflet d'incarnat.
Puis, sur son cou bistré, de grosses perles blanches,
Formant un double rang, descendent sur ses manches.

Ses grands yeux noirs de jais embrasent sa pâleur ;
Elle ne sait qu'un chant triste et plein de douleur
Qui passe quelque fois du doute à l'espérance...
Reverra-t-elle un jour le beau ciel de Florence ?

Elle ne connaît pas Mendelssohn ni Mozart,
Ces grands noms d'autrefois ne sont point de son art,
Elle chante d'amour un refrain d'Italie,
Mais il est tout empreint de sa mélancolie.

Donnez, riches du monde aux pauvres du chemin ?
Aux petits mendiants qui vous tendent la main ?
Donnez, vous, dont la bourse aux plaisirs est facile
A ces petits chanteurs errant de ville en ville ?

HENRIETTE VALLUET.

LE JOUR DES MORTS

Le ciel est gris et sombre, il pleut, la feuille tombe,
Les cyprès seuls sont verts, la nature est en deuil ;
C'est le jour où de fleurs se pare chaque tombe,
C'est la fête des Morts gisant dans le cercueil.

Fête bien triste, autant que ce jour sans lumière,
Fête qui ne nous donne aucune joie au cœur,
Fête qui nous rappelle une sœur, une mère,
Un parent, un ami, couchés là, sous la pierre,
Triste fête qui fait renaître la douleur !

Quelle foule immense se presse
Aux abords du champ du repos !
Comme tout est rempli de deuil et de tristesse !
Combien dans cette foule on entend de sanglots !

Chaque tombe est ornée, à toutes les colonnes
Pendent des guirlandes de fleurs :
Ce ne sont que bouquets, ce ne sont que couronnes,
Et sur ces tombes que de pleurs !

Ici, c'est une enfant qu'accompagne sa mère
En longs habits de deuil, elles viennent pleurer
Elle, sur un époux, celle-là, sur un père
Que la mort depuis peu, vient de leur enlever.

Plus loin, c'est un tombeau simple : une pauvre mère
Prie, à genoux auprès d'une petite croix,
Pleurant sur son enfant et regardant la terre,
          Avec des sanglots dans la voix !

Là-bas, c'est un jeune homme avec une couronne ;
Il est triste, et l'on voit des larmes dans ses yeux,
Sur ses fleurs sont ces mots : « A ma mère si bonne. »
Il marche tout rêveur, ne semblant voir personne,
          Et pleure en regardant les cieux.

Il cherche du regard la demeure dernière
De celle qui l'avait aimé si tendrement.
Puis, s'arrêtant auprès d'un mausolée en pierre
Que de tous les côtés enlace un jeune lierre
Il pose sur la croix sa couronne en tremblant !

          Et s'agenouillant sur la terre,
Il pleure, et du destin cruel maudit les lois. —
Ses yeux semblent vouloir sonder ces murs de pierre
          Et leur redemander sa mère,
          Pour la voir encore une fois ! —

A côté, c'est encore un jeune homme qui pleure,
Il pleure sur sa sœur que la mort, avant l'heure,
A ravie à son cœur; et, d'une faible voix,
Il appelle ses sœurs, deux sœurs toutes petites
Qui, sans comprendre rien, cueillent les marguerites
          Qui poussent aux pieds de la croix..

Puis, la nuit arriva, nuit glaciale et sombre :
Les tombeaux prirent tous un aspect effrayant,
Auprès de chacun d'eux on eût pu voir une ombre
Venir baiser les fleurs et les bouquets sans nombre
Apportés en ce jour de fête,..
                              Et, s'enfuyant,

Au point du jour, cette ombre en soulevant la pierre,
S'enferma dans sa tombe, et rejoignit le corps
Inanimé, glacé, qui gisait dans la bière,

Non sans faire au Seigneur une longue prière
          Pour les vivants qui, sur la terre,
          Se souviennent encor des morts !...

                    ANTOINE SARUETTE.

LETTRE D'UN ECOLIER

Chère maman, comme je pleure
Depuis que je suis enfermé !
On se lève ici, de bonne heure,
Il fait froid, je suis enrhumé.
— Le maître est méchant et sévère,
Les devoirs sont longs, ennuyeux,
J'ai beau m'appliquer pour les faire,
Je suis puni ! — Petite mère,
Les vacances c'était bien mieux !!

Je languis ici, tout m'attriste,
Je songe à ma petite sœur
Que je ne vois plus ! Je suis triste,
C'en est donc fait de mon bonheur !
— J'étais si bien dans la famille !

Tu m'as mis dans une prison
Où le soleil jamais ne brille.
Petite mère ! Sois gentille !
Rappelle-moi dans la maison !

Va, je serai sage, bien sage,
Je ne désobéirai plus.
Pourquoi m'enfermer, à mon âge ?
N'ai-je pas dix ans révolus !
— Mais, je comprends que je te cause,
Chère mère, du déplaisir.
De mes pleurs tu connais la cause,
Tout, ici, vois-tu, n'est pas rose...
Je serai sage à l'avenir.

Antoine Sarutte.

C'EST LA MON DERNIER CHANT DU JOUR
à M. Evariste Carrance.

La plume est le plus beau des sceptres ;
Salut à vous qui le portez !
Salut, ô maître de nos maîtres !
Au rang des dieux, seul, vous montez !

La lyre est le vrai diadème,
Qu'un jour, l'Apollon souverain
De ses mains, replaçait lui-même,
Sur votre front calme et serein !

Voyez la claire transparence
Du ciel se refléter sur vous ;
Sur vous, Evariste Carrance,
Sans jamais rayonner sur nous !

C'est que vous êtes la lumière...
Que vous illuminez les cieux,

Vous qui portez haut la bannière
Que vous avez ravie aux dieux !

Des purs rayonnements de l'âme,
Vous êtes du grand ciel vermeil
L'immense et l'éternelle flamme,
Vous qui nous restez son soleil !

Moi, du ciel qui vous environne
Dans la céleste immensité,
Je vous donnerai la couronne
Au prix de l'immortalité !

Je vous offre autant du poëte,
Un cœur pur, débordant d'amour !...
— Gai rossignol, tendre fauvette ;
C'est là mon dernier chant du jour !

ACHILLE.

A MA CHÈRE PETITE AMIE ÉLOÏSE

Un jour tu m'apparus, semblable à l'espérance,
Ange consolateur, que Dieu nous a donné ;
Qui calme le chagrin, soulage la souffrance,
Et n'abandonne pas le triste infortuné !
Écoute, chère enfant, les conseils de ta mère,
Son plaisir le plus grand, est celui de t'aimer :
Partage ton amour entre elle et ton bon père,
Tu feras leur bonheur, tu sauras les charmer !

La République pleure et son âme est meurtrie,
Elle perd Gambetta, si cher à la patrie :
Elle avait mis en lui ses rêves d'avenir,
Il n'est plus, mais nos cœurs gardent son souvenir !

QUATRAIN

Quand une peine fuit, une autre au loin s'avance,
Le mortel vainement recherche le bonheur ;
Chaque jour il conserve une douce espérance,
Qui calme son chagrin, soulage sa douleur !

HIVER ET PRINTEMPS 1882-1883.

L'hiver était atteint de grave léthargie,
Voyant ce long sommeil, apparut le printemps ;
A son réveil l'hiver, montrant de l'énergie,
Lui dit : partez bien vite et revenez à temps !

Quand l'hymen projeté fait l'espoir de la vie
Il est doux de rêver et d'écouter son cœur ;
Il retrace l'amour de la route suivie,
Qui vous peint l'horizon de joie et de bonheur !

LES OISEAUX

Sous l'aile du printemps, procurant les désirs,
De l'amour, les oiseaux recherchent les plaisirs ;
Oubliant des frimas, la morose figure,
Sont heureux de revoir embellir la nature !

L'aquilon mugissait, une pauvre hirondelle,
Ses jeunes trop petits, pour voyager comme elle ;
A préféré souffrir le froid, les mauvais jours
Plutôt que de quitter le nid de ses amours !

Quand je ne serai plus, charmants petits oiseaux,
Moi qui vous apportais si bonne nourriture ;
Vous mangerez encor mais de mauvais morceaux,
Que vous verrez parfois, cherchant à l'aventure !

Au moment du bonheur, paraît l'hypocrisie,
Son air est souriant, son minois gracieux ;
Sous ce masque trompeur, on voit sa jalousie,
Lancer adroitement son fiel pernicieux !

LE MALHEUREUX.

Par un beau soir d'été, sous la voûte étoilée,
Causant avec mon âme alors si désolée ;
Je demandais à Dieu, les yeux mouillés de pleurs,
La fin de mes chagrins ainsi que mes douleurs !

Après avoir vidé la coupe du plaisir,
Parfois il reste encore au vieillard le désir ;
L'amour en souriant lui prêche l'abstinence,
Mais le désir persiste et reste en permanence !

ESTELLE

Ton minois est charmant, ta démarche est légère,
Tu captives les cœurs d'un regard de tes yeux ;
Ta tendresse est extrême et parfois passagère,
C'est un jour de soleil, d'un éclat radieux !

On vous serre la main, puis on vous calomnie,
Le mal est sans remède, il poursuit son chemin ;
Et l'on revoit l'auteur de cette vilenie
Venir recommencer ce trait le lendemain !

EDOUARD BOUDART.

PARTEZ ILLUSIONS

Chères illusions, ah ! quittez ce rivage,
Ces durs climats ne sont pas faits pour vous.
Toujours les sentiments sont dupes de l'image
    Qui disparait et s'éloigne de nous
        Comme un brillant mirage.

De vos rêves charmants entourant ma jeunesse
    Je crus souvent à la réalité,

Et quand votre sourire était plein de tendresse
   Il répandait sur mon cœur la gaîté,
      Jaloux de sa caresse.

Quand vous vintes ici suivies de l'espérance
   Vous conduisiez les jeux, les ris, l'amour.
De ces dieux inconstants je subis la puissance,
   Leur donnant tout, espérant le retour,
      Trouvant l'indifférence.

Je croyais, débutant, à toute chose juste ;
   Pour moi le droit seul demeurait sacré,
Et n'ayant pas subi les erreurs de l'injuste,
   De l'amour seul, je m'étais entouré,
      Comme un lierre à l'arbuste.

J'étais encore enfant, vous me parliez de gloire
   En me citant les hommes de renom,
J'écoutais vos discours gravés dans ma mémoire,
   En me disant : tu peux mêler ton nom
      Un jour à cette histoire.

Je vous trouvais partout ; dans le jour, la nuit sombre,
   A mon chevet le matin au réveil,
Ne me donnant jamais de ces bonheurs que l'ombre,
   Laissant les jours sans rayons de soleil,
      Perdus dans la pénombre.

Les soupirs, les regrets, se cachaient sous vos charmes,
   Car chaque fleur, d'un baiser se fanait.
Mon cœur désabusé se gonflait sous les larmes
   Quand chaque fois, l'une de vous partait,
      Le laissant en allarmes.

En brûlant votre encens, oui, notre âme se grise,
   Tous ces parfums recèlent des poisons,

Sur les ailes du temps, un souffle vient, vous brise,
    Eparpillant chères illusions,
        Vos restes dans la bise.

Mirages incertains, existence blasée,
    Oui désormais chassez les jours joyeux,
Je ne trouverai plus sur ma lyre brisée,
    Que des refrains attirant à mes yeux,
        Les pleurs de ma pensée.

Emportez avec vous ce songe téméraire
    Qui parle au cœur énivrant la raison,
Ce flambeau radieux, du printemps qu'il éclaire,
    Va désormais détourner le rayon
        De mes jours sans lumière.

Ah ! quand j'avais la foi qui parfume la vie,
    Je m'égarais dans de douces erreurs,
Mon âme dans ses bras doucement endormie
    Croyait trouver ses rêves dans les fleurs,
        Espérance ravie.

Ne vous arrêtez pas pour sonder cet abîme,
    Où peut sombrer, tout cœur, meurtri, brisé
N'ayant plus de désirs, l'avenir plus de cimes,
    Ayant souffert des choses du passé,
        Ne croit plus au sublime.

                COINTEPOIX DE BLAT.

EPITHALAME

Mademoiselle enfin va s'appeler Madame !
Le bonheur le plus grand fait palpiter son âme,
Car depuis très-longtemps elle attendait ce jour
Qui vient couronner son pur et tendre amour.

Mais cependant la crainte agite
Jusqu'au plus profond de son cœur ;
Ce n'est pas sans quelque terreur
Qu'elle voit arriver si vite
Ce jour qui fera dans la suite
Ou son bonheur ou son malheur.

　　La jeune fiancée,
　　Rêvant à l'avenir,
　　Laisse le souvenir
　　Emporter sa pensée

Et se prend à songer.... Légèrement porté
　　Un ange apparaît devant elle.
　　Sa tunique était blanche et blanche était son aile
Mais las, son bel œil bleu paraissait attristé
　　　Car c'était la virginité.

Et de sa douce voix : « Salut, ô jeune fille !
« Je veux te dire adieu , car l'étoile qui brille
« Dans la profonde nuit me dit qu'il faut partir,
« Elle m'indique l'heure où l'époux va venir.
« Nous allons nous quitter ! et pour jamais, dit-elle,
« Je fus pendant vingt ans ta compagne fidèle,
« Te gardant avec soin, évitant tout danger,
« Je te conservai pure ; et la fleur d'oranger,
« Dont ta mère, en suivant une antique coutume,
« De nouvelle épousée a paré le costume,
« N'est qu'un pâle reflet de cette majesté
« Dont tu resplendissais par la virginité !
« Et malgré ta beauté, les dons de la nature,
« C'est toujours moi qui fus ta plus belle parure.
« Mais l'amour t'a parlé... Ce sentiment nouveau
« Fit palpiter ton cœur ; il vint de son flambeau
« Pour effleurer l'éclat des lis de ton corsage !
« Il essayait sa force... Et pourtant tu fus sage.
« Malgré tous mes efforts, il va prendre son tour
« Mon règne va finir : je fuis devant l'amour.
« Adieu ! » De son aile rapide

L'ange aussitôt prit son essor,
Dans sa course il s'entend encor,
Appeler d'une voix timide...
C'en est fait. L'hymen triomphant
Avec amour s'avance ;
La jeune femme en leur présence
Tremble comme un enfant ;
Alors de l'épousée, il ôte la couronne
Et du lit nuptial il ouvre le rideau
Regardant avec son flambeau.
Jamais il ne souffre personne
Dans son empire, ou quelquefois
La sombre envie
A moins qu'il n'admette parfois
La jalousie.
.... Et l'innocence enfin jette ses derniers cris,
Mais à ses pleurs bientôt ont succédé les ris !

LOUIS GUIBERT, ROCQUECOURT.

LA MUSE DE L'HISTOIRE

Mon Dieu, qu'elle était belle, en sortant de tes mains,
Cette immortelle Muse, oracle des humains !
Ta volonté divine a formé sa mémoire,
Ta voix seule a créé la Muse de l'histoire.

Les aèdes religieux
Redisaient, à tous leurs disciples,
Les croyances de leurs aïeux,
Les combats et les chants multiples.

De cet être, à la fois, si grand
Et si petit... Noble chimère
Qui, seule, connaît sa misère...
Grand tout, en face du néant...

Chacun salua sans envie
La reine de l'antiquité :
Plus d'une belle âme ravie,
Prédit son immortalité !

La Muse, dans les jours de sa jeunesse heureuse,
A ses amants, dicta l'histoire merveilleuse
Des hommes primitifs, héros de l'âge d'or,
Qu'avec ravissement nous relisons encor.

Au comble de l'enthousiasme
De tous les peuples éclairés,
Livres d'Homère, œuvres d'Erasme,
Par la Muse, sont inspirés !

Que de batailles, que de guerres !
Que de récits tout palpitants !
Que de promesses légendaires,
Dans ce long espace de temps !

Puis vint l'âge viril : pleine d'expérience,
La Muse recueillie a commenté les faits...
A ses récit fameux, elle a joint l'éloquence :
Ses lignes sont pour nous de séduisants bienfaits.

Pour toi, Carrance, qu'elle inspire,
Elle a de magiques refrains :
Tu sais bien accorder ta lyre
Avec sa joie ou ses chagrins...

Celle qui plaît et qui nous charme,
Dans tous nos cœurs, a resplendi...
Elle éloigne la sombre allarme
Comme Phébus en son midi !

Honneur à cette Muse antique,
Toujours belle et pleine d'ardeur !

Salut au grand poème épique,
Dans son immuable splendeur !

Mᵐᵉ ARMANCE LIBAN-QUINARD,

Membre titulaire de l'Académie Mont-Réal.

TRINITÉ

Le bon nous vient toujours du vrai ;
Le beau, toujours, des deux, procède,
Et ce vrai bien qui nous obsède,
Toujours, du sage, est admiré !

POÉSIE

Le génie est vivace ; il brave le malheur :
Toujours un vrai poète à la force de vivre...
Il n'est pas de ceux-là que la faveur enivre,
Et le dédain des sots ne trouble pas son cœur.

INSPIRATION

Mystérieux génie, immortelle pensée,
Toi qui fais entrevoir un rayon du beau ciel,
Généreux viatique, incomparable miel,
Sur nos ames de feu, distille ta rosée !.

Ardennes.   Mᵐᵉ ARMANCE LIBAN-QUINARD.

AU ROI MARTYR

Ame du roi martyr, priez pour votre France !
Elle se meurt d'épuisement !

Demandez à celui qui guérit la souffrance
La fin de notre aveuglement.
Votre fils, ce Louis, qu'en ses courts temps prospères,
Vous aimiez de si grand amour,
A vu s'accumuler souffrances sur misères,
Jusqu'à son triste dernier jour.
Et ses enfants, beaux lis, devenus violettes
Au souffle chrétien du malheur,
Supportent, méconnus, leurs angoisses muettes.
Courbés devant le Sacré-Cœur !
Bien rares ! les français qui savent le comprendre :
C'est-là d'où viendra notre Roi !
Et tout autre moyen qu'on pourra vouloir prendre
N'aboutira qu'au désarroi.
Ame du roi martyr, en priant pour la France,
Priez pour vos petits enfants !
Puisse Dieu, dans sa sainte et divine clémence,
Nous donner à tous d'heureux ans !

(*Montpont*, 10 *novembre* 1883.)   F. E. Joyeux.

EFFETS DE LA GUERRE

A nos soldats français.

Vous n'avez jamais vu l'horreur d'une bataille,
Les canons, les boulets, le feu de la mitraille.
Vous n'avez jamais vu l'effet du champ d'honneur
Lorsque dans le combat, dans l'ardente fureur,
Des braves innocents poussés par la colère,
S'égorgent sans pitié pour l'honneur de la guerre,
On est glacé d'effroi cela vous fait frémir
De voir tous ces héros sachant vaincre ou mourir.
Pour décrire ces faits glorieux et terribles,
Cela ne se peut pas, ils sont indescriptibles.

Quand la lutte a fini, qu'on a cessé le feu,
Le vainqueur s'en va fier, satisfait de son jeu,
La victoire est à lui, la gloire et la conquête,
Ce triste souvenir lui semble un jour de fête,
Il porte fièrement ses armes, son drapeau,
La palme, les lauriers du spectacle nouveau,
Tandis que sur le sol gémissent les victimes.
L'ennemi furieux accomplit quelques crimes :
Ecoutez les sanglots de ces pauvres enfants;
Ils demandent leur grâce aux lâches combattants ;
Voyez ces pauvres morts qui mordent la poussière,
Ces malheureux blessés étendus sur la terre :
L'un appelle un ami, l'autre un frère, un parent,
Une mère chérie, une épouse, un enfant.
Dans ce cruel moment d'angoisse et de souffrance,
Chacun demande à Dieu sa divine assistance,
Heureux si quelqu'un vient soulager leur douleur ;
Mais très souvent, hélas ! ces martyrs de l'honneur,
Après avoir versé leur sang pour la patrie,
Ne trouvent pour tout bien qu'une lente agonie.
Demain les noirs corbeaux, les fauves du désert,
Viendront de ces soldats déchiqueter la chair.
Figurez-vous de voir d'ici ces pauvres êtres
Victimes de l'erreur des œuvres des grands maîtres.
Ces hommes vénérés, couronnés de bijoux,
Ne sont que trop souvent des fourbes, des jaloux,
Un caprice suffit, une simple bêtise,
Eveille leur fureur, alors quelle surprise !
Bientôt la nation apprend avec frayeur
Que chacun doit marcher contre l'envahisseur,
Qu'il faut venger le roi, l'empereur ou la reine,
Les armes à la main il faut frapper sans gêne,
Il faut tout égorger jusqu'au pauvre innocent,
Brûler, piller partout ; ce qu'il faut c'est du sang.
Disons à ces tyrans que s'ils veulent la guerre,

De marcher les premiers s'ils ne savent que faire,
Car ils n'ont pas ce droit : violer nos maisons,
Du sang de nos enfants arroser nos sillons,
Aller troubler la paix, au sein de nos campagnes,
De faire massacrer nos plus chères compagnes,
Enlever à l'épouse un époux adoré,
A des petits enfants un père bien-aimé.
Jésus-Christ, roi des rois, descendit sur la terre
Pour prêcher l'union, la paix, et non la guerre,
Il combattit le mal, renversa les tyrans
Et punit les ingrats, les fourbes, les méchants.
Il dit ces mots sacrés, que tout homme est un frère,
Que nul n'avait le droit d'imposer la misère.

MORALITÉ

Vous qui semez le deuil le trouble et la misère,
Hommes ambitieux qui n'aimez que la guerre,
S'il vous fallait marcher les premiers aux combats,
Vous trouveriez plus cher le sang de nos soldats.

Antoine Pépin,
Membre honoraire de la Société des poètes du Midi,
Rédacteur de la France littéraire, à Nice.

LES DOUZE BRAVES DE NUEIL

Souvenir des guerres de la Vendée

Air : le Passé, le Présent et l'Avenir

1er Couplet

Nueil était calme et tout plein d'espérance
Dans l'avenir et dans sa liberté.
On n'y rêvait que bonheur pour la France,
Amour, travail, paix et fraternité ;

---

*En 1794, Stofflet, à la tête de dix mille hommes arrivait à
Nueil. Douze habitants seulement montèrent dans le clocher à

Quand tout à coup partit ce cri d'alarme
« Les Vendéens » chacun donna l'éveil
En s'écriant : Vite, prenons les armes,
Ces brigands-là ne prendront jamais Nueil.

REFRAIN

Ici le nombre est inutile,
Ces braves sont des citoyens français,
Pour vaincre ils sont contre dix mille
Douze patriotes nueillais.

2me COUPLET

Du premier coup voulant tous les abattre,
Stofflet commande un « feu de peloton »
Dans le clocher on répond « feu de quatre »
En imitant et son geste et son ton.
Quatre ennemis au même instant succombent,
Autant vont suivre et partager leur sort.
A tous les coups de nouveaux brigands tombent,
Plus de six cents bientôt trouvent la mort.

REFRAIN

Ici le nombre... etc...

3me COUPLET

Les Vendéens vont dans leur barbarie,
Incendier les toits de toutes parts
La résistance excitant leur furie,

---

la hâte, en ayant soin, toutefois, de se munir de fusils et de poudre. Ils se défendirent bravement pendant vingt-quatre heures. A la fin, les Vendéens, craignant l'arrivée des troupes républicaines se retirèrent après avoir subi une perte d'environ six cents hommes.

Voici les noms de ces douze braves : Pilet de la Grise, les deux frères Charruau, les deux frères Gallard, Hervé, Gannerau, Louis Desnoues, Godineau, Hétreau, Nicolas Pilet alors maire, André Gaultier, Tous habiles tireurs.

Trois enfants les accompagnaient.

Ils vont tuer enfants, femmes, vieillards.
Nueil est en feu : la fumée et les flammes,
Gênent beaucoup nos braves défenseurs,
Qui cependant à côté de leurs femmes
Frappent tout droit au cœur des agresseurs.

REFRAIN

Ici le nombre., . etc...

4me COUPLET

Sous le drapeau que portaient haut ces braves
Réunissant leurs arrières enfants
Se pourrait-il qu'on trouvât des esclaves
Dans le pays de ces hommes vaillants.
Ils n'ont compté ni fatigues, ni peines,
Honorons-les ces illustres aïeux,
S'il coule encor de leur sang dans nos veines
Sachons toujours nous rendre dignes d'eux.

REFRAIN

Ici le nombre... etc...

JEAN GROLLEAU.

TOUT POUR LA FRANCE ET TOUT POUR VOUS

AIR : Mon âme à Dieu, mon cœur à toi.

I

Il a vingt ans et de sa mère,
Etienne est l'unique soutien.
Le canon gronde : c'est la guerre
Qui va prendre leur dernier bien.
Consolez-vous, mère chérie,
Dit-il en tombant à genoux.
Puis en l'embrassant il s'écrie :
Tout pour la France et tout pour vous.

II

Il part et refoulant les larmes,
Plein de courage et de douceur,
Il est généreux sous les armes
Quoique terrible à l'agresseur.
A sa voix pleine de tendresse
Les timides s'animent tous,
Et pour sa mère il dit sans cesse
Tout pour la France et tout pour vous.

III

Bravant le fer et la mitraille,
De tout combat il sort vainqueur,
Et c'est sur le champ de bataille
Que la croix s'attache à son cœur,
Et pourtant combien il déplore,
Le sang qui coule sous ses coups ! ...
Mère ! murmure-t-il encore,
Tout pour la France et tout pour vous.

IV

C'est l'hiver. Sans pain, sans lumière,
La pauvre femme en sanglotant,
Un soir dans son humble chaumière
S'affaisse pendant un instant,
Mais on lui soulève la tête :
Elle sent des baisers bien doux !
Son fils est là ! qui lui répète :
Tout pour la France et tout pour vous.

JEAN GROLLEAU.

LA MUSE DE L'HISTOIRE

A son front scintille une étoile
Eclat d'un passé glorieux ;

Le peintre a mis dessus la toile
Les hauts faits de nos fiers aïeux.

L'écrivain compose épopée ;
Le poëte, en ses doux accents
Scande et rime une mélopée
La musique a des sons puissants.

Français, la gloire est ta devise,
Tu l'as prouvé, vaincre ou mourir,
La politique nous divise
Patriotes il nous faut guérir.

La Fraternité mot magique
De tous côté gagne les cœurs
Du grand et du démagogique,
En Dieu les âmes sont des sœurs.

La charte du passé s'efface :
Edifiez Code nouveau ;
Mais respectez l'ancienne trace
Elle élève notre niveau.

De la guerre aimant les conquêtes,
Nous vaiquîmes fils de Saint-Louis ;
Hélas ! mais vinrent les défaites,
Les morts dans le sol enfouis.

Alors le sang bout dans les veines,
Le désespoir vient assaillir,
La vie est un râle en nos plaines,
Du cœur, des yeux, pleurs vont jaillir.

On songe à l'Alsace-Lorraine
Ravies à notre tendre amour.
Ma France ! oh mon pays, ma reine !
Qui doit les redonner un jour.

Allemagne, ton sein fermente,
Allons étudiants du Nord,
La liberté sublime Amante
A la frontière est tout au bord.

Le Rhin que chanta Lamartine
Peut devenir trait d'union ;
Bismarck en vain haineux s'obstine
Aimer, vaut mieux qu'aversion

Germanie, Italie et France
L'Angleterre et l'Espagne, un jour
Doivent unir joie et souffrance
En international amour.

Auteuil EUGÉNIE DELACOUR.

SONNET

Que cherchez-vous ? — La gloire ! — Et puis ? la gloire encore !
Je suis jeune et l'espoir fait palpiter mon cœur ;
Mes bras sont assez forts pour porter le bonheur.
N'apercevez-vous pas la merveilleuse aurore ?

— Hélas ! je ne vois plus que le passé moqueur !
Ami, je n'entends plus que votre voix sonore ;
Et sur cet avenir que votre esprit décore
Je ne vois s'élever que la sombre douleur !

Tout est faux — Je ne vois que souffrance et misère ;
L'ombre domine et croît ou régnait la lumière,
Toute gloire est fragile et tout espoir est vain.

La vérité n'est plus qu'un insolent mensonge,
La jeunesse se meurt sous le mal qui la ronge ;
Malheur à l'insensé qui croit au lendemain !

Juin 1883. EVARISTE CARRANCE.

CONTEMPLATION DE LA NATURE

La Prairie

Bois sombres et majestueux où le sapin élève sa tête superbe, où des chênes touffus répandent leur ombrage, et vous, fleuves, qui roulez vos eaux argentées entre des montagnes grisâtres, ce n'est point vous que je veux admirer aujourd'hui : C'est la verdure et l'émail des prés qui seront l'objet de mes contemplations.

Que de beautés s'offrent à mes regards, et qu'elles sont diversifiées ! Des milliers de végétaux, des millions de créatures vivantes ! Celles-ci volent de fleurs en fleurs, tandis que d'autres rampent et se traînent dans les sombres labyrinthes de l'herbe touffue, infiniment variées dans leur figure et dans leur beauté.

Tous ces insectes trouvent ici leur nourriture et leurs plaisirs, tous habitent avec nous sur cette terre ; tous, quelque méprisable qu'ils paraissent, sont parfaits, chacun dans son espèce.

Que ton murmure est doux, source limpide qui coule entre le cresson de fontaine, le trèfle et la luzerne, dont les fleurs purpurines ou bleues sont agitées par le mouvement de tes petites vagues ! Tes deux bords sont couverts d'une herbe épaisse entremêlée de fleurs, qui se courbent vers l'onde, y tracent leur image:

Je me penche actuellement et je regarde à travers cette forêt d'herbes ondoyantes : quel doux éclat le soleil répand sur les diverses nuances de vert ! Des plantes délicates s'entrelacent avec l'herbe et y mêlent leur tendre feuillage ; ou bien elles élèvent orgueilleusement leurs tiges au dessus de leurs compagnes et étalent des fleurs qui n'ont point de parfums ? tandis que l'humble violette croît sur d'arides collines, et répand autour d'elle les plus douces exhalaisons.

Des insectes ailés se poursuivent dans l'herbe : tantôt je les perds de vue au milieu de la verdure, tantôt j'en vois un essaim s'élancer dans les airs et se jouer aux rayons du soleil.

Quelle est cette fleur bigarrée qui se balance près du ruisseau ! que ses couleurs sont vives ! qu'elles sont belles ! je m'approche : quelle est mon erreur ! Un papillon s'envole et abandonne le brin d'herbe que son poids faisait fléchir.

Ailleurs, j'aperçois un insecte revêtu d'une cuirasse noire et orné de brillantes ailes ! il vient en bourdonnant se poser sur la campanule, dont la fleur embellit nos haies.

Quel autre bourdonnement viens-je d'entendre ? Pourquoi ces fleurs courbent-elles ainsi leurs têtes ? C'est un essaim de jeunes abeilles ; elles se sont envolées gaiement de leurs lointaines demeures pour se disperser dans les jardins et les prairies. A présent elles amassent le doux nectar des fleurs que bientôt elles iront porter dans leurs cellules.

Parmi elles, il n'est point de citoyenne oisive : elles volent de fleur en fleur, et en cherchant leur butin cachent leur tête velue dans le calice des fleurs, ou bien, elles pénètrent avec effort dans le sein de celles qui ne sont pas encore ouvertes, et qui se referment ensuite sur l'insecte. Là, sur le trèfle fleuri s'est posé un papillon : il agite ses ailes bigarrées ; il ajuste les plumes brillantes qui composent son aigrette, et semble fier de ses charmes. Beau papillon ! fais plier la fleur qui te sert de trône, et contemple ta riche parure dans le miroir des ondes. Alors tu seras l'image de cette jeune beauté s'admirant dans la glace qui réfléchit ses attraits ; ses vêtements sont moins beaux que ne le sont tes ailes, mais ses pensées sont aussi légères que toi.

Voyez le vermisseau courir sur le gazon : toutes les recherches du luxe, tout l'art humain ne pourrait imiter l'or verdâtre qui couvre ses ailes, où viennent se jouer toutes les couleurs de l'arc-en-ciel.

Oh ! que la nature est belle ! L'herbe et les fleurs croissent en abondance, les arbres sont couverts de feuillages, le doux zéphir nous caresse ; les troupeaux trouvent leur pâture, les tendres agneaux bêlent, s'ébattent et se réjouissent de leur existence. Des milliers de pointes vertes s'élèvent dans cette prairie, et à chaque pointe pend une goutte de rosée. Combien de primevères sont ici rassemblées ! Comme les feuilles s'agitent, et quelle harmonie dans les sons que le rossignol fait entendre ! Tout exprime la joie ; tout l'inspire ! Elle règne dans les vallons et sur les coteaux, sur les arbres et dans les bocages. Oh ! que la nature est belle ! oui, la nature est belle jusque dans ses moindres productions. Le plaisir jaillit de chaque source, s'exhale de chaque fleur, retentit dans chaque bocage. Heureux celui qui se plaît dans ces joies innocentes ! Son esprit est serein comme un beau jour d'été, ses affections sont douces et pures comme le parfum que les fleurs répandent autour de lui.

CHARLES POSIÈRE,
Chef de comptabilité. Diplômé.

AU PIANO

Dédié à Mesdemoiselles Clotilde W... et Justine N.

Ah ! le piano ! Voilà un instrument que j'adore ! Pourquoi puis-je le préférer au violon si doux, à la

clarinette si suave, à la petite flûte si mignonne ? Je
l'ignore presque. C'est peut-être parce que vous en
jouez, mes cousines, parce que c'est au piano que vous
déployez toutes vos grâces, et que j'ai le loisir d'admirer à la fois le piano et la pianiste.

Il n'est pas déplaisant en effet d'entendre un joli
morceau de M. Sellenick ou de M. Weber exécuté par
une gracieuse personne ; les charmes de la musicienne
ajoutent aux charmes de la musique ; cela est peut-être
bizarre, mais enfin cela est.

J'aime le piano parce que c'est un instrument de
famille, un meuble indispensable dans toute bonne
maison, un hôte qui réjouit pendant les longues soirées
d'hiver. Lorsqu'une mère reçoit du ciel le bonheur
d'avoir une fille, elle tient à honneur de lui procurer le
plustôt possible un professeur de piano. Et quelle félicité pour la chère femme, lorsque pour la première fois,
les doigts roses de son enfant peuvent se promener
sans hésitation sur les belles touches blanches du divin
instrûment ! Cette mère s'admire alors dans la personne de sa fille ; elle songe au temps ou c'était elle
qui débutait au piano ; elle revoit tout un passé de
jeunesse et de bonheur, et ne sort de sa rêverie que
lorsque son mari, un prosaïque plumitif, sort de son
bureau en criant : « Petite, cesse donc ces affreux tapotements ! » Oh ! alors, cette mère s'indigne ; c'est elle
qu'on accuse. c'est elle qu'on insulte ; sa fille joue bien,
très-bien. Sa fille a du talent. Et le pauvre mari, cédant
comme tant d'autres, à la pétulance de son irascible
épouse, rentre au bureau, forcé d'appeler « musique
suave » ce qu'il appelait « tapotements. »

Les mères sont toutes ainsi. Que M. Paul, toujours
galant, félicite Mademoiselle X... qui vient d'exécuter
un joli morceau de piano, la mère de Mademoiselle X..
paraît tout embarrassée, comme si c'était à elle, femme

naïve !.. que s'adressaient les éloges. Que M. Charles,
toujours en veine de discussions, adresse à Mademoiselle Clotilde certains reproches au sujet du jeu de ses
doigts sur les touches, la blâme d'avoir pris un do dièse
pour un do simple, la mère de Mademoiselle Clotilde
couvre M. Charles d'un regard plein de menaces.

Le talent de pianiste est donc aujourd'hui chez les
jeunes filles le signe d'une bonne éducation ; voilà
pourquoi les mères tiennent tant à rendre leurs filles
bonnes pianistes. C'est en apprenant le piano qu'une
demoiselle de bonne famille « tient son rang », et
« tenir son rang » est de nos jours, comme l'a dit M.
Assolant, une importante préoccupation.

C'est une opinion, qui est mienne, bien qu'elle ne
soit peut-être qu'un préjugé.

Oui, je dirai toujours aux jeunes filles : « au piano !
au piano ! » Les sons de ce cher instrument sont tantôt
un doux langage qui rappelle aux amants leurs promesses et les fait rêver, ravive dans un cœur un amour
qui allait s'éteindre ; tantôt un violent appel aux armes,
un cri de guerre patriotique, un cri de vengeance ;
leur éloquence est toujours pénétrante et persuasive.

Cher petit piano ! sois béni ! et qu'il me soit donné
de vous en entendre jouer longtemps encore, chères
cousines ! Si vous me refusez ce plaisir, ne comptez pas
sur mon indulgence. Tant que j'aurai le pouvoir de faire
vibrer mes cordes vocales, je vous crierai: « au piano !
au piano ! au piano ! »

CHARLES RIBEYRE,
étudiant en droit.

UNE DISPUTE DANS LES ENFERS
à propos du journal « Le Canard ». (1)

La scène se passe dans un des principaux secrétariats de la direction infernale.

LE PREMIER DIABLE

Encore un nouveau journal ! Quel drôle de nom il a !

LE DEUXIÈME DIABLE

J'ai lu son premier numéro, il promet d'être intéressant.

UN MOIS APRÈS.

. . . .

LE PREMIER DIABLE

Quel drôle de caractère qu'a ce garçon, il se fâche toujours pour des riens. C'est un vrai atrabilaire !

LE DEUXIÈME DIABLE

Tu m'ennuies !

LE PREMIER DIABLE

Tu devrais, au moins, comprendre quand tu ennuies les autres.

LE DEUXIÈME DIABLE

On voit bien que tu écris dans « le Canard » et que tes énigmes ne...

LE PREMIER DIABLE

Ne valent rien, n'est-ce pas ? Si dans la petite correspondance de leur journal, les rédacteurs me le disent carrément, ils ont ma foi bien raison. Pourquoi se gêner

_____

(*) Ce petit journal n'a vécu que quelques mois à Marseille.

et mettre des formes pour vous dire la vérité ? Pour une mauvaise charade dont tu es l'auteur et qui a parue dernièrement dans ce journal, ne dirait-on pas que tu es nommé directeur de la Presse.

LE DEUXIÈME DIABLE

Tous les rédacteurs de cette feuille hebdomadaire sont des sauteurs passablement impertinents.

LE PREMIER DIABLE

Comme tu les traites ces jeunes palmipèdes ! Tu serais bien heureux de grossir leur nombre afin de satisfaire ton gros orgueil. Ils ne peuvent pas dans tous les cas, être plus impertinent que toi.

LE DEUXIÈME DIABLE

Assez parlé ! assez ! mauvais canardier !

LE PREMIER DIABLE

Je te prie de me laisser la paix ou sinon je me fâcherai pour tout de bon.

LE DEUXIÈME DIABLE

Espèce de canard sauvage !

LE PREMIER DIABLE

Encore une fois, je te prie de me laisser la paix.

LE DEUXIÈME DIABLE

Crois-tu donc qu'un diable de ma trempe a peur de toi, un si mauvais diable !

LE PREMIER DIABLE

Je ne te demande pas l'âge que tu as et si la couche de bêtise est forte chez toi, vieux cerbère !

LE DEUXIÈME DIABLE

Je te prie de tenir tes distances. Plus de familiarité entre nous, car proverbialement parlant elle engendre le mépris et j'en ai déjà beaucoup pour toi. Pendant longtemps j'ai cru avoir affaire à un bon diable, mais je vois, un peu tard, que je me suis diablement trompé.

LE PREMIER DIABLE

Tu as parfaitement raison, chacun de nous tiendra son rang et fera à sa manière *son service* dans les flammes éternelles.

LE DEUXIÈME DIABLE

Tais-toi, tes faux raisonnements me donnent mal à la tête.

LE PREMIER DIABLE

Je crois qu'il n'y a pas que d'à présent que tu as mal à la tête.

LE DEUIXÈME DIABLE

En effet, car c'est depuis que je te fréquente vieille oie !

LE PREMIER DIABLE

Tais-toi te dis-je ! Si je m'y mets je t'envoie au diable en te faisant passer par la fenêtre.

LE DEUXIÈME DIABLE

Tu es une ca...

Ils s'empoignent, une vraie scène de pugilat a lieu. Tous les diables, diablesses, diablotins s'attroupent, on regarde les combattants, on cherche à deviner qui sera le vainqueur, car tous les deux ont une force de diable, lorsque par un hasard tout à fait diabolique, une forte averse fait fuir en même temps spectateurs et combattants.

Ainsi finit cette terrible dispute, qui menaça de diviser tous les diables et qui aura une belle page dans les annales « des Enfers »,

Marseille, le 10 novembre 1878.

FORTUNÉ REYNIER.

LA PETITE FONTAINE

L'historiette que voici est véridique. — Un père avait deux jeunes enfants ; un garçon de six ans et une jeune fille de quatre ans. Le frère et la sœur jouaient, folâtraient ensemble une après-midi, celle d'un jeudi, dans le petit jardin attenant à leur maison. Le père, lui, assis sous un gros figuier répandant beaucoup d'ombrage, se délectait d'un ouvrage de l'illustre Fénélon : « *de l'éducation des filles* » — A un moment donné, ne voyant plus les allées et venues, et n'entendant plus les éclats de voix bruyants de ses enfants, le père interrompit sa lecture et les chercha du regard. Mais que font-ils donc qu'ils sont si tranquilles, dit-il et il s'approcha doucement pour mieux les observer. Il n'aperçut d'abord que son fils ; quel petit mutin ! quel petit polisson ! s'écria-t-il subitement en colère, ne va-t-il pas maintenant pisser sur mes fleurs ! s'avançant toujours, oh ! par exemple ! sa colère se changea alors en surprise : on dirait que sa sœur a les mains mouillées, il n'y a cependant pas d'eau de ce côté ! Que faites-vous donc là enfants, leur dit-il en s'emparant vivement d'une oreille de son fils. — Papa, répondit ingénument la petite fille d'un air éveillé, je me lave les mains à *la petite fontaine* de mon frère. Tableau !!

Marseille, le 5 avril 1883.

FORTUNÉ REYNIER.

RONDEAU

Enseigne-moi l'amour, ô céleste beauté !
Dans un baiser de feu, dans un élan suprême ;
En pressant ton beau sein, ivre de volupté,
Je veux finir mes jours en te disant : je t'aime ;
Je veux mourir d'amour dans un rêve enchanté.

Viens, reine de mon cœur, fonder ta royauté,
Mignonne, orne ton front d'un brillant diadème,
Et ton cœur sur mon cœur, ô ravissant poème !
          Enseigne-moi l'amour !

Charmante et pure enfant, sois ma divinité ;
Ivres d'amour tous deux, résolvons le problème
Que depuis trop longtemps cherche l'humanité.
Oh ! oui, soyons heureux ! et Cupidon lui-même,
Le gentil Cupidon te dira transporté :
          Enseigne-moi l'amour !

(*Meuse*)   L. LEPAGE.

GRAND-PÈRE ET BÉBÉ

Bébé, se promenant
Un jour avec sa mère,
Aperçut son grand-père
A l'ombre reposant.
— « Pourquoi, mère chérie,
Mon grand-père toujours
Dort, lorsque j'étudie ;
Que père tous les jours
Travaille sans secours ?
Pourquoi que sans relâche
Vous travaillez aussi ?

Et chaque jour ainsi !
Seul, le grand-père ici
Ne remplit pas de tâche !
Pourquoi ce dos courbé,
Pourquoi, mère chérie !...
— « C'est que, monsieur bébé,
Blessé pour la patrie
Par ceux qu'il a vaincus,
Grand-père ne peut plus,
Si vieux, gagner sa vie.
Puis, cette croix d'honneur
Vous dit mieux que personne
Qu'elle fut sa valeur.
Ce repos qu'il se donne
Il l'a donc mérité :
Il a tant travaillé !
C'est pourquoi votre mère,
Ainsi que votre père
Travaillent maintenant
Pour parer au présent.
De plus, votre grand-père,
Courbé sur son bâton,
Est l'honneur de la France,
Et vous, bébé mignon,
En êtes l'espérance ! ! !

22 et 23 *juin* 1883.   Louis Guibert.

MÉDAILLE DE BRONZE

SONNET

Où vais-je te placer, ô petite médaille ?
Je t'aime tant mignonne et tu fais mon bonheur,
Oui ! j'aime en mon logis, ton souvenir qui vaille
Un *Eden* bien charmant pour loger ta grandeur.

Tu descends je le sais, de très haute mitraille ;
Le bronze est ton métal, — le canon plein d'ardeur
Tonne au loin, fait grand bruit, au fort de la bataille
Les tiens sont belliqueux. — Vous portez haut le cœur.

Tu me viens du midi triomphante en ta gloire,
Ton blason est si pur, qu'il te faut la victoire ;
Pour quitter ton ciel bleu, doux climat de Mignon.

Il te faut le pouvoir, en traversant la France,
De tracer plus brillant, le chemin d'espérance,
Qui sera pour ta sœur un séduisant rayon.

15 *juillet* 1883.   Mme CARUEL,
                                  Lauréat du dernier concours.

L'ENFANT ET LE PAPILLON

*A mon petit ami Georges Maljean, pour
la fête de sa mère.*

FABLE

Un papillon dès l'aurore
Butinant sur une fleur
Dit à Georges : je t'adore
Et je te donne mon cœur.

— Ton compliment est honnête
Répond l'enfant tout surpris,
De ma mère c'est la fête
Et moi je n'ai rien appris.

Souffle-moi les belles choses
Que tu retiens en passant ;
Près des fleurs et près des roses
Le soir en les embrassant.

— Pour une mère aussi bonne,
Dit l'insecte au vol léger ;
Il faudrait une couronne
Que tu ne saurais porter.

Attends ! j'ai trouvé je gage,
Mais bien haut j'ai dû choisir :
C'est le secret d'être sage
Que ta main ne peut saisir.

14 *août* 1883.   Mme CARUEL.
Lauréat.

MES SOUCIS ET M. BERNARDIN
SONNET

Oh ! chacun à son goût sur la machine ronde :
Dans mon parterre donc, environnant un if,
J'ai, de jaunes soucis, un élégant massif,
Qui n'a pas l'agrément de plaire à tout le monde.

Mon voisin, entre tous, en badinant me fronde ;
Mais moi je lui réponds de mon ton expressif :
Pourquoi donc mépriser mes soucis sans motif ?
Pourquoi contre eux, faut-il que l'on jase et l'on gronde ?

Or mes soucis sont beaux comme des Zinias ;
Mais, par entêtement, vous n'en conviendrez pas ;
Votre prévention, savez-vous ? est bien forte.

Mes soucis resteront, cher Monsieur Bernardin :
Bannis de ma maison je les place au jardin,
Et plutôt que de rire, agissez de la sorte.

16 *août* 1883.   ZAIRE QUILLART.

LA SOUFFRANCE

La souffrance est utile à l'homme dans la vie.
C'est un apprentissage où se forme le cœur ;
La mère du mérite et parfois du génie.
Elle ouvre la pensée, elle vous rend meilleur,
Vous fait apprécier le bonheur davantage,
Vous pousse à préférer la chose qu'on a peu
Il sert même à prouver à l'esprit qu'en tout âge
Il fut plus haut que nous et qu'il existe un Dieu !
Musset, n'eût pas été, peut être, un grand poète
S'il n'eut trempé son âme à la source des pleurs,
Si celle-là toujours, torturée, inquiète,
Ne se fut pas brisée au contact des douleurs.
L'exil qui vous entraîne au loin de la patrie
Ne fait-il pas en vous, grandir les sentiments ?
Réponds Victor Hugo ! Sous ma vue attendrie
Je crois voir de ton front jaillir les châtiments.
Si tous ne peuvent pas arriver à la gloire
Ils peuvent, en souffrant, s'élever de beaucoup,
Se perfectionner, chasser le doute et croire.
De la souffrance sort un principe de tout.
Elle donne la force, elle apprend à connaître,
A vivre, à gouverner, forme les nations,
Enseigne enfin à l'homme en devenant le maître
Un jour de lui-même à vaincre ses passions.

Léon de la Morinerie.

LES FUGITIVES

Reste auprès de moi ma pensée,
Je suis seule voici le soir,
L'une contre l'autre pressée,
Je veux vivre d'un doux espoir.

Vive la joyeuse chimère,
Et ses chères illusions,
De rire la joie éphémère
Faites en lumineux rayons.

Je veux un séduisant voyage,
Sur les ailes de l'avenir,
Ecouter le charmant langage
D'un adorable souvenir.

Vois-tu ? ces milliers d'étincelles,
Brillant sous la voute des cieux.
Ce sont de nombreuses parcelles
Du soleil si chaud, si joyeux.

Vois-tu ? ces rayons et ces ombres !
Les uns sont tous parsemés d'or,
Les autres ont des reflets sombres,
Qui de l'esprit cache l'essor ;

N'entends-tu pas? le doux murmure,
Des invisibles voix du soir.
Une d'elles dans la nature
Me parle d'amour et d'espoir.

Autour de nous tout est mystère,
Nul ne connaît la vérité.
Dieu nous dit, passe sur la terre
Crois, espère en l'éternité.

Comment reconnaître de l'âme
Les grands ressorts mystérieux,
De quoi se compese sa flamme,
Faite d'amour si radieux.

Ecoute si mon cœur palpite,
Il te dira de sa prison,

Aime, cours, vole, va plus vite,
Ne suis pas la froide raison.

La brise toute parfumée,
Vient caresser ma joue en feu.
C'est le baiser d'une âme aimée,
Faisant un amoureux aveu.

Par le sommeil je suis bercée,
Sur l'aile des songes heureux,
Dans l'espace où va ma pensée
Je rêve que nous sommes deux !...

MARIE FERDI.

ELÉGIA

Bien longtemps j'ai cherché le bonheur sur la terre,
Au milieu des plaisirs, du calme solitaire.
Mais je n'ai pu trouver l'idéal des beaux jours,
Et maintenant les chants du ciel sont mes amours.

HENRIETTE VALLUET.

MÉLANCOLIE

Combien je t'aime hélas ! sombre mélancolie !
Quand sur mon front rêveur, tu reviens habiter
A ton entraînement, je ne puis résister :
Bien qu'en toi je retrouve une ombre de folie.

HENRIETTE VALLUET.

LES DEUX AMOURS

Mon âme comprenait la suave harmonie
Que Dieu répand sur l'onde au déclin d'un beau jour,
Mais je compris aussi les yeux de Léonie,
Pauvre enfant, disaient-ils à mon âme ravie,
Va, l'amour de la mer ne vaut pas l'autre amour.

Et dès lors je fus seul sur cette mer si belle,
Et mon cœur n'eût d'écho que pour le mot : retour.
Et quand l'onde étalait sa beauté solennelle,
Je murmurais tout bas, en me souvenant d'*Elle*,
Non, l'amour de la mer ne vaut pas l'autre amour !

Oh ! Léonie, ainsi qu'un léger météore
Ton amour dans ton cœur n'a duré qu'un seul jour,
Et pourtant, quand je vois le flot bleu qui se dore
D'un rayon du soleil, trahi, je dis encore :
Non, l'amour de la mer ne vaut pas l'autre amour.

Léopold Garraud.

ELLE NE LE SAURA JAMAIS

Hélas ! à ses côtés mon cœur bat et soupire,
Du parfum de l'amour il s'enivre à longs traits,
Et pourtant si mon âme, en proie à son délire
Tressaille de bonheur quand je la vois sourire,
    Elle ne le saura jamais !

Oh ! lorsqu'elle me parle avec sa voix charmante,
Mon cœur bondit de joie et pourtant je me tais :
La douce émotion qui me trouble et m'enchante,
Le délire d'amour qui rend ma voix tremblante,
    Elle ne les saura jamais !

Si mon âme toujours vers son âme s'élance,
Si l'ange du bonheur m'apparaît sous ses traits,
Si loin d'elle je meurs et seul, dans le silence
De mes nuits sans sommeil, je pleure son absence,
　　　Elle ne le saura jamais !

　　　　　　LÉOPOLD GARRAUD.

SOUVENIR DE BELLE-CHAPELLE *

Salut ! Belle-Chapelle
Berceau de mes aïeux !
Mais en vain je t'appelle :
Tout est silencieux.

Sous ton vieux toit de mousse
Aucun bruit ne s'entend.
Et la ronce qui pousse
Vers la porte s'étend.

En vain le piéton frappe
A tes volets mi-clos.
C'est en vain qu'un chien jappe
Autour de ton enclos.

Seule une fraîche rose
A fleuri tout auprès,
Depuis que tout repose
Sous les mornes cyprès.

Mais toi, Belle-Chapelle
Je t'aimerai toujours.
Réponds quand je t'appelle
Et garde mes amours !

* Nom d'une propriété *

20

Au soldat jeune encor sans résistance
Comme au major à superbe prestance,
  Petit tambour (*bis*)

  Petit tambour,
  Tout bas je veux le croire,
  Petit tambour,
  Qu'à Metz et qu'à Strasbourg,
Tes roulements annonçant la victoire,
Rendront enfin à la France sa gloire,
  Heureux tambour ! (*bis*).

       Ri-Log.

AUX FEMMES

Oh ! j'étais bien heureux quand la mer enflammée
Sous les efforts du vent se tordait en fureur,
Que la vague hurlait, qu'une épaisse fumée
Voilait l'horizon gris, de sa blanche vapeur ;
Et mon cœur bondissait en voyant ma corvette
Sur ces flots furieux, y plonger son avant,
Et parfois tout-à-coup se coucher sur le flanc,
  Sous les grands coups de la tempête !

Et j'aimais bien aussi quand de la mer unie
Nul souffle ne ridait le limpide miroir,
Et la coquette alors, sur la houle aplanie
Se berçait mollement comme pour mieux s'y voir :
C'était presque d'amour que j'aimais ma corvette !
Elle avait un pont blanc, légèrement cambré,
Honneur, patrie, inscrits en un cartel doré
  Brillant au front de sa dunette.

Certes, je l'aimais bien, mon gracieux navire,
Et mon métier si beau, riche d'émotions !...

Mais lorsque je compris votre divin sourire,
Etres mystérieux, beaux anges ou démons,
Dans ma tête et mon cœur je sentis des vertiges,
J'entrevis le bonheur et subis votre loi,
Et quand la mer s'offrit avec tous ses prestiges,
Je maudis mon métier, je n'étais plus à moi !

Léopold Garraud.

LA FLEUR BRISÉE

Pauvre fleur que dans l'allée
Son pied distrait a foulée,
Sur mon cœur vis jusqu'au soir :
Vis, pour me parler de celle
Si fière hélas ! et si belle
Qui te brisa sans te voir.

Comme elle a froissé ta corolle,
Elle a, dans sa course folle
Posé son talon sur mon cœur,
Elle l'écrase, indifférente,
Elle se rit, insouciante,
De ma révolte ou ma douleur.

Viens à moi, pauvre fleur flétrie,
La dédaigneuse, si chérie
Nous fit à tous deux même sort,
Elle a brisé notre existence
Et pour finir notre souffrance,
Il n'est d'espoir que dans la mort.

Léopold Garraud.

LA JEUNE VEUVE

A ma cousine, Mme *V*^e *Delbourg, née Lucie Herck..*

La moisson de mon cœur a péri dans l'orage ;
Le champ qu'elle paraît, morne comme un désert,
Jamais, malgré mes pleurs, ne reviendra vert,
Et je me plains au sort de son funeste ouvrage !

Contre ce coup affreux, où puiser le courage?
Mon âme, a son printemps, n'a pas encor souffert ;
Peut-on se résigner, quand l'idéal offert
S'efface tout-à-coup, comme un poignant mirage !

Non ! dans mon désespoir, m'abattant à genoux,
J'ai crié vers le ciel, qui permit ma détresse :
Ah Seigneur! sans pitié pourquoi me frappez-vous ?

Mais, une voix d'en haut, ineffable caresse,
M'a dit : console-toi ; je dûs à ta tendresse
Quelques jours d'amour pur, bonheur rare entre tous !

CHARLES LEXPERT.

LE PEUPLE ET LE DRAPEAU

Habitants du Parnasse, en votre bienveillance,
Excusez les défauts de mon inadvertance ;
Et songez que je tente, eh ! non de les tarir,
Ce n'est pas mon talent, mais de les amoindrir.

I

C'est bien, l'inconséquence, où son âme est bercée,
Qui le faible fait choir dans la libre-pensée.
Que le moteur de tout en tout a le pouvoir
L'explique de soi-même à qui le veut savoir.
« Vouloir », voilà le fait. C'est qu'on craint, comment faire?
On s'en prend bonnement, et pour tout commentaire,

Non pas à son curé, on est plus délicat,
Mais bien à qui se trouve. On objecte, on débat,
On trouble l'eau toujours, et toujours on se brouille ;
Et, de douter, enfin, de l'âme on se dépouille.
Oh ! dans cette anarchie on ne va pas bien loin,
Puisqu'on peut s'arrêter à son premier besoin...
Plutôt nous dépouiller de notre indifférence,
Et renaître sensible aux malheurs de la France,
Plutôt nous revêtir devant la majesté
De l'être souverain, devant sa dignité.
Pensons-y bien, allons, ce n'est point le caprice
Qu'il faut vouloir en Dieu, mais bien c'est sa justice,
Sa gloire, sa bonté ; car un Dieu créateur
N'a rien de nos défauts, rien du libre-penseur.
Ne dut-il préparer qu'une vie éphémère,
La fortune des uns, des autres la misère !..
Mais il n'eut pas rendu le propre de son nom ;
Car il n'eut point été tout-puissant, juste et bon. (*)
O vulgaire ! dis-nous : d'où te vient la parole !
D'où vient le mouvement de ce corps ton idole !
« C'est du besoin » , dis-tu. — Qui de l'âme ressort.
Mais quand de la matière, on comprend, tout d'abord,
Qu'est chacune partie à sa base attendue,
Que chacune partie à son tout est rendue,
Comment peut-on songer que l'âme soit perdue ?
Se démontrer se peut de plus d'une façon :
Que de nous avant nous ? — Rien. — Quoi ! rien ! tout de bon
Mais il faut qu'on résonne. Eh bien ! rien je suppose,
Et de rien cependant nous voici quelque chose.
Après soi que de soi ! — Rien. — Rien ainsi qu'avant;
Or de néant, la vie, et réciproquement.

(*) Les éléments de la matière retournent après la mort, chacun à sa base, sa cause respective ; la cendre ou le sel, au sel de la terre, l'humidité, à l'eau, et la partie gazeuse et aériforme à l'atmosphère.

Puisque de premier rien l'on se voit créature,
Que veut-on au second se faire cendre pure ?
Hé ! mais je t'en défie ! Eh ! quoi ! le tout ferait
Avec nous : « En avant !...» le passé laisserait !
Il irait s'épuisant et finir, comme il semble,..
Je ne sais guère à quoi ce que l'on veut ressemble !
L'âme se doit à Dieu, comme on sait, et son sort
Est de payer sa dette à l'heure de la mort.
Le néant, de toujours, cette pure chimère,
Fut le Dieu de Gros-Jean, et sa seule lumière ;
Mais cependant le Verbe au monde fut prêché,
En son œuvre visible, en lui-même caché.
Qu'il se montre, dit-on, qu'il détourne son voile !
Qu'il nous parle d'en haut, brillant comme l'étoile ! »
Mieux que cela : disons que sans cesse et partout
Il parle, et bien se montre à chacun par le tout;
Comme sans cesse il crée, ou nous donne l'essence
Qu'il faut lui rendre un jour sans possible dispense.
Il prend vite le grain lorsqu'il a moissonné ;
Aussitôt le remet à sa prédestiné.

II

Venons sur le terrain de pure politique
Ensemble l'explorer dans sa simple pratique ;
Lorsqu'il est accessible il en faut profiter,
Le vrai, le naturel, et le juste apporter.

Qu'on se retrempe donc alors que le temps presse,
Qu'on se mette d'accord pour chasser la détresse.

Cet aveugle, voyez, sans son guide, à l'écart,
En chemin malaisé tâtonner au hasard ;
De son pas incertain aller vers la barrière ;
Deça, delà choquer, dans quelque fondrière
Tomber. Voyez un peuple anarchique, sans droits,

Un peuple s'aveuglant de ruineuses * lois,
Et se ses libertés tenant la lice ouverte,
Vous en verrez aussi l'inévitable perte...
Conjurons le Seigneur de lui prêter secours,
Qu'il rentre en bonne voie, et libère ses jours.

III

Qu'on se retrempe donc alors que le temps presse,
Et qu'en bons citoyens on s'unisse en liesse.

Notre intérieur parle, écoutons-en la voix ;
De l'élu du Seigneur sachons faire le choix,
Revenons franchement au prince titulaire ;
Rappelons l'étendard puissant et salutaire,
L'emblème, le parfum de la plus riche fleur,
Où trois degrés distincts, sous la blanche couleur,
Recueillent la douceur de la triple alliance :
Il est « l'égalité » de pure conscience.
L'équilibre exhibant, le sceptre virtuel
Peut seul nous ramener au Saint Spirituel. (*)

D'une part l'indulgence, et d'autre, la justice,
La France remettront sous le divin auspice.

Non, plus de subterfuge, et la raison, la loi,
Du public le repos ; alors, vive le roi !
Vive Sa Sainteté ! vive la Foi, la France !
Vive le ciel, la terre ! et plus de connivence.

Car qui, pourrait garantir le commerce le travail,
Que le pouvoir, le régime où se tient le gouvernail ?

---

* La loi fondamentale, et particulièrement le suffrage universel sont le seul but de cette comparaison, et c'est uniquement ce sur quoi repose l'allusion. On pourrait remplacer l'expression par ; dans de stériles lois, dans d'inconstantes lois.

(*) Ou encore : peut seul restituer le siége temporel.

Sans travail, voyez-vous ce qui ne peut surprendre
Point de produit, tout meurt, c'est ce qu'il faut entendre.
Comprenons le demi-mot, revenons au mouvement ;
N'être sans honneur, ni cœur, point buveur, point gourmand ,
Puis en province, à la ville et partout il doit s'ensuivre
Le grand bien pour chacun de vivre et laisser vivre.

Bien on se trouvera d'avoir à volonté,
Le pain, le vin, l'habit de bonne qualité.
Mais aussi vous verrez, à la ville, au village,
Renaître la santé, renaître le courage.

C'est l'affranchissement donnant le vrai « progrès »,
L'obéissance à Dieu, bien ira tout après.

D'une part, l'indulgence, et d'autre, la justice,
La France remettront sous le divin auspice.

Et s'éloigner ainsi la haine, la rumeur,
Tous les fléaux, les maux, de nos jours la terreur ;
Et de nous, d'éloigner, la froide hypocrisie,
La molle ambition, aussi la basse envie !
Dieu peut nous délivrer de tout dérèglement,
Comme de tous les points, il peut régler le vent.
Il nous protègera contre la calomnie,
Contre le vol, le crime, enfin la tyrannie.

Notre souffrance, oui, oui, nous a sages rendus ;
Il fallait le revers à nos projets indus.
Quand il fallait sauver la patrie opprimée
Sans répandre le sang, sans employer l'armée.

Plus d'alerte, de feu, plus n'être épouvantés,
Libre alors le sommeil, nos champ, plus désertés.
Générale, tocsin, effrayante musique
Qui portait la terreur jusqu'au trône olympique !

Oui, tout disparaîtra, lorsqu'au lieu du clairon.
Sonneront le cantique et l'honnête chanson.
Voilà de la « réforme, et de la « délivrance »;
Au roi notre franchise, à Dieu la révérance.

Certes, sous le régime où naît la charité,
Nous verrons le progrès, et bien la « liberté ».

Oui, oui, messieurs, pour tous autre sera la vie,
Qui, sereine, sera partout digne d'envie.
Pleins seront magasins, et pleins, les ateliers,
Donc heureux, les bourgeois, heureux, les ouvriers.
Qui sera le soldat; mais plus de vaine gloire :
De l'union à Dieu rapporter la victoire.
Non, non, plus ne s'enfler à l'instar des Gaulois :
De Mars le culte passe et fuit comme je vois.
En frémissant d'horreur, sur le champ de Bellone
Il expire ; et chez nous plus le sang ne sillonne.
Lors de se rétablir l'aménité, la paix,
La noble humanité, l'honneur de nos Français,
Et la sobriété, les mœurs et les coutumes,
L'utile instruction, les modestes costumes,
Le pouvoir temporel, et la société.
L'honnêteté partout ; tout est « fraternité » .

D'un côté, le pouvoir, et d'autre, l'indulgence,
Feront aux travailleurs aimer la « délivrance ».
Certes, sous le régime où naît la charité.
Nous verrons le progrès avec la liberté.

Les plaines, souriant au pastoral orchestre,
Reporteront vos fils au paradis terrestre ;
Echo répètera la voix du chalumeau,
Bien comme la chanson du jeune pastoureau.
Nous serons rajeunis dans la nouvelle France
Où nous protègera la céleste alliance ;

Où Dieu * de répéter, de sa puissante voix
A l'accent doux, sonore, et modeste à la fois :
« Oui, rentre, mon troupeau, dedans mon héritage,
« Et paissez, mes brebis, dans ce commun parage:....»
La révérence à lui, bien ira tout après.
Voilà la « renaissance», et bien le vrai progrès.

D'un côté le pouvoir, et d'autre, l'indulgence,
Feront aux travailleurs aimer la « délivrance ».

O divin avenir, qui dois nous rallier,
Viens détourner nos maux et les faire oublier !

IV

Quant à « soixante-dix», l'indemnité fut dure ;
Trouvons-nous pas en trop notre perte en nature !...
La Prusse, comprenant, repassera le Rhin,
Et libre laissera l'Alsacien-Lorrain.
Mais il faut éviter toutes ces représailles,
Plutôt des fiers époux fêter les funérailles. **
Tous nous y gagnerons. Puis nos impôts sont lourds :
Ils font courber le dos, et l'on s'en plaint toujours.

Le pouvoir, d'une part, et d'autre, l'indulgence,
Aux trois classes feront aimer la renaissance.

Digne temps du bon Dieu, qui dois nous rallier,
Viens détourner nos maux, et les faire oublier !

V

Encor, s'il l'eut fallu, j'en eusse dit plus d'une,
C'est assez, résumons l'opinion commune :
Tantôt est le moment d'en définir dit-on,
Avec la « belle femme », idole de Danton ,

---

* Dieu pour l'orateur de la chair.
** Des époux Mars et Bellone.

Et, sans se disperser, laisser inachevée
Cette tour de Babel que nous avions rêvée.

Un si haut monument fit globe dévier,
Ebranler les saisons! Plus ne nous y fier.
Les trouvères, voyez, (tout un corps de poètes)
Plus n'en sont l'étançon, pourtant de vrais athlètes....
Jusqu'en ses fondements nous l'avons vu honnir ;
Et c'est pour nous un fait d'immortel souvenir.
Et ce tohu-bohu, ce vocal labyrinthe,
Que l'on en loue aussi la salutaire empreinte :
Car aussi par reflets il instruit l'avenir,
Il guide nos neveux contre toute contrainte.
Mais notre statu-quo peut-il nous voir toujours
Debout sur mauvais pied ! Non, par les troubadours !..
Oui, oui, nous rallier, chanter la délivrance
De ce vieux sol gaulois, aujourd'hui notre France,
C'est l'affranchissement donnant le vrai progrès ;
La préséance à Dieu, bien ira tout après.

Qu'on se retrempe donc alors que le temps presse,
Et qu'en bons citoyens on s'unisse en liesse.
Le progrès, nous l'aurons dans la prospérité.
Dans le mot « liberté » s'entend la délivrance ;
Une « seule couleur » marque l'égalité ;
Pour la fraternité, soit « la Triple Alliance ».
Et point de servitude en la société
Dès lors que nous avons notre for consulté.

Oui, de ces derniers temps méprisons le modèle ;
De stable, hélas ! plus rien : c'est le pied de l'échelle !
Donc plus de subterfuge ; et la raison, la loi,
Du public le repos ; alors : Vive le roi !
Vive la sainteté ! vive la foi, la France !
Vive le ciel, la terre ! et plus de connivence.

D'un côté, le pouvoir, d'autre, la charité,
Donneront le progrès et bien la liberté ;
Comme aussi l'indulgence, ainsi que la justice,
La France remettra sous le divin auspice,
C'est l'affranchissement donnant le vrai progrès ;
La préséance à Dieu, bien ira tout après.

1882-1883   T LAMY.

MA JAMBE CASSÉE

(HISTORIQUE)

Premier juillet quatre-vingt-trois,
Le jour marquera dans ma vie ;
Elle était de roses suivie,
Mais soudain par un coup de croix
J'ai crû qu'elle m'était ravie.
Riche de santé le matin,
Le soir j'ai la jambe cassée ;
Bien loin d'une plainte insensée,
Vers Dieu, seul maître du destin,
J'élève humblement ma pensée.

Cloué sur un lit de douleurs,
Adieu la gaîté, le franc rire ;
Le soleil, les beaux jours, les fleurs
Et tous les plaisirs enchanteurs
Ont cessé d'animer ma lyre.
Le corps meurtri, le cœur brisé,
Non, rien n'adoucit ma souffrance
Qu'un faible rayon d'espérance
De revenir à la santé,
Pour t'aimer encor, noble France,
Beau séjour de la liberté !

Que dis-je ? qu'elle ingratitude
Allait s'emparer de mon cœur !
Reçois, ange consolateur,
Dont la tendre sollicitude
Veille sur moi, le jour, la nuit,
Mes trésors de reconnaissance
Pour tes bons soins, ton assistance
Dans l'état où je suis réduit,
Douce compagne, chère épouse,
Sublime en face du devoir,
Si l'amitié pouvait te voir,
Oh ! comme elle serait jalouse
De ton bon cœur, de ton savoir.
Et vous, chers enfants, qui sans cesse
Faisiez ma joie et mon bonheur,
Dans qu'elle profonde tristesse
Vous plonge ma vive douleur !
Rassurez-vous, un bon docteur,
Dont la douceur et la science
Ont su gagner ma confiance,
Me guérira, j'en ai l'espoir ;
Il me prescrit surtout d'avoir
Beaucoup, beaucoup de patience.
J'en aurai, je le promets bien ;
Quelle dose ? je n'en sais rien ;
Mais je ferai pourtant en sorte
« A moins que le diable m'emporte,
Ce qui ne m'irait nullement, »
Qu'avant longtemps s'ouvre la porte
D'un parfait rétablissement,
Déjà j'ai du soulagement :
Prélude que ma pauvre jambe
Veut enfin revenir ingambe.
Ah ! passez vite mauvais jours
Et disparaissez pour toujours !

Allons, chassez toute tristesse,
Mes chers parents, mes bons amis ;
Revenez tous à l'allégresse ;
Voyez, je suis presque remis.

Longtemps battu par la tempête,
Désespérant d'entrer au port,
Le vaisseau relevant la tête
Echappe au plus horrible sort.
Le brave marin qui le monte,
Stoïque devant le danger,
Calme l'effroi du passager
Que la fureur des flots démonte,
Tant il a peur de naufrager.
Enfin le terrible Neptune,
Rentrant dans le sein du repos,
Accorde la bonne fortune
Aux passagers, aux matelots,
De contempler encor la lune
Sur la terre et non sur les flots.

Voici le clocher du village
Où vous avez reçu le jour,
Découvrez-vous avec amour ;
C'est le beau temps après l'orage.

Tel j'étais durant deux longs mois ;
Lancé d'un écueil sur un autre.
Après un fervent patenôtre
Le bon Dieu m'a guéri, je crois,
Me prenant pour un bon apôtre.
S'il s'est trompé, ma foi, tant mieux !
Je profite de la méprise.
Sans être irrévérencieux,
Ce qu'on peut attraper aux vieux
Est, dit-on, de fort bonne prise.

Maintenant c'est bien décidé,
Amis, je raccorde ma lyre :
Je veux encor chanter et rire ;
Voyez, mon front est déridé
Et ma muse déjà soupire.

Puissé-je chanter bien longtemps
La France, le vin et les belles,
Et, par d'aimables ritournelles,
Ramener souvent le printemps
Et ses escortes naturelles :
Les jeux, les ris, et les amours,
Parés de leurs simples atours ;
Prêts au signal de Terpsichore
A folâtrer jusqu'à l'aurore.

Don précieux de la santé !
Déjà vagabonde ma muse ;
Ah ! quel bonheur qu'elle s'amuse
Au soleil de la Liberté !

(*Nord*) 15 *novembre* 1883.   A. REY.

LE SOLEIL ET LES AGRÉMENTS DU PRINTEMPS

Chantons, humains, bénissons la carrière
Du soleil, qui, lancé de tous ses feux,
Précipitant la céleste lumière,
Sème la vie et ses biens précieux.

De ses rayons célébrons la présence,
De la nature admirons le réveil,
De l'Eternel c'est la Toute-Puissance
Qui nous ramène au printemps le soleil

Simple et riante, on voit la violette
Nous annoncer du bon temps le retour ;

Chacun l'adore, et la jeune fillette
De son parfum se revêt au beau jour.

De ses rayons, etc.

Arbres fleuris, vous donnez vos prémices,
Et vos senteurs embaument les zéphyrs ;
Naissant feuillage, en goûtant tes délices,
Nous oublions les maux et les soupirs.

De ses rayons, etc.

Le doux concert qui remplit le bocage,
Dans sa gaîté ravit le bucheron ;
Contemple aussi l'écho de leur ramage,
Homme des champs, toi-même, vigneron ;

De ses rayons, etc.

Pour l'hirondelle ayons la bienvenue ;
Elle revient devers vos régions :
Au vol léger, voyez-la, par la nue,
Régner encor sur tous nos oisillons.

De ses rayons, etc.

Ce beau matin, voyez, dans la campagne,
Du laboureur les courageux enfants ;
Du paysan la joyeuse compagne,
Rend aux échos les accords du printemps.

De ses rayons, etc.

Considérons ces plaines verdoyantes :
Que de fraîcheur on l'émail de vos prés !
Sur ces coteaux, des moissons fleurissantes
Ont recouvert les plus âpres guérêts.

De ses rayons, etc.

Dans nos ruehers voyez la vigilance,
Observez bien l'entrer et le sortir ;
Espérons-en la divine substance
Que, pour son art, l'abeille a su cueillir.

De ses rayons, etc.

O citadin ! le plaisir délectable,
Reviens aux champs le goûter à propos ;
Par les jours purs, par un ciel agréable,
Retrouve au bois le calme et le repos'.

De ses rayons, etc.

Divin flambeau, notre loi, notre exemple,
Et notre règle en ton cours radieux,
Dans son coucher que notre âme contemple
L'ordre parfait maintenu sous les cieux.

De tes rayons nous chantons la présence,
De la nature aussi le doux réveil,
De l'Eternel c'est la Toute-Puissance
Qui te ramène au printemps, ô soleil ! !

1880-1883.   T. LAMY.

LE JOYEUX SANS-SOUCI OU LES SOTS RIGOLOS.

CHANSONNETTE

AIR : *Les gueux, les gueux.*

Les sots, les sots
Sont gais et dispos,
Ils sont rigólos ;
Vivent les sots.

Pour être heureux en ménage
On n'doit pas se mettre en courroux ?
Il faut avoir du courage,
Etre un peu sot et bon époux,

Les sots, les sots, etc.

Lorsque Madame est chagrine,
Je rigole pour l'apaiser.
Je chante, je me câline,
Et je lui propose un baiser.

Les sots, les sots, etc.

En me rendant à l'ouvrage,
Toujours je rigole en chemin ;
Tout essoufflé, tout en nage,
Me rejoint plus d'un gamin.

Les sots, les sots, etc.

Mais survient-il quelque foire,
On est joyeux en arrivant :
A causer, trinquer et boire
On se délecte joliment.

Les sots, les sots, etc.

Quand quelque cerveau fermente,
Ha ! pour moi quel joyeux entrain !
Sans permission je chante,
Puis je danse sur ce refrain :

Les sots, les sots, etc.

Si quelqu'un veut me reprendre,
Je lui oppose ma gaîté ;
Et c'est à lui de se rendre
Sitôt après que j'ai chanté :

Les sots, les sots, etc.

Lorsque j'arrive d'en route,
Si je ne vois le dîner prêt,
Loin de me mettre en déroute,
J'mène ma femme au cabaret.

Les sots, les sots, etc.

A Madame on peut sourire
Sans craindre que j'en ai souci :
J'en suis fier, et je puis dire :
Fi des jaloux ! et Dieu merci.

Les sots, les sots, etc.

A quoi bon chercher misère ?
Quand les autres sont aux abois
Je maintiens mon caractère,
Je chante, je vis, je bois.

Les sots, les sots, etc.

Par toute terre et par l'onde
Ou m'a vu joyeux et content,
Le voyage en l'autre monde,
Je voudrais le faire en chantant :

Les sots, tes sots, etc.

1880-1883.   T. LAMY.

LE BON AN DE MARGUERITE

Voir le volume LA MUSE GAULOISE, *page 456.*

Allons, enfants, l'étrenne Marguerite,
Ce sont nos vœux offerts avec ferveur ;
A leur formule empressée, explicite,
Puisse le ciel accorder sa faveur.

Quand tout au monde et m'incombe et m'accable,
Quand l'aquilon a vaincu le zéphir,
Que ce refrain vous soit donc agréable,
Pour Marguerite il soit un souvenir. (*bis*).

Mais de sa mère elle revêt les charmes,
Et la gaîté, ce reflet des vertus ;
Qu'elle ait de même au piano les armes :
L'agilité, l'œil et les doigts tendus ;
Qu'elle ait la grâce et la délicatesse ;
Mais pour venir à mon premier souhait :
Que le Seigneur lui donne la sagesse ;
J'en sollicite à ce jour le bienfait. *bis* .

Fleur du printemps, fleur de toute l'année,
Blanche corolle, en un tout réussi,
De par les dieux je conjure Hyménée,
Que de ton père il te couronne aussi :
Marque ton front du sceau d'intelligence,
De probité, du courage et du cœur ;
Et tu promets, dès ta première enfance,
De t'acquitter de la dette d'honneur. *bis*.

Eh ! mes amis, du ciel le privilège
Seul peut conduire à tout avancement;
Qu'il soit en vous, vous soutienne et protège,
En obtenez en tout contentement.
Au saint banquet de paix, de quiétude,
Ah ! dans vos fins, puissiez-vous partager
Et l'allégresse et la béatitude
Que Dieu voulut aux justes ménager.

1879 *revu en* 1883.   T. LAMY.

A MA COUSINE

Je suivais du bois les sentiers ombreux ;
Je voulais revoir les gorges prochaines,

M'asseoir solitaire au pied des grands chênes
Où je t'avais lu mes vers amoureux!

Mais en arrivant, mon front soucieux
Fléchit sous le poids de toutes ses peines,
J'eus peur au sein de ces sombres domaines
Que ne dorait plus l'éclat de tes yeux.

Et je m'affaissais sur le sol humide,
Soit crainte, douleur ou fraîcheur perfide
Tout à fait au bord de profonds ravins !....

Je revins à moi... Ce fut grâce au zèle
De mon pauvre chien, mon Rolland fidèle,
Qui tout doucement me léchait les mains.

ERNEST DUPONT.

LE CENTENAIRE DE LUTHER

L'église sur le monde étendait son empire ;
Du haut du Vatican le Pontife Romain
Pour se voir obéi n'avait qu'un mot à dire,
Et tout tremblait devant un geste de sa main.

Les rois, les empereurs, tous les grands de la terre
Courbaient également la tête sous ses lois,
Reconnaissant en lui l'héritier de St-Pierre
Et le représentant du Dieu mort sur la croix.

Mais, par quel coup du sort, par quelle loi fatale
Un homme, comme nous mortel, a-t-il atteint
Et conservé cette puissance sans rivale
Dont l'éclat a pâli, mais qui n'est pas éteint ?

Est-ce en continuant la tradition sainte
De charité, d'amour, de foi, de liberté,
Dont Jésus, dans un livre ou son âme est empreinte,
A légué l'héritage à la postérité.

Est-ce que de l'esclave il a brisé la chaîne ?
De l'âme humaine a-t-il étendu l'horizon ?
Et, pour garder intact à la foi son domaine
A-t-il su respecter celui de la raison ?

Fidèle observateur des préceptes du maître,
A-t-il porté l'amour et la paix en tout lieu ?
A-t-il, ainsi que lui, brisé le joug du prêtre,
Pour mettre l'homme seul en face de son Dieu ?

Hélas ! demandez à l'histoire !... chaque page
Dépose contre lui... pas une ligne, un mot
Qui ne dise ce qu'il a fait de l'héritage
Dont l'église prétend seule avoir le dépôt !

Ah ! si pour un instant, ainsi qu'un trouble-fête,
Celui, qui dépouillé de tout faste mondain,
N'avait pas un asile où reposer sa tête,
L'humble crucifié reparaissait soudain !...

Que dirait-il s'il rencontrait sur son passage,
Le Pontife Romain couvert de pourpre et d'or,
Sous un dais de velours et recevant l'hommage
De la foule qui se prosterne à son abord ?

S'il entrait dans ces somptueuses cathédrales
Où le prêtre étalant un luxe radieux,
Séparé de la foule à genoux sur les dalles
Trône, parodiant le culte des faux dieux ?

S'il voyait chaque jour dans chaque sanctuaire,
Renouveler le sacrifice de sa mort ;

Et le prêtre, parlant une langue étrangère
Revendre le pardon des péchés à prix d'or ?

Ne reprendrait-il pas sa verge vengeresse,
Pour chasser hors du temple, une seconde fois,
Ces cupides vendeurs dont le métier rabaisse
Au niveau d'un trafic, le culte de la croix ?

Mais s'il n'est pas venu faire cette œuvre, un autre,
Animé de son souffle, allait bientôt surgir,
Et pendant qu'oublieux de son rôle d'apôtre,
Le prêtre à ses devoirs faiblissait sans rougir,

Un moine obscur... dans sa cellule solitaire,
Assailli par le doute, ébranlé dans sa foi,
Demandait vainement à la pratique austère,
Au jeune, à l'observance étroite de la loi,

Cette paix de la conscience, que l'église
Promet sans la donner... et que l'on cherche en vain
Tant qu'on n'a pas franchi la douloureuse crise
Qui du doute à jamais détruira le levain.

Qui dira ses tourments et son angoisse extrême ?
Et de ses longues nuits le désespoir amer,
Lorsque, creusant en vain le terrible problème,
Le doute l'étreignait dans ses ongles de fer ?

Mais patience encor... l'heure de la bataille
N'est pas loin de sonner !.. et ce moine inconnu
Qu'à Rome l'on méprise et qu'au couvent on raille,
S'appellera Luther !... Et le moment venu,

Quand il aura vaincu le doute qui l'oppresse
Et quand sur son chemin la lumière aura lui,
Digne mais sans orgueil, humble mais sans faiblesse,
Il saura marcher droit et ferme devant lui.

Du Pontife Romain les foudres ridicules
Sans l'arrêter pourront éclater sous ses pas,
Sur la place publique il brûlera ses bulles,
En déclarant qu'au pape il n'obéira pas.

Fort de sa conscience et maître de lui-même,
A la Diète, à Worms, il osera venir
Redire à Charles-Quint ceint de son diadème,
Que ce qu'il ose écrire il sait le maintenir.

Et ce noble refus, cette fière attitude,
Qui de la liberté réveille les échos,
Retentissant comme un magnifique prélude,
Au monde annoncera l'ère des temps nouveaux !

Et ces temps sont venus... et le nouveau prophète,
N'a pas connu Saint-Jean prêché dans le désert...
Les peuples ont compris... et chacun d'eux s'apprête
A secouer le joug dont il a trop souffert.

Honneur à toi Luther ! car cette œuvre est la tienne !
Si ceux qui les premiers en profitent, hélas !
Sont aussi les derniers dont le cœur se souvienne,
Pour bien d'autres tu fus leur chemin de Damas.

Et, bien que célébré sur la terre étrangère,
Par des mains que nos mains ne doivent pas serrer,
Nous participerons de cœur au centenaire
Par lequel l'Allemagne a voulu t'honorer.

Car, tu n'est pas l'homme d'un peuple... mais féconde,
Ton œuvre qui s'adresse à tout être moral,
T'a sacré bienfaiteur et citoyen du monde,
Comme tous ceux que Dieu marqua du sceau fatal.

Et ce tardif honneur qu'on daigne enfin te faire,
Rappellera peut-être à ceux qui l'oublient trop,

Que nouveau précurseur, c'est toi qui fus le père
De cette liberté qu'ils estiment si haut,

Mais qu'un peuple vraiment ne conquiert et ne fonde
Que le jour, où brisant le joug sacerdotal,
Il prend résolument, dans sa marche féconde,
Sa dignité pour guide et Dieu pour idéal !

A. DE PALEVILLE.

LES DEUX ROUES DU MONDE

Le monde roule sur deux roues,
Qui le portent depuis longtemps,
Au milieu de fleurs et de boues
Qui germèrent dans tous les temps.

L'une aime les parfums, se joue
Avec les roses de vingt ans,
L'autre brutalement secoue
Les rêves dans l'azur flottants.

L'une c'est l'amour qui promène
Dans tous les plis de l'âme humaine,
Son dard invisible, secret.

L'autre qui calcule tout, compte
Le taux de tout, honneur et honte,
C'est l'intérêt.

(Maine-et-Loire.)   F. POTEL.

L'IMAGE

A Mademoiselle Eugénie C...

ODE

Chaque jour qui fuit loin de notre vie
Nous grave une image au milieu du cœur,

Plus leur nombre croit en douce harmonie
Plus nous rejoignons celle du bonheur.

En ce doux pays, toutes ces images,
Charment tous les yeux, offrent tant d'attraits,
Qu'insuffisants sont les humains langages,
Qu'un peintre ne peut rendre tous leurs traits.

Tachons d'oublier l'image attristante
De l'Orient en proie aux sombres questions,
Celle d'aujourd'hui est resplendissante,
Et nous éblouit de ces doux rayons.

Chaque être préfère une ardente image
Qui devient vivante en notre cerveau,
L'une nous trouble, l'autre nous soulage,
Et celle qui règne attache un bandeau.

L'image des grands dans leur opulence,
N'est rien qu'égoïsme, et qu'ambition,
L'image du peuple est l'obéissance,
Aveugles tous deux, qu'elle est leur mission ?

Un tyran contraint des millions de têtes
A fuir leur berceau, foyer du bonheur,
Ils vont des combats braver les tempêtes,
Pour son seul caprice, image d'horreur.

Muse accorde moi le feu du génie,
Eveille ma lyre aux tendres chansons
Je voudrais chanter aimable Eugénie,
Ton image en vers, sur les plus doux sons.

Oui, je veux pour toi reprendre ma lyre,
De toi je prétends chanter les beaux jours,

Je boirai pour toi, tant que le délire
Grave ton image en moi pour toujours.

LUIGI ACQUARONE,
Peintre de S. M. I. le Sultan.

MÉLANCOLIE

A mon ami Maurice C...

Dieu ! comme dans la vie, on pleure, on se tourmente,
Quand on est loin de tout, sans ami, sans amante,
Quand toujours on est seul, sans personne avec soi,
Et que de cet exil, il faut suivre la loi !
Combien j'aimerais mieux être dans tel village,
Chez de bons paysans : le jour tout à l'ouvrage,
Et le soir après le souper, quand chacun dit
Naïvement l'histoire, ou plutôt le récit
Des terribles combats, des folles aventures
Auxquels il prit sa part, ou montrant ses armures
Quand il veut faire encor le farouche guerrier
Que Mars a protégé dans le choc meurtrier ;
C'est là qu'on est heureux et là sans qu'on sans doute,
Le temps passe toujours sans que d'ennuis il coûte.
Ah ! que d'illusions, de projets insensés
Dans la vie, à l'âge où dans des rêves bercés,
Les futurs hommes sont encore dans l'enfance !
Ce temps passe trop vite hélas ! et la souffrance,
Les peines, les malheurs, les plus poignants soucis
Remplacent dans nos cœurs devenus endurcis,
Ce bien être si doux, cette gaîté charmante,
Cette ingénuité de l'enfant quand il chante.
Dans ce monde pervers, toi seul, ô mon ami,
Soulages la douleur de ce mal qui m'aigrit,
Et quand de mon trépas l'heure sera sonnée,
A toi je dédierai ma dernière pensée.

JEAN BARRACHIN.

UNE POIGNÉE DE VERS....

A Monsieur J. S.... Boufflers

Qui n'a pas observé, parfois, l'humide plage ?
Qui n'a pas remarqué, en suivant le rivage,
Le sable recouvert d'innombrables dessins
Vestiges et détails, traces de flots badins ?...

Que l'Océan revienne, elles sont effacées...

La Justice et le Temps ont aussi leurs marées...

Rétrogrades, parlez, machinez, conspirez,
Publiez vos pamphlets, remuez, construisez,
Opposez une digue, une digue effroyable,
Dessinez vos projets gravez-les sur le sable !
L'Océan reviendra, il effacera tout...
Rien ne résistera : lui seul sera debout !
Car ce géant armé qui rit de la fortune
N'est point un roi puissant : il s'appelle Neptune !...
Il tient en son pouvoir le liquide élément
Et soulève ses flots d'un coup de son trident.
En un instant, une heure, il détruit Babylone
Fait reculer le Tage, et même l'Amazone....

« Je rentre dans mon lit ! » dit le vieil Océan.

« Je reconquiers mes droits ! » dit l'humble Paysan....
(*Somme*)   ALBERT PRUVOST.

A CELLE QUE J'AIME

Regarde-moi, ô femme,
Quel suprême bonheur !
Ton regard est tout flamme,
Il me brûle le cœur.

Viens près de moi, ô femme,
Un délire énivrant
S'empare de mon âme,
Et le frisson me prend.

Près de toi l'atmosphère
A tout autre senteur.
Quel est donc ce mystère ?
C'est l'amour créateur.

Ta chair est un aimant,
Qui sans-cesse m'attire
Et ton souffle est vraiment
Un feu que je respire.

Feu sacré qui m'énivre
Brûle, brûle toujours,
Puissé-je toujours vivre
Dans le feu des amours.

Chorges, Novembre 1883. GILLIS.

Entre le Christ et son très honnête vicaire,
Il y a vraiment peu de différence à faire.
L'un mourait sur la croix pour sauver les humains,
L'autre meurt dans la boue et sauve les Romains.

Bruxelles Janvier 1863.   GILLIS.

SERVICE COMMÉMORATIF DE M. THIERS

A NOTRE-DAME

(3 *septembre* 1878)

La France avait besoin, en des jours plus prospères,
De te renouveler les pompes funéraires,
Car elle a dû souffrir une immense douleur,
De te perdre d'abord, toi, son libérateur,

Et puis de ne pouvoir, mère aux mains enchaînées,
Prodiguer les honneurs dûs à tes destinées.
Aux temps infortunés qui te virent mourir,
Le présent nous montrait un bien sombre avenir :
La liberté tremblante, assise à ton cercueil,
Semblait interroger, tous tes amis en deuil,
Et demander comment, reine sans diadème,
Elle allait traverser cette épreuve suprême ;
Car tout était proscrit dans le noble et le beau ;
Le pays n'était plus qu'un immense tombeau
Où chacun étouffait en un amer silence
Le dégoût qu'inspirait un pouvoir en démence.
Tu nous quittas, hélas ! au moment du malheur,
Et ce gouvernement qui se fit insulteur,
Après avoir voulu te prendre pour sa chose,
Se faire avec ton nom comme une apothéose,
T'abandonna soudain, lorsque ta digne veuve
Eut d'un lâche calcul acquis la triste preuve.
Le peuple te reprit avec bonheur, ce fut
Un instant ineffable où ton âme apparut.
Toute resplendissante, et fit surgir en France
Un torrent de regrets et de reconnaissance.
L'Europe entière vint (ce sera son honneur)
Apporter elle aussi son tribut de douleur ;
Le monde apprit qu'un homme illustre et vénérable
N'était plus, et du monde une voix formidable
S'éleva sympathique en faveur d'un grand mort.
Seuls nos maîtres, déjà poursuivis par le sort,
Le cœur plein de soucis d'un pouvoir éphémère,
Aveuglés de dépit, de honte, de colère,
Dans leurs palais déserts restaient silencieux.
L'antique monument où l'on vit nos aïeux
Conduire de leurs rois les cendres vénérées,
Notre-Dame, en mot, sous ses voûtes sacrées
N'eut pas l'insigne honneur de t'abriter, ô Thiers !

Toi qui rendis moins durs nos terribles revers
En conservant Belfort, lambeau de ses entrailles,
A la France meurtrie au fer de vingt batailles,
Belfort, qui signifie aujourd'hui souvenir,
Belfort, premier rempart pour la lutte à venir.

Repose en paix, ton ombre heureuse et consolée,
Grand homme, doit frémir au fond du mausolée ;
La liberté renaît et le pays vainqueur
De ses tyrans revient à son libérateur.
Maintenant sans entrave on peut avec l'histoire
Célébrer ton génie et proclamer ta gloire ;
Dans tous les temps ton nom doit être respecté,
Car ta devise était : Patrie et Vérité.

L'étranger qui verrait en ce jour Notre-Dame
Dans son funèbre éclat dirait : « quelque grande âme
Vient de quitter la terre, et c'est peut-être un roi
Dont cette foule en deuil va former le convoi ;
Aucune autre splendeur que la splendeur royale
N'explique du saint lieu la pompe sans égale ».
Non, cette bière est vide, étranger, le français
Que nos cœurs attristés béniront à jamais.
Ne vit point sur son front se poser la couronne
Des souverains, pourtant comme un astre il rayonne,
Et l'immortalité, qu'il mérita si bien,
L'a pris pour ce qu'il fut, pour un grand citoyen.

MUCIUS DAHOLI.

A MA COUSINE

(RÉPONSE)

Vous aimez, dites vous, tout ce qui vous rappelle
Toulon, ses bords baignés par la mer aux flots bleus,
Et de votre cœur d'or, jaillit une étincelle
Quand votre souvenir se porte se porte sous nos Cieux.

C'est pour entretenir l'ardente et vive sève
Que la sainte amitié mit dans notre âme un jour,
Que je cueille ces vers répandus sur la grève,
Quand la brise m'apporte un murmure d'amour.

Et je vous les envoie au milieu de ces pages,
Que deux fois en dix jours, vous lirez désormais ;
De notre Océan bleu ce seront les nuages
Rendant une visite à nos Alpes sauvages;
Et se donnant la main sur ces libres sommets !

Sur ses seules hauteurs on est invulnérable!
(Achille n'eut rien craint même pour son talon)
Mais quand il faut descendre au sentier misérable,
Amie, on ne peut plus rien attendre de bon.
Peut-on jamais unir le cœur et la raison ?

A la réalité peut-on fixer le rêve ?
Hélas! non, l'un nous vient lorsque l'autre nous fuit,
C'est un astre qui meurt quand un autre se lève,
C'est le jour qui commence à la fin de la nuit !

Notre mer vous sourit... votre grotte m'est chère !...
Si vous étiez ici !... Si j'habitais là-bas !...
Un soleil radieux, une ombre tutélaire,
Tout serait souriant, joyeux, devant nos pas.
Mais je quitte la plume... et... me croise les bras !...

Oui ! je crains de subir l'influence divine
Du saint que j'entrevois dominant vos rochers !
M'énivrer du parfum qui vient des : *Aumarine*...
Où parfois votre front triste et pensif s'incline
Vos yeux doux et rêveurs dans vos deux mains cachés.

Mais vous n'allez pas seuls, au moins, dans cet asile ?
Je ne sais, tout-à-coup, quelle étrange frayeur

22

Vient de troubler mes sens et ma tête fébrile ;
Répondez et calmez ma secrète terreur !

Amie, autour de vous tant de grâce rayonne,
L'univers est rempli de si lâches humains !
Et je vous aime tant que mon âme frissonne,
Contre tous les dangers je vous précautionne,
Moi qui rêve pour vous des heureux lendemains !

Je les rêve toujours, toujours je les réclame
Au Ministre, au Sénat, à votre frère... à Dieu !
Et je termine là cet écrit où mon âme
Se trouve toute entière en vous disant adieu !

Ernest Dupont.

A LA MÉMOIRE DE E. L...
(*Voir* Le Peuple, *page 271*).

Que de déception (il faut qu'on le confesse)
On encourt en voulant s'épargner la détresse !
Il n'est noble dessein, légitime projet
Affranchi de revers : la Fortune, en effet,
A renverser le but n'est souvent que trop prompte.
Il n'est sujet, santé que la Parque ne dompte.
Où sont, ô travailleur ! tes rêves et les miens ?
Ces travaux projetés, ces jeux, ces entretiens ?
Je m'allais raffermir, sans arrière-pensée,
Sur quelque trait profond de la rhéodissée ;
Où donc irai-je ? Hélas ! toi seul tu m'écoutais !
Me confier à qui ? seul tu me comprenais !
Par goût tu t'inclinais devant la poésie ;
Et de son docte sein tu goûtais l'ambroisie,
L'aliment précieux, et le guide puissant
De l'esprit en danger de l'homme chancelant,

Le parfum émané de la divine école,
Et de l'humanité la brillante auréole.
Or tu considérais l'accent male, argentin
De la muse d'Homère, et du luth du latin.
De même au grand Newton tu portais ton hommage,
En professseur voué de son propre langage ;
Tu louais Démocrite, Héraclite et Platon ;
Rejetais Épicure, en honorant Caton.
Tu ne viens plus l'ouvrir, cette bibliothèque
Rangeant tous ces rivaux ou pères de Sénèque,
Où ces célébrités te tombaient sous la main !...
Hélas quel changement !.. tout repose en son sein !.
Comme dans cette tombe où tu t'es vu descendre
Sous le poids du labeur dont le fruit fut la cendre !..
Plein de vie et d'espoir, et plein de volonté
Pour un grade enseignant résolument tenté,
Tu me demandais lors d'une philosophie,
Soit quelque originale, une pure copie ;
Grand Dieu ! sept mois à peine on a vus s'écouler,
Et ce n'est plus à moi, mais à toi de parler !
Parmi l'immensité que serait-ce ta sphère ?
Si tu m'entends réponds, ou bien me le suggère.
Quel est ton rôle, enfant, dans l'espace d'azur !
Ah ! c'est de t'inspirer de notre sort futur !
Nouvel élu des saints, comme eux, nous rémémore
Le séjour bienheureux que le ciel élabore.
De la félicité de nos dernières fins,
Et des divins échos des chœurs des Séraphins,
Qui peut troubler la scène ? ou serait-ce l'athée,
L'infime partisan de la libre-pensée,
De l'égoïsme enfin ? Et comment pourrait-il,
Lui qui s'anéantit dans l'éternel exil ?
Non, non, dans ces lambris, rien n'interrompt les joies :
Point d'accès importun, point de secrètes voies.
En présence de Dieu, séparé des méchants,

Partage des élus les angéliques chants,
Et ne mourir jamais ; mais jouir en principe
A la droite des cieux où l'innocence excipe.
A te rejoindre, ami, pourrai-je tant tarder,
Quand la troisième sœur rôde pour me sonder ?
Du juge souverain implore la clémence,
Et détourne de nous la cruelle sentence ;
Mais, séparé de toi, plus de goût ! peu d'espoir !
De mornes souvenirs que me pourrait-il seoir ?...

1882-1883.　　　　　　　　　T. Lamy.

FIN DU JOUR

C'était au mois d'août ; tout est beau dans ce mois :
Les champs et les vallons, les côteaux, les prairies,
Les ramages charmants, les bosquets et les bois ;
Oui, tout n'est que beautés pour les âmes ravies.

Le jour baissait hélas ! déjà le soleil d'or,
Fort bas sur l'horizon, allait à la nature
Faire ses adieux pour revenir encor
Le lendemain, causer de la nuit la clôture.

Le faucheur fatigué de son rude labeur
S'achemine au logis, la gaîté dans son âme,
La perdrix qui le jour s'enfuit loin du chasseur
Reprends sa liberté ; dans les bois, le cerf brame.

Sur la route, on entend de joyeux chants lointains
Ou le bruit bien distinct d'une lourde charrette :
Ce sont des moissonneurs qui ramènent leurs grains ;
Certes, ils sont joyeux, car la moisson est faite.

Phébus va se coucher : dine din... dine din...,
Entendez-vous là-bas les cloches du village,

Elles semblent vouloir par leur derlindindin,
Rappeler ceux qui sont encor dans le bocage.

Que l'air était donc pur, que le ciel était beau !
C'est vers les six à sept, quand d'automne on approche,
Que la douce nature, ô précieux joyau,
Nous découvre en entier ce jour qui nous rapproche.

Mais voilà que le soir vers nous vient à pas lents,
Et puis bientôt le calme au mouvement succède,
Seul le cor, cette fois ce né sont plus des chants,
Fait retentir ses sons qu'aux bois touffus il cède.

Alors on voit sortir des taillis odorants,
Au bras de son amant l'amante réjouie ;
Tous les deux ont promis (ils sont encore enfants),
Qu'ils s'aimeraient toujours : c'est la loi de la vie.

C'est fini ! plus âme qui vive dans les champs :
Rien que le train rapide, emporté vers l'espace !
Adieu grands bois touffus plus jolis qu'au printemps,
Adieu, la lune est là qui me montre sa face.

Hélas oui ! c'est la nuit qui s'étend à présent,
Et moi seul, oui bien seul, au milieu de la plaine,
Je m'en vais, contemplant encore en cet instant
Ces charmes infinis dont mon âme était pleine.

JEAN BARRACHIN.

LETTRE DU CONSCRIT JACKS

(A sa tante Sœur cloitrée.)

TANTE

Deux semaines, déjà, viennent de séparer
Le matin de ce jour, où, j'entendis prier

Sous les voûtes du cloître. Où !... Filles de Bérulle,
Vous chantiez un cantique au fond de la cellule.
Oui, j'ai pleuré pour vous, j'ose l'avouer ici ;
Et mon cœur fut pris d'angoise et de souci
Quand j'ai pensé, ma tante, à tout ce froid silence,
La nef, où, lentement la lampe se balance
Suspendue, par un fil au plafond accroché,
Eclairant à demi, comme un rayon taché,
Cette grande muraille à la blancheur de neige,
Défendant au profane un regard sacrilège.

La dalle retentit sous mon pas cadencé,
Et dans l'ombre je vis, qui, vers moi s'avançait,
La sœur tourière agitant la sonnette,
Par laquelle on prévient, qu'alors, dans sa cachette
Chacune doit entrer.
               Lors ; après avoir dit
Le but de ma visite, elle me conduisit
Vers vous, très poliment ; puis me dit : sèche et froide,
L'ordre du Mont-Carmel est d'habitude roide,
Et nos chères brebis en complétant leurs vœux,
Savent ce qu'est formel un serment à nos yeux.
Causez Monsieur, j'attends ; derrière ces persiennes,
Ecoute notre sœur, vos phrases et les siennes
Doivent se parler haut, rien ici n'est caché.
Et je parlais ainsi !
             Mais le mot recherché
N'est jamais net et pur.
                Assis à la fenêtre
Où jadis vous rêviez « c'est ce que dit le prêtre
Qui vous fit chère tante entrer dans ce couvent.
Je vole à mon travail, pour vous, ce cher instant.
Oui ! car, pour vous aimer mon âme est toute prête
Et veux vous le prouver. Ici donc, je m'apprête
A dire ci-dessous, par l'unique moyen

De vous entretenir. Qu'aujourd'hui, ce matin,
A mon tirage au sort, ma mauvaise fortune
M'a servi trente-six... Nous passions par commune ;
Car chaque Maire, avant, par le sort désigné,
Avait par numéros, pris le point assigné
Pour chacun des cantons, et nous formions des groupes,
Où présidait la joie à nos bruyantes troupes.

Ah ! voyez-vous ma tante ! en ce jour solennel,
J'ai pu voir le français dans tout son naturel.
Tous ces groupes, enfouis, sur la place à Billom
Un véritable amas de commune au canton.
Nos gars sont bien campés dans notre Puy-de-Dôme
Et nous nous redressions.
                      Enfin, je suis un homme,
Un soldat, car je crois, que sur quatre-vingt dix
Que comptait mon canton, mon fameux trente-six
M'enverra, pour cinq ans, visiter la caserne,
Et, pour un sou par jour, porter sac et giberne.
Eh ! quoi, puisqu'il en faut, tous les gouvernements
Réclament chaque année partie de leurs enfants.

Chaque Maire appela les gars de sa commune,
Tous, drapeaux en avant, partîmes à la brune.
Nous avions des tambours et quatorze clairons,
Qui nous sonnaient déjà les airs des bataillons.
On se croyait soldat, car ce remue-ménage
Ne manquait pas d'attraits. Ça donne du courage
D'entendre leurs beaux sons. Le plus grand des conscrits
Marchait à notre tête excitant les esprits,
En envoyant en l'air une superbe canne,
Qu'accueillait par des cris, toute la caravane.
Les chants de la patrie et les hymnes vengeurs,
Criaient dans tous les cœurs, sus, aux envahisseurs ;
Ces chants sacrés sonnaient comme des voix intimes,
Mêlées aux doux accords des sentiments sublimes !...

Vous ne voyez pas ça, ma pauvre tante, hélas !..
Dans votre réclusion, où votre esprit trop las
De tant de chants divins, est privé dans ce monde,
Des plaisirs et chagrins qu'on rencontre à la ronde.
Ah ! que l'on doit souffrir loin de tous ses amis,
Car ainsi toute a Dieu, rien ne vous est permis ?
Vous n'avez plus de père et délaissez la mère,
Vous ignorez la sœur et répudiez le frère.

Quand le juste Seigneur, cet être tout-puissant,
Ici-bas nous créa, croyez-vous qu'en naissant ?
Il exigea qu'on prouve à sa grandeur sublime,
Pour lui, ce saint amour en jettant dans l'abîme,
Notre vie toute entière ainsi que notre esprit !
Non !.. Car il est trop bon. Il ne nous a pas dit
Martyrisez vos corps ; non !.. Car il veut qu'on l'aime,
Et, qu'on admire en lui l'omnipotent suprême !..

Je finis mon récit, car l'ouvrage m'attends,
Et d'en mettre plus long, tante, n'ai plus le temps.
Maman, du mauvais sort, dans un coin se désole.
Mais papa qui sourit, d'une voix qui console,
Dit à ma bonne mère, il faut qu'il soit soldat,
Cela l'apprendra mieux à respecter l'Etat,
Dans ses combinaisons, ses lois et ses coutumes,
Souvent l'esprit se forme en changeant les costumes
Mes prochaines seront écrites des bivouacs,
Tante, priez un peu, pour votre petit Jacks ;
Priez pour le pays, puisque c'est votre science,
Et, chacun, dans son genre, aura servi la France !...

Paris, août 1883.   LÉON FILHON

MAMAN MA-I

ELÉGIE

Il avait quinze mois, ce bébé frais et rose,
Tout pareil à la fleur du matin même éclose,

Seul espoir des parents, le bonheur du logis,
Le but d'un dur labeur et des longs jours d'ennuis.

Comme il était gentil, souriant à sa mère,
Et, comme il embrassait, le soir; son petit père !
Et cette union vivait dans ce bonheur parfait,
Demandant au bon Dieu d'accomplir son bienfait.

Cette joie si complète, ah ! ne fut qu'éphémère,
« C'est le sort des mortels sur cette triste terre ! »
Car, un matin de mars, un de ces jours heureux
Le malheur apparut et fit deux malheureux.

Ce jour un voile humide enserrait la nature,
Les nuages, semblaient, faire une sépulture
A ce Paris houleux, ainsi qu'un Océan,
Où succède, à toute heure, au passant le passant.

Il sortit d'une cour, noire, froide, malsaine,
Suivant des croque-morts, et, se traînant à peine,
Un homme, jeune encor, un enfant à la main,
Pleurant le froid baiser, le dernier du matin !..

L'enfant tout étonné, de voir gémir son père,
Lui, ne comprenant rien à l'affreuse chimère,
Sur ses lèvres d'enfant un sourire ébauchait,
Et pleurait, quand son père, malheureux gémissait !....

Lorsque la noire nuit et ses cohortes sombres,
S'étendant sur Paris, réduisit tout en ombres,
Le père prit l'enfant, le mit sur ses genoux,
Froid, en pleurs, le berça sous son regard jaloux.

Avant que le sommeil, lui ferma la paupière ;
Bébé dit : en pleurant, ze veux petite mère,
Pourquoi qu'elle est pas là, petit père ;.— Hi !.. Hi !..
A dit rien a bébé, ce soir, maman Ma-i?

Et bébé s'endormit sur sa plainte enfantine,
Sincère en son reproche en sa grâce mutine.

. . . .

Quand le soleil parût, inondant les chemins,
Le veuf pleurait encor..., la tête dans ses mains.

Bientôt le jour remplit, la modeste chambrette,
Et, bébé, s'éveillant, joyeux sur sa couchette,
Se prit à babiller, puis soudain, il s'écrit :
Où t'es, petite mère ?.. Où t'es, maman Ma-ï ?..

Ce cri fit sursauter, hélas ! le pauvre père ;
L'embrassant, il lui dit : bébé..., petite mère...,
Tu ne la verras plus,.., ô !.. Mon pauvre chéri !...
Et l'enfant s'écria !... Ze veux maman Ma-ï !..

Paris, novembre 1883.   LÉON FILHON

DU CRÉATEUR EN TROIS PERSONNES
ET DE SES ATTRIBUTS

De toujours à jamais est Dieu, c'est le mystère
Où se révèle bien la personne du père,
Principe créateur dès le commencement ;
La personne du Fils, verbe incarné, vivant
A jamais glorieux en l'une et l'autre essence,
Au Père en tout égal, comme en tout d'inhérence ;
Celle de l'Esprit saint qui, dans l'éternité,
S'unit au Père, au Fils en la divinité.
Je dis que le principe est le Père lui-même,
En qui la pauvre vie est le Fils qui nous aime
Jusqu'à verser son sang, se voir crucifier.
Dans sa clémence aussi son Esprit envoyer.
Mortel qui ne comprends Dieu seul en trois personnes
(Dire la Trinité) qu'autant que tu raisonnes,

Raisonne donc... ou crois... ne doute plus de rien ;
Que l'un ou l'autre fait t'amène vers le bien.
Les mystères de Dieu n'ont pour nous nulle entrée
Or nous ne pouvons voir que de notre portée,
Mais vouloir les sonder jusques à l'infini,
C'est encourir l'erreur dans le brouillamini :
L'homme tout ne peut voir de son étroite place ;
Dieu seul étant partout, seul verra tout en face...
Que d'infini, grand Dieu, que cette immensité
Déroulant du fini l'abstraite infinité !...
Médites-en le champ, ô mortel misérable !
Frémis en ce penser de l'incommensurable !
Tremble sur l'infini de tous les infinis
Dont chacun nous décèle infini de finis !...
De la Toute Puissance en tout on a le gage,
Mais surtout on en voit ici la vraie image.
En sa sagesse Dieu pose l'attraction ;
Ensuite tout paraît dans la création.
Incorporés par elle au chaos de l'espace,
Ces globes gravitants à la vie ouvre place.
Tout a sa fonction au céleste décors ;
Et tourne sans arrêt chacun de ses grands corps,
Sans qu'aucun heurt aussi dans les orbes survienne ;
Ni perturbation qui séants les retienne.
O puissance suprême !... ô principe infini !
Les cieux sont sous ta loi, par les cieux sois béni.
(1882-1883)   T. LAMY.

LES CIEUX, (*) LE PARADIS, L'ENFER, LE PURGATOIRE

Au premier ciel, (**) Phébus, messager de la vie,
S'entoure d'un second, spacieux et brillant,

(*) En général, les cieux sont de trois sortes, 1° le propre ou premier, 2° l'immense ou très-haut, 3° le suprême ou infini.
(**) Par premier ciel il faut entendre la partie de l'espace qui comprend le système du soleil ; par le second, cette autre partie

Et trois ont leurs banquets où se sert l'ambroisie
Au sein de la lumière assise au firmament.
De trois se forme un tout où chacun d'eux relie
Au grand arbre vivant l'imposante harmonie.
Tout est mû d'un principe en qui le roi des cieux
Se révèle parfait, caché, mystérieux.
Défiant du démon l'aveugle maléfice.
Il est dans son royaume infini de grandeur ;
Infini de sagesse, infini de justice,
Sur un plan infini l'infini de bonheur,
Et d'un règne éternel l'image créatrice.
Là, dans toute sa gloire, est ce Dieu même assis ;

d'où nous arrive la lumière des étoiles fixes, enfin le troisième comprend toutes les autres régions de l'immensité. lesquelles, en tous sens présentent à l'imagination. l'effrayante profondeur de l'infini, comme pour donner l'image fidèle de Dieu dans sa présence et son action universelles.

Pour notre monde, le premier ciel aurait ses limites sur l'orbite de la planète proprement dite la plus éloignée du soleil d'entre toutes celles de son système. De même pour un point quelconque de l'immensité, un premier ciel serait cette portion du tout qui contiendrait l'ensemble des corps opaques se mouvant autour de la même étoile ; or, chaque étoile fixe aurait particulièrement son ciel propre, son très-haut, et son suprême ou infini.

On voit, par ces données, que de ces trois parties de l'espace. deux seulement sont visibles dans toute leur étendue · la première où le soleil fait voir d'entre les corps attachés à son système, tant planètes proprement dites que comètes. ceux qui sont le plus à portée de la vue sous le double rapport de leur proximité et de leur grandeur ; puis la seconde où sont répandus tous les points lumineux plus ou moins perceptibles, mais dont les moindres soient toutefois distincts sur le plus pur azur. Quant à la partie suprême. elle parait en la Galaxie, cette agglomération d'étoiles fixes dont la lumière, dans l'éloignement, dégénère en tâches blanchâtres d'autant plus imprimées au firmament que la transparence atmosphérique est plus établie, et que l'on nomme généralement voie lactée. Mais ce troisième ciel est invisible pour nous en toutes ses autres régions.

L'univers, ou le monde entier, ne peut être fini quand le Créateur lui-même est infini. il en résulte donc que le troisième ciel aussi est essentiellement parsemé d'étoiles dans toutes ses régions et déroule ainsi à l'infini le grand œuvre de la création.

A droite sont les saints avecque le Messie, *
Et tous les chérubins... Voilà le paradis...
Aussi le purgatoire, où l'on se purifie,
De même que l'enfer, est au premier, d'abord,
Qui des sphères comprend le système visible ?
Aussi bien au second, étoilé, perceptible,
Où se croisent partout et la vie et la mort ;
Jusques outre portée, au troisième invisible. **
Comprenons bien cela nous, pauvres éprouvés
Dans le mal et le bien pour la mort et la vie.
Or c'est pour ce croiser que le moins j'ai d'envie ***
Mais chacun de ces lieux dans l'espace exposé,
Sachons qu'infiniment Dieu le tient divisé :
Alors au saint séjour il est bien des demeures,
Il est aussi maint siége en l'une aux mêmes heures,
Que de points !., Que d'écueils, dans l'arrêt temporel !
De degrés, de foyers dans l'abîme éternel !
Toujours dans l'enfer, avec des intervalles
D'où l'on revient aux pleurs, aux souffrances fatales.
Et la prédestiné du temporel séjour
Est de prier souffrir pour gagner l'heureux jour,
Le jour tant aspiré, le jour des délivrances ,
Celui des réprouvés libres de leurs souffrances.
C'est bien des livres saints le pur enseignement
Plus ou moins appliqué dans la dialectique :
C'est l'évangile vrai que le chrétien pratique.

(*) Par la droite de Dieu, il faut entendre son propre côté, celui
de la justice, de la compagnie de ses élus. Or cette femme qui
demandait ingénument deux places pour ses deux fils : l'une à
la droite et l'autre à la gauche du fils de l'homme, se faisait une
image de Dieu dans le ciel ; aussi ne put-elle obtenir de réponse
dans le sens de sa demande.

(**) Le troisième ciel, comme il est observé plus haut, parai-
trait néanmoins en la voie lactée.

(*** Il serait plus juste de dire . nulle envie, car il faut dès
cette vie aspirer à la sanctification.

Mais du penseur profond ce modeste argument
Met le libre-penseur en défaut, sûrement.
Oui, c'est la loi du Christ, et que Dieu sanctionne.
Le plan que j'en modèle, ou qu'il me le pardonne:
Car ma plume, en ces vers, ne tend qu'à réfuter
Qui voudrait bien savoir en tâchant de douter.
Où seraient donc, dit-on ces champs de l'Empyrée!
Notre place là-haut doit-elle être ignorée ?
Nous voilà bien en peine... Et qu'importe le lieu
Du céleste banquet lorsqu'on est avec Dieu?

    1882-1883.   T. LAMY

L'ÉDUCATION

Quànd l'éducation règne chez les humains,
Et qu'auprès du foyer s'ouvrent les livres saints,
La lumière conduit la chrétienne famille,
Comme en l'obscurité fait la lampe qui brille.

                         T. LAMY.

LES VŒUX DE COMMENCEMENT D'ANNÉE
POUR 1884.

Seul le bon sens, quand nous sommes dans l'âge,
Doit nous guider en nos communs désirs ;
N'envisageons dans ces souhaits d'usage
Que le soleil précurseur des zéphirs.

Quand nous voudrons qu'en nous la Providence
Verse bientôt les dons de sa faveur,
- Méritons-les, cultivons la semence,
S'accompliront nos vœux dans le Seigneur.

    1883..   T. LAMY.

LES TÉNÈBRES *

Les ténèbres, ayant pour attribut la mort,
Pour image la nuit, et la nuit à son fort,
Aux déserts de l'azur sont dites extérieures ;
Mais dans ces corps lancés où sont les intérieures,
Que de frémissements à leur noir aspect ! Oui,
Avouons que ces bords où l'objet d'art enfoui,
De la sphère ont montré quelque antique déluge,
L'effondrement affreux, plus ou moins centrifuge.
Oui, limbes engouffrant les cités, les forêts,
Accomplissent de Dieu les trop justes arrêts.
Hé ! que d'autres milieux sombres, impénétrables !
Que de limbes couverts aux cieux inexplorables,
Aux cieux où se déroule en tous sens la splendeur,
Cette ample perspective de toute profondeur !...
Dieu seul partout étant, seul sent tout à portée.
Notre pensée alors se conçoit limitée ;
Parfois elle s'étend, j'en veux bien convenir ;
Mais très-souvent se perd sans pouvoir définir.
On cèderait pourtant à l'abord des mystères,
Et quite l'on serait pour revenir aux pères.
Nous, cendre, méditons, et sachons rapporter
Les choses au Seigneur, et l'en glorifier.
A lui nos actions, comme ce que nous sommes :
De lui sont les progrès dont s'honorent les hommes.

---

* Les ténèbres sont opposées à la lumière.
La lumière est la principale force motrice de la gravitation et
de la vie en général ; c'est cette propriété de la puissance divine
qui, dans l'animal, se comunique tout particulièrement
aux deux sens la vue et le toucher. Elle se précipite en gerbes de
feu sur les planètes où sa répercussion produit le jour. Divisée
à l'infini dans l'espace, comme subsistant pour les étoiles fixes
elle règne sur les ténèbres, ainsi que sur la matière des corps,
opaques nommés planètes. Enfin pour notre monde elle subsiste
spécialement en le soleil d'où elle féconde et gouverne. selon la
volonté de Dieu, les planètes de tout ordre attachées à son système.

1882-1883.   T. Lamy.

DE LA PARABOLE ET DE L'ÉVANGILE

Le Messie, enseignant sa divine parole,
A l'apologue simple adjoint la parabole,
Plus, en sa passion, il s'en sert pour prier,
Et plus se captivant, plus sait édifier :

« Que votre volonté soit faite, et non la mienne »
Exprime : j'y consens sans que j'aime la cène.
Ne censurons jamais l'Evangile divin ;
Méditons-le d'abord, nous l'appliquons enfin.

Le Sauveur, commenté par les Pères eux-mêmes,
Expose au monde entier ses arguments suprêmes ;
Admirons-en les traits si pleins d'amour pour nous.

O générations ! à ce noble édifice,
Rapportez des martyrs la foi la plus propice ;
Témoignage en rendez pour le salut de tous.

1883.   T. LAMY.

LE BEAU CIEL D'ITALIE

I

O beau pays de l'Italie,
Agréable et brillant séjour,
Qu'il est doux de passer sa vie
A contempler ton divin jour.
Tes rivages et tes montagnes
Ont, je ne sais quoi d'enivrant,
Et les délicieuses campagnes
Charment le plus indiffèrent.

II.

Voici Naples, ta grande ville,
Dont les attraits et les douceurs
Surpassent la beauté fragile
De bien de pays enchanteurs.
Là, le Vésuve aux lueurs sombres,
Qui de ses flancs faisant sortir
Comme une longue suite d'ombres,
Semble vouloir nous engloutir.

III.

Puis, c'est Venise avec ses rues,
Où le gondolier joyeux
Contemple avec plaisir les nues,
En canotant deux amoureux.
Le soir, la ville illuminée
Reflète sur les calmes eaux,
Semblable à un palais de fée,
Plein de harems orientaux.

IV.

Turin, Milan, Florence et Rome,
Villes aux antiques splendeurs,
Durez toujours, villes où l'homme
Est parfumé de vos senteurs.
Découvrez-lui sans égoïsme
Les mystères des temps passés
Et des nations le cataclysme
Ou tous les siècles écoulés.

V.

Mais pourquoi donc, belle Italie,
A-t-il fallu que le destin,
(Ce dieu que souvent on oublie),
Éprouvât ton pays divin.

23

Ischia n'est plus, cette verdure,
Ce paradis de fort longtemps ;
Je vois, cette fois la Nature
Belle et terrible en même temps.

JEAN BARRACHIN.

L'AURORE

A l'heure où la Nature est encore endormie,
Où, faute de lumière, elle semble assoupie,
Où le sombre manteau dont nous couvre le soir
A peine a disparu, quand il fait encor noir ;
Soudain une lueur qu'avec peine on découvre,
Lueur qui dans le ciel une route s'entr'ouvre,
Devient visible enfin : de Phébus c'est le char.
A ce moment quand du matin l'épais brouillard
Par l'éclat de ses feux flamboyants il dissipe,
A ce réveil soudain, l'homme aussi participe.
Les oiseaux, du soleil fêtant le gai retour,
Font entendre de doux gazouillements d'amour ;
Les insectes aussi, bruissant sous la verdure
Célèbrent ce charmant réveil de la Nature.

.   .   .   .

La lueur empourprée, au ciel grandit bientôt,
Embrasant l'horizon d'un feu superbe et haut,
Et montant plus encor, jusqu'au trône s'élève
Du glorieux Tout-Puissant. Ce réveil est un rêve
Pour les êtres humains dont le regard profond
Contemple ces beautés ; bientôt tout se confond
En un long cri d'amour, de joie et d'allégresse
Poussé vers le Dieu de la suprême sagesse.

JEAN BARRACHIN.

MISÈRE HUMAINE

Le poète, marcheur adorable et sublime
M'a fixé d'un regard pénétré de douleur,
Puis il a contemplé tristement notre abîme
    Où manque le bonheur !

—Où vas-tu ? — Dieu le sait ! Que veux-tu? —Je l'ignore ;
Je cherchais le bonheur a jamais envolé,
Et du rêve perdu dont l'âme saigne encore
    Rien ne m'a consolé !

La pâle courtisane à la lèvre flétrie,
Dans son regard de feu plein de lascive ardeur,
M'a laissé lire au fond de son âme meurtrie
    Où manque le bonheur !

— Ou vas-tu ? Je ne sais ! La souffrance et l'envie,
Ont fait mon cœur farouche et mon front désolé,
Et du voyage amer qu'on appelle la vie
    Rien ne m'a consolé !

Et moi, j'ai regardé jusqu'au fond de mon âme,
Je n'ai plus retrouvé ni calme ni grandeur ;
Le foyer s'est éteint, il n'est plus une flamme
    Ou manque le bonheur.

Ou je vais... Vers l'abîme ou le plus fort succombe,
Vers le repos suprême à mon cœur révélé ;
Mais du berceau fragile à la funèbre tombe
    Rien ne m'a consolé.

(*Juin 1883.*)   EVARISTE CARRANCE.

LES BORDS DU LAC LÉMAN

O beau Lac aux contours sinueux et charmants,
Beau Lac qui fus chanté par d'illustres poètes,

Daigne que je célèbre aussi par mes accents
Tes flots couleur d'azur, peu connus des tempêtes,
Et comme retenus par ces monts élancés.
C'est sur tes bords bénis que se trouvent encore
Tous ces sombres manoirs, restes des temps passés,
Qui lèvent vers le ciel leur vieux beffroi sonore ;
La nuit, le voyageur qui passe dans ces lieux
Tremble d'étonnement à l'aspect de ces masses,
Il croit voir devant lui quelque lion fabuleux
Prêt à le dévorer, prêt à suivre ses traces.
Grand Lac ! combien tes flots recèlent de secrets
Depuis l'instant où l'homme élevant sa cabane,
Vint s'établir ici, vint tendre ses filets,
Attiré par ce champ qui plus tard fut Lausanne.
Berceau des fiers Gaulois, témoin de leur hauts faits,
Immense réservoir d'un grand fleuve de France,
Nappe toujours limpide et séjour toujours frais,
Bien bas je me découve, ô Lac en ta présence.

JEAN BARRACHIN.

LA FILLE DE LA FRANCE

*(Elle chante l'hymne de l'avenir, un drapeau
tricolore d'une main ; et de l'autre, un drapeau noir
en signe de deuil).* —

Sur mon sol natal exilée,
Hélas ! je pleure inconsolée ;
Mon Pays ne s'appartient plus.
O mes fils, plaignez ma souffrance,
Je suis la fille de la France ;
Mon pays ne s'appartient plus.

France, je ne suis plus à toi !
Pardonne la douleur de mon âme meurtrie ;

Car, je n'ai plus d'amour, je n'ai plus de patrie...
France, l'Etranger est mon roi !

> Mes fils.., — si pleure votre mère, —
> L'Esclavage est une chimère ;
> Aimez bien la France, Alsaciens !
> Alsaciens aimez bien la France ;
> Donnez à mon cœur l'espérance,
> Aimez bien la France, Alsaciens !

> France, je ne suis,

> France ! sur une triste rive,
> Ecoute l'Alsace plaintive,
> Entends le cri de tes enfants !...
> Avec sa peuplade sauvage,
> Le Germain foule ton rivage,
> Entends le cri de tes enfants !...

> France, je ne suis,

> D'une Mère..., fille tremblante,
> Revois-je la face sanglante,
> Et le sang de sa plaie.., hélas !
> O ma Mère ! à travers mes larmes,
> Je vois trop reluire des armes...,
> Et le sang de ta plaie.., hélas !

> France je ne suis,

> Fantômes ! ô vous graves spectres !
> Avec orgueil devant nos maîtres
> En pleurant sur l'Alsace en deuil,
> Dites avant la délivrance :
> — Que dans ces lieux règne la France
> En pleurant sur l'Alsace en deuil ?

> France, je ne suis,

Au sein de ta noble famille,
Quand m'appelleras-tu ta fille,
Ma mère, en me baisant le front ?
Et moi, dans ta grandeur sereine,
Quel jour te dirais-je ma reine,
Ma Mère, en te baisant le front ?

Vaincu ton bras sera vainqueur,
Si l'Etranger maudit te déclare la guerre ;
La Fille en se levant combattrait pour la Mère
Avant qu'on lui saignât le cœur !

(28 *Octobre*)   ACHILLE.

A LOUISE

Si je viens t'appeler confrère
Tu ne diras plus que j'ai tort
Car tu viens de montrer ma Chère
Que ce que tu fais est très fort.

Oh ! non ce n'est pas une frime !
J'en ai la preuve dans les mains !
Tu viens d'accoucher.... d'une rime
Sur une page de velin.

Vraiment! c'est si prendre à bonne heure!
Tu n'as pas encor vingt printemps.
Heureusement aucun ne pleure
De tes jeunes jolis enfants !

Oui, tu produis, muse mignonne,
Des vers, dans un charmant écrit,
Et, comme toute ta personne,
Ils sont pleins de grâce et d'esprit.

S'ils sont d'une taille petite,
S'ils ne marchent que sur huit pieds,
Ils ont peut-être le mérite
D'être, avec toi, plus familliers.

Amie, avec eux laisse faire,
Et ta jeunesse et ta beauté,
Pour les petits sois bonne mère
Donne leur toute liberté.

Fais les sortir de l'esclavage
Dans lequel tu les retenais,
Ils auront, bien vite, en partage
Des honneurs !... je te le promets.

Lorsque tu feras leur baptême,
Si tu veux, je serai parrain ;
Ce serait mon bonheur suprême
De les guider dans leur chemin ;

Vers les Muses de les conduire,
Au Parnasse les faire asseoir,
Et te les rendre dans un livre
Qui brillerait de leur savoir.

Puis si tu veux une préface
A ce volume, tu l'auras !
Oh ! mais alors dis-moi, de grâce
Dis-moi que tu m'embrasseras.

Promets-moi cette récompense,
Donne cet encouragement,
Et j'écris à Monsieur Carrance
Póur le Concours prochainement.

Je t'introduis, nouvelle étoile,
Au milieu d'amis et d'auteurs
Et notre journal te dévoile
Parmi ses membres fondateurs.

Mais que pourtant cette demande
Ne provoque point ton souci,
Je ne veux rien de contrebande
Et me contente d'un merci,..

J'éprouverai de l'inquiétude
A te causer un déplaisir,
Quand tu consacres à l'étude,
Avec tant d'amour, ton loisir.

Va ! je t'adrese un bon sourire
Un souvenir affectueux,
En te suppliant de m'écrire
Bientôt, en vers harmonieux !

Car je vois bien, Muse mignonne,
En cela quel est ton savoir,
Tes vers sont comme ta personne
Et j'en subis le doux pouvoir.

Si pourtant la rime rebelle
Malgré tous les soins assidus
Que tu pourrais avoir pour elle,
A ta voix, n'apparaissait plus ;

Prends des rimes un dictionnaire,
Il est pour sortir d'embarras,
Aux auteurs faibles, nécessaire,
Utile aux forts, en quelques cas.

Mais non !.. Sois plus audacieuse !
Et gardant toute ta fierté

Fais venir une rime heureuse
Par l'excès de ta volonté.

Sans jamais trop vouloir prétendre
Sans vouloir s'élever trop haut
L'ambition est bonne à prendre
Il en faut peu, mais il en faut.

De la divine intelligence
Qui réside si bien en toi,
Pour rendre honneur à la puissance,
De tout progrès subis la loi !

Garde pourtant en toute chose
La mesure qui te convient
Pour que ton sexe ne s'expose
En son langage et son maintien.

Qu'à faire bien rien ne te lasse
Connais l'un et l'autre devoir,
L'*Honneur* ! à la première place
Mais la seconde est au *Savoir* !

Maintenant, en ami fidèle
Qui pense à toi, sous d'autres cieux,
Je jette encor une étincelle
De poésie, en mes adieux.

Pour te dire, chère mignonne,
En vers, mets ton prochain écrit,
Pour qu'il soit, comme ta personne
Et plein de grâce et plein d'esprit!

Ernest Dupont.

A LEONE XIII

Leone, il Regno Italico — volle con Roma Iddio,
E del terren dominio — più non aver desio.

Vorresti, giusta il solito — Stranieri a farci guerra ?
Non l'aspettar, chè simbolo — di pace et nostra Terra.
Il rogo e'l Sant'Ufficio — metter vorresti in uso,
Tornando all'*Evomedio* — per far qualsiasi abuso ?
È un vano desiderio ! — L'Umanità si scosse,
Ed il SOVRANO POPOLO — sua libertà riscosse.
Tu desso che il connubio — spezzo tra CROCE e SPADA :
Questa serbando a CESARE — e a TE del Ciel la strada.
CRISTO nel fuo Vangelio — tanto preferisse, e invano
TI ostini a temprar fulmini — ognora in Vaticano.
TI è saldo scudo ITALIA — pel Santo Ministero,
E come PIO TI annuancii — d'esser suo Prigioniero.
Vescovi ed Arcivescovi — nomini quando credi,
E con rispetto accolgonfi — tutti nelle lor Sedi.
Dov'è, dov'è l'ostacolo — che ITALIA a TE frappone ?
È nella Selta perfida — che ti circonda e impone.
Non senti amor di Patria ? Figlio d'ITALIA sei.
Discaccia dalla Curia — gli Scribi e i Farisei,
LEONE, il REGNO ITALICO — volle con Roma Iddio,
E del terren dominio — più non aver desio.

    (Molise) 3 *settembre* 1883.

CAV : LUIGI CICCAGLIONE
Giudice di Tribunale in riposo.

NUNC EST BIBENDUM

Ils disent aujourd'hui, dans leurs dédains superbes,
— Vieillards au chef branlant, roués, viveurs imberbes !
— En danse ! des plaisirs, des noces, des festins !
Couronnons de banquets nos soirs et nos matins !
Il faut, puisque le sang dans nos veines circule,
Tant que rit le printemps, que la passion brûle
Notre tempe vibrante et nos regards ardents,
Tant que s'offrent à nous de clartés rayonnants

Sous l'attrayant aspect d'un front que l'amour dore,
Que l'amour fait pâlir, que l'amour seul colore,
Les trésors de la grâce et de la volupté,
Il faut sacrifier aux pieds de la beauté ;
— Il faut puisqu'en nos jours une lueur encore
Brille et dans ses reflets, pâle et dernière aurore,
Promet dans les festins à nos vieux sens blasés
Des fleurs à savourer, flétries sous nos baisers
Froids, expirants, il faut achever notre vie
Comme elle s'écoula dans les bras de l'orgie.

Que nous fait du Poète à la porte accroupi
Le vers suant le fiel par l'infortune aigri ;
Au timbre, tour-à-tour, furibond, monotone !
Pauvre homme qui rugit ! pauvre fou qui raisonne !
S'il eût été doté du ciel clément et doux,
Il voudrait s'amuser, rire et boire avec nous !..

Buvons donc ! rions donc ! En avant les orchestres !
Que les émotions, tous les bonheurs terrestres
Débordent de l'archet plein, sonore, joyeux,
Comme l'on voit des flots du champagne mousseux
Naître sous l'œil hagard de l'ivresse ravie
L'oubli des sens trompés et la grivoiserie ;
Venez, venez à nous ! venez, fronts éclatants
Si beaux dans l'embarras de vos quinze printemps !
Buvons tout ! brisons tout ! épuisons toutes choses !
Effeuillons sous nos doigts tous les cœurs et les roses !
Que tout ce qui touché d'un céleste rayon
Porte une flamme aux yeux, une auréole au front,
Tout ce qui dans sa vie entraîné loin des anges
Eprouve un frisson d'aise au milieu de nos fanges,
Tout ce qui dans son cœur sent trembler un désir,
Apporte son tribut au banquet du plaisir !

Qu'importe que demain un père de famille
Dans l'alcôve souillée où gît râlant sa fille,
Pour éviter la honte après le déshonneur,
Aille, pâle d'opprobre et de rage, ô terreur !
Aille redemander aux ombres décharnées
De la mort le repos de ses blanches années ?
Tous ces biens nous sont dus, ô joyeux compagnons,
Toutes ces voluptés, puisque nous les payons !
Descellons tous les crûs ! buvons toutes les âmes !
Du vin, voici de l'or ! voici de l'or, des femmes !
De l'or ! toujours de l'or ! ô siècle, horreur !
Un facile penchant quand la honte réclame
Et ce mépris hautain de ce qui sonne à l'âme
Dans les noms de vertu, d'amour et de pudeur !

Ce qu'entrevoit alors le Poëte en ses rêves,
Ce que lui dit le flot déchaîné sur les grèves,
Ce qui vibre dans l'air à ses sens confondus
Quand le vent du malheur aux sanglots éperdus
Du pauvre que la fin ou le vice déchire
Mêle le bruit croissant de votre éclat de rire,
Ce qu'en l'abjection de votre amour cruel,
Dans les soupirs confus de la terre et du ciel
Lui montre le génie indompté qui l'emporte,
L'Avenir, malgré vous, frappant à votre porte,
C'est, fils du siècle, et vous, ô fières nations,
Méditez bien ceci ! c'est en un Destin sombre,
C'est au gouffre sanglant des révolutions,
Au tableau de l'Histoire où n'échappe nulle ombre,
Gibet où se débat plus d'un spectre effrayant !
A la nuit, à l'opprobre, au malheur balayant
Les générations du revers de son aile
La justice de Dieu, Némésis éternelle !

ARTHUR ALBRE.

PARVULOS

Que vous êtes donc beaux ! Que vous êtes donc roses !
    Chers petits que nous adorons,
Plus que l'aube du ciel, plus que toutes les choses,
    Venez, apportez-nous vos fronts.

Eveillez-vous, sortez de vos lits, petits anges,
    Ouvrez votre bouche, vos yeux,
Dites vos petits mots, quelquefois bien étranges,
    Et toujours si délicieux.

Venez tendres démons, criards insupportables,
    O lis blancs ! O gais tapageurs ?
Dieu jeta des parfums suaves, adorables,
    Chers monstres jusque dans vos pleurs.

Il vous créa si beaux, vous donna tant de charmes,
    Que bien vite nous oublions,
Devant un frais souris, vos colères, vos larmes,
    Venez que nous vous embrassions.

(Maine-et-Loire.)   F. POTEL.

SOBIESKI

Son Apothéose

(Zappi)

Quand Sobieski, du Trau, eut comprimé la rage,
Neutralisé ses pas, arrêté le ravage,
Des deux sceptres brisés relevant la grandeur.
Dans Pierre et dans César reparut l'Empereur.

Le Tibre l'acclamait : « Viens sur notre rivage
Compléter ton triomphe et recevoir l'hommage
Des lauriers dont nos mains veulent ceindre un vainqueur !
Roi-soldat, soldat-roi, digne de tout honneur.»

— Non, dit le ciel, ton bras a détrôné l'Asie ;
Ton nom mérite un rang dans le livre de vie ;
Viens des astres sacrés, grand roi, te couronner.

Le héros sait qu'à soi sa personne est bornée :
Il marche vers les cieux et son épouse aimée,
A Rome, ira pour lui s'y faire auréoler.

HIPPOLYTE TOPIN.

CHARLES-QUINT

Son Abdication

(Tasse.)

Le germanique Atlas, Charles, miné des ans,
Las du trône, disait, en supputant sa vie,
J'ai conquis des pays, clos à nos ascendants ;
Couru par monts et vaux, bravé l'onde ennemie :

J'ai fait du roi de Thrace un des rois les plus grands ;
Dompté le Lybien, le Franc et sa furie ;
Opposé tour à tour au ciel mes doubles flancs
Portant un poids auquel je fis contre-partie.

Puis arrêtant ses yeux sur son frère et son fils,
Il a dit : « Toi, retiens tous mes anciens acquis ;
L'Allemand, le Romain, restent ton apanage.

Toi, je te substitue à mes autres Etats ;
Prends le sceptre de l'Inde et marche sur mes pas :
Puisse l'amour unir, maintenir ce partage. »

HIPPOLYTE TOPIN.

LOUIS XIV

Son Apothéose

(Teva.)

La gloire, la grandeur, le monde et ses attraits
Ayant lassé l'esprit du grand héros français
Il tourne ses pensers vers la vie éternelle :
La mort le préoccupe et d'un geste il l'appelle.

Le spectre inexorable et qui n'osa jamais,
Face à face, heurter Louis en ses progrès,
N'eut garde à son signal de se montrer rebelle :
Il accourt, rassuré, le couvre de son aile :

Il meurt, va résider où son rang l'attendait ;
Quand la terre le plaint, le pleure, le regrette
L'Olympe avec transport et l'accueille et le fête.

Un ciel plus lumineux, plus haut, lui réservait
L'honneur d'être entouré, par un honneur plus juste,
De Ninus, de Cyrus, d'Alexandre et d'Auguste.

· Hippolyte Topin.

BONAPARTE EN EGYPTE

SONNET

(Buttura.)

Il signa la paix et, ne rêvant que progrès,
Son âme méditait les plus hardis projets,
Sur la courbe des flots, En Egypte il s'envole :
Son génie a pour lui le ciel, Neptune, Eole.

Il descend, il combat : ses éclatants succès
Sont l'effroi des vaincus terrassés à jamais.

Il parle, on se soumet à sa haute parole :
Du peuple qu'il enchaîne il en devient l'idole ;

Ainsi croît le pouvoir devant qui tout fléchit.
Tel le fleuve, en son cours, reçoit l'onde affluante
Et les flots confondus suivent la même pente.

Le despotisme croule et l'erreur en crédit,
Hors de l'ombre, suspend son vol, et, la lumière
Qui vint nous éclairer retourne dans sa sphère.

Hippolyte Topin.

SALUT D'ANNIBAL A NAPOLÉON
Sur le littoral de l'Afrique
SONNET

(Luigi Scevola.)

Errante et tristement, sur la plage Africaine
L'ombre du grand guerrier, punique capitaine,
Tend au jeune gaulois qui revenait vainqueur,
Cette main qui dans Rome y jeta la terreur,

Et dit : la Campanie et son luxe et sa plaine
Ne t'arrêtèrent point ; tu courus le domaine
Du Tibre et du Pô, plein d'une noble ardeur,
Désirant qu'on te vit, partout triomphateur.

Ah ! si j'eusse eu pour moi ton talent militaire ;
Fait appel à l'honneur, honni les voluptés,
Quand je m'ouvris les monts jusqu'alors indomptés,

Je verrais tressaillir le spectre de mon père
Sur les brûlants débris de l'empire latin,
Et surgir ma Carthage où l'œil la cherche en vain.

Hippolyte Topin.

DISPUTE ENTRE LES RÉPUBLICAINS
Sonnet

(Monti.)

Un jour trois Déités, émules de Pallas,
Grandes en liberté, vinrent à grands débats.
— Moi, dit l'une aux vertus j'ouvris un sanctuaire ;
— Je l'ouvris au savoir, dit l'autre, et j'en suis fière.

Je dominai du Pont aux mauresques Etats ;
Sur vous aussi. — Pour moi je vis sous deux climats,
Répliqua la troisième, au ciel et sur la terre,
Et semblait en parlant, monter dans l'hémisphère.

La Liberté Gauloise, intelligence, ardeur,
Apparaît, et soudain, sur l'Europe étonnée,
Retentirent ces mots : c'est ici votre aînée

Qui, jeune et le front ceint des lauriers du vainqueur,
De Sparte à la vaillance et la raideur innée ;
D'Athène la sagesse et de Rome l'épée.

HIPPOLYTE TOPIN.

LE PHILOSOPHISME
Sonnet

(Fusconi.)

Tu caches, sous l'orgueil du moderne savoir,
Les antiques erreurs des règles du devoir ;
Et, pour calmer l'esprit qui marche en sens oblique,
Tu répands tes poisons, philosophie inique.

Protée insidieux, tu tends à tout mouvoir ;
Des trônes et du ciel tu détruis le pouvoir ;

24

Tu dis : Dieu n'a rien fait ; Est-il ? rien ne l'indique ;
La haut ? rien ! âme et corps n'ont qu'un but identique.

Combien sont loin de toi, tes premiers sentiments !
Socrate et Platon, forts de tes raisonnements,
Découvrirent dans l'homme un reflet de Dieu même.

Dominée aujourd'hui par ton impiété,
Tu te prends hardiment à la fatalité ;
Tu veux du ciel désert chasser l'Etre suprême !

HIPPOLYTE TOPIN.

VISION

LE JUGEMENT DERNIER

(Zampieri).

J'entends des hauts clairons le retentissement,
Suprême appel des morts pour le grand jugement.
Il jette dans mon âme une terreur amère ;
Le sol tremble et la nuit inonde l'atmosphère.

Mon corps refait, surgit de son froid monument,
S'envole au rendez-vous du Divin dénoûment :
Serai-je le corbeau, la colombe émissaire ;
D'ici je vois le ciel et de là sa colère.

Tandis que je balance, incertain, interdit,
Attendant au grand val, non sans que je palpite,
Le décret qui punit ou qui réhabilite,

Mon songe, au point du jour, fuit et s'évanouit,
Le jugement n'est plus sous mes yeux : je m'éveille ;
Mais l'effrayant clairon frappe encor mon oreille.

HIPPOLYTE TOPIN.

LA ROSE FEINTE MESSAGÈRE
ODE.

Charmante fleur de mai, que de notre âge
Es-tu la plus harmonieuse image,
    Rose aux couleurs de feu,
    Dis moi donc ton aveu.
Dans ce bas-monde chaque créature
Doit se soumettre aux lois de la nature.
Celui qui satisfait plus son désir
Mieux jouit de la vie et du plaisir.
    Dis-moi rose de flamme
    Le désir de ton âme.

Je parle à toi comme à l'être vivant
Qui l'a mise en mes mains, tel qu'un aimant.
    O fleur délicieuse
    Poétique amoureuse,
Dis-moi l'état de ton sensible cœur,
Et quel désir lui donne de l'ardeur :
Ne cache pas le sentiment intime
Qu'une source si pure rend sublime.
    Dis-moi fleur si l'amour
    Te porte en mon séjour.

A toi néant, matière toute informe,
La main de l'homme te donna la forme
    De la fleur de l'amour,
    Avec un beau contour :
Et puis d'une âme très-douce et sincère
Amour te fit fidèle messagère.
Dis-moi rose quelle est ta mission
Je t'offrirai ma lyre, et ma chanson...
    Peut-être que ta flamme
    Est celle de mon âme.

LUIGI ACQUARONE.
peintre de S. M. J. le Sultan.

LA GRAND' MÈRE

AIR : *De la chèvre blanche.*

Un soir d'hiver, une grand' mère
Réchauffait ses enfants en pleurs
Près l'âtre ardent de la chaumière,
Quand vint l'amour couvert de fleurs ;
Chaque enfant releva la tête,
  La grand' mère leur dit soudain :
Méfiez-vous de l'air de fête !
Et des attraits de ce mondain.   *bis.*

PARLÉ : (voix enfantine.)

Que nous dites vous donc là, bonne maman ?

REFRAIN.

Vous dites que la peine amère
Suit toujours l'ange que voilà,
Mais nous croyons, bonne grand' mère,
Que le bonheur est caché là.

Mes chers enfants, dans son royaume
J'ai toujours vu les plus heureux,
Sur le velours ou sous le chaume,
Victimes des tourments affreux :
Il nous comble de sa tendresse,
·Il nous fait rêver au bonheur,
Mais dans ses bras, quand il nous presse
Il prend souvent l'or ou l'honneur.   *bis.*

PARLÉ.

Oh ! bonne maman ! Il n'a pourtant pas l'air bien méchant

Vous dites que la peine amère etc.,

Mais, quand j'étais bien jeune fille
Tout comme vous je le croyais,

Sous la dentelle, ou la guenille,
Pour lui, toujours je souriais.
Du temps où je bravais ses flèches
Vous me restez seul souvenir !
Adieu trésors, bijoux, calèches,
C'en est fait de mon avenir. *bis.*

PARLÉ.

Vous n'espérez plus rien, bonne maman ?...
Eh bien ! nous serons plus heureux, nous, vous **verrez** !

Vous dites que la peine amère etc.

L'amour fuyait toute lumière
Et souriait à chaque enfant,
Il voltigeait dans la chaumière,
Tout radieux, tout triomphant !
Le rude hiver n'était plus sombre,
L'amour faisait fuir le chagrin,
Et le bonheur brillait dans l'ombre
Accompagné du gai refrain. *bis.*

PARLÉ.

Eh bien ! vous direz ce que vous voudrez, il est bien
Nous le fêterons quand même !... Na !...

Vous dites que la peine amère etc.

Lyon. Désiré Pihuit.

A LA MUSE DE LA GLOIRE !...

INVOCATION.

O! Muse à ton appel puis-je prendre ma lyre
Mais, pourquoi pas dis-tu quand on a mes faveurs,

On peut toujours narguer les coups de la satyre
De mes dons énivrants, qui, goûte les saveurs,
En lice doit entrer lorsque la poésie
Offre à tous une place à ses brillants tournois
Où vainqueurs généreux et pleins de courtoisie
D'honorer les vaincus reconnaissent les lois.
Poètes, à vos rangs ; et chantez-nous la gloire ;
Cette gloire si belle à qui tant de héros !...
Ont consacré leur vie illustrant leur mémoire
Qui, de la renommée attendent les bravos !...
Réveillez tous ces preux qui dorment dans la tombe.
Et pour les célébrer prenez des harpes d'or !...
C'est à vous qu'appartient, que cette tâche incombe
Vous qui sur le parnasse élevez votre essor,
Au milieu des neuf sœurs augustes souveraines
Dont les doigts délicats, fins et mystérieux
Là vous tressent des fleurs et détachent vos chaines
Chantez en liberté tous les noms glorieux.
Interrogez la paix !... Où les arts, l'industrie
Les sciences, les lettres font tant de progrès
Et la guerre; partout et toujours la patrie
Pour chaque dévouement a des palmes, exprès;
Que pas un seul n'échappe à vos nobles louanges
Puisque tous ont des droits à l'immortalité.
Des savants, des guerriers, les sublimes phalanges
Doivent fixer les yeux de la postérité.
Ah ! celui qui fera revivre sous sa plume
De nos gloires si chères les fiers chevaliers
N'a pas besoin d'attendre un poème posthume
Muses ?... Décernez-lui vos plus riches lauriers !.,.

AMBROISE MOUSSION,
ouvrier tonnelier, à l'hospice Saint-Louis,
à la Rochelle.

LES ROSES D'ELISABETH DE HONGRIE

Aimons faire le bien ; cette joie
est divine.

F. O. D.

Un jour Elisabeth, la reine de Hongrie,
Les mains pleines de dons, les yeux pleins de bonheur
Suivait paisiblement une route fleurie,
S'en allant toute seule où la guidait son cœur.

Elle allait sans frayeur, écoutant dans son âme
L'écho de sa prière où les accents divins,
Quand son terrible époux vint et lui dit : « Madame,
Que portez-vous ainsi dans vos royales mains ? »

Sous ce regard railleur et cette vue ardente,
Ne sachant trop que faire et se sentant rougir
Inspirée, elle dit d'une voix gémissante
« Des roses Monseigneur, je viens de les cueillir.»

Cherchant à prévenir des paroles cruelles,
Elle ouvrit un tablier relevé jusqu'alors...
Le roi jaloux put voir les roses les plus belles,
Que Mai trouva jamais dans ses nombreux trésors.

Puis elle poursuivit sa route solitaire....
Quand au foyer du pauvre elle arriva enfin,
Elle donna ses fleurs sous leur forme première
Et le pauvre affamé, ce soir-là, eut du pain.

Est-ce l'histoire ou bien la légende gracieuse
Que l'aïeule redit le soir au coin du feu ?
Je ne sais, mais je sais que, plante merveilleuse
La charité fleurit partout où elle veut.

Elle a, dans les hauts cieux, ses puissantes racines,
Et ses fleurs ici-bas, s'entr'ouvrent pour chacun,

Dévoilant des secrets de puissance divine
A tous ceux que séduit leur suave parfum.

Vivifiant les vertus, sanctifiant les richesses
Elle épure les âmes, elle agrandit les cœurs ;
Elle est le grand recours de toutes les détresses,
Le baume précieux de toutes les douleurs.

Depuis que sur le roc désolé du calvaire,
Une goutte de sang la fit fleurir un jour,
Elle n'a pas cessé d'accomplir sur la terre
Par de pieuses mains ses miracles d'amour.

LOUISE LAVANCHY.

VOS AILES

Oh ! que les oiseaux sont heureux,
Ils vont dans toutes les patries,
Eux n'ont pas de jours malheureux,
Ils passent leurs nuits aux prairies ;
Sur une branche, au bord d'un nid,
Parmi les fleurs, dans les tourelles.
O que je voudrais vivre ainsi
Si je pouvais avoir vos ailes.

Petits oiseaux doux et chéris
Votre âme est belle et toujours pure ;
Sur les monts, dans les prés fleuris
L'écho redit votre murmure.
La glaneuse écoute vos chants
Et vous nourrit de ses javelles.
Pour respirer l'air du printemps
Que je voudrais avoir vos ailes !

Ah ! Si je puis aller un jour
Toucher votre céleste lyre,
Je vous partagerai l'amour
D'un cœur qui brûle et qui soupire !
Mais si vous repoussez mon vœu
Du haut des sphères éternelles,
J'irai plus loin, j'irai vers Dieu
Avec mon ange et sans vos ailes.

J. H. CASTELNAU.

SAINT-LUCIEN

PREMIER EVÊQUE DE BEAUVAIS, PATRON DE LA COURNEUVE.

Cantique-Légende, dédié à M. le Curé.

C'était dans l'antique Gaule
Que prêchait Saint-Lucien.
On admirait la parole
Du prélat, vaillant chrétien.

Il enseignait avec flamme
La sublime vérité !
Vérité qui sauve l'âme
Pour toute l'éternité.

Il était bon, charitable,
Jésus lui dictait sa loi !..
Dans un combat redoutable,
Il fut martyr de la foi.

Pour éteindre la lumière,
Emanant du Créateur,
Vint une horde guerrière.
Barbare et pleine d'ardeur.

Nos soldats prennent les armes,
Pour chasser ces inhumains ;
Mais le deuil et les alarmes
Envahissent les chemins.

Saint-Lucien, jeune et brave,
Combattra les ennemis !
Il arrive sans entrave
Dans la plaine St-Denis.

Armé de fer et de lance,
Il affronte les plus forts ;
Son coursier d'un bond s'élance,
Triomphant de leurs efforts.

Bientôt l'infidèle race
Entoure l'homme de Dieu !..
Son sang coule, on le terrasse :
Il meurt en ce triste lieu !

Au même instant sur la plaine
Un miracle s'opéra :
L'eau jaillit !.. C'est la fontaine *
Que le peuple bénira.

Et, dès l'aube matinale,
L'arme encore dans le sein,
A sa chère cathédrale.
Un ange apporta le saint! !
. . , ...

Chrétiens, marchons sur la trace
De notre saint protecteur,
Et Dieu nous fera la grâce
De partager son bonheur.

---

* Fontaine Saint-Lucien. à La Courneuve,
dont l'eau guérit les fièvres.

(REFRAIN, *après chaque strophe.*)

Saint-Lucien dit en ce lieu
        Gloire à Dieu !
Comme lui, disons en tout lieu :
        Gloire à Dieu !

(*Octobre* 1883.)   Vᵉ MARIE DE BERTIER.
                    Présidente d'honneur des Concours
            poétiques du Midi de la France. Présidente
            de la Société humanitaire du Sud-Ouest etc.

TABLEAU

LE SOIR.

Le laboureur joyeux retourne à sa chaumière
Et las de son travail s'asseoit près du foyer,
Il cause, mais quand vient l'heure de la prière
La famille avec lui se dispose à prier.

Qu'il est beau de les voir sur leurs pavés de pierre
A genoux contemplant un grand Christ en noyer
Que leur donna l'aïeule à son heure dernière
Doux présent que le cœur ne saurait oublier.

L'astre d'argent perdu dans l'espace en silence
Brille sur les moissons et notre cœur s'élance
Et rapide parvient sur le trône de Dieu.

Le soir s'enfuit, la nuit craintive fuit encore
Mais lentement. Décente, elle surprend l'aurore
Et jette dans les airs son dernier cri d'adieu.
                        MURATEL HONORÉ.

A UNE DEMOISELLE DU LYCÉE-FÉNELON
Pièce humoristique

I

Vous allez être heureuse,
Dans votre doux métier,

Fille de blanchisseuse,
Ou fille d'un portier !

Pour aller à l'ouvrage :
Parez-vous follement ;
Déjà l'on emménage
Pour vous l'appartement.

Vos pensers vont éclore
Comme un essaim d'oiseaux ;
Par avance on décore
Le jet de vos travaux.

Commencez l'écriture,
De votre rude main ;
Mais quant à la lecture
Nous l'attendrons... demain !

Nous n'avons point d'histoire
A vous communiquer !
Qu'est-ce que notre gloire ?
Trop peu pour l'expliquer !..

Or, procédez, ma fille,
Par cet enseignement :
Il n'est plus de famille,
Plus de Dieu sciemment.

Allez, chiffrez le compte
De votre boulanger,
Et puis celui d'un comte,
Ou d'un riche étranger,

Qui, vous voyant à l'œuvre
S'écrira tout tremblant :
Mais c'est un vrai chef-d'œuvre
Et non point un semblant !

Car vous serez instruite,
pauvre fillette, ou bien
Vous serez une truite,
Pour cascader soudain.

Epelez donc bien vite
De nombreux alphabets,
Pour les narrer ensuite
A vos petits bébés.

Voici la gymnastique,
Elancez-vous bien haut,
Pour enseigner l'Ethique,
En faisant le grand saut !

Vous serez militaire,
Pour jouer au soldat...
Fi, du vieux Cimeterre
Pour monter à dada !

On dira : portez armes !
En vous voyant passer :
Tirez sur les gendarmes ,
Qui voudraient vous pincer.

II

Parlez magistrature
Comme les avocats ;
On lira la rupture
En lisant vos contrats.

Ayant été l'amorce,
Mariage civil,
Par la loi du divorce
Verra briser son fil !

Quant à la politique,
C'est affaire d'Etat ;

C'est un art qui s'applique
Dans le club, au combat.

Parlons Géométrie...
Comprendrez-vous cela ?
Vous y lirez patrie
Et son grand tralala.

L'algèbre et la physique
Eblouiront vos yeux !..
La nouvelle musique,
N'émanant point des cieux.

Vous direz : sur ma *fine*,
J'aime autant la chanson
Que répétait Fifine
A son petit garçon.

Le dessin, la sculpture,
Passeront sans valeur
Sous vos doigts sans culture,
D'un si friand labeur.

Quant aux champs qu'on cultive,
Peu vous importera,
Disant : il faut qu'on vive...
Et « qui vivra verra ! »

Mais pour la grande cause,
Allez à l'hôpital :
On dissèque la chose,
Pour vous montrer le mal.

Soyez vivisectrice,
Le scalpel à la main :
Vous serez inspectrice
Des animaux demain.

Vous serez doctoresse
Es--inhumanité,
Et la grande maîtresse
De L'Université ! !

Pour le vieux bal Mabile,
Il n'y faut point penser ;
L'étudiant mobile
Ne voudra plus danser.

Avec la demoiselle,
Qui serait ses amours,
Sans la grande ficelle
Qui l'étreindra toujours.

Hélas, pauvre fillette,
Comprendrez-vous jamais
La science secrète.
Qu'on apprend désormais?

On vous fait bien petite
Jouer au plus malin,
Et vous saurez bien vite
Tourner comme un moulin.

Comme celui qui jongle
En faisant tous les tours,
 ous aurez bec et ongle...
Pour nous *charmer* toujours.

Jeune libre-penseuse,
Mettez-vous au travail,
Sachez être menteuse,
Tenez le gouvernail.

Votre vie est un leurre,
Qui doit incessamment
Conduire d'heure en heure
A l'enfouissement !...

. . . .

III

L'étoile qui gravite
Aux merveilles du ciel,
Cependant vous invite
A voir l'immatériel ?

Mais dans le télescope,
Où s'égare votre œil,
Vous tombez en syncope,
Sans en toucher le seuil.

En regardant votre ombre,
La terre tournera,
Vous verrez la nuit sombre
Quand l'éclair brillera.

Vous chercherez la flamme
Dans le bleu firmament,
Sans savoir que notre âme
Y passe incessamment..

Sans penser que notre être,
Qui doit se définir;
Est-ce un ange, peut-être
Pour l'immense avenir !

Car dans le trouble extrême,
Où fléchiront vos pas,
A vous l'être suprême
Ne se montrera pas !

(*Octobre* 1883.)   Vᶜ MARIE PLOCQ DE BERTIER.

chevalier de l'ordre académique
de Buenos-Ayres.

PRIÈRE

Toi qui règnes sur la nature
Et qui possèdes pour autel
Tout l'univers et l'âme pure,
— O toi qu'on nomme l'Eternel —

Toi dont le fils vint sur la terre
Mais pour nous apprendre à souffrir.
Et qui par un sanglant mystère
Nous fortifia pour mourir !

O toi dont le cœur se balance
Dans l'azur et dans l'infini,
Quand je rêve ton Etre immense
Je dis : Dieu d'amour sois béni.

Et si lentement je m'incline
Sous ta suprême volonté,
Je sens que ta bouche divine
Me sourit avec majesté.

O Dieu de clémence, pardonne
A mon cœur enthousiasmé
Et si tu veux que je te donne
L'amour de mon cœur bien aimé;

Ah ! si tu veux que sur la mousse
Je recueille la chanson
Du bel oiseau dont la voix douce
Fait soupirer le gai pinson;

Si tu veux que de la nature
Je chante les joyeux plaisirs,
Les mystères et la verdure
Et des humains les vrais désirs,

Ah ! si tu veux que ma nacelle
Glisse légère sur les flots,
Dieu, vers la demeure éternelle
Laisse s'échapper mes sanglots.

Oui, si tu veux que mon génie
Monte vers toi que j'adorais,
Dieu, rends à mon âme meurtrie,
Rends-moi celle que j'aimais.

Elle qui voltigea rapide,
Entre la naissance et la mort,
Et dont le passage candide
Méritait un meilleur sort.

Elle, dont la douce existence
Etait seule pour te bénir.
Elle, qui charmant mon enfance
Souriait à mon avenir.

Elle qu'aimait ma fantaisie
Et dont j'estimais le cœur d'or,..
Pourquoi chanter : ma poésie
A senti briser son essor.

Dieu d'amour qui vois ma pensée
Daigne sur moi jeter les yeux.
Rends-moi, rends-moi ma fiancée
Ou prends mon âme dans tes cieux.

MURATEL HONORÉ,

SOUÑET *

Qand vese lou printen, escoupi tout soun jus ;
Quand la flou sus lou grel, de l'aygag'argentada
Espandis soun mantel de parfun din la prada,
En riguen aôu sourel qu'oublida pas digus ;

J'ayme de regarda din mous rèves perdus
Lou pas poulit tresor, qu'embelis ma pensada,
Trobe que l'our bonhur es couma la fumada,
Et qu'uno fes partit, on lou revey pas pus !...

Quand lou roussignolet à l'oumbro d'aôu bouscage,
Dessus soun bec d'argen fay dinda sa cansou,
Et que lous parpaïous, per se fayr'un poutou

Voulestrechou din l'er que brandis lou fioïage ;
Voudriey saôupre voula per quitta la doulou
Derriès lou ten passat, ou din quâouque cantou.

J.-H. CASTELNAU.

N'APPROCHEZ PAS

Il faisait nuit et la nature
Silencieuse alors rêvait.
La lune dans la plaine obscure
Tout doucement se balançait.
Il faisait nuit pourtant, dans l'ombre
Marchait un couple frissonnant,
Le front bien bas, l'œil morne et sombre
Il s'arréta tout frémissant.

Français avec respect, saluez cette tombe
C'est là qu'est endormi, couché dans ce tombeau

---

* Sonnet en patois Montpelliérain, dédié à la Félibresse des rèves.

Un héros citoyen. Oui qu'une larme tombe
Sur tes restes sacrés, ô sublime Marceau.

> On entendit une voix forte
> S'écrier soudain en vibrant,
> France à genoux, ô France apporte
> Un souvenir à ton enfant.
> T'en souviens-tu quand sur la rive
> Du Rhin, tes lâches ennemis,
> Plongeant la chaine qui les rive
> Encore, menaçaient Paris.

Alors qu'il était beau de braver la mitraille
Et de mourir soldat chantant l'Egalité,
On chargeait et .pendant qu'avait lieu la bataille
A l'horizon brillait ton soleil, Liberté !

> O France, ô pays, ô patrie
> Nul n'osait alors te trahir
> Pour combattre la tyrannie
> Témoins, Desaix, Marceau, Dampierre,
> Hoche, et tant d'autres généraux
> Qui finirent leur carrière
> En vrais guerriers, en grands héros.

Mais on était Français en l'an quatre-vingt-treize,
Et chacun se disait : Je suis républicain,
La Révolution qu'on appelle française
Nous l'avons faite en chœur pour tout le genre humain.

> Honte, honte à vous couple infâme,
> Eloignez-vous de ce tombeau,
> Ah ! disparaissez car votre âme
> Se vautre encor dans le ruisseau.
> Votre cœur est encore esclave
> De l'or et de la trahison,

Marceau ne fut qu'un soldat brave.
L'or pour lui c'était le canon.

Couple hideux ! ta gloire à toi ! c'est notre haine.
Car c'est toi qui vendis le sang de nos héros.
Vous n'êtes plus français, infâmes généraux.
Fuyez donc, ô Bourmont, fuyez donc ô Bazaine.

MURATEL HONORÉ.

ASPIRATIONS POÉTIQUES

Je suis la brune fille en chapeau de bergère ;
Qui se plait dans les bois, pleins d'ombrages aimés ;
Foulant d'un pas léger violette et fougère
Je livre à l'aquilon mes cheveux parfumés.

J'aime à m'asseoir rêveuse aux sommets des collines
Où l'air est imprégné des plus fraîches senteurs ;
J'aime les verts sentiers, étoilés d'églantines
Où viennent gazouiller tous les oiseaux chanteurs.

Les poètes divins devant qui l'on s'incline,
Savent charmer mon cœur autant que mon esprit.
Je lis Victor-Hugo, De Musset, Lamartine,
André Chénier, Valmore, au sonnet attendri.

Leur langue, nous dit-on, par les dieux fut choisie ;
Depuis l'antique Homère, à jamais vénéré,
Sur des autels on mit la noble poésie ;
Athénes se rendait à son temple sacré.

Elle immortalisait la Grèce et ses victoires,
Ses héros fabuleux, ses sages, ses penseurs ;
Sur un luth inspiré chantait toutes les gloires,
Exaltait les vertus, adoucissait les mœurs.

Une Muse, tout bas, vint m'apprendre à la lire
En glissant son doigt blanc sur un beau livre d'or ?
Je l'écoutais ravie, elle accordait ma lyre ;
Sur son aile en tremblant, j'ai suivi son essor.

Et cependant je sais que la France, à cette heure,
A de la poésie oublié les concerts ; .
Son âme est inquiète, et souvent elle pleure,
Aux souvenirs cuisants des maux qu'elle a soufferts.

Mais son sein se ranime, et déjà l'industrie
Lui refait sa richesse et de brillants destins ;
Son beau sol se féconde, et la moisson fleurie
Unit la gerbe blonde aux grappes des raisins.

Mon cœur te sent renaître, ô patrie ! ô ma mère !
Sur ton front le génie étale sa fierté ;
L'avenir t'appartient, nos voix disent : espère !
Tes geôliers sont partis, chante ta liberté !

Encourage les arts, applaudis la science ;
Marche d'un pas égal au devant du progrès ;
Laisse-nous d'un Dieu juste aimer la providence ;
Sourire à la nature et conserver la paix.

(*Lyon.*)   HÉLÈNE-MARIE ROGER.

A MADEMOISELLE MAXIMILIENNE

Le bonheur de ma vie
T'appartient plus qu'à moi,
Et mon âme ravie
Ne parle que de toi.

Mes yeux t'ont dit : « je t'aime »
Avec beaucoup d'égards ;

Et moi, j'ai lu de même
« Amour » en tes regards.

Hélas ! si c'est un rêve
Qui commence son cours,
Pour ne pas qu'on l'achève,
Je rêverai toujours.

Laisse que j'en abuse,
A mes baisers ta main ;
Laisse grandir ma Muse
J'en dirai long demain...

(*Novembre* 1883.)

GEORGES MAILLON.

LA CALOMNIE

Qu'on soit grand ou petit, qu'on ait tort ou raison,
Eût-on pour soi le bon ou le mauvais génie,
Si l'on peut triompher du glaive et du poison
On succombe toujours devant la calomnie.

J. H. CASTELNAU.

LES DEUX AMOURS

« Jeune fille, à l'âme candide,
« Au front pur, au cœur sans détour,
« Dans ton parler franc et limpide,
« Dis-moi, qu'entends-tu par l'amour ?

« Connais-tu de ses rêveries
« Les folâtres productions,

« Ses emportements, ses furies,
« Et surtout ses séductions !

« As-tu senti dans ta poitrine
« Gronder ces brûlantes ardeurs,
« Où la chair règne et domine
« Au mépris des saintes pudeurs ?»

Mais je cesse ce fol langage
Dont chaque mot dans tes esprits
Ne peut que sembler un outrage
Et m'attirer ton froid mépris.

Pour toi l'amour est en ce monde
Un sentiment sans doute vif,
Mais capricieux comme l'onde
Peu réfléchi et non lascif.

Quand tu aimes, c'est ta famille,
Son cercle restreint son foyer,
L'atmosphère pure et tranquille,
Qu'il est si doux d'y respirer.

Ce sont les nombreuses amies,
Joyeuses compagnes d'un jour,
Qu'à ses plaisirs tu associes,
Que tu prends et fuis tour à tour.

C'est dans les moments où ton âme
Cherche à dévoiler l'avenir,
Et où ton cœur soudain s'enflamme,
Sans que tu puisses t'abstenir,

Peut-être l'idéal mystique
D'un époux chaste et vertueux,
Que ton esprit forge et fabrique
Au gré exclusif de tes vœux.

Tu rêves alors, jeune et candide,
La douce union de deux cœurs,
Que raffermit et consolide
La communion d'âmes sœurs.

Tu rêves la noble tendresse,
Où l'estime, le dévouement,
Les saints devoirs et la sagesse
Servent d'unique fondement.

Conserve donc, je t'en conjure,
Ta haute façon de penser;
Ignore à jamais la souillure
D'un amour qu'on doit mépriser.

Pour moi, d'esprit plus terre à terre,
Et me connaissant d'autres goûts,
Je devrai souffrir et me taire,
Sans créer nul bien entre nous.

Ah ! pour prix de ce sacrifice.
Je ne forme que le souhait
De voir en toi ma débitrice
D'un bonheur constant et parfait.

L. B.

A DIEU

Grand maître de ma destinée !
Permets-moi dans chaque journée
De te prier avec ferveur
Pour mes frères dans le malheur !

CAMPAGNE

QUATRAINS ET SIXAINS
LA COQUETTE .

Qu'elle soit belle ou laide, ou frivole ou sévère,
Toujours femme coquette aspire au don de plaire,
Brave le poids des ans et, malgré son miroir,
De captiver les cœurs nourrit le fol espoir.

Novembre 1877.

L'ÈSPÉRANCE

L'espérance au berceau prenant l'humanité,
Aux désirs de l'enfant sourit avec tendresse,
De son prisme enchanteur éblouit la jeunesse,
Puis au vieillard mourant ouvre l'éternité.

Décembre 1877.

LA CHARITÉ

Aimer l'humanité, secourir son semblable,
Partager ses douleurs, lui servir de soutien,
L'aider de ses conseils, lui prodiguer son bien,
C'est la vie, en deux mots, de l'homme charitable.

Février 1878.

L'ORGUEIL

Plein d'estime pour soi, pour autrui de dédain,
L'orgueilleux n'a qu'un but, auquel il tend sans fin :
Afficher des talents, des vertus qu'il simule
Et se faire admirer d'une foule crédule.

Septembre 1878.

LA VIE

Lorsque nous gravissons le sentier de la vie,
Tout paraît séduisant à notre âme ravie ;
Parvenus au sommet, pleins d'espoir, radieux,

Un brillant horizon se déroule à nos yeux ;
Puis, quand de l'âge mûr nous descendons la pente,
L'avenir s'assombrit et tout nous désenchante.

Décembre 1878.

L'HYPOCRISIE

Pour atteindre son but, arriver à ses fins,
L'hypocrite en secret médite ses desseins ;
Il ne respecte rien : dans son humeur fantasque,
De toutes les vertus il emprunte le masque ;
Pour le peindre en un mot, c'est un être rusé,
Perfide, astucieux et toujours déguisé.

Février 1879.

LA MODESTIE

Voyez cette beauté qui vers nous en silence
Et le front rougissant timidement s'avance ?
Tout en elle nous charme : et son air innocent,
Et son regard candide, et son maintien décent ;
Car d'une jeune fille, au printempe de la vie,
Le plus bel ornement, c'est l'humble modestie.

Avril 1879.

QUALITÉS DE LA FEMME

A la femme on demande, entre autres qualités,
Les quatre points suivants, en principe adoptés :
Que l'humble modestie orne son front candide,
Qu'une grande douceur en son âme réside,
Que toujours la vertu préside à ses plaisirs
Et qu'un travail utile occupe ses loisirs.

Novembre 1879.

LA HAINE

La haine du prochain, quels qu'en soient les motifs,
Nous rend à notre insu mauvais, vindicatifs ;
Et cette passion, quand elle s'enracine,
Trouble notre repos et sourdement nous mine ;
Pour prévenir ces maux, dont nous souffrons tout bas,
Méprisons les méchants, ne les haïssons pas.

Avril 1880.

L'OPINION

Devant l'opinion l'imprudent se raidit,
L'homme d'esprit la craint, le faible la subit,
Le sage la respecte et le fou la néglige,
Mais l'homme habile seul à son gré la dirige.

Septembre 1880.

LE TEMPS

Beauté, jeunesse, amour — doux rêves de la vie —
Gloire, honneurs, dignités, trône, autel et patrie,
Opulentes cités, empires florissants,
Tout passe et disparaît, emporté par le temps.

Novembre 1880.

BRIÈVETÉ DE LA VIE

Des jours que nous vivons qu'importe le grand nombre ?
La peine et le plaisir s'envolent comme une ombre ;
La vie en un instant s'écoule et disparaît,
Mais ce qui nous survit, c'est le bien qu'on a fait.

Janvier 1881.

L'ENNUI

Fruit du désœuvrement et de l'oisiveté,
L'ennui, le sombre ennui, de tous les maux le pire,

Est un cruel tourment, qu'on ne saurait décrire,
Qui torture l'esprit et mine la santé.

avril 1881.

LA VIEILLESSE

La vieillesse, au front calme, au vénérable aspect,
Repose les regards, inspire le respect ;
Et ses conseils prudents, dictés par la sagesse,
A la saine raison rappellent la jeunesse.

Novembre 1881.

LA BIENFAISANCE

Pour l'homme bienfaisant rencontrer des ingrats
Lui semble naturel et ne l'indigne pas,
Car il ne compte point sur la reconnaissance :
Le plaisir d'obliger, voilà sa récompense.

Mars 1882.

LE PARDON

Si la vengeance est douce, un pardon généreux
Est bien plus doux au cœur et rend bien plus heureux ;
Quels qu'en soient les motifs, oublions donc l'outrage !
Se venger est d'un fou, pardonner est d'un sage.

Mai 1882.

LA PARESSE

Si parfois la paresse a pour nous des attraits,
Qu'elle nous cause aussi de peines, de regrets !
Elle engendre l'ennui, les dégoûts, la misère,
Et trop souvent, hélas ! du crime elle est la mère.

Juillet 1882.

LA JEUNESSE

Riche de l'avenir qui s'ouvre devant elle,
Sans nul souci de mettre un frein à ses désirs,
La frivole jeunesse, avide de plaisirs,
Du bonheur ici-bas nous offre le modèle.

Novembre 1882.

(*Saône-et-Loire*), 28 *novembre* 1883.   BROSSETTE.

REVANCHE DU CURÉ DE GROS-JEAN

A son curé Gros-Jean s'est vanté d'en revendre ;
A son maitre, à Dieu même il en voudrait apprendre.
— C'est injuste, dit-il, que je doive obéir
A ceux-ci pour ouvrer, prier, languir, mourir.
Qu'a donc fait celui-là pour valoir qu'on l'admette
A tels pouvoir et place ? Et libre en sa retraite.
Sa tâche comparée au moindre mouvement
De mes bras n'est que jeu ; cependant il est riche,
   Et je suis pauvre. — O Gros-Jean !.. pas de niche !..
   Reçois-tu point comme lui de l'argent,
Tant par an quand tu veux, tant par mois, par jour tant ?
De l'égaler en tout ! Que n'en as-tu le titre ?
N'es-tu curé toi-même avant que d'être arbitre ?..
     Politiquer, boire et jouer ;
En prendrais-tu le temps, ton moral s'y refuse !..
Or que cette épigramme ait bon effet sur toi,
Qu'en ta rebellion elle te désabuse,
Qu'on retrouve en ton cœur le trait de bon aloi ;
Et plus de faux fuyants, ni d'erreurs, ni d'émoi,
Plus de rêves légers inspirés par l'envie.
Garde-toi du torrent de cette maladie
Qu'on nomme « vanité », autrement dire « orgueil »,
(Mais il faut adoucir en faveur de l'accueil

Que l'on lui départit), sache que son domaine,
Et ses progrès, sa vogue souveraine
Sont du Cap Orange au Spitzberg,
Des gallapagos aux Gilbert.
Un leurre universel. En cette tragédie
De la vie,
Elle sévit, et git en les divers sujets,
En les maîtres, en les valets ;
Ce que de pire encore, en plus d'un personnage.
(J'omets uniquement les enfants et le sage.)
Mais bien affirmerai : « J'ai maint ivrogne vu
« S'en revêtir au dépourvu,
« Et lui devoir sa destinée
« De par lui-même tant aimée !
« Et les regards compatissants
« De ses voisins, de ses parents. »
Partout elle erre, sonde ; et, partout revenue,
On l'épouse partout : elle est la bienvenue.
O mortel ! de Satan être l'imitateur,
C'est être son disciple, et ton persécuteur !

On te voyait jadis t'égayer sans reproche,
Mais c'est toujours facile : assemble tes enfants,
Ou tes amis ou tes parents,
Ou même tes voisins ; du foyer qu'on approche,
Alors commencera le joyeux entretien
Entre un cercle d'amis où chacun dit le sien,
Entonne sa chanson, ou fait un autre rôle.
Bien ou mal, on s'en tire, et souvent la plus drôle
Emporte le pompon : ce qui fait boire un coup,
On applaudit, on rit, on s'amuse beaucoup,
Sans gêne ni dépense, et sans porter ombrage
A Paul non plus qu'à Jean, ni troubler son ménage.
De politique non : car on y perd son temps,
Son argent, sa vertu, la gaîté, le bon sens.

Ecoute ton curé, renonce à tes gazettes,
Renonce à tes auteurs immoraux, interdits,
Profite des conseils de ceux dont tu médis ;
Et ne crois de sitôt à de pures sornettes :
Frites ne tomberont jamais les alouettes.

Peut-on au cabaret se vraiment divertir !
L'agrément en est-il ! L'y pouvons-nous attendre?
Mais la gêne et le bruit l'y laissent-ils venir ?
(C'est un point sur lequel il convient de s'entendre)
Supposé que oui, bientôt il va s'évanouir !
Où la gêne nous prend le plaisir nous échappe,
Et ces lieux si hantés ne sont rien qu'une attrappe
Si ce n'est un écueil, un gouffre où maint pédant
Ensevelit ses nœuds, dépouille son enfant ;
Où maint oisif aussi néglige son ouvrage,
Laisse femme, famille, et les soins du ménage ;
Où maint fat querelleur, tapageur, furieux,
Dégage, à tout péril, ses traits audacieux.
Le pis, c'est qu'on y voit s'acheminer l'enfance
Devers l'essor mondain que chacun d'eux devance.
C'est l'école où Gros-Jean s'efforce de grandir ;
Mais où l'on voit bientôt Gros-Jean se pervertir.
T'y plais-tu ? Je t'y laisse, et mon âme assouvie
Va trouver à l'écart le plaisir et la vie ;
Me suis-tu ? Je t'attends, n'importe où, d'en plein air,
Laissons s'émacier les sots n'y voyant clair.

La passion du jeu, l'aveugle hâblerie,
Ces Sœurs de la paresse et de l'ivrognerie,
Font laisser dans l'oubli, travail, devoir et tout ;
Retiennent le joueur jusqu'à son dernier sou ;
Au-delà puis encore, tant et tant qu'il engage
            Tous les objets de son ménage.
Hélas !.. Mais, à la fin, qu'arrive-t-il pourtant ?..
Quand le vol le répugne il mendie ou se pend.

Que de souffrance dans ce monde
Ménagent ces hommes pervers!
Que d'épouses d'abord, dont tant de pleurs amers
Sont impuissants près d'un époux immonde!

Rarement ici-bas on trouve le bonheur
        Qu'on cherche tant!.. faute de le connaître...
Hé bien! ne courons pas si loin dans la grandeur,
Du chemin du repos nous le verrons paraître.
Le travail, la gaîté, la méditation,
De la nature aussi la contemplation
L'assurent mieux cent fois que du riche l'emblême,
Du seigneur les châteaux, des rois le diadème.

Si tu veux t'enrichir apprends à travailler,
A te méfier du jeu, mets l'ordre à l'atelier,
L'ordre dans ta maison ; ne veux rien que l'utile,
Rejette le brillant ; ne te fais point de bile
En fait de propagande : avec tout chef d'Etat,
Tout corps électoral, toute chambre, débat,
Sans plus te remuer, sans que l'on t'importune,
Toi, simple citoyen, tu feras ta fortune.
Mais ne t'arrête point, Comme je dis souvent
        A cette enfance pétulante,
        Au jeu vive, à la tâche lente :
« Animons sans cesse, et travaillons autant,
« Toujours rappelons-nous la maxime suivante :
        « Le temps est même qu'un lingot
        « Il contient maintes pièces d'or.
        « Le gaspiller, c'est être sot ;
        « Employons-le sans dire mot,
        « Et nous nous ferons un trésor. »
J'en viens à mille et plus, car Gros-Jean est en France
Autrement répandu qu'encore on ne le pense.
Jusques au pis-aller son nom triomphera,
        Et son curé l'observera.

26

Puis du serpent la queue : A vous je rends la place,
O tête ! ayant des yeux vous verrez tout en face.
Oui, lasse de gémir dans le monde à l'envers,
Désormais vous veux suivre en ce bas univers ;
Pour chef je vous agrée, et livrai la grenouille,
    Aussi le gland et la citrouille.

(*Nord*), *de* 1876 à 1879, *revu en* 1883.   T. LAMY.

LE CONSCRIT

Au sein du grand quartier tout fait profond silence,
Tout sauf la sentinelle, au pas plein de cadence,
Qui lentement se promène en guettant chaque bruit,
Sa silhouette noire au milieu de la nuit.
Point de cris nulle part, point de voix qui commande,
Aucun hennissement qui brusquement s'entende ;
Eux-mêmes dans la cour les bruns canons d'acier
S'alignent tout muets en ordre régulier. —
Or nouvel arrivant dans le grand sanctuaire
De Bellone et de Mars, un jeune militaire,
S'y trouve cette nuit pour la première fois.
Bien dur est le métier, aussi le villageois,
Malgré tous ses soucis et malgré sa tristesse,
Dans un profond sommeil, comme en a la jeunesse,
Avant le couvre feu sans retard s'est plongé,
Pour un pauvre conscrit par le chagrin rongé
N'est-ce pas des moyens le meilleur à élire ?
Déplorer notre sort, y penser, le maudire,
L'aggraver quelquefois, ne l'amende jamais.
Convaincu sur ce point, que pour ma part j'admets,
Notre héros dort donc en dormeur intrépide,
Mais soudain dans les airs, de sa vive et rapide
Le clairon retentit et sonne le réveil,

Adieu dès lors repos, adieu calme et sommeil.
Le conscrit en sursaut réveillé tout-à-coup
Ouvre les yeux surpris et lentement partout
Promène ses regards... Bientôt il se rappelle
Son départ du pays, la douleur maternelle
Ses regrets du passé, ses craintes du présent ;
Malgré lui sur sa joue un pleur roule et descend ;
Mais soudain il rougit, honteux de sa faiblesse :
« Des pleurs chez un soldat, dit-il avec rudesse ,
« Des pleurs pour un motif si futile et si vain !
« Eh ! que serait-ce donc, s'il me fallait demain
« Répandre tout mon sang pour ma noble patrie ! »
Il dit. A l'avenir son âme est aguerrie.

L. B.

SONNET

A JULES VERNE

Il faudrait être Hugo pour chanter ton talent,
O vulgarisateur ! que le génie inspire :
Nul ne sait mieux que toi fasciner et d'écrire ;
Dans les airs, sous les mers, l'œil te suit ardemment !

Ton *Michel Strogoff* est superbe et touchant,
Et sans verser des pleurs on ne saurait le lire ;
Servadac fait rêver ; le *Tour du Monde* attire :
L'on voudrait marcher vite et l'on bout constamment.

Oh ! chez l'adolescent ton livre est à sa place :
La science l'instruit, la vertu s'y retrace,
Et tout en restant pur tu sais électriser !

Voyage encore, écris, la gloire est ton amie ;
Et ton fauteuil est fait, ô docte Académie !
Pour que ce voyageur puisse s'y reposer.

Arvillers, le 16 *août* 1883.   ZAÏRE QUILLART.

LA STATUE DE LA RÉPUBLIQUE

LE PEUPLE

Nous te saluons tous, déesse de la liberté,
Toi notre sauveur, et du peuple la vérité.
Depuis plus d'un siècle, tu es notre image,
Aussi la France t'acclame, dans tous ses suffrages
Combien de sang versé, combattant la justice,
Et de cœur vaillant, ont fait le sacrifice,
Pour toi qui tant aimée, de notre chère patrie,
Nos rêves de liberté, qui tous nous fait envie.
    La déesse de la liberté.

Le mérite n'est point dans les choses faciles,
Il est dans les hauts faits, des luttes difficiles.
Si sur ce piédestal, ici l'on m'a placé,
Malheur à qui viendra jamais me déplacer.
Dormez à l'avenir, d'un paisible sommeil,
Et que de la République en sorte des merveilles.
Que les hommes de génie, nés dans l'obscurité,
En sorte la lumière et sa brillante clarté.
L'union qui fait la force, la raison, la justice,
Combattons l'ennemi, si jamais il se glisse.
Et dans un temps donné, remportant la victoire,
Par de milles efforts, là sera notre gloire.

EDMOND BAUDIN.

SONNET
Le Fieu du Village

Il est heureux, allez, d'être un *fieu* de village :
Le jour avec la pipe, oh ! c'est un conquérant ;
Le soir, il crie, il siffle, il houpe en gambadant ;
Il se grise de bruit, adore le tapage.

Aux filles, quand il peut, fait du marivaudage,
Les embrasse à loisir, sans souci du passant ;
Croit, en faisant ainsi, montrer du sentiment,
Et qu'au beau sexe enfin, c'est rendre son hommage.

Il vit content, joyeux, sans vaine ambition ;
Ne se creuse jamais sa tranquille cervelle
Sur notre destinée, ou sur l'âme immortelle !

Sur son visage on lit la satisfaction ;
Et je dis : à quoi bon tout l'esprit de Voltaire,
Quand ce *fieu* de village est heureux sur la terre ?

Arvillers, le 16 août 1883. ZAÏRE QUILLART.

SUR UNE TOMBE

Mortels, vous qui passez la rapide existence,
    Allez à l'ouest de Paris.
Dans ces funèbres lieux, où dorment en silence
    Ceux que la mort nous a ravis.
Arrêtez vos regard, sur une blanche pierre,
    Un seul nom est tracé,
Augustine... et c'est tout, le nom de ma prière,
    L'ange de mon passé.

Hélas ! combien de fois cette tombe fermée
  M'a vu gémir et soupirer,
Quand de mon cœur brisé, la flamme ranimée
  Ne s'éveillait que pour pleurer ;
J'appelais vainement ces rêves de ma vie,
  Doux rayons de soleil,
Mais rien ne venait plus dans mon âme endormie
  Amener le réveil.

En y laissant tomber quelques bleues violettes,
  Je me perds dans les souvenirs,
Et mêlant leurs parfums à mes douleurs muettes,
  J'exhale plaintes et soupirs.
Lorsque j'y viens rêver, j'entends la feuille morte,
  Frissonner sous les vents,
Et venir soupirer lorsque le vent l'emporte
  Sous mes pas tremblants.

Alors fermant les yeux, je crois ici l'entendre,
  Qui murmure dans un soupir,
Des noms chéris, disant de sa voix la plus tendre
  Ma douce vie ne peut finir.
Quel rêve ! nul espoir... J'ai compté ces tristesses.
  Précurseurs de la mort,
Et je n'ai rien trouvé dans ces grandes détresses.
  Pour conjurer le sort.

Son cœur était mon cœur, sa joie était la mienne,
  Et tout en nous savait aimer.
Si j'avais l'espérance, elle y mêlait la sienne,
  Car l'amour savait tout primer.
Maintenant.. je suis seul, sans but, sans espérance,
  Tout est perdu pour moi.
Et je n'entrevois plus, que peine et que souffrance,
  Ayant perdu la foi.

      COINTEPOIX DE BLAY.

QUATRAIN

Pour l'album de Mme X...

Madame, il serait difficile d'écrire
Les mille qualités qui vous font tant d'amis.
La plume de Musset, pourrait mieux, seule, dire
Qu'en vous tous les trésors se trouvent réunis !

Novembre 1883.   H. CANTEL.

LA DONNEUSE D'EAU BÉNITE

SCÈNE NORMANDE

Penchée sur sa famille le regard vers la terre,
Dans sa marche tremblante elle atteint le chemin,
Conduisant au milieu de ces pauvres chaumières.
Malgré la froide neige et l'âpre bise du matin.

Elle arrive, dans sa main tremble un buit béni,
Des gouttes de rosée brillantes sur la feuille,
Tombent dans la chaumière en une légère pluie.
Et chacun un instant se recueille.

Puis les enfants autour d'elle dans une course folle
Arrivent, tendent les bras lui donnant leurs oboles,
Dieu vous le rende. dit-elle : A demain.

Mais au retour elle heurte à la rive,
Ses cheveux blancs se sont couverts de givre,
Et le rameau béni est glacé dans sa main.

10 octobre ..83.   ROUSSELOT.

SONNET

UN NÉGOCIANT

Le pantalon est court, les jambes en fuseaux :
Quelquefois le *penau*, mais jamais la chaussette ;
En arrière la blouse, en avant la casquette ;
Un crochet sur le dos :«peaux, peaux, peaux lapins,peaux,

Il est original et digne des pinceaux,
Et pourrait bien tenter la veine du poète :
Fin matois qui sait prendre un air tout à fait bête,
Pour vous faire à plaisir, tomber dans ses panneaux.

Ecoutez-le : — Bourgeois, par ces temps peu prospères,
Savez-vous que les peaux, vraiment ne sont pas chères!
Puis la votre est barrée. oh ! que c'est donc fâcheux.

— Combien m'en donnez-vous, pour finir mon bon homme
— Trois sous, mais il me faut la goutte de rogomme,
Pour me faire oublier que je suis malheureux.

16 *août* 1883.   ZAÏRE QUILLART.

JEAN BART

SONNET

Modestement vêtu de gros drap, sans armure,
N'ayant qu'un pistolet autour de sa ceinture,
Jean Bart sut s'illustrer, et montrer aux Anglais
Ce que peut un grand cœur, quand il est né Français.

Brave comme un lion, dont il avait l'audace,
Juste, sobre, pieux, comme un Flamand de race,
N'aimant que son pays et l'Océan rageur,
Il fut toujours heureux, étant toujours vainqueur.

Louis XIV voulut, avec magnificence,
Le recevoir un jour, au Louvre en sa présence.
Et là, sut l'honorer comme il honorait l'art.

Ce beau trait, dans un roi, touche et nous fait comprendre
Que tout homme est un homme et vaut un Alexandre,
Quand il a dans le cœur les vertus d'un Jean Bart !

ADÈLE HAROT.

HONNEUR ET GLOIRE AUX ZOUAVES

CHANSON

Mise en musique par mon frère Eugène Arnould.

> Le Milanais rêveur tressaille d'allégresse
> Quand il dit : Palestro !
> Et l'ardent Mexicain soupire avec tristesse
> Disant : San-Lorenzo !
> ADÈLE HAROT.

Honneur et gloire à vous, intrépides zouaves,
  Dont le nom est partout !
La jalouse Albion vous nomme encor « les braves »,
  Et ce nom-là dit tout.

REFRAIN

Chers enfants de l'Atlas, si vous aimez l'Afrique
  Et voulez l'honorer,
Songez qu'à chaque pas un zouave stoïque
  Est mort pour vous sauver.

Au pas accéléré, la calotte en arrière,
  Sous un soleil ardent,

Vous avez su franchir, feu, montagnes, rivière,
    Et vaincre dix pour cent.
        Chers enfants, etc.

L'Afrique, la Crimée, ainsi que le Mexique,
    Ont vu vos beaux turbans,
Protéger le drapeau de la France héroïque,
    En dépit des forbans.
        Chers enfants, etc.

Les dames d'Italie ont couronné vos têtes,
    De roses, de lilas,
Et celles d'Algérie ont su naître poètes,
    Pour célébrer vos pas !
        Chers enfants, etc.

Hercule vous sourit, Neptune vous protège,
    Et Diane aux abois...
Ne peut suivre vos pas, sur le sable ou la neige
    Et vous tend son carquois.
        Chers enfants, etc.

Vous eûtes de bons chefs et Lamoricière
    Fut, je crois le premier.
Constantine le vit, près de vous, l'âme altière,
    Sur son noble coursier.
        Chers enfants, etc.

Bosquet, en vous voyant disait ! « Messieurs les zoives,
    Vous êtes bien polis,
Vous saluez le feu, mais le feu sans entraves,
    Respectait vos fusils !
        Chers enfants, etc.

Tous les ans, l'Italie, au pied du Capitole,
  Murmure un gloria.
Pour vous, nobles héros, dont l'âme plane et vole
  Autour de Magenta !
        Chers enfants, etc.

                              ADÈLE HAROT.

A MON RÉGIMENT, le 58° DE LIGNE

Il faut donc nous quitter ô mon beau régiment ?
Demain, je vais partir, demain, je t'abandonne ;
Mais avant, pour adieux, permets que je te donne
  La marque de mon attachement.

Reçois ici le vœu de l'un de tes enfants,
Qui fier, sous ton drapeau, fit ses premières armes ;
Qui puisa dans ton sein ces vertus dont les charmes
  Rendent les cœurs nobles et vaillants.

Je sais avec quel soin, quel zèle, quelle ardeur,
Nos bons chefs nous formaient, nous amenaient à croire
Que la France était tout ! que soldats, notre gloire
  Etait dans le devoir et l'honneur !

Souvent ils nous disaient les noms et les hauts faits
De tous ces généraux, morts couverts d'héroïsme,
De ces grands citoyens dont le patriotisme
  Faisait bondir nos cœurs tout français.

Je me rappelle aussi ce jour où, lentement,
L'on nous dit, assemblés, les combats, les batailles,
Où fier avait flotté, labouré de mitrailles
  Le drapeau de notre régiment.

Que nous étions émus ! nous suivions pas à pas
Les grands coups, les exploits ou la lutte incertaine
De nos frères aînés... Et notre capitaine
      Content de nous souriait tout bas.

Salut, ô régiment, gloire à ton fanion !
Honneur à vos vertus, beaux soldats de la France !
Avec vous j'ai servi ! nous sommes l'Espérance
      Et l'orgueil de notre nation.

Si maintenant, un jour, la patrie en danger,
Réclamait de nos cœurs cette vertu guerrière,
Dans vos rangs je viendrai pour franchir la frontière,
      Chasser et combattre l'étranger !

Alors nous combattrons et pour l'humanité !
Refoulant l'oppresseur, sauvant la République,
Nous montrerons partout qu'il n'est de magnifique
      Que Patrie, Honneur et Liberté !

MARTIN CANALE.

LA PAIX

Ruisselants de sueur, menaçante, intrépides,
Où va donc cette armée, où courent ces soldats ?
D'un peuple sous le joug de potentats cupides,
Vont-ils briser les fers ? Sublime apostolat !
Vont-ils régénérer une terre d'esclaves ?
Vont-ils planter au loin leur brillant étendard ?
Non. Ils sèment le deuil chez un peuple de braves,
Ils amènent la mort ! et leur sombre regard
Désigne froidement l'innocente victime,
Qui viendra sous peu pâture des corbeaux.
La guerre les absout, la poudre les anime.
Et la lune blafarde éclaire des tombeaux !

Muse ! c'en est assez. Que ma lyre indignée
Flétrisse des tyrans les cyniques forfaits ;
Au monde dénonçant l'innombrable lignée
De hobereaux oisifs et de moines replets,
Qu'elle apprenne aux mortels leur noble destinée ;
Dominant les sanglots. qu'elle chante la paix.

. . . .

Du temple de Janus les portes sont ouvertes
A l'univers entier la France offre la paix.
Salut ! hôte sacré de nos plaines désertes,
Sublime paix, salut ! Le monde est ton palais,
Les hommes tes enfants. Ne sont-ils pas tous frères ?
Au pied de tes autels, dans les sombres forêts,
Je t'implore à genoux, exauce mes prières ;
Viens régner sur nos cœurs abattus, inquiéts,
Arme ton bras vengeur, arme ta main virile ;
Viens chasser devant toi le despote imbécile,
Qui sous le nom de guerre égorge tes enfants.
Viens ! ô viens, nous jurons de t'adorer sans cesse,
Nous jurons de t'aimer, vaincus ou triomphants.

. . . .

L'écho redit partout les chants de la jeunesse,
Ses plaisirs, ses amours, sa joie et son bonheur.
Les canons sont muets. Et désormais l'honneur
Ne consistera plus à égorger les hommes,
A dévaster les champs, à brûler les hameaux.
Leurs instants sont comptés de ces beaux gentilshommes,
Pillards de par le roi jusque dans leurs tombeaux.
Plus de combats affreux, plus de luttes sanglantes ;
Les peuples sont unis par la fraternité.
Les conquérants altiers, leurs troupes insolentes
Ont enfin disparu fuyant l'Egalité.
La Paix, la sainte paix a fondé son empire,
Et la guerre implacable et la haine des rois,
Et les rêves sanglants d'un despote en délire

Se sont évanouis à sa puissante voix.
Non, nous ne verrons plus tant de soldats en armes ;
Le fils du laboureur cultivera ses champs.
O mère sur vos fils ne versez plus de larmes,
L'atelier retentit de leurs sonores chants.
Pour eux ne craignez plus le canon, la bataille.
Ils sont là, près de vous, au travail assidus,
Ils ne tomberont plus fauchés par la mitraille,
Sous les ordres des rois dans des champs inconnus.
Ils dormiront en paix dans l'humble cimetière,
Près des amis défunts, tout proche du hameau.
Mères pour les pleurer, pour dire une prière,
Allez sous les cyprès, les sapins ou l'ormeau.

(*Meuse*).   L. LEPAGE.

SONNET

A une amie.

Quoi ! Partir sans adieux, sans regrets... Quel courage !
— A ma fenêtre assis, vers ce coin séducteur
Je tourne en vain les yeux, rien ne parle à mon cœur ;
Tout est morne et muet : la belle est en voyage. —

Résigné, je parcours la poétique image
Que je reçus un jour.— Deux vers pleins de langueur,
Cri déchirant de l'âme, exhalent la douleur.
Je relis ces beaux vers, ce triste et doux langage.

Mais pourquoi vous livrer à ces sombres pensées ?
Vous êtes belle, Anna, vos vertus distinguées
Vous tressent d'heureux jours,--Oh ! pour parler de mort,

Avez-vous, comme moi, perdu toute espérance ?..
Mon bonheur fut bien court... pour cacher ma souffrance
Je n'ai plus que l'exil — Pleurez, plaignez mon sort !

MARTINO CANALE.

LA MUSE DE L'HISTOIRE
A Monsieur Evariste Carrance

La Muse de l'histoire !
Oh ! quel titre enchanteur,
Pour qui aime la gloire
Et vise au point d'honneur !
La Muse de l'histoire !
Mais c'est l'écho rêveur,
Gravant au fond du cœur,
Les traits de la victoire !

Belle Muse de France,
Jette un regard sur moi ;
J'honore la vaillance
Et respecte la Foi.
J'aime notre Patrie,
Et, comme toi, je crois
Que les cœurs nés Gaulois
Ont toujours du génie.

O Muse ! sous ton aile
Montre-moi les beaux noms
Du livre qu'étincèle
L'éclat de tes rayons.
Je n'ai pas l'espérance
D'y rencontrer le mien,..
Mais ce que je sais bien,
C'est qu'on y lit « Carrance ! »

Beaucoup de noms de femmes,
Attirent mon regard,
Et je veux sans réclames,
En prendre un au hasard :
Tout près de Deshoulière,
Non loin de Daubigné,
J'admire Sévigné
Qui sait aimer et plaire.

Je vois Vauban, Descarte,
Monge, Pascal, Hugo,
Eclipsant Bonaparte,
Quoiqu'il vainquit le Pô.
Car leur noble science
Sut illustrer Paris
Et préserver nos fils
Des bras de l'indigence.

Muse, qu'aimait Barante,
Je n'ai pas ton pinceau,
Ni la plume savante
Que possédait Rousseau...
Je ne suis pas Isaure,
mais j'aime son beau nom,
Et l'éclatant renom
Dont Toulouse la dore !

La Muse de l'histoire !
Oh ! quel titre enchanteur,
Pour qui aime la gloire
Et vise au point d'honneur !
La Muse de l'histoire !
Mais c'est l'écho rêveur,
Gravant au fond du cœur,
Les traits de la victoire !

(*Algerie*).　　　　　Mᵐᵉ ADÈLE HAROT

UN TRÉSOR

Oh ! riches d'ici-bas, je possède un trésor
Qui doit à juste titre exciter votre envie ;
Crésus n'en eut jamais un pareil de sa vie :
Ce trésor hors de prix, c'est mon fidèle Azor.

AIMÉ REINHARD.

DERNIÈRES LARMES

A Monsieur Henri Devillère. *

— Oui, mon cœur est atteint et mon âme est meurtrie,
Le coup qui m'a frappé m'enlève aussi la vie,
Je ne suis point heureux : faut-il toujours souffrir ?

O Dieu pardonne-moi ! Ton secours je l'implore ;
Je chante et je gémis, et ma voix, faible encore,
S'élève vers le ciel comme un léger soupir.

Point de bonheur pour moi : je reçus en partage
La tristesse et l'ennui, le chagrin et l'outrage,
Je ne suis point heureux : aussi je veux mourir...

Pourquoi traîner encore une lourde existence !
Rien ne me retient plus — pas même l'espérance,
Noble fille du ciel, la force du martyr. —

Je suis bien jeune hélas ! Des saisons de la vie
Je connais le printemps... Mais sous l'herbe fleurie
Je sens la trahison, qui frappe sans pâlir ;

* En réponse à ses plaintes d'un malheureux — Voir le nº 99
de la *Revue Française.* — 15 juillet 1883.

27

Je sens à chaque pas et la haine et l'envie,
L'égoïsme impudent, le faux, la calomnie,
Sous des masques trompeurs m'atteindre, m'assaillir !

Mon cœur n'a pu compter une amitié sincère.
— L'amour, dérision... L'amour, n'est que chimère ....
Souvent on dit «Je t'aime!» Et c'est pour mieux mentir.

Ah ! le monde est méchant ! J'apportais mes croyances,
Mes rêves de vingt ans, mes belles espérances,
Et tout s'évanouit : ou lutter ou périr...

Adieu prés, adieu bois, vous riante verdure,
Adieu monts et bosquets, adieu belle nature,
Je vous quitte aujourd'hui pour ne plus revenir.

Mais avant de quitter le banquet de ce monde,
J'ai voulu, comme un cygne expirant près de l'onde,
Jeter mon dernier chant... O Dieu je puis mourir !

Corse.   MARTIN CANALE.

UNE LARME

Cette larme silencieuse,
Etouffée et mystérieuse,
Que mon cœur a conduit
Si lentement a ma paupière,
C'est une bien douce prière
Qui, vers Dieu, s'envole sans bruit.

C'est l'Espérance qui, la veille,
A l'astre aux chauds rayons pareille,
Jetait ses feux sur l'avenir :
—Tout était d'or ;—tout était songe !..
Affublé d'un grossier mensonge
Hier m'offre son souvenir.

Cette larme dit bien des choses
Des riantes métamorphoses
Des cœurs aux mortelles amours :
Que de rêves tombant dans l'ombre,
Que d'amères douleurs sens nombre,
Elle me rappelle toujours.

Novembre 1883.   GEORGES MAILLON.

L'AFRIQUE

*A Son Altesse Royale, Monseigneur le duc de
Bragance, prince de Portugal, (Bruxelles).*

> Dieu n'a fait personne pour
> l'abandonner.
>   **Proverbe Portugais.**

Noé tressaille : Cham, son Ben-Jamin l'a vu
Des vapeurs du sommeil un seul moment pourvu.
Que faire ?... vers la nue il offre sa prière.
Il attend... là... son fils... il le maudit en père...
Et l'Afrique toujours, en ses climats brûlants
Porte des étrangers les fardeaux accablants
Les guides pour ravir de son sein la richesse
Qu'elle devra céder sans peur et sans mollesse,

D'un ordre impérial sort un code nouveau.
Pasteur, prêtre, soldat acclamez ce drapeau !
C'est Dieu qui des splendeurs du séjour magnanime
Convoque Juifs, Gentils, au banquet de Solyme.
Il éclate et son vœu reçoit partout accueil
Alerte ou réfléchi, ce vœu gravit le seuil
Du noir, de l'Africain que son désert de sable
Rend, légataire heureux, un homme vénérable.

Histoire, humanité, dictez-nous vos destins ?
Près du juif possesseur de boucliers divins,
Près d'un Dieu reconnu du pays n'ont plus d'âme
Où vivent au reflet, d'une perverse flamme.
En vérité, ce peuple, aimait son horizon.
Des bergers et des, rois Dieu gardait l'oraison.
Et l'Africain surpris d'une clarté joyeuse,
Obstiné, garderait une aurore douteuse !

Non, des prêtres zélés, surtout du Portugal,
A ce nimbe naissant opposent leur fanal.
Chacun d'avoir pour hôte un bon missionnaire.
Trompettes, pour la paix, laissez la voix guerrière !
Des autels primitifs, de feuillages couverts,
Au milieu d'une plaine étayent leurs voiles verts
Le Congo retentit de la cloche qui tinte
Emmanuel, son roi, se courbe sous l'eau sainte.

Mais Raz et Colomb, savants navigateurs,
Des anciens continents augmentent les hauteurs.
Pour l'aider et s'unir à la terre nouvelle,
D'intrépides marins font voler leur nacelle.
La croix bénit le sol où fiers ils sont reçus.
Des ports et des cités sont à l'instant conçus.
Suez nivèle enfin, rapproche la distance
D'où l'Africain prévoit une ère d'abondance.

Du roi Léopold II, de ses émules vrais
Dans leur œuvre Africaine, ô prince Portugais,
Sois le frère, l'ami, le plus ferme allié :
Dieu t'appelle pour tous le roi crucifié !
Il faut de notre cœur un temple à notre choix.
Etre immense, il voudrait le former à ses lois.
Comme lui soyez grand et possédez la terre
Qui vous prodiguera sa perle la plus chère !

                          N.-A. DE BLIQUY.

AVE MARIA PURISSIMA

A Sa Majesté Alphonse XII, roi d'Espagne
(Bruxelles).

Permettez ce salut à votre majesté :
Cs salut, belle fleur du pays magnifique,
Qui de Loyola fait une terre angélique
Où ce cri par l'écho chaque jour répété
Porte l'âme du monde à Dieu, l'immensité :
    Ave maria purissima,

Il est beau le soleil aux heures du matin
Quand son front radieux réjouit vos campagnes,
Resserre les contours de vos longues montagnes
Et charme, près du port, disant ce mot divin
Les amis de Colomb, honneur de vos Espagnes :
    Ave maria purissima.

Il est beau le soleil quand au déclin du jour
Votre peuple joyeux de son antique histoire
Salue en les lisant des exemples de gloire :
Suez, le St-Gothard, et mêle avec amour
A ses vœux embrasés cet hymne de victoire :
    Ave maria purissima.

St-Jacques du sommet de votre trône d'or
Répand sur l'Hespérie un rayon tutélaire
Fait fleurir les vertus, élargir la prière
Et que le champ témoin de son brillant essor
Retentisse à jamais du refrain populaire :
    Ave maria purissima.

Acceptez ce salut à votre majesté
Ce salut, doux parfum d'une ode magnifique
Mise par le Très-Haut sur une aile angélique

L'univers accepta ce salut répété
Qui court de tous pour vous vers Dieu, l'immensité :
    Ave maria purissima.

N.-A. DE BLIQUY.

SONNET

LA MER.

O mer ! j'aime à te voir écumante, houleuse,
A contempler ta vague accourir et monter,
Tourbillonner et fondre et se précipiter :
Terrible en ton délire, effrayante, rageuse !

J'aime encore à te voir calme et majestueuse,
Puissante en tes attraits, scintiller, miroiter,
Balancer le navire : avec lui coqueter,
Ainsi qu'une beauté splendide, gracieuse ?

C'est ton sein qui nourrit tout un monde muet,
Féroce, monstrueux, pacifique, fluet,
Où plonge le regard à l'aide du scaphandre.

Mer ! si grande et si riche, oh ! sois douce au mortel
Qui se fie à ton flot et qui prie à l'autel.
Parce qu'il doit quitter celle qui va l'attendre !

16 août 1883.   ZAIRE QUILLARD.

LA MUSE DE L'HISTOIRE

O source intarissable, ô Muse de l'histoire
Quel homme, quel héros redira tes hauts faits,
Quel mortel tressera la couronne de gloire
Que l'univers entier doit à tant de bienfaits !

Quel poëte écrira ces vastes épopées
Ces valeureux combats, ces belles actions
Ces immortelles lois, qu'au tranchant des épées
A gravées l'univers. Oh ! quelles nations
Répéteront les cris de blasphème et de rage
Que jettent les vaincus, que poussent chaque jour
Les peuples opprimés tenus en esclavage
Par un tyran maudit, par un cruel vautour !
Quels chantres rediront tous ces chants d'allégresse
Ces chants victorieux, ces chants de liberté
Que pousse à l'unisson sortant de sa bassesse
Un peuple esclave hier ; quand déjà la fierté
Vient ranimer ses traits ; quand déjà son visage
Chasse toute tristesse et reprend la beauté
Que lui avait ravi cette effroyable image
Qu'on appelle esclavage ou mieux iniquité.
O Muse de l'histoire à ton glorieux souffle
S'agitent les mortels et secouent leur torpeur.
Les peuples quand sur eux ton immortel nous souffle
Deviennent des amis ignorants de la peur.
Tout disparait pour eux devant ton nom magique
Ils ne voient plus dès lors en Grèce, que Codries
Se dévouant aux dieux, dévouement héroïque
Qui rappelle dans Rome avec Décius unis
Celui de Curtius. Puis ils revoient dans Sparte
Cet héroïque chef mourant pour son pays
Avec trois cent héros dont pas un ne s'écarte
Au moment du massacre : ils sont un contre dix !
C'est Caton se tuant, à la liberté morte
Survivre ne voulant.. C'est Aurèle donnant
Sa vie entière à Rome ! Et faut-il que l'on sorte
De ces antiques temps ? Affre se dévouant
Dans la lutte civile et nous donnant sa vie.
Belsunce de la peste et de la charité
Victime volontaire et bien digne d'envie.

De St-Vincent-de-Paul que dire ? Vérité
Tu n'es plus assez forte, assez grande, assez belle
Pour couvrir ces beaux noms de tes sacrés lauriers !
O Muse, ô vérité couvre-les de ton aile
Ces noms qu'avec orgueil la France et ses guerriers
Répètent : Jeanne-d'Arc et d'Assas ! Noms sublimes !
Que la Muse historique aime et dit chaque jour
A ses chantres divins. Immortelles victimes
L'histoire vous à pris en son livre d'amour
Promenez vos flambeaux, sur ces brillantes pages,
O Muse de l'histoire aux yeux de chaque enfant
Car l'histoire est le bien commun de tous les âges
Comme la renommée en est le fondement.

NOEL BENETRENN.

IL FAUT REMÉDIER AU TIC PHRÉNOLOGIQUE

Personne jusqu'ici, n'a compris l'influence
De la phrénologie, en toute circonstance,
Tout homme se vouant à la chose publique,
Avant d'être agréé dans une République.
Doit subir l'examen d'un vrai phrénologiste
Pouvant seul aujourd'hui, poser en optimiste.
Puisqu'il est reconnu que la philosophie
Absout le mal produit par la phrénologie.
Démontrant soi-disant ! les sinistres penchants
Des hommes poinçonnés, pour être malfaisants.
Mais ! la philosophie est banale et vénale
Et le domaine impur de l'infâme Cabale,
Et la phrénologie affrontant tout débat
Accomplit sourdement son instinct scélérat :
Si la phrénologie est vraiment une science
Il faut absolument contrôler sa puissance.

C'est elle qui régit les actes des humains
Disposant à son gré du livre des destins.
Car l'homme estampillé par la phrénologie
Inconsidérément accomplit sa manie.
Il est amnistié par marâtre nature
En vertu de l'octroi de sa louche structure.
Par la vénalité de la philosophie,
Elle même soumise à la phrénologie.
Quelque forfait qu'il fasse il est innocenté,
Et la phrénologie est sa sécurité.
Il est bien à l'abri du plus petit reproche,
Surtout s'il appartient à la sacré-basoche,
Mais ! la banalité de la philosophie,
Conséquente à la loi de la phrénologie,
Fait aussi peu de cas des actes vertueux
De l'homme impartial; exemple merveilleux !
Il ne faut qu'obéir à l'instigation,
A laquelle soumet l'organisation.
Puisqu'il en est ainsi c'est la forme physique,
Qui brave aveuglement les lois de la logique.
Et la philosophie inclinant en tout sens
Légitime à son gré les plus vils contre-sens.
Aussi rencontre-t-on à tout pas des bélitres,
Par droit d'autorité se posant en arbitres.
Commettant tout abus avec impunité,
Traitant avec mépris la lâche humanité !
Osant impudemment émanciper leur vie
Se vautrant dans le crime admis en jonglerie.
Foulant aux pieds les lois que prescrit la droiture,
En vertu du cachet empreint par la nature.
Ça presse d'aviser, dans l'ordre politique,
Sur tant d'excès commis par droit phrénologique.
Et d'arrêter l'élan des crimes inouïs,
Que la phrénologie a jusqu'ici commis.
Car la philosophie absout vénalement

Les forfaits accomplis, phrénologiquement.
Si la philosophie est une science exacte
L'humanité subit un effroyable pacte.
Depuis mille ans et plus c'est là phrénologie,
S'appuyant sciemment sur la philosophie ;
Qui cause tous les maux de la société,
Profitant lâchement de la timidité.
Aussi tout dirigeant, toujours bon philosophe !
Entend cyniquement avoir droit au triomphe.
Mais! à ce compte-là, du plus grand scélérat,
On peut faire au besoin un puissant magistrat.
Ainsi, l'humanité subit tous les abus,
Et la scène morale est passée en rébus.
Mais! cet ordre ! immoral appelle une réforme,
La principale à faire est bien celle de l'homme.
Parmi ceux préposés à garder la morale,
Sont seuls qui jusqu'ici provoquent le scandale ;
Pour écraser le faible ils ont le beau courage
Surtout si ses vertus leur cause de l'ombrage.
Cette horrible conduite, est une turpitude,
Que la philosophie admet en habitude.
Détruisant dans les cœurs tout élan d'équité,
Tout avantage incombe à la perversité.
Jusqu'à présent c'est bien la dépravation,
Qui dispense à son gré toute protection.
A la phrénologie on doit un tel destin,
La belle instruction se change en don malsain.
Et l'honneur social, n'est qu'un hideux mensonge,
Le peuple arrachera, le cancer qui le ronge,
Par droit phrénologique il ne peut accepter.
Par de vils scélérats, à se voir exploiter.
Et leur laisser encor la satisfaction,
De nourrir l'espérance ou la prétention.
De mourir sans remords, et le cœur plus tranquille,
Que l'homme vertueux dont la mémoire brille.

C'est une impiété d'avoir cette croyance,
Car, le destin sur eux appelle la vengeance.
Un juste châtiment devra bien les atteindre
Ou le peuple à jamais perd le droit de se plaindre.

HIARD,
Pharmacien à Delly, (Algérie)

CHACUN DOIT S'APPLIQUER A FONDER L'HARMONIE

Ah ! si les gens d'esprit, possédant la puissance,
A ce grand résultat voulaient s'attribuer ?
Je veux y consacrer, ma faible intelligence,
Dans l'espoir que mon cœur peut y contribuer.

Quand chaque citoyen aura la modestie
Dont l'exemple devra descendre du pouvoir,
L'humanité vivra dans la saine harmonie,
Chacun s'honorera de remplir son devoir.

Alors sera fini, le règne des abus,
Ah ! pour les extirper ? qu'il faut un grand effort ;
Provenant du pouvoir ! Depuis mille ans et plus ;
Mais ! pour y réussir le peuple est assez fort.

Lui seul peut épurer la race corrompue,
Se plaçant en dehors des louches employés ;
La solidarité jusqu'ici méconnue,
Devra se façonner dans les localités.

Si le peuple savait user de sa puissance,
Envers ceux abusant de leur frêle pouvoir,
Il pourrait aisément reprimant toute offense,
Contraindre ses commis à faire leur devoir.

Chez tous les employés la conduite est oblique,
Ils sont loin d'accepter le mot : fraternité !
Tout en palpant l'argent de cette République !
Combien d'impatients, d'avoir la royauté.

De lâches conjurés n'agissant que dans l'ombre,
Cherchant à raviver les sanglantes annales ;
Par bonheur ils sont loin de pouvoir faire un nombre,
Et le peuple à les yeux ouverts sur leurs cabales.

Poursuivis nuit et jour de fureurs frénétiques,
Le mot d'égalité leur donne le délire,
Ils veulent prolonger leurs rôles faméliques,
Il leur faut pour cela reconquérir l'Empire.

De leurs prédécesseurs ils convoitent la gloire,
Jusqu'ici l'imposteur fut toujours triomphant ;
La trahison pour eux est œuvre méritoire,
Pourvu qu'ils soient payés ils tournent à tout vent.

Les plus hauts emplois sont aux réactionnaires,
Ces rénégats rampant sont riches en biais ;
Ils sont seuls à les croire au courant des affaires,
Mais ! du peuple ils ne sont que les traîtres laquais

Ils se disent très forts, sous cette République ,
Pouvant la conspuer de leur sale impudence ;
Foulant aux pieds l'élan de tout honneur civique,
Et voulant consommer l'opprobre de la France.

Mais ! le peuple a compris leur noire intention
De faire de la France, un objet de scandale ;
Mais ! leur conduite appelle une correction,
Inspirant le respect de la saine morale.

Leur œuvre sur la France imprime une souillure,
Répandant dans les mœurs leur conduite punique ;
Le peuple indifférent à leur haleine impure,
A pu se préserver de leur bave impudique.

Ils s'entendent très-bien avec tant de ruraux,
Devenant à l'envi de bons opportunistes ;
C'est le rôle commode à de vils solivaux,
Muets, rampants, rompus à l'impérialisme.

Parler d'une réforme, à leurs yeux est un crime,
Tant ils sont abrutis par une peur aveugle ;
Ils préfèrent jeter la France dans l'abime,
Ils ont vendu sa peau sans prendre avis du peuple.

Sous leur audace feinte on voit percer les transes,
Ah ! qu'il en faudrait peu pour les rendre tremblants ;
Ils se sentent troublés dans leur réjouissance,
Comprendraient-ils enfin qu'ils sont extravagants.

Mais ! jusqu'ici du peuple ils sucent la substance,
Car au pouvoir, sans cesse ils se sont cramponnés ;
Ils affectent encor des airs de suffisance,
Ils pensent, par le peuple être encore pardonnés.

De forfaits inouïs ces honteux assemblages,
Du peuple souverain ont été les fléaux ;
La force armée aidant, ils ont fait de leurs charges
Le moyen d'ajouter à leurs vils capitaux.

Il faut à l'avenir que tous les citoyens,
Quel que soit leur emploi dans la chose publique,
Jurent de refuser d'employer leurs moyens
Sous tout gouvernement hormis la République !

Et voici le serment qui doit être adopté :
Pour tout salarié civil ou militaire,
A tous sans préférence il doit être adapté ;
Alors il acquerra son puissant caractère.

Si quelque usurpateur volait la République ?
Je jure par ma mort et ceux qui me sont chers

De cesser d'exercer ma fonction publique,
Devrais-je m'exposer aux flammes des bûchers.

HIARD,
Pharmacien à Delly. (Algérie).

LE

TRAVAIL EST DEVOIR AUSSI BIEN QUE PLAISIR

Je souffre tant de mal par droit d'autorité,
Des cinquante-cinq ans que mon cœur ulcéré,
Est forcé d'exhaler l'horreur qui le déborde
Je ne puis rien penser contraire à cet exorde.
L'injustice me suit jusque dans la vieillesse,
Mais ! j'espère être fort par une humble sagesse.
Dès longtemps aguerri contre l'adversité
J'y résiste au moyen d'un travail entêté.
C'est ainsi que voulant occuper mon loisir,
Je me suis fait poète y trouvant mon plaisir ;
Pensant que le travail est la plus saine loi,
Je veux faire envers lui profession de foi !
La gent officielle a voulu de tout temps,
Envers moi s'arroger un malin ascendant.
A l'aide du mensonge et de la calomnie,
Des cinquante-cinq ans, elle altère ma vie.
Etant républicain et traité d'insoumis,
Chaque jour me fournit un surcroit de soucis.
Quel que soit néanmoins le poids de mon fardeau,
Je me sens animé d'un courage nouveau.
Je suis loin d'abdiquer une saine espérance,
Eclairant mon esprit, soutenant ma constance.
Présenterais-je donc l'organisation ;
Comprenant que tout mal est dans l'inaction ;
Trouvant dans le travail un bonheur ineffable,

Pensant que la paresse est un vice exécrable.
Qui peut seul achever l'homme persécuté
Et dont le mal suprême est dans l'oisiveté.
Quel qu'il soit, le travail est une jouissance
Il met l'homme à l'abri de toute défaillance ;
Il entretient les sens dans un état normal,
Emoussant l'aiguillon des auteurs de son mal.
Le dépérissement n'est que dans la paresse,
Et l'on doit regarder celui qui la caresse,
Comme étant au-dessous des plus vils animaux,
Cet état anormal engendrant tous les maux.
Les bons ont pour loisir la méditation ,
Aux vrais méchants repus, convient l'inaction.
Ces lâches, ennemis des sereines natures,
Voulant souiller les bons de leurs propres souillures ;
Entendent leur prêter leurs ignobles penchants,
Etant sûrs de l'appui des nombreux fainéants !
Des cinquante-cinq ans, ils me font leur victime,
Je dédie à ces gueux la primeur de ma rime ;
Tout en leur adressant un geste de dégoût,
La voix du peuple a dit : ils jouent leur va-tout.

HIARD,
Pharmacien à Delly, (Algérie).

DÉCEMBRE

Décembre, ce frileux avec sa robe blanche,
Va, du glacial hiver, bientôt nous prévenir,
Et sur les jours d'été prendre ainsi sa revanche ;
Adieu, champs et vallons, décembre va venir !

JEAN BARRACHIN.

LA NATURE

O nature sublime, ineffable trésor,
Découvre-nous toujours tes splendeurs magnifiques,
Prodigue-nous toujours tes fruits vermeils et d'or
Sans cesser d'inspirer nos accents poétiques.

JEAN BARRACHIN.

QUATRAIN

A *une jeune fille*

« Vos beaux regards, vos yeux, votre doux caractère,
« Comme un miroir poli reflètent votre cœur.
« Je lis bien dans vos yeux : bonté, grâce et douceur,
« Doux symboles d'amour.. Heureux qui sait vous plaire!»

MARTINO CANALE.

LA LUNE

Astre sublime au croissant d'or,
Flambeau des nuits qui nous éclaire,
Blonde lune, ô divin trésor,
Ta face réjouit la terre.

JEAN BARRACHIN.

QUATRAIN

Qui porte le plus de nouvelles
A l'allégresse, à la douleur,
A la constance, aux infidèles,
Sans nul soucis ? C'est le facteur.

H. J. CASTELNAU.

DOLÉANCES D'UN BOURGEOIS

GARDE NATIONAL

I

Il m'a fallu monter la garde,
Car, en dépit de la raison,
Le capitaine Bellegarde
M'a menacé de la prison.

II

Vous savez si je suis tranquille ;
Je suis un des petits bourgeois
Qui font le bonheur d'une ville,
Et respectent toutes les lois.

III

Je suis parti versant des larmes,
Disant : « chère Aminthe, au revoir ! »
Mais je me suis vu sous les armes,
Avec un amer désespoir.

IV

O doux seigneur ! ô douce vierge !
Ayez pitié d'un grand pécheur !
— Prends-tu le fusil pour un cierge ?
Me dit un sergent tapageur.

V

« Et je pensais, est-il possible
Que, dans le siècle où nous vivons,
On puisse tirer à la cible
Sur ceux qui payent les canons ?

VI

Nous, les bourgeois, c'est un usage,
Nous payons des impôts nombreux ;

Nous ne faisons pas de tapage :.
Nous ne formons que de doux vœux.

VII

Crac ! un beau jour, toute la France
Se réveille au bruit des combats :
La fraternité recommence,
On nous fait jouer aux soldats.

VIII

Il m'a fallu monter la garde,
Malgré l'esprit et la raison :
Le capitaine Bellegarde
Me menaçait de la prison.

IX

Après un cri de bête fauve ;
Arrrche ! avait dit le commandant,
Au lieu d'aller vers notre alcôve,
Et le repos tout souriant,

X

Nous allâmes d'un pas alerte
Vers un poste assez écarté,
Où le sergent but d'une eau verte
Avec assez de majesté.

XI

Cette eau là s'appelait absynthe ;
Moi, j'étais abreuvé de fiel !
Ah ! dans les bras de mon Aminthe,
J'aurais pu retrouver le ciel.

XII

Vous savez, dans un corps de garde,
On tousse.. on crache.. on fume.. on rit.

Je ne voyais que Bellegarde
Qui voulait faire de l'esprit.

XIII

Bref, on me place en sentinelle,
Sur le rempart, d'où j'aperçois
Un ivrogne cherchant querelle
A de modestes bancs de bois.

XIV

Jé vais à lui, me faisant fête
De le conduire à la raison.
L'ivrogne prétendu m'arrête,
Et me transporte à la prison.

XV

On sait fort bien que Polycarpe,
Sans être fort comme un taureau,
Est bien plus adroit qu'une carpe :
En sautant, je perds mon chapeau.

XVI

Mon ivrogne est un homme aimable :
En passant près d'un restaurant,
Il m'offre de se mettre à table,
Et de manger tout mon argent.

XVII

Le marché fait, moi, je m'échappe ;
Mais, en courant, je suis heurté
Par un épagneul qui me happe
A mon centre dè gravité.

XVIII

Le froid est vif : sans ma coiffure,
J'ai pris un rhume de cerveau ;

Ma culotte, en déconfiture,
Flotte sur moi comme un drapeau.

XIX

Je me rends à mon domicile,
Aminthe pousse un cri d'effroi ;
Elle me contemple immobile
Et dit : Polycarpe est-ce toi ?

XX.

Et dans le lit où ma compagne
M'a couché bien douillettement ,
Je crois que je bats la campagne.
Pour charmer le gouvernement.

XXI.

Le lendemain… on le devine ,
On me défère, avec ardeur ,
Au conseil de la discipline ,
Pour avoir manqué de valeur.

XXII.

Et pour avoir monté la garde ,
Et pris un rhume de cerveau ,
Devant le fameux Bellegarde,
Il faut défiler de nouveau.

EVARISTE CARRANCE.

21 Septembre (1871).

SOUS LES VERROUS

Pour n'avoir pas monté la garde,
On m'a placé sous les verrous.

La lune éclaire la mansarde,
Et son regard me paraît doux.

Plaignez mon sort, heureux du monde !
J'entends à travers la cloison,
Le porte-clefs qui fait sa ronde,
Dans la ténébreuse prison.

Où donc es-tu fleur de mon âme,
Douce Aminthe, mon seul amour ?
Ta grave beauté, qui m'enflamme,
De la nuit ferait un beau jour.

Ces murs sont froids; ton cœur, ma belle
A tous les feux du diamant ;
Au doux éclat de ta prunelle,
Un cachot serait rayonnant.

Pour n'avoir point monté la garde,
On m'a placé sous les verrous.
La lune éclaire la mansarde,
Et son regard me paraît doux.

Soyez damnés, fiers capitaines,
Sous vos beaux édredons soyeux ;
Mentons saillants, grosses bedaines,
Esclaves des galons pompeux.

Que cette nuit, de sa baguette,
Satan vous touche, ô mes vainqueurs,
Et laisse en vous une tempête
De vagues et sombres terreurs.

Oui, vainqueurs que Satan vous touche ;
Que sa froide et sinistre main
Porte vos sabres... à sa bouche,
Et les avale avec dédain.

Que de vos belles épaulettes
Il tresse, ô soldats du devoir !
Les cordons de mille sonnettes,
Qui vous sonnent le désespoir.

Que vos bottes au cuir sonore,
Toute la nuit dans la maison,
Frappent le sol jusqu'à l'aurore,
Comme je fais en ma prison.

Rêvez ! Rêvez ! O capitaines !
Que de vos braves bataillons
Vous voulez, en croquemitaines,
Vous faire de fameux bouillons.

Rêvez que la soif vous assiége,
Que vous allez être assouvis,
Mais que Satan qui tend le piège,
Boit pour vous les bouillons servis.

Que le cauchemar vous torture !
Que mon cachot vous soit plus lourd
Que dix homards en confiture,
Et qu'à vos cris le cœur soit sourd.

Pour n'avoir pas monté la garde,
On m'a placé sous les verrous.
La lune éclaire la mansarde,
Et son regard me paraît doux.

Fut-il, ô comble de misère,
Pauvre rêveur plus tourmenté :
Montant la garde avec colère
Douze heures dans l'obscurité.

La nuit s'en va, l'aube s'avance,
Et m'apporte un rayon d'amour.
Adieu cachot, ma délivrance
Arrive enfin avec le jour.

17 *septembre* 1871.

EVARISTE CARRANCE.

ERRATA
Du volume : « La Muse de l'Histoire » (1)

LIVRE	PIÈCE	Vers	MATIÈRE
Muse de l'His-toire.	Le Peuple et le Drapeau.	1ᵉ	Premier hexamètre, lire : *Enfants du gai savoir.*
	id.	3ᵉ	Rétablir comme suit : *Je voudrais, sachez bien, non la source en tarir*
	id.	4ᵉ	id. id. : *Je prétends cent fois moins mais un peu l'amoindrir*
	id.	6ᵉ	id. id. : *Qui fait le faible, choir dans etc.*
	id.	11ᵉ	id. id. : *Non pas à son curé, l'on est plus délicat.*
	id.	14ᵉ	id. id. : *Pour se tranquilliser de l'âme on se dépouille.*
	id.	21ᵉ	id. id. : *Allons, pensons-y bien, ce, etc.*
	id.	39ᵉ	Lire : Rien *tout comme avant*; au lieu de — Rien ainsi qu'avant.
	id.	40ᵉ	Ne mettre la virgule qu'à la césure.
	id.	43ᵉ	Supprimer le point d'exclamation avant *mais.*
	id.	44	Simplifier l'exclamation à la césure.
	id.	45	Ne mettre la virgule qu'avant *comme.*
	id.	48	Lire : *d'acquitter sa dette*, au lieu de payer, etc.
	id.	70	La virgule à la césure au lieu du point-virgule.
	id.	92	Mettre le mot *peuple* au lieu de public.
	id.	113	Supprimer les deux premières virgules.
	id.	116	Mettre : *peut* au lieu de sait.
	id.	119	Au lieu de *oui, oui*, lire : eh ! oui.
	id.	123	Rétablir : *Plus de tocsin ni glas, plus n'être tourmentés,*
	id.	125	id. : *Et générale, charge, alarmante musique.*
	id.	127	En place de lorsqu'au mettre : *quand au.*
	id.	128	Suppression de la virgule.
	id.	129	id. id. à la césure.
	id.	131|132	Supprimer toutes les virgules.
	id.	134	Lire . *Qui, sereine, sera partout, etc.*

(1) Corrections faites par l'auteur en cours de la publication.

LIVRE	PIÈCE	Vers	MATIÈRE
Muse de l'His- toire	Le Peuple et le Drapeau	136	Rétablir : *Gais seront les bourgeois, et gais, les ouvriers:*
		137	— : *Nous devrons à nos preux la plus grande victoire ;*
	id.	138	id. : *Le pacte universel, cette suprême gloire.*
	id.	140	id. : *Le culte des guerriers passe comme je vois* (*).
	id.	142	id. : *Mars expire* au lieu de : Il expire.
	id.	143	Suppression de la virgule au premier mot.
	id.	145	Rétablir : *Puis la sobriété, les mœurs et les coutumes,*
	id.	146	id. : *L'utile instruction, les, etc.*
	id.	151	Supprimer les virgules.
	id.	156	Remplacer : *Bien comme* par *comme bien*, ou le vers par :
	id.		Comme l'aimable chant du naïf pastoureau.
	id.	164	Supprimer la virgule , et lire : *aussi* au lieu de et bien.
	id.	167	Rétablir : *O divin avenir, qui, etc.*
	id	176	Remplacer le premier hexamètre par : *La charge en est extrême,*
	id.	188	Supprimer les points suspensifs.
	id.	192	Lire : *Et c'est pour nous un fait d'immortel souvenir*
	id.	199	id. : *Rallions-nous, chantons*, au lieu de nous rallier, chanter.
	id	203	Supprimer la virgule à la césure.
	id.	214	Lire : *Du Peuple le repos, alors vive le roi* ǀ
	id.	219	id. : *Comme aussi l'indulgence, ainsi que la justice,*
	id.	220	id. : *La France remettra sous, etc.*
	id	2	Suppression de la virgule à la césure.
	A notre siècle		

(*) On dirait bien encore : Car le vieux Mars, vaincu, a remis son
pavois. Dans ce cas le vers 142 commencerait par Il

LIVRE	PIÈCE	Vers	MATIÈRE
Muse de l'His- toire	Revanche du du curé de Gros-Jean	8	Remplacer : il est riche par *il fait chère*.
	id.	9	Reconstruire : *Tandis que je me tue, il festine, il confère,*
	id.	10	id. : *Tais-toi. Reçois-tu point comme lui de l'argent.*
	id.	14	id. : *Voudrais-tu ? Pourrats-tu ? Pourquoi donc jalouser,*
	id.	15	id. : *Et de ton pasteur tant jaser ?*
	id.	16	id. : *Non tu ne pourrais pas, ton moral s'y refuse.*
	id.	44	Supprimer la virgule à la césure.
	id.	45	Le point-virgule à la fin. (Mettre sous-entendu).
	id.	48	Le point à la fin.
	id.	52	Le point-virgule à la césure.
	id.	53	Le point-virgule à la césure et le point à la fin.
	id.	54	Supprimer la virgule à la fin.
	id.	64	Lire au second hémistiche : *qu'on se veut divertir.*
	id.	70	Lire : *encombrés* au lieu de tant hantés.
	id.	81	La virgule avant et après le mot *assouvie.*
	id.	82	Supprimer la virgule avant et après à l'écart.
	id.	85	Lire : *L'artifice du jeu* au lieu de : la passion du jeu.
	id.	86	Rétablir : *frère et sœur de paresse et bien d'ivrognerie,*
	id.	88	id. : *Fascinent le joueur qui s'affole partout,*
	id.	89	id. : *Et le retiennent tant, tant encor qu'il engage*
	id.	92	La virgule à la césure.
	id.	97	Lire : *Rarement ici-bas on trouve le bonheur.*
	id.	98	Supprimer la suspension.
	id.	106	Lire : *A te garder* au lieu de à te défier.
	id.	112	Lire : et au lieu de *toi,* et mettre le point à la fin.
	id.	115	Supprimer les virgules après jeu et tâche.
	id.	116	Le point-virgule à la fin.
	id..	119	Remplacer le point par le point-virgule.

LIVRE	PIECE	Vers	MATIERE
Muse de l'His-toire.	Revanche du curé a la mémoire de E. L.	125	Rétablir : *Jusqu'au dédale aussi son nom triomphera.*
	id.	5	Le point-virgule à la fin au lieu du point.
	id.	6	La virgule à la césure.
	id.	17	Lire : *Cet encens emané* au lieu de : Le parfum émané.
	id.	19	La virgule à la fin.
	id.	20	Supprimer la virgule.
	id.	38	Lire : *Si tu m'entends reponds,* ou etc.
	id.	52	Lire : *Partage des elus les angeliques chants.* A remplacer le reste de
	id.	»	la pièce par les douze vers :
	id.	»	Toujours vivre et jouir est l'unique principe.
	id.	»	De la droite des cieux où l'innocence excipe.
	id...	»	A te rejoindre, ami, pourrais-je tant tarder
	id.	»	Quand la troisième sœur rodo pour me sonder?
	id.	»	Du juge souverain adjure la clémence,
	id.	»	De détourner de nous la cruelle sentence.
	id.	»	Adieu, mon cher, adieu, sans jamais t'oublier
	id.	»	Désormais nous devons loin de toi travailler,
	id.	"	Achever ici-bas cette humaine carrière,
	id.	»	Et sans cesse viser à l'heureuse frontière.
	id.	»	En attendant que Dieu nous veuille réunir,
		»	Nous conservons de toi le meilleur souvenir.
	Le soleil et les agréments du printemps	»	Strophe : le doux concert, lire : *Par sa gaîte* au lieu de : dans sa gaîté.
		«	id. : dans nos ruchers, etc. Rétablir comme suit le 1e vers, le 3 et le 4
	id.	»	1 De nos ruchers, etc.
	id.	»	3 Espérons-en cette douce substance
	id.	»	4 Que par son art l'abeille a su mùrir *.
			* Ou : Que sur la fleur l'abeille a su cueillir.

LIVRE	PIÈCE	Vers	MATIÈRE
Muse de l'His- toire	Le soleil et les agréments du printemps	52	Strophe : Divin flambeau, Lire: *dans les cieux* au lieu de sous les cieux.
		»	Strophe : Ce beau matin, etc. Lire: *de l'ouvrier* au lieu de de paysan.
		»	id. Pour l'hirondelle, supprimer les virgules avant et après à outrance
	Des ténèbres	1	Rétablir : Ces éternelles nuits au repoussant abord,
	id.	2	id. : (Ténèbres nous dirons) symbole de la mort,
	id.	3	Lire : *on les dit* au lieu de sont dites.
	id.	11	Lire *dedans* au lieu de milieux.
	id.		Après le 14 vers intercaler les quatre ci-dessous :
	id.		Les ténèbres, le jour, le jour ou la lumière,
	id.		Quel contraste frappant de la nature entière !
	id.		Quelle confusion dans l'azur pur des cieux *
	id.		Inclinons-nous devant ce tableau spacieux :
	id.	15	Lire : peut *voir* partout au lieu de étant partout et les points à la césure
	id.	16	Rétablir : Tandis que la science, il l'a veut limitée.
	id.	17	: Quand on la veut forcer, il faut bien convenir
	id.	18	: Que toujours on se perd sans pouvoir définir.
	id.	19	: On céderait pourtant à l'abord des mystères,
	id.	20	: Loin notre suffisance, et sachons rapporter
	id.		Au renvoi du poëme, au lieu de : Ainsi que sur les planètes, etc. réta-
	id.		blir : c'est-à-dire sur l'éther ainsi que sur les corps opaques. Enfin,
	id.		pour notre monde, elle subsiste tout spécialement en le soleil qui, par
	id.		elle, vivifie et gouverne les planètes de tout ordre de son système.
	du Créateur en	1	Rétablir : *De jamais à toujours* au lieu de : de toujours à jamais.
	trois personnes	2	Lire : *s'assimilent* au lieu de se révèlent.
	id.	3	La virgule après principe.
	id.		
	id.		* Car on sait qu'il est une infinité de planètes et d'étoiles fixes qui
	id.		pour nous sont entièrement confondues avec l'azur.

LIVRE	PIÉCE	Vers	MATIÈRE
Muse de l'His- toire	du Créateur en trois personnes	4	Lire : *mourant* au lieu de vivant, et mettre la virgule à la fin.
	id.	5	Rétablir : Ressussitant, vivant en sa double substance,
	id.	6	id. : Au père en tout égal, en tout de cohérence ;
	id.	8	id. : Se joint au Père, au fils, en sa divinité. (ou : *dé la divinité)*
	id.		Substituer aux quatre vers suivants les quatre ci-dessous :
	id.		Ainsi dans le principe est le Père lui-même,
	id.		Et de même nature est bien le Fils qu'il aime,
	id.		Ainsi que l'Esprit saint ; et les trois, s'unissant,
	id.		Composent le seul Etre infiniment puissant. (ou : *un seul etre*)
	id.	14	Lire : *la Sainte-Trinité* au lieu de : dire la Trinité.
	id.	15	Mettre la virgule à la césure ainsi qu'en place des points de suspension
	id.	16	Remplacer le second hémistiche par : t'amène vers le bien.
	id.	18	id. le premier id. par : Or nous n'y pouvons voir
	id.	19	id. id. id. par : Mais les vouloir sonder
	id.	21	Rétablir : L'homme ne pent tout voir de sa minime place ;
	id.	25	Lire : médites-en le champ, ô mortel misérable !
	id.	26	Rétablir : Frémis dans ce penser de l'indéfinissable!
	id.	28	Mettre : *Developpe* au lieu de nous décelle.
	id.	30	Rétablir : Ma s on en voit surtout ici, etc.
	id.	32	Mettre l'accent circonflexe sur parait.
	id.	33	Tout en tout fonctionne aux célestes décors ;
	id.	36	Lire : Et tourne sans arrêt chacun, etc.
	id.	38	Rétablir : Ni trouble accidentel qui séants les retienne.
	id.	39	Lire : *suprême* au lieu de sublime.
	Le bon an de Marguerite	3	Strophe 3. La virgule à la fin au lieu des deux points.
		4	id. id. Lire : *touchant ton front* au lieu de marque ton front.

LIVRE	PIÈCE	MATIÈRE
Muse de l'His- toire	Les cieux, le Paradis, l'enfer, le Purgatoire.	Remplacer les vingt premiers vers par les 36 ci-après :
	id.	Le premier ciel des cieux, s'étendant à la ronde,
	id.	A pour centre Phébus, ministre de ce monde ;
	id.	Il s'enceint du second, spacieux et brillant ;
	id.	Le second, du troisième ; or trois le firmament,
	id.	Du grand arbre immortel la taille indéfinie,
	id.	Et de l'immensité la divine harmonie
	id.	Là que de corps sont mûs par la force de Dieu,
	id.	Force toute-puissante agissant en tout lieu
	id.	Où belle étoile luit, et jamais ne s'efface !
	id.	Combien d'astres fixés rayonnent dans l'espace,
	id.	Et projettent la vie en autant d'univers,
	id.	Des sphères* dont chacune a ses globes divers,
	id.	Où se meuvent sans cesse en cercles les planètes,
	id.	En spirale, en ellipses, satellites, comètes ! . .
	id.	Ainsi que l'églantier a ses dards et ses fleurs,
	id.	Les rosiers épineux, leurs couleurs, leurs senteurs,
	id.	Comme dans le parterre il est toutes nuances
	id.	La vie est un tissu de maux, de jouissances.
	id.	En d'autres univers serait-il autrement !
	id;	Il est pire, il est mieux, il est pareillement ;
	id.	Dieu toujours le révèle. Où règne la justice,
	id.	Défiant du démon l'aveugle maléfice ;
	id.	
	id.	
	id.	
	id.	
	id.	
	id.	

* Portions sphériques de l'immensité ordinairement nommées *systè-mes*. Outre cette infinité de corps dissemblables répandus dans l'espace il y aurait donc trois sphères, ou trois univers inégaux correspondant chacun à l'un des cieux définis ci-dessus, où le second contient le premier, et le troisième les deux autres. L'ensemble de chacune de ces trois dénominations synonymes (c'est-à-dire sphères, univers, cieux), désigne l'infini, ou Dieu avec ses attributs.

LIVRE	PIÉCE	Vers	MATIÈRE
Muse de l'His-toire	Les cieux, le Paradis, l'enfer, le Purgatoire.		Où brille la sagesse, où règne la splendeur Avec le vrai délice, avec le vrai bonheur ; Où dans toute sa gloire est le Seigneur assis, Il est le côté droit nommé le Paradis.
	id.		Où siègerait, dit-on, pour nous cet Empirée ?
	id.		Notre place là-haut, doit-elle être ignorée ?
	id.		Nous voilà bien en peine ! Et qu'importe le lieu
	id.		Du céleste banquet quand on est avec Dieu ?
	id.		Tâchons de le gagner, imitant le Messie....
	id.		Aussi le Purgatoire où l'on se purifie,
	id.		Est bien, comme l'enfer, au premier ciel d'abord,
	id.		Qui des globes comprend le système visible ;
	id.		Et tant plus au second, étoilé, perceptible,
	id.	23	Rétablir : C'est ce qu'il faut savoir en notre composé
	id.	26	id. Mais chacun de ces lieux dans les cieux exposé,*
	id.	27	Lire le second *hexamètre* : Dieu le tient divisé.
	id.	28	id. le premier id : Alors au saint séjour il, etc.
	id.	43	Mettre le point-virgule à la césure.
	id.	44	Lire *exposé* au lieu de modelle
	id.		Supprimer les Nos 47e, 48e, 49e, 50e, lesquels ont trouvé place plus haut.
	De la parabole et de l'Évangile	1	Au lieu de *Le Christ*, etc. etc. lire : Jésus-Christ, enseignant, etc.
	id.	3	Supprimer la virgule avant et après dans sa passion.
	id.	8	id. le trait d'union dans nous l'appliquons s'il s'y est glissé.
	id.	12	id. la virgule à la fin.
	id.	14	id. le trait d'union dans en rendez s'il y figure.
	id.		* C'est-à-dire dans l'espace exposé.
	id.		N. B. Faire suivre les signes de notes de signes de ponctuation où il y a rencontre.

(1884)   T. Lamy.

LIVRE	PIÈCES	Alinéa	MATIÈRE
Muse de l'His-toire	Un mot sur la composition de l'homme	1	Supprimer la virgule.
		2	Mettre *mû* avec l'accent circonflexe et au singulier l'adjectif éternel.
		3	Remplacer la première phrase par : Mais il est dans la nature de l'homme trois parties distinctes, lesquelles, après avoir été unies durant l'existence, se séparent au moment de la mort sans pouvoir s'anéantir. Ces trois parties sont : la puissance organisatrice, attribut du Créateur, l'âme définie ci-dessus, et enfin la matière servant à l'organisation.
	id.		
	id.		
	id.		
	id.		
	id.		
	id.	4	Et supprimer la virgule après le mot physique de la phrase suivante.
	id.		A la première ligne mettre : *lorsque* au lieu de quand, et l'accent circonflexe à complaît. Au lieu de je soutiendrai, moi, que, etc. rétablir : Pour nous, nous soutiendrons que, etc.
	id.	5	
	id.		Supprimer les virgules de la première phrase, et mettre la virgule avant et après : comme après la mort.
	id.		Mettre l'accent circonflexe sur le mot *connaît* répété au premier des deux vers figurant en tête de la pièce.
	Les Cieux , le Paradis, l'enfer, le Purgatoire.	2	
		3	Supprimer les quatre mots : dans tous les sens.
		4	Rétablir : *de notre système planétaire* au lieu de : de son système.
			Au lieu de où le soleil fait voir, etc. (le reste de la phrase) rétablir : où paraissent ceux des corps attachés au système solaire, qui le plus sont à notre portée par leur proximité ou leur grandeur ; puis la seconde où sont répandues toutes les étoiles visibles jusques y compris les points microscopiques qui ne peuvent être distingués qu'en la plus pure transparence de la voûte azurée.

LIVRE	PIÈCE	Lig°	MATIÈRE
	Huitain à l'occasion d'un nouvel an	2	Lire : *discours* au lieu de désirs.
		3	Remplacer le vers par : Substituons à ces abus d'usage
	nouvel an	4	id. id. : Notre possible au mutuel secours
	id.	5	id. id. : Pour obtenir de la bonté divine
	id.	7	id. id. : D'être comblés des dons de sa faveur.
	Le soleil		Strophe Divin flambeau etc. lire : notre principe au lieu de et notre règle
	Le bon an de Marguerite		Strophe 2e, ligne 3, supprimer les virgules avant et après de même.
			Strophe 3, ligne 6, lire : du courage, du cœur, au lieu de du courage etc
	Les cieux, etc.	6	Lire de cette immensité au lieu de et de l'immensité.
	Revanche du curé	103	Rétablir : *que la richesse même* au lieu de que du riche l'emblème
La Muse de l'Histoire 1er volume	id.	104	id. : *les châteaux des seigneurs* au lieu de du seigneur les châteaux
	id.	111	id. : sans tant te remuer au lieu de sans plus etc.
	id.	112	id. : peux faire ta fortune au lieu de tu feras, etc.
	Le Peuple et le Drapeau	81	id. : revenons franchement aux princes tutélaires ;
	id.	82	id. : rappelons l'étendard aux armes salutaires,
	id.	83	id. : aux insignes puissants de la plus riche fleur,
	id.	84	id. : où le peuple, affranchi sous la blanche couleur,
	id.	35	id. : retrouve le repos dans la triple alliance**
	id.	94 216	Mettre : *dissidence* au lieu de connivence.
	id.	116	Rétablir : ainsi que quand il veut il peut régler le vent.
	id.	125	id. : *et générale et charge* au lieu de et générale, charge.
	A notre siècle	2	id. : à son église alors notre soumission ;
	id.	4	id. : *hommage, déférence,* au lieu de respect et déférence ;
	Un mot sur la composition de l'homme.		Remplacer par *constitution* le mot composition au titre de la pièce.

** C'est-à-dire dans les trois classes de la société.

1884

T. LAMY.

* Intercaler 7e Méritons-le ; sans démarche mesquine ou (5e souhaitions-nous que de la Providence / 6e nous obtenions les grâces, la faveur, / 7e méritons-les par notre obéissance.

ERRATA

DU VOLUME « LE DRAPEAU ».

Page 419, 14me vers, lire : *Tarpeïa,* au lieu de *Torpeïa.*
Page 419, signature, lire : *E. Rousselot,* au lieu de *Rousselet.*
Page 401, poésie *le Krach,* 13me vers, lire : *découvert* au lieu de *découveat.*
111me vers. lire : *Oh! parfait de candeur* au lieu de : *Oh! par-*
ler de candeur.
120me vers, lire : *que votre activité recèle* au lieu de *révèle.*

TABLE DES MATIÈRES

CONTENUES DANS LE VOLUME « LA MUSE DE L'HISTOIRE »

Le trente-deuxième Concours Poétique sera clôturé le 1er juin 1884

LE
GANT ROSE

Comédie en un acte et en vers

Par Evariste CARRANCE

Le théâtre d'Evariste Carrance est marqué au coin de l'originalité et du bon goût. Annoncer une pièce nouvelle de l'auteur de MAISON A LOUER, des TOQUÉS, de l'EMERAUDE, et du CAMÉLIA, c'est annoncer un succès de plus.

Le Gant rose est une comédie fine et spirituelle, écrite en vers délicats, elle aura à la lecture le même succès qu'au théâtre.

Pour recevoir franco le **Gant Rose**, adresser **1** *fr.* à M. le Directeur de la librairie du Comité poétique, 6, rue du Saumon, à Agen (*Lot-et-Garonne*).

LITTÉRATURE CONTEMPORAINE

REVUE FRANÇAISE
(Dixième année)

ORGANE DES CONCOURS POÉTIQUES DU MIDI DE LA FRANCE

10 fr. par an pour toute la France et 12 fr. pour l'étranger.

Agen, V. LENTHÉRIC, Imprimeur du Comité des Concours poétiques.

www.ingramcontent.com/pod-product-compliance
Lightning Source LLC
Chambersburg PA
CBHW070748030726
47504CB00003B/480